Siguiendo el juego

Siguiendo el juego

Play Along

LIZ TOMFORDE

Traducción de María Dolores Ábalos

MONTENA

Papel certificado por el Forest Stewardship Council®

MIXTO
Papel
FSC® C117695
FSC
www.fsc.org

Penguin
Random House
Grupo Editorial

Título original: *Play Along*

Segunda edición, actualizada: junio de 2025
Segunda reimpresión: abril de 2026

Printed in Spain – Impreso en España

ISBN: 979-13-87809-45-4
Depósito legal: B-9986-2025

Compuesto en Grafime, S. L.

Impreso en Black Print CPI Ibérica
Sant Andreu de la Barca (Barcelona)

GT 09454

De cómo ser perfectamente imperfecto

Playlist

Love On the Run – Sons of Zion	♥	2:57
Drunk & I'm Drunk – Marc E. Bassy	♥	3:56
Obsessed – Mariah Carey	♥	4:04
You Got It – Jamieboy & Miles Parrish	♥	3:36
Lose Control – Teddy Swims	♥	3:30
Bad Side – iyla	♥	2:40
Home – Good Neighbours	♥	2:37
Ms. Poli Sci – Paul Russel & Khary	♥	2:08
Classic – MKTO	♥	2:55
Trial By Fire – Marc E. Bassy feat. Bibi Bourelly	♥	2:34
Seasons – VEDO	♥	3:20
DFMU – Ella Mai	♥	3:17
Must Be Mine – Kiana Ledé feat. Ant Clemons	♥	2:31
MARS – Mario	♥	3:48
Abracadabra, Pt. 2 – Wes Nelson	♥	2:47
6 months – John K	♥	3:37
Make Me Wanna – VEDO	♥	3:40
Naked – James Arthur	♥	3:53
This City Remix – Sam Fischer feat. Anne-Marie	♥	3:17
Comfortable – H.E.R.	♥	4:15
Love Like This – Natasha Bedingfield	♥	3:41

PRÓLOGO
Isaiah

Hace tres años

Es el peor día del año.

Es el peor día de todos los años.

Normalmente paso este día con mis compañeros de equipo en algún viaje de pretemporada destinado a familiarizarnos unos con otros. Debería estar en Cancún o Miami dando sorbitos a algún cóctel al borde de una piscina, completamente distraído por la fiesta que me rodea.

Solo que este año ni estoy al lado de la piscina, ni borracho ni distraído. Me he escondido en los lavabos de las chicas, que están cerca del vestuario del equipo, porque esta temporada empieza pronto y, por desgracia, el primer día de béisbol no figura entre mis distracciones favoritas.

Los lavabos de las chicas están inmaculados, infinitamente más limpios que los nuestros. Tienen hasta un sofá de terciopelo ahí dentro y frasquitos de colonia sobre un mostrador. También hay unas toallas muy bien dobladitas y caramelos de menta en un cuenco de cristal. Huele muchísimo mejor que los lavabos de los tíos, y mi única esperanza es que los otros chicos no se enteren de lo cojonudamente bien que se está aquí porque este es mi escondite secreto y lo ha sido durante los seis últimos años, es decir, desde que me ficharon para jugar como campocorto para los Windy City Warriors.

Como no hay mujeres en el equipo, nadie utiliza este cuarto de baño más que yo, cuando necesito estar un rato a solas conmigo mismo.

Se podría decir que soy el loco del equipo, o sea, un poco temerario y bastante fanfarrón. El tío al que van dirigidas todas las bromas porque hace reír a cuantos le rodean. De manera que empezar la temporada teniendo una crisis nerviosa o llorando potencialmente como una puta delante de mis compañeros de equipo me dejaría a la altura del barro.

Soy un hombre de veintiocho años y no me avergüenza admitir que, incluso después de todos esos años, este día me resulta duro. Solo tenía trece años cuando a mi hermano, dos años mayor que yo, no le quedó más remedio que darme la noticia de que el coche de nuestra madre había chocado con un árbol mientras ella iba conduciendo en plena tormenta, camino de casa, y que nunca más volveríamos a verla.

De modo que sí; este es el día que más jodido estoy del año, el peor de todos.

Sentado sobre la tapa cerrada del retrete de una de las cabinas, intento poner las cosas en orden. Necesito volver a ser el tontorrón de Isaiah Rhodes, el tío al que todo le resbala. El que sabe cómo hacer feliz a cuantos le rodean. Al que todos esperan ver entrar en el vestuario.

Me gusta ser ese tipo de tío. El noventa por ciento del tiempo lo soy de manera natural. De pequeño me di cuenta de que podía hacer reír a mi hermano, aunque estuviera demasiado estresado incluso para sonreír, y decidí sacarle partido a esa tontería. Fue como si hubiera encontrado mi misión en la vida: hacer felices a cuantos me rodean. Por eso tiendo a pasar los momentos tristes o chungos sin que nadie me vea.

Me concedo otro momento de tristeza antes de salir del cubículo del váter, me remojo un poco la cara en el lavabo y abandono el servicio de las chicas.

Pero en cuanto abro la puerta, oigo unas voces que vienen de fuera. Esta parte del vestuario está habitualmente vacía, así que me detengo al reconocer la voz del doctor Fredrick. Me mantengo escondido y fuera de la vista porque no quiero que nadie sepa que he estado llorando un rato a solas.

—Mentiste en tu solicitud.

—Yo no miento —dice una mujer.

Fredrick baja la voz intentando que nadie escuche su conversación, pero yo los oigo perfectamente.

—Has intentado engañarnos, y lo sabes.

—Kenny es la abreviatura de Kennedy. Ese es mi apodo.

En ese momento me asomo por el pequeño tabique para ver cómo Fredrick mira despectivamente y con cara de irritación a la mujer.

No sé qué aspecto tiene ella porque me está dando la espalda, pero me parece que apenas le llega a la altura de la barbilla a Fredrick, al que no se puede considerar un hombre alto. Tiene el pelo recogido en una gruesa cola de caballo que le cae hasta la mitad de la espalda. No distingo el color, pero sé que no es ni rubia ni morena. La verdad es que no sabría cómo clasificarla.

Los ojos de Fredrick escudriñan los alrededores para asegurarse de que están solos, de manera que rápidamente me agacho detrás del tabique para seguir escuchando.

—Este sitio no es para ti. Te sugiero que rechaces la oferta de trabajo y busques un puesto más apropiado para… alguien como tú.

—¿Alguien como yo? ¿Se refiere a mi condición de mujer?

«¿Qué coño está pasando?».

El doctor Fredrick nunca ha sido de mis favoritos. Es el jefe de nuestro Departamento de Salud y Bienestar y el médico principal del equipo, así que todos los demás médicos, nutricionistas y fisioterapeutas le mantienen informado de todo. No obstante, el respeto que pudiera sentir por él se disipa al instante tras escuchar lo que le acaba de decir a esa chica.

Por un momento reina el silencio, como si el tío estuviera calculando qué podría decir para salir del apuro.

—Ya no necesitamos a nadie para el puesto de segundo médico. Por lo que me han dicho en Recursos Humanos, no puedo anular la oferta, pero sí cambiarla. En este momento lo que quiero es contratar a un entrenador de atletismo.

—¿Qué? —pregunta ella riéndose, pero asustada—. Yo me he doctorado en Medicina. ¿Espera que acepte convertirme en entrenadora de atletismo?

—Yo no espero que aceptes nada.

—Doctor Fredrick, acabo de trasladarme a Chicago para el trabajo de segunda médica deportiva. Ya ha visto mis referencias y también las prácticas que he hecho. Por eso me contrató.

—En ese momento tenía una idea diferente sobre a quién estaba contratando.

—Porque creía que yo era un hombre.

—No voy a seguir discutiendo contigo más tiempo. Si quieres trabajar para los Windy City Warriors, puedes hacerlo como entrenadora de atletismo de nivel inicial. Ese es el puesto que necesito cubrir en este momento.

La chica guarda silencio un instante y, a juzgar por la firmeza con que le responde, me imagino cómo tendrá de tensos los hombros.

—¿Cuándo he de darle una respuesta?

—Al final del día.

—De acuerdo. Le haré saber mi decisión lo antes posible.

De nuevo se instala el silencio, lo que me induce a pensar que se ha acabado la conversación, pero entonces oigo que Fredrick interviene diciendo:

—Por si finalmente decides trabajar con nosotros como entrenadora, quiero hacerte una advertencia: si cometes alguna tontería con alguno de los jugadores, serás despedida de inmediato. Esa es una de las razones por las que no contrato a mujeres. Estarás con ellos en los vestuarios, en los aviones y en los hoteles. Espero que tengas muy claro que no puedes ser una distracción.

«"Esa es una de las razones por las que no contrato a mujeres". Gilipollas».

—Con el debido respeto, doctor Fredrick, le diré que he pasado los dos últimos años como médica responsable, junto con otros dos médicos, de todo el programa de atletismo de la Universidad de Connecticut. En mi historial no hay nada que pueda hacerle dudar de mi profesionalidad.

—Esos eran niños. Estos son hombres —responde él—. Creo que sabes muy bien a qué me refiero.

Ella se aclara la garganta, y ahora sí que percibo la profesionalidad que él está poniendo en duda, porque si fuera yo, probablemente le habría arreado un puñetazo en la mandíbula.

Soy un poco impulsivo en ese sentido.

—Le diré algo a mediodía —dice para concluir.

Oigo pasos que se van acercando a donde yo estoy. No tengo por dónde escapar, y aunque mi intención es informar de esto a Monty, nuestro mánager, no quiero que Fredrick sepa que he estado escuchando a escondidas esta conversación.

Para ponerme a salvo, vuelvo a los lavabos de chicas y me quedo allí un rato hasta que estoy seguro de que el tío se ha largado y no hay moros en la costa.

Nunca me ha caído demasiado bien nuestro médico jefe. Es un poco coñazo porque siempre quiere hacerse el coleguilla con los tíos del equipo, pero por la manera en que le ha hablado a esa mujer, como si él valiera más que ella, me dan ganas de contarles a todos los de la organización de los Warriors lo machista que es.

—Machista de mierda. —Alguien, al otro lado de la puerta de los servicios, dice en un tono de rabia espantoso justo lo que yo estaba pensando.

Justo antes de que la mujer irrumpa en los lavabos que nunca se usan me escondo en una cabina. No me siento. Me quedo de pie como un completo idiota porque no tengo ni la más remota idea de cómo me he metido en este lío.

Miro por la rendija de la puerta del cubículo y veo su reflejo en el espejo. Tiene las manos apoyadas en la encimera del lavabo y la cabeza colgando hacia abajo, así que sigo sin verle la cara.

Se ríe sola.

—¿Qué coño es lo que acaba de pasar?

Luego respira profundamente y por fin se yergue y se mira en el espejo, ofreciéndome de este modo su reflejo. Toda la pena y el dolor desgarrador que llevaba padeciendo ese día pasan por un momento a un segundo plano porque ahora no puedo estar más distraído.

Esa mujer menuda con un color de pelo inclasificable y un tono de voz que acojonaría a cualquier hombre es impresionante.

Infinidad de pecas salpicadas por cada pulgada de su ruborizada piel pálida. Unos ojos que me permiten hacer una suposición fundada y llamarlos marrones o castaños, porque se parecen mucho a los míos. Y los labios… Los tiene remetidos bajo los dientes para no llorar, pues se nota con claridad que prefiere estar enfadada en lugar de triste.

Llámalo instinto, pero imagino perfectamente que una sonrisa suya podría animarme el día; lástima que ahora tiene el ceño fruncido.

Mientras se mira en el espejo, sus ojos empiezan a empañarse.

—No —se ruega a sí misma—. Aquí no. Ponte las pilas, Kennedy.

«Kennedy».

Inhalando profundamente, menea la cabeza.

—Y deja de hablar sola de una puta vez, que pareces un bicho raro.

Justo entonces, en el peor día del año, noto un cosquilleo en los labios y me entran ganas de reír.

La observo atentamente mientras saca el móvil y llama a alguien con el altavoz puesto, paseándose por los lavabos.

Probablemente debería anunciar mi presencia. Esto es una intromisión en su vida privada, pero no tengo ni idea de cómo explicarle mi actual situación.

«Hola, es que me encanta pasar el rato en los lavabos de chicas. No te preocupes por mí. Me lavaré las manos a toda velocidad, ya verás. He estado espiando tu conversación con el jefe del Departamento de Salud y Bienestar. Puedo ir a Recursos Humanos. contigo si te apetece. Por cierto, eres guapísima».

—Hola, ¿qué pasa? —dice una voz de hombre al otro lado de la línea.

Inmediatamente le odio.

—¿Tienes tiempo para hablar? —pregunta ella—. Es que necesito hablar con alguien.

—Justo ahora estoy sacando fotos al equipo; me pillas muy liado. ¿Te encuentras bien?

Ella cierra un momento los ojos y se recompone.

—Sí, por supuesto. Solo quería saludar a mi hermanastro.

Hermanastro. Anotado.

—Vale, pues hola. Te echo de menos. ¿Qué tal va tu primer día?

Se mira de frente en el espejo y miente:

—Todo va genial.

—Bien. Oye, tengo que dejarte. Ahora no puedo parar de sacar fotos, pero llámame más tarde y hablamos.

Ella esboza una sonrisa que incluso yo, un perfecto desconocido, sé que es falsa.

—Te llamaré.

Kennedy cuelga el teléfono y deja caer la cabeza de nuevo diciendo en voz baja:

—Joder.

No sé nada sobre esta chica, pero es evidente que necesita a alguien que la haga sonreír, y esa es mi especialidad. También creo un poco en el destino, y aunque este día sea para mí la peor fecha del calendario, tiendo a encontrar un significado en las cosas que pasan en él.

Puede que estuviera destinado a escuchar esa conversación.

Puede que me haya tenido que quedar encerrado en los lavabos de las chicas porque ella necesita alguien con quien hablar.

Puede que mi madre me haya enviado aquí para que hoy me cruzara en su camino.

Esta última suposición me hace cerrar los ojos y abrir la boca antes de pensármelo bien del todo.

—Si necesitas a alguien con quien hablar de esa oferta de trabajo, puedo ayudarte.

«Dios, qué cutre ha quedado eso».

Vuelvo a abrir los ojos y veo cómo los suyos lanzan una mirada al espejo antes de encontrar el reflejo de mis pies.

—¿Qué haces en los lavabos de chicas?

—¿Acaso me ha delatado la talla de los zapatos?

—¿Me estás espiando?

—Bueno, técnicamente yo estaba aquí antes que tú...

Entorna los ojos y recorre con la mirada la cabina hasta encontrar los míos por la estrecha rendija.

—¿Vas a contestar a alguna de mis preguntas o piensas seguir respondiéndome con otra pregunta?

Se me escapa una carcajada. Eso ha estado bien.

—Me he escondido en los lavabos de las chicas porque estoy pasando un día espantoso, y por lo que he oído, tú también.

Sus hombros, que hasta entonces estaban a la altura de sus orejas, se recolocan en su sitio.

—Ah, vaya.

Abro la puerta del cubículo hasta que por fin la veo de cuerpo entero.

Unos *leggins* negros cubren cada pulgada de sus tonificadas piernas. Lleva un jersey con cremallera de color gris oscuro remangado hasta los codos y unas zapatillas deportivas impolutas. Veo que también tiene pecas en los antebrazos y en los tobillos; es como si se hubiera pintado la piel pálida entre ellas.

Lleva un atuendo deportivo de lo más pulcro. Y es guapa. Guapísima.

Su tono es menos intimidante cuando me pregunta:

—¿Y cuánto has oído de este día mío tan horroroso?

Acercándome al lavabo, me apoyo en la encimera y la miro.

—He oído tu conversación en el pasillo con Fredrick. Regresé aquí para que él no me viera.

—Oh. —Asiente con la cabeza y aparta la vista de mí—. Entonces lo has oído todo.

—Deberíamos hablar con Recursos Humanos. También puedo hablar con Monty, el mánager, para que se lo diga al propietario del equipo…

—No, no quiero decirles nada. No es la primera vez que tengo que vérmelas con un jefe machista. Después de todo, soy una mujer que trabaja en el mundo del deporte.

—¿Jefe? ¿Así que vas a aceptar el trabajo?

—No sé… —Se interrumpe, y examina de arriba abajo mi metro noventa y dos de estatura, aunque con ropa normal no llamo demasiado la atención—. ¿Tú quién eres?

Es entonces cuando caigo en la cuenta de que no tiene ni idea de que soy campocorto del equipo para el que ella puede trabajar potencialmente, y me propongo utilizar esa identidad desconocida en mi provecho.

—Ahora mismo soy sencillamente alguien con quien hablar. Has dicho que necesitabas hablar.

Vislumbro cierto aire de desconfianza en su mirada cuando intenta evaluarme, pero la necesidad de desahogarse supera cualquier sospecha que yo le inspire.

—No puedo conseguir un trabajo en el deporte profesional. —De momento su admisión está en el aire—. No importa que me haya graduado en Columbia habiendo quedado la primera de mi clase. Tampoco cuenta que los médicos con los que hice mi residencia me pongan por las nubes cuando les piden mis informes. No importa que haya sido la médica jefa más joven de una escuela que ganó el campeonato mundial con su programa de atletismo. No, nada de eso importa porque tengo dos tetas y una vagina.

Ante tanto candor, se me ponen los ojos como platos.

—Oh, Dios mío. —Hace una mueca antes de taparse la cara con la mano derecha—. No me puedo creer que le haya dicho a un completo desconocido que tengo dos tetas.

—Más me habría impresionado que hubieras dicho que tenías tres.

Cuando mira a través de los dedos, esbozo una pícara sonrisa burlona. Ya no tiene los ojos empañados cuando se retira la mano de la cara y muestra una tímida sonrisa.

Tímida, sí. Pero una sonrisa al fin y al cabo.

Le tiendo la mano para estrechar la suya.

—Isaiah.

Me devuelve el gesto.

—Kennedy.

—Bueno, Kennedy, ahora que he dejado de ser un desconocido, cuéntame más cosas de esas dos tetas tuyas.

Intenta disimular una sonrisa, pero esta vez le sale una que es radiante y genuina.

—Buena la he hecho diciéndote eso, ¿no?

—Ya lo creo. —Ladeo la cabeza—. Me ha parecido oír que te llaman Kenny, ¿no?

Chasquea con la lengua. Me gusta ese sonido que implica tanta confianza en uno mismo.

—Nadie me ha llamado nunca Kenny. Simplemente adopté ese nombre después de recibir seis cartas de rechazo por haber usado el nombre de Kennedy.

—Vale, Kenny.

—¡Que no!

—Háblame de la oferta de trabajo.

Exhala un suspiro de agotamiento.

—Llevo intentando meterme en el deporte profesional desde que terminé las prácticas en la residencia. Mi objetivo es llegar a ser algún día la médica jefa de un equipo, pero todavía no he conseguido ni siquiera acercarme a mi meta. Hay tíos que fueron compañeros míos de clase que se licenciaron a trancas y barrancas y tienen unos informes mucho peores que los míos que, sin embargo, han conseguido trabajos que yo había solicitado. Así que cuando me ofrecieron aquí el puesto de segundo méd ico, pegué saltos de alegría. Cogí mis bártulos y, el pasado fin de semana, me instalé en un edificio del centro de Chicago. El doctor Fredrick y yo solo nos habíamos comunicado por correo electrónico porque, al estar fuera de temporada, se había cogido unas vacaciones. Posiblemente mis referencias no aludieran al hecho de que soy mujer; no estoy segura. Pero esta mañana, cuando me he presentado ante él, inmediatamente ha anulado la oferta de trabajo.

No solo es guapa, sino también lista. Lo ha pillado enseguida.

—Cuando el doctor Fredrick le dijo al jefe de Recursos Humanos que había habido un error y que el puesto de segundo médico no estaba disponible, le informaron de que legalmente tenía que contratarme para algún empleo. No creo que en Recursos Humanos sepan que su repentina decisión de no contratar a un segundo médico tiene algo que ver con que accidentalmente había contratado a una médica.

Parece que no puede parar de hablar, las palabras brotan de ella sin cesar.

—Y ahora me han ofrecido el puesto de entrenadora de atletismo de un nivel inicial, lo cual, no me malinterpretes, es un buen trabajo, pero yo no me he pasado toda mi vida adulta estudiando Medicina Deportiva para tener que pedirle a un médico un plan de tratamiento, ¿entiendes? —Me mira de arriba abajo—. ¿Y por qué demonios te estoy contando a ti todo esto?

Chasqueo con la lengua. Está nerviosa. Es entrañable.

—Porque se me da bien escuchar a la gente.

Surge de nuevo su tímida sonrisa.

—Entonces ¿qué crees que debería hacer?

¿Me lo está preguntando a mí? Supongo que lo hace porque no sabe nada sobre mí, no tiene ni idea de que soy la última persona a la que uno se dirige cuando necesita consejo. Soy el tío al que la gente se acerca solo cuando necesitan reírse o pasar un buen rato.

Mi hermano es el serio de los dos, y si Kai estuviera aquí en lugar de estar fuera jugando al béisbol para los Seattle Saints, le preguntaría a él qué consejo debo darle a esta chica. Es mi principal asesor y le echo muchísimo de menos.

Pero como no está aquí, soy yo quien debe aconsejarla.

Personalmente, creo que debería ir a ver al doctor Fredrick y darle una patada en los huevos, pero al mismo tiempo me encanta la idea de que trabaje aquí. Me gustaría mucho ver esa cara pecosa en todos mis partidos.

Resulta fácil hablar con ella, y además está haciendo que el peor día del año sea soportable. Incluso bueno.

—¿Tú qué quieres hacer? —le pregunto en lugar de darle mi opinión.

—Cómo te gusta responder a las preguntas con otra pregunta, ¿eh?

Sonrío burlonamente.

—Quiero trabajar en el mundo del deporte profesional —afirma escuetamente—. Casi nunca hay puestos disponibles porque para la mayor parte de la gente es un trabajo que dura toda la vida.

—Quieres trabajar en el mundo del deporte profesional —digo, repitiendo sus palabras.

Asiente muy seria.

—Debería aceptar este trabajo. Así al menos metería un pie en el mundillo del deporte. Pero es que el doctor Fredrick me parece espantoso, y si él trata así a las mujeres, no quiero ni imaginar lo horribles que serán los jugadores del equipo.

Qué golpe más bajo.

Desde luego somos una pandilla de idiotas, pero ninguno de los tíos es irrespetuoso.

—Yo…, ejem… —carraspeo—. Me aseguraré de que ninguno de los otros tíos del equipo te ponga las cosas difíciles.

Entorna los ojos con cara de desconcertada, pero aún mantiene esa bonita sonrisa en los labios que me provoca toda clase de sensaciones agradables.

—¿Quién eres?

—Dos tetas y poca memoria, ¿eh, Kenny? Ya te he dicho mi nombre.

—¿Trabajas en la oficina o para…?

—Debería salir de aquí. —Señalo la puerta del cuarto de baño—. ¿Me acompañas?

Me mira con recelo, y lo único que se me ocurre es sonreír como un imbécil por haber conseguido que esta chica tan lista me preste atención.

No soy tan ingenuo. Sé que se enterará de que soy uno de los jugadores, y si se ha tomado en serio la advertencia de Fredrick, una vez que sepa la verdad, no volverá a alegrarme nunca más el día. Así que por ahora me aprovecharé del poco tiempo que me queda.

Abro la puerta de los servicios para ella, y sin tener que agacharse, pasa por debajo de mi brazo hacia el pasillo.

—No se lo puedes contar a nadie —se apresura a decir.

—¿A qué te refieres?

—Si acepto ser entrenadora de atletismo, no le cuentes a nadie lo que ha dicho el doctor Fredrick ni hables de mis cualificaciones.

—Serías el primer médico que conozco que no quiere que nadie sepa que es médico.

—Isaiah, por favor.

Esas tres palabritas me dejan paralizado.

Mi nombre. Qué bien suena cuando lo dice ella.

También me gusta que me lo pida por favor.

Escudriño su cara y veo que hay desesperación en ella.

—No voy a contarle nada a nadie.

—¿Y sobre lo que has escuchado?

—¿Te refieres a la parte por la que me he enterado de que el doctor Dick odia a las mujeres?

—Sí, a esa parte.

—Sobre eso tengo algo que decir y, de hecho, lo diré ahora mismo.

Para que no siga hablando, me coge el antebrazo con su pálida y pecosa mano, que contrasta con mi piel bronceada por todo el tiempo que paso al aire libre jugando al béisbol. Pero antes de que pueda memorizar ese contraste, retira la mano al instante.

—Si voy a trabajar para él, ya tendré bastantes dificultades. No puedo empezar esta relación laboral con una queja al mánager o al propietario del equipo. Ya me las arreglaré yo sola.

Esta chica irradia independencia y determinación, y aunque solo mida aproximadamente un metro sesenta, tiene los hombros cuadrados y la espalda recta, lo que le hace parecer más alta y corpulenta de lo que realmente es.

Bien. Va a necesitar esa resolución para trabajar con ese gilipollas.

—*Cuando* —la corrijo—. *Cuando* trabajes para él.

Los dos nos lanzamos una sonrisa cómplice, como si hubiera un secreto que solo conocemos ella y yo.

—¿Te veré por aquí? —pregunta.

—Oh, sí, estoy segurísimo de que me verás con mucha frecuencia.

—¡Rhodes! —Cody, nuestro primer base, me llama cuando da la vuelta a la esquina y me encuentra frente a los lavabos de las chicas. Va con el uniforme completo, listo para las fotos que van a sacarnos hoy a todo el equipo—. Por fin te encuentro. ¡Date prisa! Las fotos empiezan dentro de cinco minutos y tu uniforme aún sigue colgado en tu taquilla del vestuario. Monty me ha mandado a buscarte.

Dicho lo cual, Cody da media vuelta y regresa corriendo al vestuario.

Miro a Kennedy con mi sonrisa más inocente en los labios.

Me da la impresión de que su piel ha empalidecido aún más.

—¿Eres un jugador?

—Campocorto —digo, guiñándole el ojo.

Todo indicio de su anterior sonrisa hace tiempo que se ha esfumado, y su conducta cambia al instante. Puedo notar físicamente el hielo del aire que la rodea. Está asustada. Confundida. Y un poco cabreada.

—Esta conversación nunca ha tenido lugar.

No duda un segundo en alejarse de mí; estoy seguro de que la advertencia de Fredrick ha hecho efecto en ella.

—¡Oye, Kenny! —la llamo, y se detiene mirándome de mala gana—. Te he prometido que me aseguraré de que los otros tíos no te hagan pasar un mal rato, pero en ningún momento he dicho nada de mí. —Sus labios se separan ligeramente y le lanzo otro guiño—. Te veré por ahí, doctora.

—¿Dónde te habías metido? —me pregunta Travis, nuestro receptor novato, mientras me quito la camiseta y dejo caer al suelo los vaqueros junto a mi taquilla para ponerme el uniforme nuevo como el resto de mis compañeros de equipo.

Su taquilla está a la izquierda de la mía, mientras que la de Cody está a mi derecha.

—Estaba ocupado.

Miro la foto que tengo de mi madre, mi hermano y yo pegada en la parte superior de la taquilla, donde no puede verla nadie, y la acaricio con el pulgar cuando dejo el reloj en uno de los estantes.

—Sí, claro. —Cody se ríe, señalando al otro lado del vestuario—. Ocupado con esa.

En calzoncillos, me doy la vuelta y reconozco a Kennedy hablando con el doctor Fredrick. Veo cómo este aprieta la mandíbula e infla las fosas nasales, y me doy cuenta de que en ese preciso momento ella le está diciendo que acepta el empleo.

Travis suelta un discreto silbido.

—Qué guapa.

—Y además lista —añado, pero no les digo nada más porque así me lo ha pedido Kennedy y porque me gusta saber algo de la nueva entrenadora de atletismo que nadie más sabe—. Eh, ¿de qué color os parece que tiene el pelo?

—Rojo —contesta sencillamente Travis.

—Venga ya, Trav. Te he dicho que tienes que ser más descriptivo para Isaiah —dice Cody, y se queda mirándola un momento—. Yo diría que es de color caoba. Es una mezcla de rojo cálido y castaño tierra, pero también tiene algo de cobrizo.

—¿Como un penique?

—Exacto.

Esa es la razón por la que siempre le pregunto ese tipo de cosas a Cody. El tío sabe que necesito los detalles.

Sin quitarle ojo desde el vestuario, observo que su mirada se cruza con la mía mientras Fredrick le está soltando algún rollo. Primero dirige la atención a mis pies y sube por las piernas desnudas, se detiene en mis calzoncillos y se toma su tiempo en mi pecho al descubierto. Y cuando llega a mi cara, esbozo la sonrisa más arrogante que puedo asegurándome de que sepa que la he pillado.

Aparta la mirada al instante, y no puedo remediar que me dé la risa.

Travis me toca el hombro.

—Bueno, ¿y sabes quién es?

Ese día en que todo me parece una señal, no dudo en decir:

—Mi futura esposa.

Los dos chicos estallan en una sonora carcajada, pero yo no pierdo de vista a la única mujer de todo el edificio.

Kennedy se mete detrás de la oreja un rebelde mechón de su cabello color caoba, y entonces es cuando lo veo: en su dedo anular izquierdo lleva un anillo de diamantes que es imposible que pase desapercibido, pero que, sin embargo, yo no había visto hasta este momento.

—Lo siento, tío. —Cody se ríe otra vez y me da una palmada en el hombro—. Parece que alguien se te ha adelantado.

Y así, sin más, este vuelve a ser mi peor día del año.

1

Isaiah

En la actualidad

—¿Qué pasa, colegas? —Agarro a Cody y a Travis por los hombros cuando me los encuentro en la planta del casino del hotel—. ¿Hacia dónde nos dirigimos?

—Ya era hora, Rhodes. —Travis, nuestro receptor, se escurre por debajo de mi brazo—. Tardas más que nadie en arreglarte, y encima tus calcetines están desparejados.

Me miro los pies, donde los pantalones llegan justo por encima de los tobillos.

—A mí me parece que están bien.

—Nos espera una mesa con bebidas en el club del Caesars Palace. —Cody señala hacia delante—. Vamos para allá.

Nuestro primer base se pone en movimiento dando grandes zancadas, el resto del equipo le sigue pisándole los talones y yo inicio la marcha al final del grupo.

Llevamos ya unos días en Las Vegas y esta es la última noche que vamos a pasar aquí. Todos los años, antes de que empiece la temporada, los chicos y yo emprendemos un viaje con la excusa de estrechar vínculos entre nosotros. Normalmente, vamos donde haga calor o un clima tropical a modo de premio por sobrevivir al crudo invierno de Chicago, y aunque en Las Vegas no hace demasiado calor en esta época del año, los sofocantes clubs llenos de humo y el alcohol nos mantienen a todos bien calentitos.

No es que tengamos que preocuparnos por el precio del alcohol ni por pagar demasiado en nada. Como equipo de béisbol profesional, nos regalan todo lo que cenamos en los clubs y todo el alcohol que nos entre cada noche que pasamos aquí.

Hace dos años, los Windy City Warriors ficharon a mi hermano mayor Kai, así que él también es un miembro más del equipo, pero no está con nosotros en Las Vegas porque ha preferido quedarse en Chicago con su hijo y con la que pronto será su prometida. Sin embargo, tengo aquí al resto de mis chicos, y aparte de pasar tiempo con mi familia, no hay nada con lo que disfrute más que saliendo de copas con mis amigos.

—¿Esta será tu noche? —Travis aminora el paso y se pone a la cola del grupo conmigo.

—¿Mi noche para qué?

—¿Será esta la noche en que hables en el club con alguien que no sean tus compañeros de equipo?

—No veo la necesidad. Este es un viaje destinado a confraternizar con el equipo. Y eso es lo que estoy haciendo, estrechar vínculos con mis compañeros.

—Vale, todos estamos haciendo el mismo viaje, pero tú eres el único que te has ido a casa solo las dos noches que llevamos aquí.

—No me interesa —digo, encogiéndome de hombros como para quitarle importancia al asunto—. Además, eso no es verdad. Lautner, el novato de Oregón, tampoco se ha ido a casa con nadie. Eso que sale ganando el chico.

—No te reconozco. ¿Qué ha sido de Isaiah Rhodes? ¿Cuándo has dicho tú que algo no te interesa? ¿Y desde cuándo has dejado de ser el rey de la fiesta? El año pasado en Miami tuvimos que prometerle a un poli dos entradas situadas tras la base del bateador para que no te arrestara. Te habías puesto a hacer estriptis en plena calle Ocean Drive.

—Estábamos en Florida. Hacía calor. Y sigo siendo el rey de la fiesta. Sencillamente ya no continúo la fiesta cuando salimos del bar.

Travis me lanza de reojo una mirada penetrante como diciendo que sabe exactamente por qué.

En realidad, todo el equipo sabe por qué.

Solo hay una mujer que haya despertado mi interés, y ahora que ya no lleva el anillo de compromiso de otro hombre, pasar el tiempo con alguna otra no me seduce lo más mínimo.

Mis compañeros de equipo también me han animado a que me olvide de ese sueño imposible porque, en su opinión, nunca se hará realidad. Creen que la única mujer de la plantilla del equipo nunca intentará nada con ninguno de nosotros, y menos conmigo. Es cierto que le he dado el coñazo a Kennedy Kay más que cualquier otro del equipo, pero solo porque le prometí que lo haría.

Y yo siempre cumplo mis promesas.

Cuando llegamos al siguiente hotel, hay una cola larguísima para entrar en el club, todos apretujados dándose empujones para entrar lo antes posible, pero afortunadamente Cody recibe una llamada en el móvil. La persona que le llama le dice que podemos utilizar la entrada de la puerta de atrás, lo que nos permite saltarnos alegremente la cola.

Al cruzar por la masa de clientes que siguen a la espera, de repente noto que una mano me agarra el bíceps.

—Vaya, yo te conozco —dice una voz femenina—. Juegas al béisbol para Chicago. Eres el número diecinueve.

Siguiendo el rastro de su mano, me encuentro con una mujer de pelo claro y maquillaje brillante.

—Ese soy yo.

Baja la mano por mi brazo.

—Rhodes, ¿no?

—Bueno, ahora hay dos Rhodes jugando para Chicago, pero sí, yo soy Isaiah.

Le tiendo la mano para estrechar la suya asegurándome de utilizar la que le obligue a dejar de tocarme.

—Bridget. ¿Y bien? ¿Qué te trae por Las Vegas?

—Un viaje para confraternizar con el equipo. —Hago un gesto hacia los tíos que me rodean.

Sus ojos lanzan un destello antes de señalarme al puñado de chicas que la siguen.

—Estamos aquí para celebrar mi cumpleaños.

—Bueno, pues felicidades. —Le guiño el ojo porque los viejos hábitos nunca mueren; soy un puto imbécil porque ahora se cree que estoy interesado, a juzgar por la sonrisa burlona que esbozan sus labios.

—¿Tenéis una mesa, chicos? Nos encantaría sentarnos con vosotros.

—Sí, tenemos una mesa. —Esperando no herir sus sentimientos, añado en mi mejor tono de decepción—: Pero es una noche solo de tíos.

—No es para nada una noche solo de tíos —oigo que replica Cody a mi espalda.

—Lo entendéis, ¿verdad? —continúo como si nadie hubiera oído a mi amigo.

—Desde luego que sí —dice Bridget sin dejar de parpadear, pero creo que está más avergonzada que decepcionada.

—Pero una cosa —interrumpo el proceso de sus pensamientos—. Venid a vernos dentro y me aseguraré de que el camarero ponga todas vuestras bebidas a mi cuenta, ¿vale? No vamos a dejar que la chica del cumpleaños pague sus propias copas, ¿verdad?

Endereza los hombros y su rostro recobra un poco de confianza.

—Me parece genial.

—Que lo paséis bien, chicas, y feliz cumpleaños, Bridget.

Balancea el cuerpo con coquetería.

—Gracias, Isaiah. Nos vemos ahí dentro.

Con las manos metidas en los bolsillos, sigo andando hacia la puerta de atrás como si no hubiera ocurrido nada fuera de lo normal. Porque, en mi opinión, no ha ocurrido nada fuera de lo normal.

—En primer lugar —dice Cody, que sigue mis pasos—, ¿cómo demonios puedes rechazar a una tía y conseguir que luego siga babeando por ti? Necesito un poco de ese encanto típico de Isaiah Rhodes.

Le hago un gesto de burla.

—Tú ligas mucho más que yo.

—Era guapísima, por cierto.

—Pues quédatela.

—Puede que lo haga.

—Y en segundo lugar —interviene Travis—, eres un auténtico idiota. Por el amor de Dios, mira que desperdiciar una ocasión así… Cody, ¿verdad que, si no usas la polla, se te cae? ¿Es que Isaiah va a morir como virgen renacida?

—No sabría decirte. Yo uso mucho la polla. —Cody detiene sus zancadas—. Un momento. ¿Cómo virgen renacida? ¿Y todo por la tal Kennedy?

—Iros los dos a tomar por culo.

Travis se ríe.

—Isaiah, deberías dejarlo. Llevas tres años intentándolo.

—No han sido tres años.

—Llevas detrás de esa chica desde el día en que apareció por primera vez cerca de los vestuarios.

—Sí, pero solo hace ocho meses que me enteré de que no tenía novio, de modo que técnicamente solo llevo ocho meses envuelto en esta historia.

—¡Guau! —exclama Cody—. Trav tiene razón. Eres un idiota.

Le doy un cachete en la nuca.

—¿Recordáis la última noche, cuando habíamos tomado unas copas y os dije que vosotros dos erais mis mejores amigos?

—Sí.

—Pues lo retiro. Los dos apestáis.

Se abre la puerta del club y el gorila señala a Cody con la cabeza, permitiendo de este modo que pase el equipo, con nosotros tres a la cola.

—Solo lo hacemos por tu bien. —Cody echa el brazo sobre mis hombros—. Llevas años intentando enrollarte con ella y mira el resultado que te ha dado.

No estoy intentando enrollarme con ella. Bueno, puede que le haya vacilado descaradamente durante los tres últimos años, pero no iba para nada en plan serio. Ella estaba prometida. Pero ahora…, ahora no lo está. Ahora mis intenciones son muy muy serias, solo que ella cree que yo sigo en plan de broma.

Llamadme ridículo. Llamadme supersticioso, pero el día que la conocí hace tres años fue para mí como una sentencia del destino. Por una vez, lo que normalmente considero el peor día del año adquirió de pronto el brillo de una estrella.

En los dieciocho años que hace que perdí a mi madre, solo recuerdo haber sonreído una vez sinceramente en esa fecha del calendario, y eso fue la mañana en que Kennedy irrumpió en los lavabos de chicas y, a renglón seguido, en mi vida.

Siguiendo a mis compañeros de equipo, entro dando codazos en el club y alzo la voz por encima del ruido ensordecedor:

—¿No creéis en el destino, tíos?

—Joder, Rhodes. —Travis ladea la cabeza hacia mí—. ¿De verdad acabas de gritar «¿no creéis en el destino, tíos?» en mitad de un puto club de noche? Por el amor de Dios, ve a echar un polvo.

A Cody le da la risa cuando el gorila cierra la puerta detrás de nosotros.

—Empezaré a creer en el destino en el momento en que Kennedy decida voluntariamente pasar el rato contigo fuera del trabajo.

Travis interviene:

—Olvídate de que pase el rato con él. Llegados a este punto, yo creeré en el destino cuando Kennedy se digne a decirle una sola palabra fuera del trabajo.

Avanzando hacia el fondo, sigo a mi grupo hasta la mesa que nos han preparado en el abarrotado club.

—No tenéis fe. Algún día lo veréis. —Extiendo las manos—. ¡Está escrito en el destino!

Sin mirar, me choco con alguien que hay a mi espalda y le piso el pie sin querer. Me tambaleo, pero recupero el equilibrio, y hasta por encima de la música oigo su quejido de dolor.

—Jo, mierda. —Me doy la vuelta justo a tiempo de agarrarla por los brazos y evitar que se caiga—. ¡Lo siento! Lo siento mucho. No estaba mirando.

—Eso está claro.

El pelo de la mujer le tapa la cara como una cortina, mientras se descalza el pie lesionado y cojea sobre un solo zapato de tacón alto.

Ese pelo.

Incluso en la oscuridad del club reconozco ese pelo. Es un color que he memorizado. Cody fue el primero que me enseñó a distinguirlo: caoba.

Ahora yo lo llamo Kennedy Kay Caoba, que suena genial.

—¿Kenny?

Noto que al instante se le agarrota el cuerpo antes de alzar sus ojos marrones para mirarme con cautela.

—¿Isaiah?

—Hola.

Su cara de susto no evita que mis ojos la recorran de pies a cabeza.

Dios mío, está impresionante. Rara vez la veo sin ropa deportiva, es decir, sin el uniforme del polo y los *leggins* negros de los Warriors. Esta noche, en cambio, va con el pelo suelto, peinado con mucho estilo y lleva un minivestido blanco con zapatos a juego que le dejan sus pecosos brazos y piernas al descubierto.

Está guapísima. Su atuendo parece caro y elegante y le sienta como si estuviera hecho a medida.

—Isaiah.

—¿Sí?

—Te he preguntado qué estabas haciendo aquí.

Dirijo inmediatamente la atención al pie que acabo de pisar. Kennedy aún sigue sosteniendo el peso sobre la otra pierna porque está claro que le he hecho daño. Hago amago de agacharme, pero caigo en la cuenta de que examinar el pie de alguien en un club queda rarísimo, esté o no aplastado.

—¿Te duele? Puedo pedirle un poco de hielo al camarero.

—No hace falta. Sorprendentemente, el pie está más dolorido por llevar estos tacones tan altos que por haber sido pisado por noventa kilos de músculo.

Una sonrisa burlona ilumina mis labios.

—Veo que controlas mis datos físicos, ¿eh, Ken? Sabía que estabas obsesionada conmigo.

—No te hagas ilusiones, Rhodes. Mi trabajo consiste exactamente en conocer vuestros datos físicos. ¿Qué estás haciendo aquí?

—Es nuestro viaje de pretemporada para confraternizar. Bueno, de temporada prerregular y entrenamiento posprimaveral. —Señalo hacia mis compañeros de equipo, que están siendo llevados a un rincón sin salida del club. Cody y Travis la saludan desde la otra punta de la sala.

Aunque resulta difícil distinguirlo con tan poca luz, Travis está meneando incrédulo la cabeza de un lado a otro, al mismo tiempo que puedo leer en los labios de Cody las palabras: «Tienes que estar gastándome una broma».

—Oh —dice Kennedy al ser saludada—. Está aquí todo el equipo.

—Solo falta Kai. Se ha quedado en casa con Max y Miller. —Moviéndome hacia nuestra mesa, añado—: Ven a estar un rato con nosotros.

—Parece una noche solo de chicos.

Hago un gesto de burla.

—Para nada es una noche solo de tíos.

Kennedy se vuelve para mirar hacia nuestra mesa y noto un poco de añoranza en sus ojos, como si realmente quisiera pasar un rato con nosotros. Es muy distinto del «no» inmediato que recibo cada vez que la invito a hacer algo fuera del trabajo.

—No puedo. —Señala con el pulgar por encima del hombro hacia un grupo de chicas, todas ellas engalanadas de blanco menos una que lleva un vestido plateado cegadoramente brillante—. He venido para celebrar una despedida de soltera.

Doña Destellos Plateados lleva un falso velo y una banda que le cruza el pecho en la que pone: FUTURA SEÑORA DANFORTH. Está posando para hacerse una foto con cada una de las chicas vestidas de blanco que la rodean.

Posando con todas menos con Kennedy.

—Me dirigía a la barra para pedirles a las chicas otra botella de champán —continúa.

Los flashes de luz estroboscópica iluminan la oscura sala lo justo para ver la enorme cola que hay en la barra de gente esperando para pedir copas.

—¿No tenéis quien os sirva la mesa? Vas a tener que hacer una hora de cola en la barra.

—Eso es lo que yo esperaba.

Entorno perplejo los ojos.

—Ven a nuestra mesa. Allí puedo pedir para ti.

—Isaiah —suspira—, ya sabes que no puedo hacer eso. Trabajo para el equipo.

—Y tú eres la única persona de la plantilla que cree que no puede pasar el rato con nosotros. No hay reglas que impidan hacer amigos.

—Para mí es diferente, y tú lo sabes.

Aunque no quiera darle la razón, en cierto modo sé que para ella es diferente. Ninguno de los chicos del equipo cambiaría nunca de opinión sobre ella si se tomara unas copas con nosotros. Todos seguiríamos estando de acuerdo en que es la mejor entrenadora de atletismo de la plantilla. Y yo seguiría siendo la única persona que sé que ello se debe a sus excelentes cualificaciones.

No tendría ningún problema por ese lado, pero trabaja a las órdenes de un médico jefe que está deseando encontrar una razón para ponerla de patitas en la calle. Aunque esa razón sea alguna historia inventada derivada de imágenes que hayan ido a parar a internet de ella pasando un rato con nosotros en Sin City.

Kennedy, a diferencia de los otros empleados varones, tiene que hacer un esfuerzo adicional para asegurarse de que su línea profesional está claramente trazada.

La muchedumbre se arremolina a nuestro alrededor, empujando y abriéndose camino hacia la pista de baile, de modo que Kennedy invade mi espacio para huir de la multitud en busca de refugio de los cuerpos que la aplastan. Echando un vistazo al grupo de mujeres con las que ha venido, se acerca otro paso a mí.

Es la cosa más extraña que le he visto hacer.

El hecho de que yo no sea la última persona de la sala con la que quiera estar me resulta sorprendente y, al mismo tiempo, preocupante.

—Kenny, ¿te encuentras bien?

—Sí, sí, es que hace mucho calor aquí dentro.

—¿Y por eso te acurrucas a mi lado en un club nocturno? Podemos volver a mi habitación si te apetece. —Agachándome, le susurro—: Me encanta acurrucarme después de hacerlo.

—Cállate, por favor —dice con voz monótona, y ni siquiera intenta alejarse de mí.

—Ken, ¿con quién has venido?

No se vuelve a mirar su mesa, pero señala hacia la chica alta del vestido brillante.

—Mi hermanastra. Es su fiesta de despedida.

—¿Y no os lleváis bien…?

—Es complicado. —Da la impresión de que traga saliva—. ¿Puedes quedarte aquí conmigo uno o dos minutos? Solo necesito un descanso antes de regresar.

Esto es lo que los demás no ven. Por eso no he renunciado al cuelgue que tengo con ella. Kennedy está cómoda conmigo. Puede hacer como que me odia, es cierto. Y yo puedo darle el coñazo a base de bien, pero hay momentos como este en los que yo soy la persona a la que recurre. Desde aquel encuentro en los lavabos, hay una tácita complicidad entre nosotros. Tal vez sea porque conozco un secreto suyo y no lo voy contando por ahí, no lo sé. Pero en el fondo Kennedy confía en mí.

Echando un vistazo a nuestra mesa, Cody me hace señas para que me una al grupo, pero cuando miro a mi entrenadora de atletismo favorita tan agarrada a mí mientras la gente nos empuja, no encuentro por ningún lado a esa mujer resuelta que acostumbro a ver en el trabajo. Se siente incómoda y me da mucha rabia.

Me acerco a su oído y me la juego por milésima vez en estos ocho últimos meses.

—¿Quieres salir de aquí?

Sus grandes ojos castaños revolotean hacia los míos.

—Por favor.

Me da un vuelco el corazón porque lo último que me esperaba cuando ha empezado esta noche es que Kennedy Kay se mostrara conforme con pasar un rato conmigo.

Pero ya es medianoche y, oficialmente, el peor día del año, de manera que interpreto esto como una señal.

Su hermanastra y todas las otras mujeres vestidas de blanco están ahora rodeadas por un montón de chicas que llevan cantidades ingentes de botellas de champán iluminadas con bengalas, que bailan y animan a la que pronto será la novia de una boda.

—Vámonos —le digo, empujándola con suavidad hacia la puerta con la mano en la parte baja de su espalda.

Se estremece ligeramente cuando entramos por primera vez en contacto, pero enseguida se adapta a mi palma y permite que la guíe hacia el exterior.

Una vez que salimos, miro el chat del grupo con mis dos mejores amigos y encuentro que ya tengo varios mensajes esperándome.

Cody: *La madre que te parió.*

Travis: *No me puedo creer que nuestra Kennedy esté aquí.*

Yo: *Querrás decir MI Kennedy. Y además nos vamos.*

Travis: *¿Cuánto tardarás?*

Yo: *No pienso volver.*

Cody: *¿Qué me dices, tío?*

Yo: *Os veo mañana en el aeropuerto, chicos.*

Cody: *Me siento como si estuviera viviendo en una realidad virtual. Esto no puede ser real.*

Travis: *El puto cabrón de Isaiah Rhodes… ¿Qué hay de la noche solo de tíos que defendías con tanta tenacidad?*

Yo: *Se ha cumplido el destino.*

2

Kennedy

Si hace un año me hubierais dicho que Isaiah Rhodes estaría paseando por Las Vegas a mi lado, habría dado por supuesto que estabais mal de la cabeza.

Y si me hubierais dicho que la razón por la que me encuentro en Las Vegas es que estoy asistiendo a la despedida de soltera de mi hermanastra, me habría echado a reír descaradamente.

Y si me hubierais dicho que el hombre con el que se va a casar es mi exnovio, habría pensado seriamente en internaros.

Porque durante toda mi vida de adulta, Connor Danforth y yo sabíamos que nos íbamos a casar el uno con el otro.

Además, mi hermanastra y yo nunca hemos sido lo bastante amigas como para invitarnos mutuamente a las celebraciones personales.

Ah, y la mayor parte del tiempo no soporto a Isaiah Rhodes.

Sin embargo, aquí estoy, admitiendo que esas tres cosas son actualmente mi cruda realidad.

Isaiah cierra la puerta trasera del club y salimos a la calle; de la música atronadora ya solo llega una leve vibración y me siento aliviada tras el pánico que he pasado ahí dentro.

¿En qué coño estaría yo pensando cuando accedí a abandonar el club con él? Estaba desesperada por salir de allí, esa es la razón. Y aunque nunca lo admitiré en voz alta, hay una complicidad entre Isaiah y yo de la que nadie sabe nada.

Pero es un hombre engreído y, a veces incluso, directamente pueril, y eso me pone de los nervios. No soy para nada su tipo, y cuando el aire fresco de Nevada me da en la cara y despeja la niebla que hay en mi cerebro, lo veo todo claro.

—Estoy alojada dos hoteles más allá. Doy la noche por terminada; me voy a dormir.

Levanto rápidamente la mano para llamar al taxi más cercano, pero Isaiah me la baja a la misma velocidad.

—Una copa, Ken.

—No.

Menea la cabeza de un lado a otro.

—Hagamos otra vez la prueba con esa respuesta. Preferiría mil veces que me miraras con esos ojos de corza y susurraras «por favor».

—Estupendo. «Por favor», no seas pesado. Deja ya de hablar.

—No sigas coqueteando conmigo, Kenny.

—Vuelvo a mi hotel.

Echo a andar en esa dirección, pero por culpa de los zapatos de tacón y de que mis piernas son mucho más cortas que las suyas, Isaiah me adelanta y se pone a andar hacia atrás, con lo cual no me queda más remedio que verle la cara mientras camino.

Aunque odie admitirlo, Isaiah Rhodes está buenísimo. Me di cuenta el primer día que empecé a trabajar para los Windy City Warriors, cuando creía que era un desconocido encantador que solo quería hablar de mis problemas con la oferta de trabajo de entrenadora y no uno de los jugadores del equipo.

Hoy va vestido todo de negro, incluidos los zapatos. Se me hace raro porque estoy acostumbrada a verlo con ropa de diferentes colores mal combinados.

Esta noche, su pelo castaño claro parece pulcramente peinado, pero estoy segura de que se ha limitado a pasarse los dedos hasta dejárselo así de bien. El tío tiene buen pelo.

Es guapo de cara y tiene también un cuerpo impresionante; lo malo es que lo sabe.

—Bueno, ¿qué pasa contigo y tu hermanastra? —me pregunta.

—Estoy demasiado sobria como para hablar de eso ahora.

Sonríe con una chispeante picardía, acentuada por un lunar que luce debajo del ojo derecho.

—Eso tiene arreglo.

Dejo de andar en pleno Strip de Las Vegas.

—Isaiah, tengo frío y me duelen los pies. Este fin de semana me ha dejado hecha polvo. Lo único que quiero es meterme en la cama y volar mañana a Chicago, a casa.

—Una copa, Kennedy. Es la primera vez que estoy contigo fuera del trabajo. Una copa y te prometo que luego te llevo de vuelta al hotel.

Nunca me he ido de copas con ninguno de los jugadores. Ni siquiera he estado con ninguno de ellos fuera del trabajo, salvo la noche de la inocente fiesta de pijamas en casa del hermano de Isaiah del año pasado, porque había bebido demasiado con la novia de Kai y no podía volver a casa conduciendo.

Isaiah me ha pedido que salgamos innumerables veces, pero siempre le he dicho que no. Sin embargo, esta noche... Esta noche me siento desesperada e inquieta. Por primera vez en mi vida, esta noche me siento temeraria.

Ni siquiera debería estar en esta ciudad, no debería haber asistido a la despedida de soltera de la mujer que va a casarse con mi exnovio. Así que a tomar por culo: una copa no puede hacerme daño.

—Invitas tú.

De nuevo veo esa diabólica sonrisa.

—Con mucho gusto. Pero antes... —Escudriña la zona—. Ven conmigo.

Me acerca el codo para que se lo agarre, pero yo me cruzo de brazos para abrigarme. Suelta una carcajada, mete las manos en los bolsillos y me hace un gesto para que le siga.

—¿Has olvidado toda esa parte de que me duelen los pies? Llevo diez centímetros de tacón, Rhodes.

—Lo sé. Ahora casi me llegas a la altura del pecho.

—Muy gracioso. —Enmudezco mientras acelero el paso; tengo que dar dos pasos por cada uno que da él al cruzar la calle—. A mi hotel se va por ahí. ¿No crees que deberíamos ir en esa dirección y tomar una rapidita por el camino?

Isaiah se detiene en mitad de la calzada y casi me choco con su espalda. Se vuelve hacia mí sin importarle que el semáforo se haya puesto rojo y los coches estén esperando a que crucemos.

—Kenny, voy a necesitar que te dejes llevar. Acabo de dejar a mis compañeros de equipo, y aunque estoy encantado de estar donde estoy ahora mismo, esta noche vamos a hacer las cosas a mi manera. Y en ningún momento he dicho que esa única copa tengamos que tomarla deprisa.

Un conductor toca la bocina, pero Isaiah ni se inmuta.

—Tenemos que cruzar la calle.

—No me pienso mover.

Suspiro resoplando un mechón de pelo ondulado que me cruza la cara.

—No sé dejarme llevar.

—Lo sé. Dame una noche y déjame que intente enseñarte. Confía en mí; será muy divertido.

El del coche vuelve a tocar el claxon; esta vez nos dedica un largo bocinazo.

—Era solo una copa.

—En ningún momento has hablado de lo deprisa que he de tomarla. Puedo tardar toda la noche.

—¿Podemos movernos? Dios mío, estamos en medio de la calle, nos van a atropellar.

—Solo si estás de acuerdo con hacer esta noche las cosas a mi manera.

—Isaiah…

—Kenny…

De nuevo suena el claxon; el conductor da un volantazo y nos rodea mientras levanta el dedo medio hacia nosotros.

—De acuerdo —digo—. ¿Podemos salir de en medio de la calle, por favor?

Por fin Isaiah echa a andar y acabamos de cruzar.

—¿Cuál es tu número de zapatos?

—¿Cómo?

—¿Qué número de zapatos usas?

—El treinta y seis. —Tal y como lo digo, parece más una pregunta que una afirmación—. ¿Por qué?

Gira bruscamente hacia la izquierda y me abre la puerta de un centro comercial que está pegado a uno de los hoteles. Incluso después de medianoche, las tiendas están abiertas y llenas de gente.

Sin aminorar el paso, Isaiah va derecho a la tienda Vans, a la sección de calzado para mujeres.

Coge un par de un estante de la pared.

—Te gusta el rojo, ¿no? Siempre llevas el conjunto rojo del equipo.

—Esas zapatillas no son rojas. Son de un color rosa vivo.

—¿De verdad? —Inclina la cabeza y se las queda mirando un instante, antes de colocarlas de nuevo donde estaban—. ¿Te gustan a cuadros? Max tiene unas Vans a cuadros.

Max es su sobrino de dos años, del que está enamorado.

—La verdad es que no mucho.

—No, los cuadros no son lo tuyo. —Examina de nuevo la pared donde están expuestas las Vans y se centra en un par que son negras con una sola franja blanca y tienen plataforma—. Estas. ¿Te gustan estas?

Son monísimas, no voy a mentir. Menos cuando voy con el uniforme rojo y azul marino del equipo, siempre suelo llevar colores apagados. Y las plataformas me harán más alta. Medir uno sesenta no es lo peor del mundo, pero resulta un poco duro si trabajas con unos hombres gigantescos y notas que tu jefe te mira desde arriba con desprecio.

Lo digo en sentido metafórico, pero…

—Sí, me gustan.

Isaiah las lleva al cajero.

—¿Tienen el número treinta y seis de estas?

—¿Qué estás haciendo?

—Comprándote unas zapatillas. Te duelen los pies.

Saco mi tarjeta de crédito de la cartera, pero Isaiah me la quita y la mete en su bolsillo de atrás sin mirarme. Sigue recorriendo tranquilamente el pasillo, coge un par de calcetines del estante que hay al lado de la caja y descuelga una cazadora vaquera; me lo enseña todo para que le dé su aprobación.

—Puedo pagarme mis propios zapatos.

—Y yo te dije que te invitaba a una copa.

—Esto no es una copa.

—Esto forma parte de la copa. No quiero echar a perder esta oportunidad porque te duelan los pies o porque tengas frío mientras tomamos algo y después no quieras volver a salir conmigo.

—Isaiah, no se trata de ninguna oportunidad, es solo una copa.

Me ignora por completo cuando el cajero vuelve a la caja con la bolsa de las Vans en la mano.

Isaiah le entrega su tarjeta de crédito y, con la mía todavía en su bolsillo trasero, paga mis calcetines, las zapatillas y la cazadora vaquera y luego me lo da todo a mí.

—Quítate esos zapatos de tacón y vamos a tomar una copa.

De la araña de cristal que ocupa el centro del salón sale una luz esplendorosa teñida de rosa y púrpura gracias a las cortinas que engalanan las paredes. Esa araña es la que da nombre al bar de lujo ubicado en el centro del Hotel Cosmopolitan.

A través de la multitud, sigo de cerca a Isaiah, que se va abriendo camino hacia la barra. Lleva la mano atrás por si acaso necesito cogérsela para no separarnos, pero no lo hago. Aunque me cuesta trabajo seguirlo por la cantidad de cuerpos que tengo que esquivar, nunca me ha gustado el toqueteo casual.

Cuando llegamos a la barra y encontramos los dos únicos taburetes desocupados, Isaiah retira uno para mí con la mano que le queda libre, pues en la otra lleva mis zapatos blancos de tacón de la marca Louboutin que me he quitado para ponerme las zapatillas deportivas.

—Una copa —le recuerdo cuando me subo al taburete.

—En eso habíamos quedado.

Sentada allí arriba e incapaz de encontrar el reposapiés, veo cómo la mirada de Isaiah recae sobre mis pies antes de soltar una de sus risitas.

—¿Te he dicho últimamente lo mucho que me desagradas?

—Mmm… —murmura—. Te advierto, Ken, que me encanta cuando eres malvada. Eso me pone.

—¿Por eso no me has dejado en paz todos estos años? Tendría que haber sido más simpática contigo, me temo.

—Simpática o antipática, te habría dado el coñazo de todas maneras.

Cuando ocupa su sitio a mi lado, su atención se dirige a mi mano izquierda, cuyo dedo anular ahora está completamente desnudo.

Aunque ya hace un año que no llevo el anillo de compromiso, siento el dedo demasiado ligero. Demasiado vacío. Supongo que eso es lo que pasa después de haber lucido durante cuatro años una llamativa sortija de diamantes de ocho quilates.

El tío que está sentado a mi otro lado suelta una risotada de borracho y se echa hacia un lado apoyándose en mi hombro. Solo cuando me lo quito de encima, se da cuenta y me pide disculpas.

—Huy, perdón —dice, echando una larga ojeada a mis piernas desnudas.

Mientras me ajusto la cazadora vaquera, pillo la mirada de advertencia que le lanza Isaiah, haciendo que el tipo vuelva a centrar la atención en sus amigos.

—Que se ande con ojo el tío ese —murmura, y acerca mi taburete al suyo.

No puedo evitar que me dé la risa. Aunque Isaiah me mira descaradamente de arriba abajo, no siento la necesidad de esconder cada pulgada de mi cuerpo, y eso que su mirada puede ser un tanto insolente. Sin duda se debe a esa extraña complicidad que tengo con él.

Cojo la carta de cócteles del mostrador.

—¿Qué vamos a tomar?

—¿Vamos? Por Dios, Kenny, es nuestra primera cita. No sabía que ya éramos un «nosotros».

—¿A qué hora de la noche te vuelves menos detestable?

Se encoge de hombros mientras echa un vistazo a la carta de bebidas.

—Dicen que cuando ya llevo tres o cuatro copas. Bueno, ¿qué vamos a tomar?

—No lo sé. No soy muy bebedora.

—¿Nunca lo has sido? ¿Ni siquiera cuando ibas a la facultad?

—No precisamente. Estaba demasiado ocupada estudiando para los exámenes, no tenía tiempo de pasarme el día bebiendo y acabar como una cuba.

La verdad es que también estaba un poco demasiado ocupada intentando ser perfecta, pero esa historia se la contaré otro día.

Se le forman unas arruguillas en los ojos mientras una sonrisa ilumina sus labios.

—¿Quieres que pida yo por ti?

—¿Y me vas a pedir una copa enorme que me lleve horas terminarla porque solo me voy a tomar una contigo?

—No, señora. Te voy a pedir una bebida normal que creo que te gustará, y cuando la termines, si sigues queriendo volver a tu hotel, daremos la noche por terminada.

Sorprendida, levanto una ceja.

—¿Te rindes ya, Rhodes?

—Tengo fe en que querrás quedarte conmigo durante un poco más de lo que tardes en beberte una sola copa.

—Qué fanfarrón eres.

—Seguro de mí mismo —me corrige.

Es cierto que Isaiah Rhodes es una persona segura de sí misma, pero de esa manera bobalicona e irritantemente carismática que no resulta demasiado asfixiante. Siempre se le ve tranquilo y relajado.

Pero después de estos años, me doy cuenta de que también es temerario y, a veces, demasiado despreocupado. Desde que le conozco ha sido siempre el rey de la fiesta. No piensa mucho en el futuro ni en las consecuencias de sus acciones. Esa espontaneidad y esa despreocupación probablemente tengan que ver con ser el hermano pequeño de alguien que siempre se ha encargado de asumir las responsabilidades.

Soy sincera cuando digo que no le conozco mucho más, pero podría imaginarme a Isaiah Rhodes provocando que las chicas listas hagan estupideces. Razón por la que yo nunca le he dado importancia al coqueteo constante que lleva practicando conmigo desde hace años.

Solo desea algo que no puede obtener. Si alguna vez yo cambiara de opinión y me rindiera, se le pasaría la emoción de la caza.

—¿Qué te parece el tequila?

—Me parece que me hace tomar decisiones equivocadas.

—Perfecto. —De nuevo esboza su típica sonrisa antes de volverse hacia el camarero y pedirle dos copas de lo mismo.

Isaiah, con mis zapatos de tacón en su regazo, estira las piernas alrededor de mi taburete y se queda mirando hacia mí.

—¿Cuándo le vas a decir al doctor Fredrick que te ascienda?

Exhalo una risa de perplejidad.

—¿Cuánto tiempo llevas esperando para hacerme esa pregunta?

Mira al reloj de su muñeca y, por alguna razón, hace un gesto de sorpresa cuando ve que ya han dado las doce.

—Hoy hace justo tres años.

—¿Tres años?

—Nos conocimos hoy hace tres años y, desde entonces, llevo todos los días pensando en hacerte la pregunta que te acabo de hacer. Estás sobradamente cualificada, Kenny, y yo soy el único que lo sabe. Estás vendando tobillos y aplicando bolsas de hielo cuando en realidad eres médica.

—¿De verdad que te acuerdas del día exacto que nos conocimos?

¿Será posible? Sabía que Isaiah estaba un poco colgado por mí, pero siempre había dado por descontado que era la típica broma entre él y sus compañeros de equipo. Algo así como: «¿Esta es la única chica de la plantilla? Ah, pues pienso tirármela».

—Kennedy, céntrate. La temporada empieza la semana que viene, y creo que ya va siendo hora de que le digas algo. Fredrick te asigna siempre los peores turnos y te encarga las cosas que menos responsabilidad requieren. ¿Te conformas con eso?

¿Por qué se acordará del día en que nos conocimos? Ese día no pasó nada significativo, salvo que me contrataron como entrenadora. Un empleo que, en cierto modo, me ha llegado a gustar, aun sabiendo que no estoy aprovechando todo mi potencial. Mi jefe es un impresentable, pero me gustan los desafíos que plantea el deporte profesional. Y los viajes. Y los fans. Y el subidón de la postemporada.

—No le voy a decir nada, y tú tampoco.

—Ken…

—Ya soy candidata a un ascenso.

Se echa un poco hacia atrás.

—¿De verdad?

—Sí, pero no con los Warriors.

Los ojos marrones de Isaiah se ponen a girar cuando el camarero coloca las copas a nuestro alcance.

—Déjame adivinar… Atlanta quiere contratarte.

Mi hermanastro Dean, que también es uno de mis mejores amigos, juega de segundo base en Atlanta, y resulta que él e Isaiah se criaron en la misma ciudad y se consideran rivales desde hace tiempo. Dean y yo nos convertimos en hermanastros cuando terminamos el instituto y no nos hicimos amigos íntimos hasta la universidad, de modo que yo no supe que conocía a Isaiah hasta que se presentó el Día de la Familia de la temporada pasada en Chicago y me enteré de su historia.

—No, Atlanta no. San Francisco.

Isaiah hace una pausa al llevarse la copa a los labios.

—¿California? Pero si eso está en la otra punta del país.

—Ya, pero hace un tiempo maravilloso, y su médico del equipo se va a jubilar después de esta temporada. Como su segundo médico no quiere el ascenso, están buscando a un sustituto, y el tutor para el que trabajé en una beca de investigación me ha recomendado para el empleo.

Noto que cada una de mis palabras destila emoción. Es el trabajo con el que siempre he soñado, para el que llevo preparándome desde que cumplí veinte años, y soy una de las tres personas candidatas para el puesto. Solo tengo que terminar bien este año con los Warriors y hacer una buena entrevista cuando llegue la hora, y ese trabajo puede ser mío.

—California... —repite Isaiah, escudriñándome la cara con la mirada.

Bebo un buen trago de mi bebida y asiento con entusiasmo tanto por la perspectiva de lo que pueda depararme el año que viene como por lo bueno que está este cóctel; apenas se nota que lleva tequila.

—Seré la primera médica principal en la MLB, las Grandes Ligas de Béisbol.

Isaiah sonríe.

—Como debe ser, Kenny. Es asombroso. Te mereces lo mejor.

Yo aún sigo intentando convencerme de ello.

—Pero para que me aclare —continúa—. ¿No vamos a decirle al doctor Fredrick que es un puto machista y que su opinión de las mujeres en el deporte con toda probabilidad sea la razón por la que le dejó su esposa el año pasado?

Contrariamente a lo que suelo hacer con Isaiah, esta vez me desfogo con una sonora carcajada.

—No hasta que haya firmado mi nuevo contrato y esté a muchos kilómetros de aquí.

Suspira resignado mientras se reclina en el asiento.

—Así que California, ¿eh? ¿Sabías que es mi lugar menos favorito?

—¿Y cuándo has decidido eso?

—Hace unos dos minutos.

Se termina la copa en dos tragos y deja el vaso encima de la barra.

—Cuando estés lista, te acompaño de vuelta a tu hotel.

«Qué cosa más rara».

—¿Estás seguro? ¿Me has comprado calzado cómodo y una cazadora para tomar una sola copa? ¿Una sola copa que, por cierto, te has bebido en menos tiempo del que han tardado en prepararla?

—Dijiste que una copa nada más.

—Puede que haya cambiado de opinión.

Isaiah alza sorprendido las cejas.

—¿Me estás diciendo que quieres quedarte a tomar otra copa conmigo, Kenny?

Nunca he sido tan impulsiva como él y siempre me ha gustado trazar una línea clara entre el trabajo y la diversión, pero con Isaiah me siento cómoda. Una comodidad que no siento con nadie más cuando estoy trabajando. Quizá se deba a que es la única persona de Chicago que sabe mi secreto, y ahora es el único con el que puedo compartir esta emocionante novedad.

O tal vez sea porque la línea de meta ya está cerca. Solo me falta una temporada para desempeñar el trabajo con el que siempre he soñado. Y quiero divertirme un poco, claro que sí, y dejar de ser tan perfeccionista y hacer alguna travesura después de este fin de semana tan infernal.

—Sí. —Apuro mi cóctel—. Quiero tomarme otra copa contigo.

3

Isaiah

No tengo ni puta idea de cómo he llegado aquí después de haber bebido Dios sabe cuántas copas con Kennedy Kay. En algún momento salimos del Cosmo y recorrimos otros tres bares más. ¿O fueron cuatro?

Yo qué cojones sé.

Kennedy tiró sus zapatos de tacón a un cubo de basura, pero como me había fijado en que eran de una marca buena mientras los llevé en la mano, volví y los saqué del cubo, pues imaginé que, cuando estuviera sobria, se cabrearía muchísimo por haber tirado unos zapatos tan caros.

Ha ganado cien pavos en la máquina tragaperras de un karaoke en el que no había nadie más joven de cuarenta años y de donde, en cuanto yo acabé de cantar una versión de «Touch My Body», de Mariah Carey, nos largamos porque las maduritas empezaron a tomarse al pie de la letra lo que dice la canción.

He llevado a Kennedy a su primer club de estriptis, donde enseguida ha repartido todos los billetes de mi cartera, y ahora estamos los dos con un pedo tremendo frente a las fuentes que hay delante del Hotel Bellagio.

Me pongo a pensar.

Sigo sin tener ni idea de dónde estamos, pero se oye música y hay luces y sopla una ligera brisa que enfría mi piel ardiente. En serio, estoy que abraso. ¿Seré alérgico al tequila o habré estado ruborizándome como un puto imbécil cada vez que Kennedy me rozaba un poco o se apoyaba en mi antebrazo?

Esta noche es la mejor noche de mi vida.

—¿Qué? —pregunta Kennedy a mi lado.

«¿Lo habré dicho en voz alta?».

Qué más da.

—Decía que esta noche es la mejor noche de mi vida.

Pone sus preciosos ojos en blanco, pero lo hace de una manera más exagerada de lo habitual porque está tan borracha como yo.

—Lo acabas de decir.

—Qué va. —Pongo mis ojos al mismo nivel que los suyos—. Kennedy, siento algo por ti.

—Ya se te pasará.

Clava sus vidriosos ojos en el agua que tiene delante.

—Lo digo en serio, Ken. Estoy totalmente enamorado de ti.

—Uno solo se enamora por falta de información.

—Ya, pero yo empiezo a conocerte y cada vez me gustas más. Déjame que te conozca de verdad. Llevo tres años intentándolo.

Su atención recae por fin sobre mí.

—¿Por qué?

—Porque me gustas.

—Te gustan todas.

«Vaya por Dios».

No le falta razón. Pero lo que no sabe es que he dejado de mirar a las demás mujeres desde el día en que vi que ya no llevaba el anillo de compromiso.

Así que no, no me gustan todas.

Me gusta ella.

Se ha debido de dar cuenta de cómo me ha sentado que diga eso porque gira ligeramente el cuerpo para mirarme.

—Vale. ¿Qué quieres saber? —dice farfullando un poco.

—¿Por qué te sentías tan incómoda en la despedida de soltera de tu hermanastra?

De nuevo pone los ojos en blanco, y no puedo evitar sonreír.

—Mi madre está casada con el padre de Mallory y de Dean. Mallory es mi hermanastra y a Dean ya lo conoces. Tú odias a Dean. Pero Dean es mi amigo.

Pues sí que está borracha, sí.

—Mi madre insistió en que fuera a la despedida de Mallory. Por aquello de quedar bien con la familia.

—¿La familia? Suena como si fuerais de la mafia.

Me ignora.

—Y Mallory se dio prisa en escoger mi último fin de semana libre antes de que empezara la temporada de béisbol, de modo que no me quedara más remedio que asistir a la fiesta.

—O sea, que en realidad no querías estar aquí.

—Se va a casar con mi exnovio. Estoy casi segura de que solo quería que estuviera aquí este fin de semana para restregármelo por la cara.

Tengo que estar mucho más pedo de lo que creía porque no ha podido decir eso.

—¿Qué has dicho?

—Que se va a casar con mi exnovio —dice sin el menor énfasis—. Lo conoció porque, como en principio él se iba a casar conmigo, siempre me acompañaba a los compromisos sociales.

Kennedy se echa para el coleto el tequila que los dos nos hemos traído del último bar.

—¿Y a ti te parece bien?

Levanta el vaso ya vacío.

—¿Tengo yo pinta de que algo así me parezca bien?

—Pero… Pero ¿qué dicen tus padres? Ellos no pueden estar de acuerdo con eso.

—Oh, adoran a Connor. —Me hace un gesto de rechazo—. Les parece que será el perfecto candidato para encargarse de los negocios familiares, y como yo no fui capaz de fijar una fecha para la boda durante todos esos años que estuvimos comprometidos, todos están contentísimos de que interviniera mi hermanastra y ella sí consiguiera elegir un día para casarse. Bueno, todos menos Dean. Ya conoces a Dean. Tú le odias.

Pues sí, odio a Dean.

—Es la única persona que se pronunció sobre lo jodido que es todo esto.

En fin, puede que odie a Dean un pelín menos que hace treinta segundos, pero el hermanastro de Kennedy sigue siendo una de mis personas menos favoritas, y estoy obligado a verle unas pocas veces al año, cuando jugamos contra Atlanta.

Mi confuso cerebro empañado por el tequila no tiene ni idea de qué decir ante esta situación tan jodida, de modo que suelto lo primero que me viene a la cabeza:

—Deberías casarte antes que ellos.

Suelta una risotada.

—¿Qué?

—Casarte antes que ellos. Ya sabes, joderles casándote tú la primera. Apuesto a que les sentaría como un tiro.

—Pero si ni siquiera tengo un novio.

—Yo me he ofrecido.

Se ríe entre dientes.

—Vaya, ahora resulta que necesito un marido.

No aparto la atención de ella.

Hace una pausa de un minuto para darle vueltas a algo en la cabeza y por fin dice en un tono serio:

—¿Te sigues ofreciendo?

—Estás borracha.

—Tú también.

—No eres consciente de lo que dices.

—Creo que tú tampoco.

Soy completamente inconsciente porque, tal y como me está mirando con esa encantadora sonrisa en los labios y esos ojos marrones brillándole con picardía, sé que en este momento haría cualquier cosa que me pidiera.

4

Kennedy

No sé por qué me mira así.

Pero pensándolo bien, creo que siempre me mira así.

Es curioso; me arde la piel, pero al mismo tiempo tengo frío.

Creo que me gusta que Isaiah me mire.

Qué cómodas son estas zapatillas deportivas.

—Ya sabes que no soy capaz de decirte que no —dice.

—Eso espero. —Qué tonterías digo. No creo que mi lengua esté ahora mismo conectada con mi boca.

¿De qué me estaba hablando?

Ah, de una boda.

Necesito fijar una fecha para la boda. Eso es lo que siempre me decía mi madre.

Mi madre… No es una mujer muy simpática.

Connor también me decía siempre que tenía que fijar una fecha para la boda.

Sin embargo, a mí él no me gustaba tanto como para fijar una fecha de boda.

Pero creo que hoy sí puedo hacerlo.

Esta noche.

Isaiah es agradable.

Y también guapo.

¿Por qué lo he ignorado siempre?

Porque sabía que Isaiah me metería en líos.

Nunca me he metido en líos.

Cumplo con las normas.

Era la hija perfecta.

¿Y adónde me ha llevado eso? ¿De qué me ha servido?

Si me hubiera metido en líos, a lo mejor mis padres me habrían hecho más caso.

Quiero meterme en un lío.

Quiero salir con alguien.

Estoy impaciente por salir con alguien.

Por primera vez en mi vida, voy a echarme novio sin pensar en el matrimonio.

Matrimonio.

Isaiah menea la cabeza.

—Me odiarás por la mañana.

—No hay mucha diferencia de lo que siento ahora por ti.

No le odio.

Ni siquiera un poquito.

Isaiah se muerde el labio inferior para ocultar una sonrisa.

Me quedo pensando.

A decir verdad, en este momento es solo una figura borrosa que me sostiene para que no me caiga.

Cojo el vaso de su mano y me lo bebo.

Es agua.

Creo.

Qué bonita está el agua de las fuentes.

Isaiah es guapo.

Es solo un acuerdo.

Connor procedía, como yo, de una familia adinerada.

Aquello fue una especie de acuerdo comercial.

Este es un acuerdo de revancha.

Prácticamente son la misma cosa.

Eso es lo que ha sido siempre el matrimonio: un acuerdo.

Noto que estoy hablando.

Sé que Isaiah está respondiendo.

Se agacha hacia mí, y ese pequeño lunar junto al ojo derecho casi se pierde entre las arruguillas de su sonrisa.

Me apetece chuparlo.

Pero como ahora mismo mi lengua no está conectada con mi boca, me limito a tocarlo con la mano.

—Joder —dice, rendido a mi roce.

Le cojo la mano.

Tiene manos grandes.

Las he trabajado, pero hasta ahora nunca se las había tocado fuera del trabajo.

Nunca toco a nadie, salvo cuando estoy trabajando.

Nadie me ha tocado a mí tampoco.

Me gusta la mano de Isaiah.

Y también su sonrisa.

No pienso decírselo nunca.

—¿Estás segura? —oigo su voz, procedente de algún lugar cercano.

Claro que estoy segura de que nunca le diré que me gusta su sonrisa.

El aire que me da en las piernas ha cambiado.

Ahora es más templado.

Los brazos ya me han entrado en calor.

Isaiah me compró una cazadora.

Fue todo un detalle por su parte.

¿Cómo es que nunca me he dado cuenta de lo amable que es?

Y monísimo.

No me estaba permitido darme cuenta.

No se parece a mí en nada.

Él es cálido.

Yo soy fría.

Esta cazadora me abriga.

Me pesa la pluma en la mano.

Firmo mi nombre en un renglón. Tres renglones, y entonces los tres se ponen en movimiento.

—Kenny, ¿estás segura de que quieres hacer esto?

Me gusta cuando me llama Kenny.

Nunca se lo diré.

—¿Qué canción queréis que os ponga para entrar? —Es una voz diferente. No es la de Isaiah.

Isaiah desfila al son de una canción cuando está bateando.

Le sienta genial el uniforme.

No se lo pienso decir nunca.

Mariah Carey.

Isaiah ha cantado esta noche una canción de Mariah Carey. Lo ha hecho muy bien.

—«Obsessed».

Creo que estoy obsesionada. ¿Por qué no paro de pensar en él?

Isaiah se echa a reír.

Me río porque él se ha reído.

Son muy monas mis zapatillas con plataforma nuevas. Me miro los pies mientras recorro paso a paso una alfombra roja.

Isaiah parece feliz.

Me siento feliz.

—Sí, quiero.

Como me pesa la cabeza, la apoyo en el pecho de Isaiah. Me rodea la cintura con el brazo.

Otra vez hace frío fuera.

Entierro mi cabeza en él.

Qué sol más luminoso.

Isaiah también es luminoso.

Amarillo.

Apuesto a que su color favorito es el amarillo.

Qué palabra más rara es «amarillo».

Ahora veo el fogonazo amarillo de una cámara.

—Por fin me he casado con la chica con la que llevo años obsesionado.

«Obsesionado» también es una palabra rara.

Yo estoy obsesionada con lo blandita que es esta almohada.

Qué monas son mis zapatillas de plataforma nuevas.

Isaiah es tan mono también…

No pienso decírselo nunca.

5

Isaiah

El timbrazo que viene del otro lado de la habitación va derecho a mis oídos y hace que me retumbe la cabeza. Es el sonido más fuerte que he oído en mi vida.

Creo que es un móvil, pero no sé cuál; más les vale colgar de una puñetera vez para que pueda seguir durmiendo.

No cuelgan. Sigue sonando y sonando hasta que finalmente pulso el buzón de voz, pero da igual: entra otra llamada y el timbrazo empieza a sonar de nuevo.

A mi lado, alguien gruñe; es como el eco de la irritación que yo siento.

Abro los ojos de par en par. Hay una persona a mi lado…, en mi cama.

Me giro lentamente en esa dirección y encuentro a una mujer tumbada boca abajo.

¿Qué coño…?

No, no, no. El arrepentimiento me revuelve las entrañas.

Ocho meses esperando para…

Kennedy.

Kennedy Kay Caoba.

Kennedy está en mi cama.

Gruñe cuando suena otra vez el teléfono, y al taparse los oídos con las manos, muestra la sortija de su dedo anular.

A mi memoria atrofiada llegan retazos de la noche pasada.

Ella tirando de mí hacia una capilla.

Yo preguntándole innumerables veces si estaba segura de lo que hacía.

Ella afirmando que eso era lo que quería.

Yo oyéndola decir que quería casarse conmigo.

Mi último recuerdo es que en el peor día del año me lo pasé como nunca.

Aspiro fuerte al acordarme de forma vaga de que ese anillo se lo puse yo en el dedo, pero podría haber jurado que lo de anoche fue todo un puto sueño.

—¿Qué? —pregunta ella con un suspiro, y se incorpora en la cama.

Tarda un rato en que sus ojos somnolientos se dirijan hacia mí, mientras ata cabos para ver dónde se encuentra.

—¿Isaiah?

Cuando se retira el pelo de la cara, veo que se le ha corrido el rímel por debajo de los ojos y que tiene las mejillas embadurnadas de carmín.

Nunca he visto a la perfectamente pulcra Kennedy tan desaliñada. Su aspecto es equivalente a mi estado de ánimo.

—¿Por qué estás en mi habitación?

—Es la mía —le corrijo.

Kennedy recorre la habitación del hotel con la mirada y entonces cae en la cuenta de que no es la suya. Después centra la atención en la ropa que todavía lleva puesta desde anoche, incluidas las Vans.

—Oh, Dios mío. —Sale de la cama como si estuviera en llamas—. Ay, Dios mío. ¿Lo hicimos? Por favor, dime que no lo hicimos.

—Si hicimos, ¿qué?

—¿Hicimos…? —Se lleva una mano a la frente y con la otra nos señala frenéticamente a los dos—. Ya sabes, si hicimos…

—Kenny —la llamo por su nombre—, somos dos personas adultas. Puedes decir tranquilamente la palabra «follar».

—¡Dime, por favor, que no hicimos eso!

Esos bonitos ojos marrones me están rogando que diga que no, lo cual es un pequeño golpe para mi ego, si he de ser sincero.

—A juzgar por el hecho de que los dos llevamos todavía la ropa puesta y yo estaba demasiado pedo como para que las cosas me salieran bien, apostaría una fortuna a que no follamos.

Suspira y cierra los ojos aliviada.

Otro golpe para mi ego.

Todavía sentado en la cama, levanto mi mano izquierda.

—Sin embargo, nos hemos casado.

Abre los ojos de golpe.

—¿Qué demonios es eso?

—Lo mismo que tienes tú en tu mano.

Se lleva la mano derecha a la boca al mismo tiempo que extiende la izquierda para examinarla.

—No, no nos casamos.

—Sí nos casamos.

—¡No nos casamos!

—A ver ese volumen, por Dios. —Hago una mueca mientras me doy masajes circulares en las sienes—. Si mal no recuerdo, tiene que haber por ahí un documento que lo demuestra. Pero yo tampoco me acuerdo de casi nada de lo que pasó después de estar en las fuentes que hay frente al Hotel Bellagio.

Con su cazadora vaquera y el vestido blanco, no deja de menear la cabeza. Qué ironía que el vestido que llevaba para la despedida de soltera de su hermanastra sea ahora su vestido de boda.

Me río entre dientes. ¿Qué coño hicimos?

Kennedy explora mi habitación del hotel buscando enfebrecida el susodicho papel, hasta que lo encuentra tirado en el suelo como si fuera uno de esos menús que te meten debajo de la puerta en los hoteles y no un documento que nos une legalmente a los dos.

—Ay, Dios mío… —exhala mientras contempla nuestra licencia matrimonial—. ¿Qué coño hiciste?

Un momento. ¿Cómo?

—¿Yo?

—¡Sí, tú! ¿Cómo pudiste hacer algo así, Isaiah?

¿Se estará cachondeando de mí?

Salgo inmediatamente de la cama.

—Fue idea tuya. Fuiste tú quien te obstinaste en que nos casáramos. Te pregunté mil veces si estabas segura.

Niega con la cabeza; no me cree.

—Es imposible que yo hiciera algo tan imprudente. Tiene toda la pinta de que tú tienes la culpa de todo esto.

En ese momento es como si me quitara las gafas con los cristales de color rosa.

Nunca me he enfadado con Kennedy. Nunca me ha disgustado nada que haya dicho. Pero esto… Mira que echarme a mí la culpa por lo de anoche…

Por primera vez desde que conozco a esta chica, estoy cabreadísimo con ella.

—No me eches a mí la culpa, Kennedy. Tú me pediste que nos casáramos.

—Qué va —dice con una risa de incredulidad—. Es completamente imposible que yo te pidiera que nos casáramos.

—¡Me lo rogaste!

—En tal caso, ¡tenías que haberme dicho que no!

—¿Cuándo he sido yo capaz de negarte algo?

Contrae la mandíbula en un gesto duro. Los dos estamos agitados por la ira.

—Quítatelo.

—¿El qué?

—El anillo. —Señala la alianza de mi mano izquierda, la que nos dio el oficiante de la capilla. Es tan barata, que parece sacada de una expendedora automática—. Quítate ese anillo del dedo.

—Quítate tú el tuyo.

—Yo te lo he dicho antes.

—Pues no pienso quitármelo. —Jamás me he mantenido firme frente a esta chica, pero, como he dicho, estoy cabreado.

—Estupendo; yo sí me quitaré el mío. —Se lo quita y lo mete en el bolsillo de la cazadora vaquera que le compré anoche y que le está demasiado grande—. De todas maneras, no significa nada.

—Tienes razón. No significa nada. Para ti no era más que la perfecta revancha por lo que pasó con tu ex. Que tengas suerte cuando se lo cuentes, Ken.

Pasa demasiado tiempo mientras nos asfixiamos de tensión, hasta que sus ojos adoptan una suave expresión de arrepentimiento.

—En las capillas de Las Vegas, deberían negarse a casar a la gente borracha, ¿no?

No me gusta ver que la gente está disgustada. Estoy cabreado con ella hasta la médula, pero mi instinto me pide a gritos que la haga sentirse mejor. Prefiero mil veces su sonrisa que la mirada perdida y desesperada que luce ahora.

Encuentro mi cartera en la mesilla de noche. Está vacía. No queda nada de todo el dinero que llevaba ayer encima.

—Estoy casi seguro de que le di al oficiante un pastón para que nos casara, aunque estuviéramos borrachos.

—No me puedo creer que estemos casados.

—Bonita historia para contársela a nuestros nietos, ¿no?

Agarra uno de los cojines que hay tirados por el suelo y me lo tira a la cara, pero lo atrapo antes de que me llegue a dar.

—Esto no tiene nada de bonito. Ha sido un error propio de unos borrachuzos.

—Yo prefiero llamarlo «un accidente feliz».

Sus ojos me lanzan puñaladas.

—No debería ser así. Por fin disfruto de cierta libertad y… —Su cuerpo entero se desploma, mientras cierra los ojos con un suspiro de derrota—. En cuanto volvamos a Chicago, tenemos que anular esa boda.

La palabra «Chicago» le provoca un alzamiento de cejas y cara de preocupación, y de nuevo se tapa la boca con sus delicadas manos.

—Oh, Dios mío. Voy a perder mi trabajo —dice muy irritada—. Perderé mi empleo. San Francisco nunca me contratará con un despido en mi historial. ¿Qué demonios hemos hecho?

Un brillo comienza a cubrir sus ojos, de modo que me acerco a ella para consolarla, pero en cuanto abro los brazos para abrazarla, se estremece.

Mierda.

Así que dejo las manos en su sitio.

—No vas a perder el trabajo, Kenny. Tendremos los papeles de la anulación arreglados en cuanto lleguemos a casa, y nadie tiene por qué enterarse de esto.

—Seguro que vas a contárselo enseguida a Cody, a Travis o a Kai.

—Sí, claro, se lo pienso contar a los tres.

—Isaiah Rhodes.

—Kennedy Rhodes —la imito.

Con un gesto de frustración, cierra los ojos y se lleva las manos a la frente.

—El lunes. El mismo lunes vamos al despacho de mi abogado.

—¿Tienes un abogado?

—Ay, Dios mío. —Echa la cabeza hacia atrás mostrando su precioso cuello, mientras suelta un gemido que va derecho a mi polla.

No, no puede ser porque ahora mismo estoy muy enfadado con ella.

—Ni siquiera tenemos un acuerdo prematrimonial.

—Qué cosas dices, Ken. Ya sé que no vas a intentar aprovecharte de mi dinero.

—No me estoy refiriendo a tu dinero.

Antes de que me dé tiempo de preguntarle qué coño significa eso, empieza otra vez a sonar el teléfono atronador.

Corre hacia él y lo recoge del suelo.

—¿Sí…? Sí… —Escudriña la habitación con la mirada como si todavía no diera crédito a lo que ha sucedido—. Mierda. Voy para allá. Dame veinte minutos. —Cuelga, dobla nuestro certificado de matrimonio y se lo guarda en el bolsillo—. Si no me voy ahora, perderé el vuelo de vuelta a casa. El lunes seguiremos hablando de esto.

De nuevo escanea frenéticamente la habitación en busca de sus pertenencias, pero todo lo que traía lo lleva puesto. Salvo los zapatos de tacón blancos que he estado acarreando toda la noche. Los coge del aparador antes de bajar la vista hacia el calzado deportivo que le compré yo.

—Gracias por guardarme estos.

—De nada.

Con la mano en la puerta y medio asomada al pasillo, se vuelve de nuevo hacia mí con ojos implorantes.

—Isaiah, no puedo perder este trabajo.

Un trabajo en el que no la tratan como es debido. Un trabajo para el que no se requiere la alta cualificación que posee. Pero un trabajo que la llevará al trabajo con el que siempre ha soñado.

—Nos ocuparemos de ello.

Asiente y se vuelve para marcharse otra vez.

—Oye, Kennedy.

—¿Sí?

—Ahora mismo estoy cabreado contigo, pero anoche me lo pasé muy bien en tu compañía.

Intenta ocultar una sonrisita.

—Tampoco yo guardo un recuerdo demasiado odioso del rato que pasé contigo.

—Qué guay, Ken. Eso es porque estás colada por mí.

Pone sus marrones ojos en blanco antes de darme con la puerta en las narices, pero alzo la voz para que pueda oírme desde el pasillo.

—¿Significa eso que das por terminada nuestra luna de miel?

—¡Te odio!

—¡Nos vemos en casa, esposa mía!

6
Kennedy

Miller: *Te hemos echado de menos en la fiesta de cumpleaños de Max. Espero que te encuentres mejor. Además, tengo que contarte una cosa. ¿Cuándo te puedo ver?*

Yo: *Todavía no me encuentro bien del todo. Tal vez el fin de semana que viene.*

Miller: *¡No puedo esperar tanto!*

Yo: *La temporada de béisbol empieza la próxima semana. ¿No quieres pasar el máximo tiempo posible con Kai antes de que empecemos a viajar?*

Miller: *¿Quiero follar con Kai lo máximo posible antes de que empecéis a viajar por ahí? Sí, tienes razón. Te veo este finde.*

Dejo el móvil en la encimera de la cocina al lado de la cutre alianza de plástico, de la que no aparto la vista desde que llegué a Chicago.

Me siento mal mintiéndole a Miller, pero ya sé cuál es la emocionante noticia que me quiere dar. Sé que este fin de semana se ha comprometido con Kai, el hermano de Isaiah. También sé que no podía presentarme en la fiesta de cumpleaños de Max y hacer como que no estaba legalmente vinculada a su tío. No podía eclipsar a Miller en su gran día. Tampoco podía mirarla y omitir el hecho de que técnicamente es mi flamante cuñada. Y no puedo soportar verla ahora con el nudo que tengo en el estómago. Antes he de tranquilizarme, y para ello lo primero que he de hacer es ir a ver a mi abogado para que anule esa bochornosa boda tan deprisa como sea posible.

Conocí a Miller en la temporada pasada, cuando empezó a trabajar de niñera para nuestro lanzador estrella, Kai Rhodes. El padre de Miller, Monty, es también el mánager de los Windy City Warriors, y por primera vez en mi carrera profesional conseguí que hubiera otra mujer en el vestuario. Fue algo refrescante, y además la considero la primera amiga de verdad que hice desde que me trasladé a Chicago hace tres años.

Antes del año pasado, todo el tiempo libre del que disponía lo pasaba volando a Nueva York para ver a Connor e ir a algún acto benéfico o a alguna reunión social para la que necesitaba que fuera agarrada de su brazo. Pero Miller supo abrirse paso hacia mí, que a veces doy una imagen un poco fría, y nunca se lo agradeceré lo suficiente.

El apartamento del ático en el que vivo es una de las muchas inversiones inmobiliarias de mi familia. Es de un lujo extravagante, un poco exagerado, cuando me pongo a pensarlo. Pero al mismo tiempo es un sitio en el que vivo gratis, y quién soy yo para quejarme por ello cuando con mi sueldo actual apenas me podría permitir alquilar un piso en la ciudad.

Ese es otro objetivo que tengo: poder permitirme mi propia casa, qué demonios, mi propia vida sin el apellido de la familia Kay vinculado a ella. Con el ascenso y un nuevo título lo conseguiré.

Enfilando hacia el segundo dormitorio, echo un vistazo al armario que nunca uso: ropa de oficina, vestidos de diseño y zapatos de tacón más caros que el salario de algunos. Hay un hueco en mi estante para los zapatos donde normalmente suelen estar mis Louboutin blancos de charol, pero el recuerdo de Isaiah acarreando con ellos por Las Vegas me hace dudar sobre si debo guardarlos de nuevo en este armario. En este momento lo único que quiero es borrar los pocos recuerdos que tengo de esa noche.

Me pongo unos zapatos negros de punta fina con un pantalón pitillo negro y un bléiser de color cámel.

Asalté este armario para la despedida de soltera de Mallory, pero, aparte de eso, no recuerdo la última vez que me puse esa ropa que llevaba en una etapa anterior de mi vida. Estaba reservada para reuniones sociales obligatorias, ya fuera una cena por todo lo alto en la casa donde pasé la infancia o alguno de esos bailes benéficos que a mi madre le gusta organizar para convencer a sus adineradas amigas de que no solo se preocupa de sí misma, cuando en realidad todos sabemos que solo hace de anfitriona de esos eventos para obtener una deducción de impuestos.

Pero mi abogado trabaja para mi familia, y si fuera a verlo con el uniforme deportivo de los Windy City Warriors que uso a diario, mi madre acabaría enterándose, y bastante horrorizada estará cuando sepa lo que he hecho este fin de semana en Las Vegas, así que más me vale tener una solución antes de que se entere de lo de mi boda.

No estoy segura de por qué me importa tanto la opinión que tiene sobre mí. Pero siempre ha sido así. He recibido la mejor educación. Acepté convertirme en médica, en lugar de estudiar algún grado superior relacionado con la medicina deportiva. Me mostré conforme con casarme con un hombre al que no quería solo porque mis padres me dijeron que lo hiciera.

Apenas conozco a mi madre. Me crie en internados, y cuando iba a casa en verano, cuidaban de mí las niñeras. Mi presencia era requerida para los eventos públicos, pero, aparte de eso, hemos vivido vidas completamente separadas.

Lo mismo cabe decir de mi relación con mi padre. De hecho, cuando murió, ni siquiera lloré en su funeral. Habría sido como llorar en el funeral de un desconocido.

Esa es probablemente la razón por la que Connor decía siempre que soy fría.

Después mi madre se casó con el padre de Dean. Era el socio empresarial de mi padre, de modo que, desde el punto de vista monetario, tenía su lógica que se casaran.

Mi compromiso con Connor también resultaba beneficioso para los negocios familiares. Dean no iba a hacerse cargo de ellos, de manera que era mi responsabilidad casarme con alguien que lo hiciera.

Todo ha girado siempre en torno a los negocios.

Desde luego, mi matrimonio con Isaiah Rhodes no tiene nada que ver con ellos.

Y en el fondo, aunque sé que fue una equivocación, me encanta ese pequeño acto de rebeldía.

Aunque a Connor y a mí nos tendieron una trampa nuestros padres, fui su prometida durante ocho años y naturalmente me hirió el orgullo cuando me dejó plantada.

Él estaba convencido de que yo tenía la culpa de que rompiéramos. Casi no nos veíamos. Yo vivía en Chicago cuando él y mis padres estaban afincados en Nueva York. Yo viajaba mucho por mi trabajo. Apenas tenía contacto con él cuando estábamos en la misma ciudad. La lista de mis problemas es mucho más larga, pero esto es un resumen de lo que él alegó durante nuestra ruptura.

Sin embargo, ahora que he tenido tiempo para procesarlo todo, soy consciente de que ya no poseo ningún tipo de deber familiar. Puedo casarme con quien quiera. Puedo salir con quien me plazca. Soy al fin una mujer normal en la treintena.

Solo tengo que quitarme de encima el engorroso trámite de la anulación de mi matrimonio con Isaiah.

Mi móvil vibra en la encimera, esta vez con un número desconocido de Chicago. Como el abogado familiar está volando hacia aquí desde Nueva York, doy por hecho que es él utilizando una oficina local.

—¿Paul? —pregunto nada más contestar.

—Eh… —duda una mujer al otro lado de la línea—. No, soy Denise. La asistente del señor Remington.

El señor Remington. Arthur Remington. El propietario de los Windy City Warriors.

—Solicita reunirse con usted.

Joder.

Intento convencerme de que a lo mejor no es nada malo. Tal vez esté reuniéndose con toda la plantilla antes de que empiece la temporada. Quizá no tenga nada que ver con que he infringido la política empresarial no solo confraternizando con uno de los jugadores, sino casándome con uno de ellos, el campocorto.

No obstante, intuyo que estoy completamente jodida.

Trago saliva.

—De acuerdo. ¿Le vendría bien mañana?

—Necesita verla inmediatamente.

—¿Hoy?

—Dentro de una hora. Se reunirá con usted y con el señor Rhodes al mismo tiempo.

Vaya por Dios.

Me van a echar. Estoy perdida.

Pero ¿cómo demonios se habrá enterado?

Aun en el caso de que Isaiah haya optado por abrir la bocaza y contar lo sucedido, ninguno de los tíos del equipo tiene pinta de chismoso.

—De acuerdo. Allí estaré.

—Hasta ahora, señorita Ka… —Denise carraspea—. Señora Rhodes.

Las dos únicas cosas que pienso en cuanto cuelgo el teléfono son que estoy a punto de que me despidan y que no quiero que nadie me vuelva a llamar nunca «señora Rhodes».

Los pasillos de las oficinas centrales de los Warriors están vacíos. El taconeo de mis zapatos en el suelo de mármol es lo único que puedo oír porque me pitan los oídos mientras enfilo hacia mi destino. No me puedo creer que después de soportar tres años al machista y gilipollas del doctor Fredrick, me vayan a echar cuando solo me faltan unos meses para las entrevistas que me abrirán las puertas del trabajo con el que siempre he soñado.

Qué irresponsable he sido este fin de semana. Nunca suelo ser insensata ni temeraria, algo que sí es el hombre que está esperándome al final del pasillo.

—Santo cielo —exhala Isaiah cuando me encuentro con él junto al despacho de Denise—. Tienes un aspecto… —Lanza un silbido de admiración.

Él, en cambio…

—¿Será posible, Rhodes? Llevas los calcetines desparejados. Al menos podrías haber intentado estar presentable para contemplar cómo me dan la patada.

Baja la vista y mira confuso sus calcetines antes de volver a prestarme atención.

—No es buen momento para que te comportes como una niñata. Sigo cabreado contigo por lo de la otra mañana. Y no te van a dar la patada, Kenny…

—Déjalo. —Alzo la mano para evitar que siga hablando—. No intentes calmarme. Los dos sabemos lo que va a pasar ahí dentro. Ambos sabemos que uno de los dos va a perder su empleo, y en vista de que tú tienes el mejor promedio de bateo del equipo, me atrevo a hacer una suposición fundamentada diciendo que no vas a ser tú.

Tuerce los labios haciendo una mueca de fastidio.

—Espiando mis datos, ¿eh?

—Esto no es divertido, Isaiah. Estoy a punto de que me arrebaten todo aquello por lo que he trabajado, así que, por una vez en la vida, ¿puedes comportarte como un adulto y darte cuenta de las consecuencias de tus acciones?

—¡Lo que faltaba! —Se ríe con sorna—. ¿Cómo que «mis acciones»? No recuerdo haberte forzado a recorrer el pasillo ni a decir «sí, quiero». Más bien parecías encantada ante la perspectiva de contarles a tu hermanastra y a tu ex que te has casado antes que ellos. De manera que ni se te ocurra echarme a mí la culpa de todo, Kennedy.

Sabía que ese comentario le cabrearía muchísimo. A lo mejor se lo he hecho por eso. Nunca se ha enfadado conmigo. La verdad es que creo que nunca lo he visto enfadarse con nadie.

—Nuestras acciones —me corrijo—. Por cierto, he retrasado la cita con el abogado. He quedado con él a las once. Podemos ir desde aquí.

—Estupendo —dice sin el menor entusiasmo, como frustrado.

—Isaiah, no quería decir que tú tuvieras la culpa de…

—Está bien, Kennedy. Tendremos los documentos de la anulación listos en cuanto terminemos aquí, y ya podrás volver a hacer como que no existo. —Aprieta la mandíbula—. Por cierto, ¿cómo coño se habrá enterado Remington?

—Creí que se lo habría contado alguno del equipo.

—Solo lo saben Trav y Cody, que estoy seguro de que no se lo han contado a nadie, y Kai, que me aseguró que no quería decírselo ni siquiera a Miller.

¿Cómo demonios voy a poder volver a mirar a esos tres a la cara? Que lo sepan Travis y Cody no me importa mucho, pero Kai… Dios, ¿qué va a pensar de mí?

Siempre he respetado a Kai. Cuidó de Isaiah cuando eran pequeños. Cuidó de Max, su hijo, cuando se lo dejaron en la puerta de su casa. Probablemente me odiará por esto. Isaiah no es solo su hermano pequeño, sino también su mejor amigo.

Antes de que me dé tiempo a profundizar en ello, se abre la puerta del despacho de Denise.

—El señor Remington quiere verlos ahora.

Entramos en silencio; no respiro cuando Isaiah retira la silla para que me siente enfrente del propietario del equipo, y sigue sin llegarme el oxígeno cuando toma asiento a mi lado.

El único ruido que se oye es el tictac del reloj de pared, lo que solo sirve para aumentar aún más la tensión del ambiente.

El señor Remington se sienta sin decir nada, apoya la barbilla en sus dedos y nos mira.

El sonido del reloj desquicia mis frágiles nervios.

La mesa a la que estamos sentados es enorme incluso para el gigantesco despacho en el que se encuentra, que incluye un ventanal que ocupa toda una pared con una vista impresionante de uno de los campos más icónicos de la liga. La otra pared está llena de carteles de los años en que los Warriors han sido los ganadores. Hay una sola foto enmarcada de él y de su difunta esposa, su hijo, su nuera y su única nieta, de la que se dice que pronto se hará cargo del legado familiar como propietaria del equipo, en vista de que Arthur Remington ha cumplido setenta y seis años y podría estar ya jubilado si su hijo hubiera mostrado interés por trabajar con el equipo.

—He oído que este fin de semana los dos se lo han pasado en grande en Las Vegas —son las primeras palabras que salen de su boca.

Mierda.

Isaiah y yo nos quedamos clavados en el asiento.

El tictac del reloj aumenta de volumen.

—El propietario del *Chicago Tribune* es un viejo amigo y, si hay alguna novedad relacionada con mi equipo o mi organización, me avisa antes de que se publique. —El señor Remington gira la pantalla del ordenador hacia nosotros—. Esta va a ser la portada de la sección de deportes de mañana.

Ampliada en la pantalla, hay una foto a todo color de Isaiah y de mí fuera de la pequeña capilla en la que, borrachos como cubas, hicimos nuestras promesas. Yo llevo el vestido blanco, la cazadora vaquera y las Vans. Él va con unos pantalones negros y una camiseta también negra abotonada. Con un brazo me arrima a él y con el otro hace el signo de la victoria con el puño en alto, mientras mis zapatos de tacón alto se bambolean por encima de su cabeza.

No recuerdo mucho de ese momento, salvo que un desconocido nos sacó una foto en la calle, pero por muy confusa que sea mi memoria está claro que, por la manera en que miro a Isaiah, yo me sentía tan feliz como él por estar allí.

Le rodeo la cintura con los brazos y tengo apoyada la mejilla en su pecho. Y, por si eso no fuera suficiente, estoy con un pie levantado en el aire, así que parezco la protagonista de alguna comedia romántica, por Dios santo.

Es evidente, como puede verse en la pantalla del ordenador, que él no tiene la culpa de nada. Yo también quería casarme. No hubo coacción alguna. Ni presión. Participé con plena conformidad, incluso con entusiasmo, ahora que lo veo.

El artículo está encabezado en letras mayúsculas por el siguiente titular: CAMPOCORTO DE CHICAGO SE CASA EN LAS VEGAS CON SU AMOR DE TODA LA VIDA.

Me atraganto con mi propia saliva.

El susto que me llevo me deja sin voz para preguntar qué coño significa eso, pero me falta hasta el oxígeno para respirar. Lo único que soy capaz de hacer es contemplar en la pantalla del ordenador mi destino desplegado a todo color.

En medio del silencio, sigo leyendo una cita textual del hombre que está a mi lado, y que aparece en el subtítulo: «Por fin me caso con la chica con la que llevo años obsesionado».

Recuerdo vagamente que dijo eso, pero no es verdad. No ha estado enamorado de mí durante todo este tiempo. Sencillamente, se colgó de alguien a quien ni siquiera conoce, y ahora todo Chicago va a creer que su campocorto y yo hemos tenido algún tipo de relación secreta prolongada.

Un pie roza el mío y, al alzar la mirada, veo que Isaiah me está observando.

«¿Estás bien?», me pregunta articulando las palabras con los labios.

Me limito a negar con la cabeza, y al instante veo la chispa que prende el fuego en sus ojos. Se aclara la garganta, se incorpora en el asiento y mira directamente al señor Remington cuando dice:

—No veo cuál es el problema.

Noto que se me abren los ojos de par en par sin dar crédito a lo que oigo, y aunque sé que Isaiah es normalmente el payaso del equipo, también sé que de tonto no tiene un pelo.

—Aquí el problema, señor Rhodes, es que usted y la señora Kay han roto claramente el código de conducta de la organización. Las relaciones sexuales o fortuitas entre jugadores y miembros del equipo técnico no solo van contra las normas, sino que además son una causa de despido.

Ya lo ha soltado.

Todo aquello por lo que he trabajado está a punto de irse al garete por haber cometido un error estando borracha.

—No tengo otra opción —continúa—. Ambos firmaron su compromiso a respetar las normas de nuestro club sobre el comportamiento de las personas que lo integran. Kennedy, lo siento, pero tengo que...

—Usted ha dicho que las relaciones sexuales o fortuitas son una causa de despido —le interrumpe Isaiah—. Mire el titular del periódico y vea la cita que recoge. Llevo años enamorado de Kennedy. Lo nuestro no tiene nada de fortuito o puramente sexual.

«¿Qué demonios está haciendo?».

Isaiah me coge la mano y la sujeta con tanta fuerza que queda disimulado mi respingo reflejo.

—Siento no haber venido antes a verle para hablar de ello o no haber informado a Recursos Humanos, pero Kennedy y yo llevamos bastante tiempo comprometidos. Teníamos planeada la escapada a Las Vegas. No hay nada de fortuito o informal en nuestra boda, y no existe nada contrario a la política del equipo que diga que un marido y su mujer no puedan trabajar juntos. —Entrelaza sus dedos con los míos, dándole una gran credibilidad a sus palabras—. Es más, ¿recuerda a Oscar Henderson, nuestro antiguo receptor? Su esposa era la fotógrafa del equipo. Nuestra situación no es nada diferente a la suya. Kennedy es la mejor entrenadora que tenemos en la plantilla, y usted no puede prescindir de ella solo porque al fin ha acabado con mi sufrimiento dejando que me case con ella.

No soy la única del despacho que guarda un silencio sepulcral. Remington también se ha quedado sin habla.

Sus cejas blancas se arquean en un gesto de perplejidad.

—¿Se casó sin decirle nada a su hermano? No me lo puedo creer.

Isaiah se encoge de hombros como si llevara la respuesta ensayada desde hace días.

—Kennedy es hija única. Habría resultado extraño que yo fuera acompañado y ella no.

—¿Y sus anillos? —El señor Remington comprueba nuestras manos izquierdas sin alianzas. No me había fijado en que Isaiah también se había quitado la suya—. ¿Dónde están? En la foto los llevan puestos.

—Los hemos llevado a una joyería para que los ajusten de tamaño —contesta Isaiah al instante.

Disimulo la risa que me entra con una tos. Espero que la vista del señor Remington no sea tan aguda como para darse cuenta de que los dos llevamos alianzas de plástico en la foto que sale en la pantalla de su ordenador.

Isaiah me aprieta la mano y por primera vez desde aquella noche en Las Vegas, siento que en esto estamos juntos.

—Si despidiera a Kennedy, cometería una gran equivocación, señor Remington. No solo es buena en su trabajo, sino que a todo el equipo le encanta tenerla en la plantilla. Nada ha cambiado. La única diferencia entre hoy y la temporada pasada es que ahora es mi mujer.

¿Por qué se le dará tan bien esto? Tiene respuesta para todo. Se muestra tan convincente que casi me lo creo hasta yo.

—Kennedy, ¿es cierto lo que dice Isaiah?

¿Que si es cierto? Qué va, no lo es. Durante años, este hombre que tengo al lado me ha vuelto loca por lo impulsivamente que vive su vida, solo hace lo que le viene en gana o le parece divertido. No tiene nada que ver con el tipo de vida que a mí se me ha permitido vivir durante mis últimos treinta años.

Solo que ahora, gracias a ese modo de ser impulsivo, voy a conservar mi trabajo.

Mientras el propietario del equipo espera mi respuesta, lo único que me viene a la cabeza es el puesto al que podré acceder cuando termine la temporada. Qué ganas tengo de demostrarle al doctor Fredrick que todos estos años ha estado equivocado al no permitirme trabajar como médica deportiva solo porque soy mujer. Quiero demostrarme a mí misma que puedo hacerlo. Y deseo demostrarles a todas las chicas que quieran trabajar en el deporte que hay sitio también para nosotras.

Por eso levanto la vista de mi regazo, miro a los ojos al hombre que tiene mi futuro en sus manos y le corrijo:

—Señora Rhodes, si no le importa. —Las palabras me saben ácidas—. Sí, es cierto. Este asunto entre Isaiah y yo hace años que dura.

No es mentira del todo. «Este asunto» puede significar muchas cosas diferentes. Por ejemplo, que él me tira los tejos descaradamente y yo le ignoro.

Al señor Remington se le ha petrificado la cara del susto.

¿Seríamos los responsables si nuestra mentira le provocara un paro cardíaco a este hombre de setenta y seis años? Debería preguntárselo hoy mismo al abogado de mi familia cuando vayamos a verle.

—De acuerdo —cede el propietario de los Warriors—. Está bien. La verdad es que no me esperaba este desenlace cuando esta mañana ha llegado este artículo a mi correo electrónico.

El dedo pulgar de Isaiah acaricia la piel del mío, y cuando el señor Remington no nos presta atención, retiro la mano y la deslizo entre las piernas junto a mi otra mano.

—De todos modos, habrá que atenerse a algunas reglas. Mientras estén trabajando deben comportarse profesionalmente. Usted como jugador y usted como miembro de la plantilla de los médicos. Cuando viajen, entiendo que pasarán mucho tiempo juntos. Supongo que no van a estar sin tocarse diez o quince días seguidos. —Se ríe con ganas—. Eso sería mucho tiempo, especialmente mientras están en plena luna de miel. Así que les pondremos a los dos las mismas normas que a los Henderson cuando trabajaban para nosotros. Durante las horas de béisbol serán entrenadora y jugador, y durante su tiempo libre podrán ser marido y mujer.

No habrá diferencia entre cómo nos tratemos Isaiah y yo cuando estemos trabajando y cuando disfrutemos de las horas libres que tengamos estando de viaje. Pero el señor Remington nunca se enterará de ello porque, dada su edad, no podrá acompañarnos a todos los viajes del equipo.

—En caso de que —continúa—, Dios no lo quiera, ocurriera cualquier cosa y rompieran la relación, difícilmente podrían seguir trabajando los dos aquí. No es por meterles presión, pero si se separaran, me vería obligado a echar a uno de los dos.

—Lo entendemos, señor —dice Isaiah por los dos, mientras yo aún sigo intentando digerir esas palabras.

Si la cosa no funciona, alguno será despedido.

Yo seré despedida.

Pero ¿acaso quiero yo que funcione? Ahora mismo me cuesta trabajo pensar en ello. Han pasado demasiadas cosas demasiado deprisa.

—Pues gracias a los dos por venir. Los veré por el vestuario. Vaya semanita que nos espera, ¿eh? El béisbol ya está aquí de nuevo —concluye dando juguetonamente un puñetazo en el escritorio.

Los dos ofrecemos sonrisas apaciguadoras tanto a él como a Denise al salir, antes de cerrar la puerta y encontrarnos solos en el pasillo.

—¿Qué demonios acaba de pasar? —es todo lo que se me ocurre decir.

Para que siga andando, Isaiah me pone la mano en la espalda a una altura completamente respetable, pero aun así me sobresalto por el inesperado contacto.

—Perdona. —Retira rápidamente la mano—. Pero creo que deberíamos hablar de esto lejos de esta oficina.

Se aparta, dejándome espacio para que pueda pasar por su lado, y luego me sigue hasta que estamos lo bastante lejos del despacho de Remington.

—Yo no puedo fingir que lo que hicimos el fin de semana no fue un grave error por culpa de una borrachera —admito, dirigiéndome tanto a él como a mí.

—Sí puedes, Kenny. Es una temporada. Siete meses si contamos la postemporada.

—¿Y luego qué? ¿Nos divorciamos y despiden a uno de los dos? Y por uno de nosotros me refiero a mí.

—Tendrás tu trabajo en California. Nos divorciaremos amigablemente. A ninguno de las oficinas centrales le importará una mierda una vez que estés trabajando para un equipo distinto.

—¿Y si no me sale el trabajo y sigo aquí el año que viene?

Pone los ojos en blanco.

—Te saldrá ese trabajo, Ken.

Isaiah lo dice en un tono de voz firme y seguro. Rara vez se pone serio, pero cuando se trata de la confianza que tiene en mí, suele ponerse muy serio.

—¿Por qué te prestas a esto? —le pregunto.

—¿Preguntas que por qué me presto a fingir que la boda con la chica de la que llevo años colgado es legítima? ¿Preguntas por qué me obligo a pasar tiempo con ella durante toda una temporada para asegurarme de que al final obtenga el trabajo con el que siempre ha soñado? Mmm…, no estoy seguro, Kenny. Tendré que pensármelo.

—Isaiah… —Suspiro resignada porque no existe ninguna razón para que siga enamorado de mí. Durante todos estos años no he hecho nada para gustarle—. Ni siquiera me conoces.

—Al principio, nadie se conoce.

—¿Y no te importa que la mayor parte del tiempo no te soporte?

Sus ojos marrones lanzan un destello juguetón.

—Creo que eso es lo que más me gusta de ti.

—Te gusta lo que no puedes obtener.

—Qué va. Me encanta molestarte y ver ese gesto de fastidio que pones con la boca y esa mirada asesina. De lo más sexy, Ken.

Pongo los ojos en blanco.

—Mmm… —murmura—. Y esos ojos en blanco también.

—Por favor, intenta hablar en serio por una vez en la vida. Si hacemos esto, estaré utilizándote.

—Suena espantoso. Por favor, Kennedy, utilízame todo lo que quieras.

—No puedo… No voy a ser capaz de fingir…

No podría ni siquiera fingir una relación legítima, conque mucho menos una falsa.

Se encoge de hombros.

—Ya has oído a Remington. Solo tenemos que comportarnos profesionalmente mientras trabajamos; él no está ya para viajar con nosotros. Nunca nos verá mientras estemos fuera.

Realmente ha pensado bien en todo. Y todo esto lo está haciendo por mí. Isaiah no saca nada de este acuerdo.

Acuerdo. Sí, esto es un acuerdo, y yo estoy acostumbrada a los acuerdos. Así resulta un poco más fácil tragarse la idea.

—Todo esto lo haces solo por mí. Creí que estabas enfadado conmigo.

—Y lo estoy. —Se pasa una mano por el pelo y se le hinchan las venas del antebrazo—. Pero eso no significa que quiera que pierdas tu trabajo.

—Estarás casado con alguien como si se tratara de un acuerdo comercial, ¿lo sabes? Algún día tendrás que contarle a otra mujer que técnicamente eres un divorciado.

Me sostiene la mirada.

—No me preocupan otras mujeres. Llevo mucho tiempo sin que me preocupen.

Eso no es verdad ni por asomo.

Isaiah Rhodes ha tenido un montón de mujeres por las que preocuparse desde que lo conozco.

Me pongo más erguida y me cruzo de brazos. Parte de mí quiere abrazarlo por lo que está haciendo por mí y la otra parte quiere convencernos a los dos para abandonar esta locura.

Pero no tenemos que fingir que estamos enamorados. No tenemos que dar un espectáculo. Tenemos que comportarnos con profesionalidad. Tal vez convenga que lleguemos en el mismo coche para guardar las apariencias, pero aparte de eso no tendríamos que hacer mucho más.

Puede que funcione.

—Kennedy —dice Isaiah, atrayendo mi atención hacia él—, voy a necesitar que te relajes y que veas el lado bueno de las cosas. Acabamos de conseguir que conserves el trabajo. Nada tiene por qué cambiar, excepto que lleves el anillo en ese dedo. —Señala mi mano izquierda—. ¿Aún lo conservas?

Me muerdo el labio.

—Puede que sí.

—Perdón. No te he oído.

Clavo la mirada en él.

—Sí, todavía tengo el anillo.

Isaiah sonríe satisfecho.

—Todavía no he tenido tiempo de tirarlo.

—Claro.

—Parecen sacados de una expendedora automática.

Suelta una carcajada.

—Estoy seguro de que son de una de esas máquinas. Te conseguiré algo mejor.

—Alto ahí. —Levanto la mano para que no siga—. Todavía no he dado mi conformidad. Necesitamos pensarlo bien. Tú también.

—Yo ya lo he pensado bien. Eso se me da genial.

—Isaiah, hablo en serio. Tienes claro cómo va a funcionar esto, ¿no? No vamos a tener ningún tipo de relación. Esto es como un acuerdo comercial que concluirá dentro de seis o siete meses.

—Un acuerdo comercial —repite como un loro—. ¿Quién dijo que el romanticismo había muerto?

—Necesito algún tiempo para pensarlo.

—Bueno, mientras te decides, te compraré un anillo.

—Isaiah…

—No te preocupes. Te gustará lo que te compre.

Levanto una ceja.

—Qué detalle por tu parte.

—No se trata de un detalle. Te voy a dejar que sigas siendo una cría en un montón de cosas, pero no te consiento que lo seas en lo de hacer peligrar tu trabajo.

Alza las manos, estira los dedos índices y con ellos levanta las comisuras de mis labios hasta que forman una sonrisa.

—Sonríe, Kenny. Hemos conseguido que conserves el empleo.

Me fuerza a sonreír mientras él esboza la misma sonrisa que yo; parecemos dos tontos.

Está guapísimo cuando sonríe, pero lo cierto es que Isaiah Rhodes está siempre risueño, hasta cuando no quiere.

Dicho lo cual, me rodea para enfilar hacia la salida, pero antes de marcharse, se vuelve y, por un momento, su pecho queda tan pegado a mi espalda, que puedo sentir su estatura dominante y percibir todo el calor que emana.

Cuando la respiración de Isaiah me cosquillea la nuca, cada nervio de mi cuerpo cobra vida, incluidos los que tengo entre las piernas, que reaccionan de un modo hasta entonces desconocido para mí.

—Tú limítate a pensar en lo que vamos a hacer como si se tratara de un juego. —Habla en un tono grave y profundo cuando se agacha y me susurra al oído—: Ánimo, esposa mía. Sígueme la corriente.

7

Isaiah

—¿Se puede saber qué coño es lo que has hecho, Isaiah? —me regaña Miller desde la cocina de su casa, que es, claro, también la de mi hermano.

Mi futura cuñada se parece a mí en un montón de cosas, de modo que cuando Kai me dijo que le diera yo la noticia, no esperaba esa reacción de ella. Esperaba algo así como: «Buen trabajo». O bien: «Gracias por casarte con mi amiga; así estaremos emparentadas».

Demasiadas expectativas, supongo.

—¿Cómo has podido hacerle eso a Kennedy? Acababa de salir de una relación. Necesitaba tiempo. Estar sola.

—¿Por qué todo el mundo me echa la culpa a mí? A lo mejor fue Kennedy la que me rogó que me casara con ella.

Se instala un segundo de silencio antes de que Kai y Miller estallen en una carcajada.

—Iros a tomar por culo los dos.

—Ese lenguaje… —me corrige mi hermano entre risas.

Mis ojos se dirigen a la cocina, donde mi sobrino de dos años, Max, me sonríe desde la encimera en la que está sentado lamiendo la batidora que su madre acaba de utilizar.

—Perdona, Maxie. Tú no digas esas palabras, que son muy feas.

—¡Saya! —me llama en su media lengua, meneando la batidora con tal brío que la masa para el pastel de chocolate se esparce por toda la cocina.

Evan Zanders, defensa de los Raptors, el equipo de la Liga Nacional de Hockey, de Chicago, está sentado en el sofá al lado de mi hermano sosteniendo a su hija sobre el regazo. Ahora que también es padre, él y su mujer pasan más tiempo en casa de Kai para que Max y Taylor se entretengan jugando juntos.

—¿Kennedy? —pregunta—. ¿La chica de la que no parabas de hablar en todas las cenas familiares?

—La misma que viste y calza —dice Kai por mí.

—Me alegro por ti, hombre.

—No le animes, Zee.

—¿Por qué no? Stevie la conoció el verano pasado y le cayó genial.

—Es estupenda —decimos Miller y yo al mismo tiempo.

Ella me lanza una mirada.

—Eso no significa que tengan que fingir que su relación es de verdad.

Zanders se encoge de hombros.

—Pues a Ryan y a Indy les funcionó.

—Bueno, Bichito. —Miller coge a Max de la encimera—. Creo que ya es hora de que tú y tu padre le hagáis entrar en razón a tu tío.

—Miller, no te enfades conmigo —le suplico—. Solo estoy siguiendo el juego para que pueda conservar su trabajo. ¿A que soy un tío guay por hacer eso?

Se echa a reír.

—¡Anda ya! Estás obsesionado con ella.

Me viene un flash de la canción de nuestra boda. Recuerdo lo graciosa que me pareció Kennedy mientras recorría con plena confianza el pasillo al ritmo de «Obsessed», de Mariah Carey.

—Deja de estar tan encantado contigo mismo. —Miller me da una palmada en el brazo con su hijo a horcajadas en la cadera—. Tú aquí, tan tranquilo, mientras mi pobre amiga probablemente esté sola y asustada. Debería pasarme por su apartamento.

—Ni está sola ni está en casa. Ha ido a ver a su abogado para obtener un acuerdo prenupcial. O posnupcial. O como demonios se llame ese tipo de acuerdos que hace la gente después de casarse.

—¿No deberías estar con ella? —pregunta mi hermano desde el sofá del salón—. Lo hará para proteger tu patrimonio.

—Al parecer, lo hace para proteger el suyo.

Kai entrecierra confuso los ojos.

—Está emparentada con Dean Cartwright —le recuerdo a Kai refiriéndome al hermanastro de Kennedy—. Su familia siempre ha tenido pasta, desde que éramos pequeños.

Otra razón por la que no soporto a ese capullo. Mientras mi hermano y yo nos abríamos paso a trancas y barrancas para conseguir terminar el instituto sin nadie que nos respaldara, recuerdo que Dean se presentaba en el campo cuando jugábamos contra él cada vez con un coche nuevo y luciendo el equipo de béisbol más caro y más a la última moda.

Si a eso se añade que es un puto coñazo y que se acostaba con todas las novias que yo tenía, no es extraño que haya considerado al hermanastro de Kennedy como mi eterno rival.

—¿Podemos salir a hablar fuera? —le pregunto a mi hermano.

Los tres me prestan atención extrañados del tono serio en que lo digo, cosa rara en mí. Max, en cambio, solo me sonríe.

—¿Tú también quieres venir fuera, Bicho? —Se lo quito a la que pronto será mi cuñada.

—Sí. *Fuela.*

El hombrecito acaba de cumplir dos años y su vocabulario se va ampliando poco a poco.

—¿Has hablado ya con mi padre? Querrá que se lo cuentes tú antes que nadie.

La pregunta de Miller me da qué pensar.

Emmet Montgomery, el padre de Miller, no es solo el mánager, o sea, nuestro entrenador principal, sino también lo más parecido que tengo a una figura paterna, aparte de Kai. Se burla de mí y yo de él. Así es como nos comunicamos. Visto desde fuera, quizá no se note, pero Monty y yo nos tenemos mucho afecto.

—Mañana le llamo —le prometo.

Con Max en la cintura, sigo a mi hermano afuera y dejo a mi sobrino jugando en la hierba. Kai y yo nos sentamos a su lado con las piernas estiradas, y mi hermano me pasa una cerveza que no le he visto sacar de la nevera.

—Me da la sensación de que los dos vamos a necesitar esto. —Entrechoca su botella con la mía.

—¿Crees que estoy jodido?

—¿En qué sentido? ¿Por haberte casado o por seguir casado?

—Por haberme ofrecido a seguir casados para que Kennedy conserve su trabajo.

Kai da un trago de cerveza.

—A ti las cosas te suelen salir bien. Siempre ha sido así. Imagino que es por una cuestión de suerte y por esa dichosa sonrisa burlona, gracias a la cual consigues todo lo que quieres.

Mi hermano, que a veces es un poco gruñón, oculta su media sonrisa tras la botella mientras le da otro sorbo.

Tiene razón. Cuando éramos más jóvenes y nadie nos ayudaba para poder ir al instituto y a la universidad y, por último, para entrar en las Grandes Ligas, vi el peaje que tuvo que pagar Kai. Desde los quince años ya era responsable no solo de sí mismo, sino también de mí, lo que sin duda le supuso una carga. Así que cuando necesitaba un estimulante, algo que le animara, aprendí a ser el que le hacía reír. Cuando únicamente teníamos dinero para comer una sola vez al día, me camelaba a la camarera para que nos pusiera gratis más patatas fritas. Cuando no nos podíamos permitir coger el autobús, me hacía amigo del conductor de la ruta y este nos colaba de matute.

Puede que yo no sea el hermano responsable, pero sé cómo sacar partido de mis virtudes. A la gente le caigo bien. Sé cómo hacer sonreír a todo el mundo. A veces es verdad que hago un poco el tonto, pero mantengo una actitud positiva en la vida y eso hace que las cosas siempre me salgan bien.

—Ejem, yo… —Me aclaro la garganta—. Quisiera que me dieras la alianza de mamá.

—Isaiah.

—¿Qué pasa? No la vas a utilizar para Miller.

—No, pero… —Presta atención a su hijo, que está correteando por la hierba enfrente de nosotros—. Verás, ya sabes que he estado guardando la alianza de mamá para ti, pero esperaba que se la regalaras a alguien con quien fueras a pasar la vida, y tu relación con Kennedy no parece que sea de ese tipo.

—Tú fíate de mí, ¿vale?

—Isaiah —dice con una exhalación—, venga ya, hermano. Que trates a Kennedy como si fuera tu esposa de verdad no va a hacer que se enamore de ti por arte de magia.

—Hay cosas de Kennedy que no conoces. A todos os parezco un idiota que no hace más que suspirar por esa chica, pero cuando estamos ella y yo solos, la cosa es distinta. No sé cómo explicarlo, pero noto de veras que la cosa cambia.

La mirada de Kai se suaviza.

—No quiero que te hieran. Te han pasado muchas cosas y tengo miedo de que tu relación con Kennedy no termine muy bien. No creo que ella vea este juego como lo ves tú. Soy tu hermano y quiero protegerte.

En teoría entiendo su preocupación. Puede que para Kennedy esta boda tenga una fecha de caducidad, pero en lo único que pienso es en que dispongo de seis largos meses para hacer que mi mujer se enamore de mí.

Kai se ríe, rompiendo así la tensión.

—No me puedo creer ni de coña que Kennedy se casara contigo el sábado por la noche. Eso es lo que te decía antes: las cosas suelen salirte bien. La chica por la que llevas años suspirando aparece en Las Vegas y se casa contigo. —Menea la cabeza—. Eso sí que es tener suerte en Las Vegas.

Sonrío con él.

—Bueno, técnicamente era el domingo por la mañana.

Deja de reírse.

—¿El domingo?

—Sí, nos casamos el domingo.

—Vaya.

Kai da otro trago y nos quedamos mirando cómo Max recoge dientes de león del suelo e intenta soplarlos como las velas de su tarta de cumpleaños. Cuando se da por vencido, viene hacia mí y me tiende las flores para que le ayude.

Lo coloco sobre mi regazo y luego soplo al mismo tiempo que él haciéndole creer que es su potente soplido el que hace volar todos los pelillos blancos y plumosos de los dientes de león.

—Sé que no tengo que recordarte qué fecha era el domingo —dice Kai.

—El cumpleaños de Max. —Carraspeo—. No tienes que recordármelo, no. —Beso a mi sobrino en lo alto de la cabeza—. Es curioso que naciera en la misma fecha en que perdimos a mamá, ¿verdad? Es casi como si nos lo hubiera mandado ella.

—Pues sí. —Kai suspira—. Yo también lo he interpretado siempre así.

—A Kennedy la conocí en esa misma fecha hace tres años. No sé si ya te lo había contado.

—No, no me lo habías dicho.

—Y luego resulta que me he casado con ella exactamente esa misma fecha.

Esboza una sonrisa leve, pero comprensiva. Creo que, igual que nos fue enviado Max, también me fue enviada mi flamante esposa.

—Está bien —cede—. Te daré la alianza de mamá.

Todas las luces están apagadas en el apartamento, pero sigue estando iluminado gracias a los relámpagos que se filtran por las ventanas.

Soy un hombre hecho y derecho de treinta y un años que todavía tiene miedo a las tormentas. Pongo la tele para distraerme, pero no sirve de nada. Estoy demasiado nervioso y angustiado.

Cuando otro relámpago ilumina el cielo de la noche, me pongo inmediatamente de pie y, mientras recorro el salón, le escribo un mensaje a mi hermano.

Yo: *¿Estás bien? ¿Estás en casa?*

Kai: *Todo bien por aquí. Estoy en casa. ¿Tú bien también?*

Yo: *Estaré bien. ¿Están Miller y Max en casa contigo?*

Kai: *Aquí están, sí.*

Yo: *Bien. No cojáis el coche para ir a ningún sitio.*

Kai: *Sabes que no lo haré. Te quiero.*

Envió un mensaje corto a Travis y Cody para ver cómo les va todo, aunque no tienen ni idea de por qué lo hago. Cody me pregunta si quiero ir a su casa a cenar y ver el partido de los Chicago Devils por la tele, pero vive lo bastante lejos como para tener que coger el coche, y eso no va a pasar.

Al siguiente al que escribo es a Monty.

Yo: *¿Estás en casa?*

Monty: *¿Quién me lo pregunta?*

Yo: *Soy yo.*

Monty: *Si digo que sí, ¿te vas a presentar aquí sin que nadie te haya invitado y me vas a recordar que estoy a punto de emparentar contigo porque tu hermano y mi hija se van a casar?*

Yo: *Básicamente, ya soy tu yerno. Qué emocionante para ti.*

Monty: *Por cierto, he oído que eres el yerno de alguien más.*

Yo: *¿Ya te has enterado de eso?*

Monty: *Lo sabe toda la organización.*

Yo: *Te lo iba a contar yo.*

Monty: *Tenemos que hablar de eso cuanto antes, hijo.*

Yo: *Lo sé. Hablaremos. Pero ahora en serio: ¿estás en casa?*

Monty: *Estoy en casa.*

Yo: *Bien. Te veré en el campo.*

Puede que no sea lo más saludable, pero cuando me pongo nervioso por mis propios pensamientos intrusos, me calmo comprobando que está bien toda la gente que quiero.

Desde que conozco a Kennedy, he querido comprobar qué tal se encuentra cuando me entra esa angustia, pero me he persuadido a mí mismo para no hacerlo, recordando que fuera del trabajo no está obligada a tratar conmigo.

Pero ahora… En fin, ahora está legalmente obligada.

Es posible que siga disgustado por cómo ha intentado echarme a mí la culpa de lo de la boda, pero eso no ha hecho que cambien mis sentimientos por ella.

Yo: *Hola, Kenny. ¿Estás en casa?*

Echo a andar mientras espero su respuesta, pero pasan los minutos y no recibo ninguna. En mi pantalla no aparece nada, ni siquiera un baile de puntos grises.

Sin embargo, un estruendo de truenos hace temblar mi edificio y me crispa los nervios.

Yo: *Ken, necesito que me contestes.*

No contesta.

Yo: *Te voy a llamar señora Rhodes delante de todo el equipo si no me contestas.*

La respuesta es instantánea.

Kenny: *Ni se te ocurra, joder.*

Yo: *Esa es mi mujercita.*

Kenny: *Qué pesado.*

Yo: *¿Estás en casa?*

Como esta vez tampoco contesta, la llamo.

—¿Qué?

—¿Estás en casa?

—¿Por qué?

—Limítate a contestar a la pregunta. ¿Estás en casa?

—Sí, estoy en casa.

—¿Y no vas a salir a ninguna parte esta noche?

—No.

—De acuerdo. Bien.

—¿Por qué me lo preguntas?

—Necesitaba saberlo, sin más.

Suelta un suspiro como si ya estuviera harta de mí, y eso que no lleva ni cuarenta y ocho horas casada conmigo.

—Eres agotador, Rhodes.

Tengo que morderme el labio para no sonreír.

—Sé cómo ser agotador de otras maneras. Por ejemplo, dime si necesitas una noche de sueño reparador y así podremos consumar el matrimonio, Ken.

Se echa a reír con tantas ganas que dejo de morderme el labio y esbozo una amplia sonrisa mientras la escucho al otro lado de la línea.

—¿Te has decidido ya? —le pregunto.

Técnicamente, yo no obtengo nada de este acuerdo. Todo esto lo estamos haciendo por ella, pero aún confío desesperadamente en que diga que sí.

Al menos podré pasar tiempo con ella si se muestra conforme, y eso es realmente lo único que quiero.

Se instala un violento silencio en su lado de la línea.

—Esto es lo último que yo quería.

Maldita sea. Va directa al grano.

—Quiero decir… —se corrige— que yo quería tener una oportunidad. En mi último compromiso no tuve precisamente una oportunidad.

Vaya.

—Nunca he tenido la oportunidad de salir con alguien para divertirme, y eso es lo que yo buscaba, pero ahora estoy…

—Casada —remato la frase por ella.

—Pues sí. Estoy casada.

—Lo siento.

Aún sigo enfadado porque me echa la culpa de que estemos casados y ahora encima voy y me disculpo.

—Es culpa mía —admite—. Yo fui la que lo lio todo. Tú solo estás intentando solucionar las cosas. Pero, Isaiah…, entre tú y yo nunca va a haber nada. Esto solo es un acuerdo.

—¿Cómo puedes estar tan segura?

Porque yo estoy segurísimo de que no va a ser así.

—Somos muy distintos. No aceptaré que sigamos con esto si tú esperas algo de nuestro futuro que no sea la fecha de vencimiento. Son solo seis meses. Cuando termine esta temporada, empezaré a vivir la vida que siempre he deseado tener.

Si yo no fuera tan desesperadamente romántico, su insistencia posiblemente me hiriera un poco más, pero lo único que llega a mis oídos son las palabras «seis meses».

Tengo seis meses para hacer que cambie de opinión sobre mí.

—¿Qué tipo de vida deseas tener? —indago, y me pregunto si será distinta de la que llevaba antes de nuestra noche en Las Vegas.

Aunque se ríe, noto que es una risa triste.

—Una normal.

—¿Qué es normal para ti, Kenny?

—Vas a pensar que soy rara.

—Llegados a este punto, lo mejor sería que yo te encontrara uno o dos defectos. Mi obsesión contigo me ha impedido encontrar alguno.

De nuevo se echa a reír, y entonces me doy cuenta de que ese sonido no lo he oído con frecuencia.

Esto me lo tengo que trabajar más.

—Para mí una vida normal es poder quedar con quien quiera. O ligar en un bar con un tío e ir con él a una cena que no sea otro extravagante acto de etiqueta. Una vida en la que no me tenga que casar borracha por venganza, pero que tampoco me obligue a comprometerme con alguien mediante un acuerdo comercial.

¿Cómo?

—Esto último tendrás que explicármelo mejor.

—Tal vez en otra ocasión. —Suspira—. Quiero hacer lo que estamos haciendo. Egoístamente, quiero hacerlo.

—Bueno, menos mal porque ya te he conseguido un anillo.

—Vaya, qué prisa te has dado. ¿Tendré que conseguir yo también uno para ti?

—Sería lo apropiado.

—¿Tienes alguna preferencia?

—¿Llevan diamantes los hombres?

—¿De verdad que quieres unos diamantes?

—Quiero que sea de lo más ostentoso. Tú querías algo discreto, de manera que vamos a gastarnos todo el presupuesto en mí.

Otra vez le da la risa, cosa extraña en ella. Nunca se ríe de tan buena gana. Tampoco suele ser tan abierta y sincera.

—Kennedy Kay, ¿estás borracha ahora mismo?

—Un poco.

Me pego el teléfono a la oreja mientras me tumbo en la cama con una mano debajo de la cabeza; ya no siento la menor angustia en mi pecho.

—Creí que no eras muy bebedora.

—No lo soy.

—¿Te estoy llevando ya a la bebida?

—Uf, no lo sabes tú bien.

—¿Qué estás bebiendo?

La pregunta suena un poco a «¿Qué llevas puesto?», que es algo que también me encantaría saber.

—Tequila.

Mi sonrisa ocupa ahora toda mi cara.

—Peligroso. He oído que la gente comete errores propios de borrachos con el tequila.

—Hay quien los llama accidentes felices.

Mirando al techo, estoy seguro de que puede oír mi sonrisa a través de la línea.

—¿Isaiah?

—¿Mmm…?

—¿Sigues enfadado conmigo?

Titubeo un poco antes de contestar:

—Cuesta trabajo estar enfadado contigo cuando acabas de mostrarte conforme con ser mi esposa.

—No pasa nada si necesitas seguir enfadado conmigo. No tienes por qué lucir siempre esa sonrisa de oreja a oreja.

Hago una pausa porque me parece que ha dado en el clavo, pero intento quitarle hierro al asunto.

—¿Has notado mi sonrisa, Kenny?

—Ajá. Noto que sonríes hasta cuando no tienes ganas de sonreír. Como has hecho hoy conmigo. Hoy he herido tus sentimientos, y en lugar de dejar que me las apañe por mi cuenta, has conseguido que conserve mi trabajo y te has asegurado de que sonriera antes de marcharte.

No sabía que se hubiera dado cuenta. Siempre he creído que nadie se daba cuenta.

—Pero tienes permiso para estar enfadado conmigo —continúa—. Eso no va a cambiar mis sentimientos hacia ti.

«Tienes permiso para estar enfadado conmigo. Eso no va a cambiar mis sentimientos hacia ti».

Me aclaro la garganta.

—Así que… ¿todavía me odias?

—Exactamente. —Oigo que traga saliva—. ¿Isaiah?

—Dime.

—¿Por qué no intentaste hacer algo conmigo la noche de Las Vegas?

«Santo cielo».

—Estás borracha, Kenny.

—Eso no significa que no quiera que me contestes.

Cada gota de mi sangre sale disparada hacia el sur al oír que Kennedy Kay me pregunta por qué no intenté hacer algo con ella.

—Cuando dices «intentar hacer algo», ¿te refieres a otra cosa que no sea casarme contigo?

—Sí, me refiero a otra cosa.

—¿Tú querías que yo intentara hacer algo?

—No lo sé. Solo me pregunto por qué no lo intentaste.

—Bueno —digo con una exhalación—, yo estaba igual de pedo que tú. Por eso. Además, creo que mi madre habría salido de la tumba y me habría llevado con ella si tocaba a una mujer borracha. De todas formas, aunque he pasado todo este tiempo intentando que me hagas caso, no voy a intentar nada contigo a no ser que sepa que tú también quieres que te haga caso.

Se hace un silencio sepulcral.

—¿Esa noche querías que te hiciera caso, Kenny?

Suelta una risita al teléfono.

—Buenas noches, Isaiah.

Kennedy cuelga el móvil justo cuando otro relámpago ilumina el cielo.

Es entonces cuando caigo en la cuenta de que casi me había olvidado de la tormenta.

8

Kennedy

Isaiah: *Quedamos en los lavabos de mujeres, junto al vestuario.*

Yo: *De todos los sitios que hay, ¿por qué tenemos que quedar ahí?*

Isaiah: *Es donde nos conocimos. Estoy siendo romántico.*

Yo: *Deberías dejar de usar mi cuarto de baño.*

Isaiah: *Es que está mucho más limpio que el nuestro.*

No debería sorprenderme cuando entro en los servicios de las chicas y me encuentro a Isaiah con una cadera apoyada en la encimera del lavabo zampando caramelos de menta. Al fin y al cabo, lo he pillado ahí un puñado de veces a lo largo de los años.

Está demasiado ocupado explorando todos los privilegios del cuarto de baño de las mujeres como para notar mi presencia, así que, quizá por primera vez en horario de trabajo, me quedo observándolo un rato.

Lleva la gorra de béisbol puesta hacia atrás, pero, aun así, le sobresale la mata de pelo por los bordes.

Es alto. Más bien altísimo.

Va vestido con unos pantalones de color caqui que se le ajustan perfectamente a los muslos, con una cazadora verde oliva *bomber* desabrochada que deja ver una camiseta blanquísima y ceñida que le marca los músculos del pecho y unas zapatillas deportivas también blancas con unos calcetines demasiado cortos como para que pueda ver si hoy están o no emparejados.

—Hola.

Con la boca llena de caramelos de menta, me encuentra de pie junto a la puerta y al instante adopta su típica cara risueña.

—Hola, mujercita mía.

—Me estoy arrepintiendo ya de nuestro acuerdo.

Me ignora.

—El estadio se está llenando, y eso que el partido no empieza hasta dentro de un par de horas.

Es lógico. Los aficionados están deseando que empiece la temporada de béisbol, y el de hoy es el primer partido de los Warriors, que se enfrentarán a Minnesota.

Isaiah mira mis pantalones de yoga, las zapatillas de correr y el polo de los Warriors. Llevo el pelo recogido en una coleta y tengo las mejillas un poco coloradas de tanto mover de un lado a otro cajas de esparadrapo y de otros materiales médicos durante tres horas.

La verdad es que llevo toda la semana con la misma cara de agotada. Realmente, no ha habido ni un día en que haya llegado al campo después de las siete de la mañana ni me haya marchado antes de que se pusiera el sol. Tengo una ligera sospecha de por qué el doctor Fredrick ha decidido cargarme esta semana con toda la lista de quehaceres de la plantilla médica.

—¿Desde cuándo llevas aquí? —pregunta Isaiah, cuyas arruguillas en los ojos esta vez no delatan una sonrisa, sino preocupación.

—Toda la mañana. El doctor Fredrick ha decidido que el primer día de la temporada era perfecto para que yo reorganizara el botiquín. He llegado aquí a las seis.

—¿No tenéis becarios que se encarguen de ese tipo de cosas?

—Sí, los tenemos.

Cuando cae en la cuenta de lo que sucede, se le pone cara de cabreo.

—¿Has comido?

—No hace falta.

—¿Has comido, Kennedy?

—Ahora cogeré algo del comedor, cuando acabe con esto.

Me mira como si no me creyera y se acerca al espacio que yo ocupo.

No sé por qué, pero no me muevo ni me estremezco. No me importa que invada mi espacio para tocarme.

Qué raro.

Pero no lo hace, no me toca. Pasa por delante de mí y gira la cerradura de la puerta principal del baño, para que no entre nadie.

—Tengo una cosa para ti. —Se lleva la mano al bolsillo—. No es tan llamativo como el que tenías antes.

—Odiaba el que tenía antes.

Una sonrisa maliciosa ilumina sus labios.

—Yo también.

Isaiah sostiene la delicada sortija con los dedos índice y pulgar.

—¡Guau! —me sale sin querer—. Es precioso.

Cojo el anillo y veo que la piedra del centro lanza un destello de un color púrpura increíble. Supongo que será una amatista. Pequeños diamantes crean una aureola a su alrededor y el aro tiene una pátina dorada.

Se nota que esta alianza tiene una historia que no suelen tener las joyas nuevas. Parece que ha sido usada, preciada y amada.

—Crucemos los dedos para que te entre —dice Isaiah—. Mi madre tenía también las manos pequeñas, así que supongo que será de tu medida.

Espera un momento. ¡¿Qué?!

Levanto de inmediato la mirada hacia él, que asimismo me está observando.

—¿Tu madre?

El hombre que tengo frente a mí, normalmente tan seguro de sí mismo, se ruboriza.

—Es su anillo de boda.

Mientras lo sostengo entre mis dedos, puedo sentir físicamente cómo mis mejillas se quedan sin sangre. No puedo llevarlo; nuestro matrimonio no es un matrimonio de verdad.

Yo no sé qué es tener algo de mis padres que posea un valor sentimental para mí, pero es evidente que los chicos Rhodes adoraban a su madre. Por lo poco que sé, Isaiah solo tenía trece años y Kai quince cuando ella falleció en un trágico accidente. Miller me ha contado que, como Kai la elogia tanto cuando habla de ella, el otoño pasado le puso a uno de sus postres el nombre de esa mujer a la que nunca llegó a conocer y la receta salió en la revista *Food & Wine*.

Isaiah no habla mucho de ella, pero es que en realidad no suele hablar de nada serio, aunque sé que la echa de menos tanto como su hermano.

—No puedo llevarlo…

—¿Crees que no te entrará?

—Es el anillo de tu madre, Isaiah. Deberías guardarlo para otra persona. Para alguien que te importe mucho.

—A mí me importas mucho tú.

—Ya sabes lo que quiero decir.

Me mira a los ojos y yo le sostengo la mirada.

—Por favor —continúo, y hago amago de devolvérselo—. No quiero deshonrar su memoria llevando su alianza cuando solo sigo casada con su hijo como parte de un acuerdo. Llevaré otra cosa.

Pasa un tiempo demasiado largo de silencio, hasta que finalmente me coge el anillo.

—Cuando murió mi madre, esto es lo único con lo que me quedé —dice mirándolo entre sus dedos—. No estoy muy seguro de por qué. Seguramente no tenía la cabeza en su sitio en ese momento. Debería haberme quedado con alguna prenda de ropa o con alguno de sus libros preferidos, pero quise este anillo porque recuerdo lo bien que le quedaba este color en su mano. Siempre he planeado dárselo a la chica con la que me casaría, y aunque nuestro matrimonio sea solo de conveniencia, tú eres la chica con la que me he casado, Kennedy.

Toma mi mano entre las suyas y yo no la aparto ni siquiera cuando me pasa el pulgar por mi dedo anular vacío.

—Hazlo por mí, por favor. Póntelo, ¿vale?

Mientras me lo pide con un tono de súplica, no espera a que le responda y me lo desliza por el nudillo.

Me queda perfecto.

Isaiah desliza el pulgar por el anillo.

—Eso sí: como lo pierdas, me divorcio de ti.

Sin poderlo remediar, estallo en una carcajada.

Después de llevar años aguantándome las ganas de reírme con este hombre, sienta bien dejarse llevar.

Me rindo y mi voz se suaviza.

—Cuidaré de él por ti.

—Sé que lo harás.

—Y te lo devolveré en cuanto pase todo esto.

A eso no responde.

—Estos son para ti —digo, mostrándole sobre la palma abierta un anillo de metal negro y su compañero de silicona tras sacarlos del bolsillo—. No son diamantes, pero...

—¿No deberías ponerte de rodillas o algo parecido?

Le lanzo una mirada.

—Coge los dichosos anillos antes de que cambie de idea.

Su sonrisa se amplía.

—¿Me has comprado uno de metal y otro de silicona para que también pueda llevar mi alianza durante los partidos?

De nuevo se me ponen las mejillas sonrosadas. Es verdad, ¿por qué demonios lo habré hecho? Supongo que porque Isaiah me parece el tipo de tío que se pondría un anillo de silicona durante los partidos, ya que no puede llevar la versión metálica. Y yo, como su supuesta esposa, debería saberlo.

—No tienes por qué ponértelo mientras juegas si te resulta incómodo. Solo pensé que podría dar veracidad a nuestro matrimonio, sobre todo porque Remington asiste siempre a los partidos que jugáis en casa.

Se pone el anillo de silicona en el dedo anular izquierdo.

—Había pensado tatuarme tu nombre porque no puedo llevar un anillo mientras juego, pero este sí podré ponérmelo. —Quita el pestillo de la puerta, la abre y dice—: Más te vale volver a tu trabajo, doctora.

Mientras me voy, me río por lo del tatuaje, pero luego caigo en la cuenta de que a lo mejor no lo decía en broma.

Con la mano de Kai en la mía, trabajo sus músculos prestando especial atención al abductor del pulgar, que tiende a agarrotarse en las primeras entradas si no ha sido bien trabajado antes de que se posicione en el montículo.

Profundizo con mi pulgar para eliminar toda la tensión.

Asimismo, le trabajo los músculos lumbricales de entre los dedos, con la palma hacia arriba.

Mis dedos recorren sus tendones y le suavizan la piel.

Tiene las manos grandes y unos músculos muy desarrollados por todos los años que lleva jugando al béisbol.

Al tacto se parecen a las de Isaiah.

Me viene el flash de un recuerdo de nuestra noche en Las Vegas. Me acuerdo de que, gracias al tequila, le agarré de la mano sin pensármelo demasiado.

Ojalá fuera siempre tan espontánea.

De todas formas, aquel contacto físico no tiene nada que ver con este, ahora que estoy en la sala de entrenamiento.

Empecé a trabajar en la medicina deportiva siendo universitaria. Dean estaba en nuestro equipo de béisbol de la universidad, y recuerdo que le conocí en la sala de entrenamiento después de uno de sus partidos.

Los médicos y los entrenadores del equipo trabajaban los cuerpos de los jugadores, los sometían a toda clase de terapias después de los partidos y les ayudaban a relajarse con estiramientos. Recuerdo la naturalidad con la que los médicos de la plantilla tocaban a los deportistas de los que se ocupaban.

En aquella época, el contacto físico era algo tan ajeno a mí que me asustaba y, al mismo tiempo, me intrigaba ver a todos esos profesionales dedicados a utilizar su propio cuerpo para reparar el de otros.

A mí realmente no me habían tocado nunca. No recuerdo que de niña me abrazaran ni una sola vez. Nunca me dieron la mano ni me hicieron ningún arrumaco. Por aquel entonces yo no sabía que eso era anómalo, pero en cuanto empecé la carrera me di cuenta de que me pasaba algo raro porque se me tensaba todo el cuerpo cuando mis nuevos amigos universitarios me saludaban con un abrazo.

Al siguiente semestre, comencé a hacer las prácticas con el equipo de béisbol de Dean y cambié de especialidad para estudiar Medicina. Me enamoré de toda la ciencia que la rodea. De cómo el cuerpo humano es capaz de desmoronarse y recuperarse. De cómo puedes fortalecer un cuerpo para evitar que tenga lesiones.

Aprendí lo asombroso que resulta utilizar tus propias manos para ayudar a que una persona se cure. Desde luego, fuera de los confines de la medicina, el contacto físico sigue siendo muy poco natural para mí, pero me lo estoy trabajando, estoy en ello.

—¿Vas a mirarme en algún momento a los ojos o…?

Continúo trabajando la mano de Kai, que está sentado en la camilla de masajes.

—No, si puedo evitarlo.

Se ríe.

—¿Me odias?

—Maldita sea, Kennedy, no sabía que fueras tan dramática.

Dejo su mano en la camilla y por fin alzo la vista. Sí, la alzo, porque, aunque él esté sentado y yo de pie, los hermanos Rhodes son ridículamente altos.

—¿Tienes ahora una opinión distinta de mí?

—No, para nada.

—Es que en el fondo estoy utilizando a tu hermano.

—No parece que le importe mucho. Estoy casi seguro de que no dudaría en ofrecerse voluntario para hacer lo que está haciendo si tuviera la oportunidad.

Nunca he entendido lo del «cuelgue» de Isaiah conmigo. Si supiera algo de mí, sus sentimientos se disiparían. A Connor le ofrecieron las llaves de la empresa de mi familia. Lo único que tenía que hacer era estar conmigo, y ni aun así fue capaz de aguantar.

Kai baja la voz para que solo yo oiga lo que me va a decir.

—De todos modos, si resultara herido, si vuestra relación le hiciera daño, tú y yo tendríamos una conversación muy diferente.

—No puede resultar herido. Esto no es algo personal. Isaiah y yo solo tenemos un acuerdo que concluirá dentro de seis meses.

Toca el anillo de su madre en mi dedo.

—No estoy tan seguro de que él lo vea de ese modo.

Eso es lo que me preocupa a mí también. El anillo tiene un peso emocional que nada tiene que ver con lo que estamos haciendo.

Un plato de papel con un sándwich hecho en casa aparece en la camilla, al lado de Kai.

—Come —dice Isaiah, dirigiéndose a mí.

Alzo la mirada hacia el otro gigantesco Rhodes.

—Te dije que no hacía falta…

—Cómete el puto sándwich, Kenny. Tienes pinta de estar a punto de desmayarte. —Se vuelve hacia su hermano—. Lleva aquí todo el día y no se ha tomado ni un minuto de descanso. No dejes que siga trabajando hasta que se lo haya comido.

Kai estalla en una carcajada cuando su hermano se marcha dejándome el sándwich casero y unas instrucciones muy severas. Supongo que lo habrá preparado en el comedor del club, que yo también puedo utilizar al formar parte de la plantilla, pero es que hoy aún no he tenido tiempo de ir a comer. Mis colegas han hecho descansos, sin embargo, yo no he parado aún. Puede que el doctor Fredrick no quiera ascenderme, pero cuando le pidan referencias, no podrá decir que no soy la que más trabaja de su plantilla.

Vuelvo a tomar la mano de Kai para terminar el estiramiento previo al partido, pero la aparta fuera de mi alcance y me acerca el plato de papel.

—Ya has oído a Isaiah. No pienso ser la causa de que mi cuñada se desmaye.

—No me puedo creer que me acabes de llamar cuñada.

Su sonrisilla maliciosa se parece mucho a la de su hermano.

—¿Podéis atenderme todos un momento? —anuncia Monty a toda la sala de entrenamiento—. El propietario de nuestro equipo, el señor Remington, tiene algo que le gustaría deciros.

Como estamos todo el equipo y la plantilla, enseguida veo a Isaiah al otro lado de la sala. Él también me está mirando con cara de que algo no va bien.

—No os voy a entretener mucho tiempo —dice Arthur Remington levantando la mano—. Quiero desearos a todos mucha suerte hoy. Me encantaría que esta temporada también estuviera coronada por el éxito aquí en Chicago. Es mi temporada número cuarenta y dos como propietario de los Windy City Warriors y no podría estar más orgulloso todos vosotros. Pero antes de que este año empiece oficialmente, quiero anunciaros que esta temporada será para mí la última.

Isaiah y yo cruzamos de nuevo una breve mirada.

—El año que viene, mi nieta Reese me sustituirá. —Señala con la mano a una mujer que imagino que debe de ser su nieta.

Es guapísima. De unos treinta y cinco años, calculo. Pelo corto rubio, cuerpo rellenito y vestida de punta en blanco. Una bomba en todos los sentidos de la palabra.

Pero lo más importante: es una mujer.

Una mujer está a punto de hacerse cargo de toda esta organización.

Otra mujer en un ámbito dominado por los hombres.

Parte de mí desearía estar aquí el año que viene para verlo.

—Echaré de menos veros a todos y estar aquí en el campo, pero me hace mucha ilusión transmitir nuestro legado familiar a mi querida nieta.

Toda la sala irrumpe en aplausos de cortesía, mientras Reese sencillamente levanta la mano para saludar.

—Esta temporada la veréis a ella mucho más que a mí, pues tiene que prepararse para hacerse cargo del trabajo. Eso incluye tanto los partidos en casa como fuera de casa. Durante todo este año viajará con vosotros y me informará de todo lo que suceda, de modo que, cuando la veáis por ahí, tratadla como me trataríais a mí.

Un momento...

¿Viajará con nosotros?

Miro otra vez a Isaiah esperando encontrarme con una cara tan horrorizada como la mía, pero está tan tranquilo, con las manos en los bolsillos y luciendo su dichosa sonrisita.

Él sabe tan bien como yo que no va a ser suficiente con decir que estamos casados. Ahora nos vigilarán constantemente y tendremos que esforzarnos mucho más a la hora de fingir que somos una pareja enamorada.

9

Isaiah

Ver a Kennedy engullir el sándwich que le hice me provoca una instantánea erección. Y todo por culpa del gemidito que sale de su garganta cuando ella cree que nadie la ve comiendo en un rincón de la sala de entrenamiento.

Kennedy ha trabajado siempre duro; es una de las cosas que más admiro de ella…, pero esta semana va a un ritmo diferente. Tal vez sea porque está emocionada de volver al trabajo, pero en el fondo sé que el horario ampliado de Kennedy se debe a que el doctor Fredrick le hace trabajar más de lo normal.

Por supuesto, no quiero que se vaya, pero me doy cuenta de que su vida laboral será mucho más fácil cuando obtenga ese empleo en San Francisco. Allí será su propia jefa y tendrá empleados que le informen a ella.

En cuanto salgo del vestuario, me da el sol y no puedo describir lo increíble que me resulta volver a lucir mi uniforme de los Warriors en este campo. La primavera me pide béisbol a gritos; soy muy afortunado por poder pasarme la vida jugando a un deporte que me encanta. Por si fuera poco, lo hago en el mismo campo que mi hermano y mis dos mejores amigos. ¿Cómo podría alguien en mi situación no estar entusiasmado con su trabajo?

Tampoco está nada mal que pueda ver por aquí a la impresionante pelirroja con la que me he casado.

Estoy en el *dugout*, comprobando sobre mi montículo el guante de bateo y el casco, cuando oigo que la llaman.

—Kennedy, hoy te toca la hidratación.

Miro con odio a Fredrick porque no hay derecho a que le ordene a Kennedy, que tiene su misma formación médica y está a punto de ocupar su mismo puesto en otro club, que se encargue del agua durante el partido de hoy, cuando tenemos a un becario de dieciocho años para que se encargue precisamente de esas cosas, y que probablemente se correría de gusto si se le presentara la oportunidad de llenar nuestras botellas de agua.

—De acuerdo —dice Kennedy, sin demostrar su decepción.

—Sanderson. —Se vuelve hacia nuestro entrenador de atletismo. Nuestro entrenador de atletismo masculino—. Tú y yo trabajaremos en el banquillo, y, Will —el segundo médico al que contrató la temporada posterior a la que le negó ese puesto a Kennedy—, tú trabajarás tanto en el vestuario como en el bullpen.

—¿Por qué? —La pregunta sale de mi boca antes de darme cuenta.

Fredrick se vuelve confuso hacia mí.

—¿Qué?

—¿Por qué le toca a Kennedy la hidratación?

—Isaiah… —me reprende Ken.

No le hago caso.

—Will va a tener que encargarse de dos secciones que están cada una en una punta del campo y pones a Kennedy a llenar botellas de agua. ¿Por qué?

—Isaiah, no sigas —dice ella con un tono de voz implorante.

Fredrick se cruza de brazos.

—Porque es ahí donde la he asignado. ¿Tienes algún problema con el trabajo que ha de hacer hoy tu esposa?

Dice la palabra «esposa» de la manera más despectiva, como si fuera mi propiedad y no un ser humano.

Doy un paso hacia él.

—Claro que lo tengo. ¿O te gustaría que dijera delante de todo el mundo por qué creo que es absurdo que le hayas mandado precisamente a ella que rellene nuestras putas botellas?

—Cállate, por favor, Isaiah.

De repente, el jefe de Salud y Bienestar se da cuenta de lo que pasa: que sé que Kennedy está sobrecualificada para el puesto que le ha asignado.

—La verdad es que me gustaría saber por qué. —Reese Remington se une a la conversación. Ni siquiera me había dado cuenta de que estaba en el *dugout*—. Si tienes cuatro posiciones que necesitan cobertura y cuatro empleados médicos, ¿por qué no le das una posición a cada uno de ellos?

Kennedy está que echa humo, supongo que porque he llamado la atención de la que pronto será la propietaria del equipo, pero me resulta duro ver que Fredrick lleva años tratándola como si no fuera una buena profesional. Y está claro que esta temporada va a ser para ella peor que las anteriores. Y todo porque se ha casado conmigo, un jugador. El doctor Fredrick está castigándola por ello. Lo sé.

—Tiene razón, señora…

—Reese —le corrige ella.

—Reese —repite Fredrick, y yo no puedo explicar la satisfacción que me produce saber que el año que viene ese machista va a tener a una mujer como jefa—. Bien, entonces, Kennedy, cubrirás el bullpen y, Will, tú te encargarás del vestuario. Para la hidratación recurriré al nuevo becario.

—Bueno, así la cosa parece estar más equitativamente repartida, ¿no crees? —dice Reese con una sonrisa forzada.

—Ha sido una gran idea, señora…, digo, Reese.

Es bueno saber que el doctor Fredrick es un lameculos no solo con los jugadores, sino también con los altos cargos.

Reese me lanza una mirada prolongada y luego dedica otra a Kennedy, antes de abandonar el *dugout* y dirigirse, supongo, a la suite del propietario.

Una vez que ella no puede verlo ni oírlo, Fredrick aprieta la mandíbula. Aunque está cabreado, no se atrevería a amonestar a un jugador justo antes de empezar un partido, así que, una vez más, centra su atención en Kennedy.

—Más tarde hablaremos de dejar tu vida personal en casa.

No te jode… Ella no ha hecho ni dicho nada incorrecto. He sido yo quien le ha increpado por sus gilipolleces.

A continuación, el grupo se dispersa.

Kennedy se queda a mi lado, pero se niega a mirarme.

—No vuelvas a hacer eso nunca más.

—Ken…

—Ya tenía bastante con ser la única mujer que ha contratado en su vida, ahora también tendré que bregar con ser también la tía que se ha enrollado con uno de sus jugadores. No soy una chica patética que necesite la ayuda de su marido para librar mis batallas. Así que... déjame hacer mi trabajo, Isaiah.

Abandona el *dugout* y se dirige a cubrir el bullpen. Ya no la veré durante el resto del partido.

Tiene razón, pero es que se está partiendo el culo todo el día, toda la semana más bien, y no he podido remediar intervenir como un puto cavernícola.

Por cierto, he oído que me llamaba su marido.

—Diecinueve —me llama Monty por mi número.

Imagino que querrá que salga de allí y vaya a calentar, de manera que cojo el guante y paso por su lado en dirección al campo, pero me para agarrándome del brazo.

—Voy a contarte algo. —Mira a su alrededor y habla en voz baja—. Fredrick es un capullo, todos lo sabemos, y le cabreó que Remington mantuviera a Kennedy en la plantilla después de que los dos la cagarais en Las Vegas. Él quería echarla.

—Bueno, eso explica por qué lleva toda la semana puteándola para que haga horas extras.

—Sé que tú no lo verás de este modo, pero el que os hayáis casado ha hecho a Kennedy la vida mucho más dura. Ella está intentando hacerse un nombre, pero ahora, en lugar de ser una más de la plantilla de entrenadores, sus compañeros solo van a verla como la esposa de un jugador. No es justo, pero esa es la realidad. Lo mejor que puedes hacer por ella es dejar que haga las cosas a su manera mientras esté aquí, en el campo. Si intentas echarle una mano, lo único que conseguirás es que todo le vaya aún peor.

Maldita sea. Monty tiene razón. Odio que tenga razón.

—Es una chica que vale mucho. Puede arreglárselas sola, pero si alguna vez hay que pararle los pies a alguien, ven a verme a mí, ¿vale? Lo último que necesito es que uno de mis chicos se pelee con el médico del equipo.

Asiento con la cabeza.

—Ahora está cabreada conmigo. Yo creí que la estaba ayudando.

Una leve sonrisa ilumina sus labios.

—La vida de casado es divertida, ¿a que sí? —Me da un capón en la nuca—. Ahora sal y anota algunas carreras; puede que así te perdone.

—A ella esto le importa una mierda.

—Bueno, pues márcate unas carreras y puede que yo sí te perdone por haberme hecho la putada de casarte. Juro por Dios que Kai, Miller y tú tendréis que cuidar de mí alojándome en vuestra casa cuando sea viejo por todos los disgustos que me habéis dado los tres a lo largo de los años.

—Qué bonito, Monty —le digo, pasándole un brazo por el hombro—. ¿Quieres envejecer conmigo?

—Haz el favor de poner tu culo en el campo, Rhodes.

10

Kennedy

Dean: *Parece ser que nuestros padres están en la ciudad por cuestión de negocios y tenemos que ir a cenar con ellos mañana por la noche después del partido.*

Yo: *Qué horror. Que lo pases bien.*

Dean*: Cuando digo «tenemos que ir» me refiero a ti y a mí. Estás en Atlanta. No me puedes dejar a solas con ellos.*

Yo: *Nadie me había dicho nada de que ellos fueran a venir a Atlanta. Así que haré como que no sé nada.*

Dean: *En ese caso, le recordaré a tu madre que te llame.*

Yo: *Ni te atrevas.*

Dean: *Pues te veré allí. Además, necesito que sueltes la bomba de que te has casado, así es posible que por una vez mi padre no insista en lo que le he decepcionado por haber decidido ser jugador profesional en lugar de hacerme cargo de la empresa familiar.*

Yo: *Sí, desde luego, qué decepción que su hijo esté jugando en las Grandes Ligas. ¿Irá Mallory a esa cena familiar?*

Dean: *No creo que ella esté por aquí. Mi padre ha venido a la ciudad para cerrar un acuerdo de inversión.*

Yo: *Vale, entonces me lo pensaré.*

Dean: *Te veo mañana en el campo. Ah, y ten por seguro que vamos a tener una conversación muy seria sobre tu pésimo gusto con los hombres.*

Yo: *Cierra el pico.*

Dean: *¿Primero Connor y ahora Isaiah Rhodes? Te juro, Kennedy, que casi* *me tiro de un avión para arrearle una patada en el culo cuando me contaste que os habíais casado llevando una buena cogorza.*

Yo: *Ya sabes que a Connor no lo elegí yo.*

Dean: *Pero ¿sí a Isaiah?*

De pie, más o menos al final de la cola, estoy esperando a que los jugadores y los entrenadores cojan las llaves de sus habitaciones del mostrador de la recepción.

Los registros en los hoteles serían una pesadilla si no fuera por los coordinadores del equipo, que tienen preparadas las llaves del hotel de todos y están esperándonos en cuanto se paran fuera los autobuses.

La multitud que tengo delante se va dispersando hasta que me llega el turno.

En el mostrador no encuentro mi apellido en ningún letrero de las llaves; veo que solo quedan unas pocas habitaciones, y ninguna de ellas es la mía.

Miro a mi alrededor intentando encontrar a algún coordinador de los viajes del equipo para informarle de que se han olvidado de una habitación, pero solo veo a Isaiah apoyado en un pilar del vestíbulo con una sonrisita de sabelotodo en los labios. Es el único jugador que aún sigue aquí abajo. Todos los demás han subido a sus habitaciones.

Ha pasado una semana desde el día de la inauguración de la temporada, y las cosas han mejorado entre nosotros. No se ha vuelto a meter con mi jefe. De hecho, se ha pasado al extremo contrario. Ahora se comporta con demasiada profesionalidad. No me ha tirado los tejos públicamente ni una sola vez, como ha estado haciendo durante los tres últimos años.

Lo echo un poco de menos.

Me acerco a él con mi equipaje rodando.

—No está mi llave.

Isaiah me enseña una con un letrero en el que pone claramente I. Rhodes y K. Rhodes.

—K. Rhodes —leo—. Sin duda debe de referirse a tu hermano, porque yo no pienso compartir una habitación contigo ni loca.

—Haz otro intento.

—No —me oigo decir a mí misma.

Isaiah se ríe entre dientes.

—Soy muy mimoso, Ken. ¿Tú roncas? Espero que no, pero de todas formas igual me acurruco tanto junto a ti, que no te dejo respirar.

Entorno los ojos.

—¿Se supone que eso era romántico? Me refiero a tu intención de asfixiarme.

—Pero de una manera amorosa. Te voy a asfixiar amorosamente.

Meneo la cabeza sin dar crédito a lo que estoy oyendo. Mira que haberme casado con este tío... Estaba borracha, sí, pero aun así...

—No vamos a compartir habitación. Nadie más comparte habitación.

—No hay ninguna otra pareja, aparte de nosotros.

Recorro desesperada el vestíbulo con la mirada y veo a Glen, nuestro coordinador principal del viaje, hablando con Reese.

Con el equipaje a rastras, me dispongo a solucionar este problema.

—Reservo los hoteles tan pronto como se publica el calendario de los partidos —le está explicando a Reese—. Normalmente se llenan, pero este año tenemos suerte... —Nota que estoy esperando para hablar con él—. Ah, hola, Kennedy, justo le estaba diciendo a Reese la suerte que tenemos de que Isaiah y tú compartáis una habitación esta temporada, porque así he podido darle tu habitación a ella.

Mierda.

—Oh... —digo en un tono demasiado alto y forzado—. Eso es perfecto. Quería asegurarme de que te pareciera bien que compartiéramos habitación Isaiah y yo. —«Por favor, di que no»—. No conozco bien las normas del equipo y...

—Mi abuelo dio su aprobación —me interrumpe Reese.

«Jodidamente fantástico».

—Bueno, desde luego es... muy considerado por su parte.

Glen suelta una risita.

—Estáis recién casados. Aunque os hubiera reservado habitaciones separadas, habríais acabado en una de todas formas. En todo este tiempo que lleváis siendo novios a escondidas, nos podríais haber ahorrado un montón de dinero alojándoos en la misma habitación.

Reese y Glen comparten una carcajada.

Menos mal que alguien encuentra esto gracioso.

Me duelen las mejillas por la falsa sonrisa.

—Probablemente, tengas razón. Bueno, me alegro de que todo esté solucionado.

—Yo también. —Glen señala el mostrador—. Ya no quedaban más habitaciones disponibles cuando me enteré de que Reese nos acompañaría este año en los viajes.

Claro que no quedaban.

Cuando cruzo el vestíbulo para encontrarme de nuevo con Isaiah, su sonrisita es más irritante que antes. Sostiene en lo alto la llave, jugueteando con ella entre los dedos antes de que yo la atrape.

—No estás guapo cuando te regodeas.

—Solo estoy guapo el resto del tiempo. Lo pillo.

Se hace cargo de mi maleta y, delante de mí, lleva las dos rodando mientras vamos hacia el ascensor. Y ni siquiera se vuelve a mirarme cuando dice:

—Bonitos zapatos, por cierto. Tiene buen gusto quienquiera que los haya elegido.

Me ruborizo cuando bajo la vista hacia mis Vans con plataforma, más comúnmente conocidas como mis zapatos de la boda…, los que eligió él.

—Sigue regodeándote, anda.

Suelta una carcajada echando la cabeza hacia atrás y me distraigo viendo cómo le sobresale la nuez cuando da rienda suelta a su alegría contagiosa. Realmente es un problema que mi marido provisional sea tan atractivo.

Solo hay una cama.

Por supuesto, solo hay una cama.

Normalmente, cada habitación la ocupa una persona, de manera que no hace falta una segunda cama.

Tampoco hay sofá, tan solo un sillón de aspecto incómodo en un rincón.

No puedo compartir cama con Isaiah.

Compartir una cama es algo íntimo. Nunca lo fue con Connor, pero parece que en circunstancias normales lo sería.

Me entran ganas de protestar. De hacer algún comentario sarcástico para que Isaiah crea que sencillamente no le puedo soportar, cuando en realidad lo que pasa es que quiero disimular que esto me avergüenza y me incomoda muchísimo. Pero si estamos en esta situación es por mi culpa, de manera que me lo trago todo.

—¿Qué lado prefieres?

Cuando le miro por encima del hombro a la espera de su respuesta, veo que ya me está observando atentamente.

—Yo dormiré en el suelo.

—Isaiah…

—No me importa.

—Mañana tienes un partido. No puedes dormir en el suelo. Mi trabajo consiste literalmente en asegurarme de que tu cuerpo esté listo para jugar.

De nuevo le brota la sonrisita burlona.

—Ten confianza en mí, nena. Mi cuerpo está listo para jugar.

—Isaiah… —Intento que mi voz demuestre desaprobación, pero no puedo remediar que me salga una sonrisa—. Cállate.

Sonríe al ver mi sonrisa, como si supiera lo violenta que me pone mirar esa cama y no saber qué hacer.

—Dormiré yo en el suelo —decido.

—Ni hablar. No voy a dejar que duermas en el suelo. Soy buena persona, Kenny. —Coge un almohadón de la cama y lo deja caer en el metro de suelo que hay entre el colchón y la pared.

—Podríamos pedir una cama plegable.

—¿De verdad te parece buena idea que nos traigan a la habitación una cama supletoria cuando todo el equipo está alojado en esta planta? ¿Quieres arriesgarte a que la plantilla o Reese la vea y crea que tenemos problemas conyugales? No, gracias.

—¿A quién le importa que tengamos problemas conyugales? Tal vez eso sirva para que dé el pego nuestra separación dentro de unos pocos meses.

Su sonrisa se ensombrece.

—Falta mucho tiempo para que tengamos que empezar a hacer ese paripé.

Tintinea el móvil de Isaiah en su bolsillo. Lo saca y lee la pantalla antes de decir:

—Trav y Cody quieren que vaya a tomar una cerveza con ellos.

—De acuerdo. Que lo pases bien.

—No estoy seguro de si voy a ir.

—¿Por qué no? Más vale eso que estar encerrado en esta diminuta habitación de hotel.

—Supongo que sí —dice—. No tengo ningún otro plan, ¿verdad?

Me mira como pidiéndome que le diga que se quede o como esperando que le ofrezca algún otro plan.

No lo hago.

Una vez tomada la decisión, utiliza una sola mano para llevársela a la espalda y, con un solo movimiento, se quita la camiseta. Deja caer la gorra en la mesilla de noche y se quita también los zapatos.

—¿Qué estás haciendo? —pregunto sin dar crédito a lo que veo.

—Me estoy cambiando. Si voy a salir, no voy a ir con la misma ropa que llevaba en el avión.

—Hay un cuarto de baño.

Lo mira y luego me mira a mí mientras se desabrocha el cinturón.

—Ah, qué bien.

—Isaiah.

—¿Sí?

Sus pantalones caen al suelo y ya no tengo nada más que decir.

Es cierto que conozco su cuerpo, pero desde un punto de vista médico. Nunca le he mirado ni tocado por otra razón que no sea la ciencia. Pero ahora le estoy mirando y, decididamente, esto no guarda ninguna relación con la ciencia.

Isaiah se agacha y rebusca en su maleta; solo lleva puestos unos bóxers. Es fuerte y está bien musculado. Lo sé, pero nunca lo he percibido con tanta claridad.

Mientras revuelve en sus cosas, se le mueven los músculos de la espalda de una manera hipnotizante. Su maleta es un puro caos, pero no me fijo demasiado, sobre todo cuando se pasa la mano por su rebelde cabello para apartárselo de la cara y las venas de su antebrazo deciden hacer acto de presencia.

—Nada que no hayas visto antes, doctora. —Isaiah no tiene ni que mirar atrás para saber que le estoy observando.

De todas maneras, aparto la vista.

En fin, intento mirar para otro lado, pero entonces se incorpora y veo cómo flexiona sus recias piernas. Fuertes muslos adquiridos durante todos esos años jugando de campocorto en la típica postura en cuclillas. Además, los bóxers le marcan paquete, dejándome claro por qué este hombre es tan popular.

El lunar que tiene al lado del ojo desaparece parcialmente cuando sonríe al ver que me fijo en su bonita cara. Es una sonrisa cómplice que luce mientras se pone unos pantalones, hasta que por fin hago acopio de valor para apartar la mirada y ocuparme de sacar mis cosas.

Lo primero que saco de mi bolso es la agenda, porque he de terminar de rellenar el horario de este mes. Luego, el portátil, porque me muero por leer un artículo sobre la regeneración muscular tras una lesión. Asimismo, coloco encima de la mesilla mi crucigrama diario del *Times* que he dejado sin terminar. Desde que he descubierto esta afición, no he dejado de hacerlo ningún día, pero hoy en el avión no me ha dado tiempo de acabarlo. Esas pocas cosas me mantendrán entretenida mientras Isaiah sale con sus amigos.

A continuación abro la maleta.

—Kenny. —Isaiah se ríe a mi espalda mientras mira mi equipaje—. ¿Eres una perfeccionista y yo no tenía ni idea?

Perfeccionista.

Tipo A.

Fría.

Así me han descrito a veces.

«Eres tan fría, Kennedy… —solía decir Connor—. Eres la mujer menos cariñosa que he conocido. Ningún hombre querrá estar nunca con una mujer que se asusta cada vez que te acercas a ella».

—¡Pero cómo no vas a ser perfeccionista si eres jodidamente perfecta! —dice Isaiah apoyando la barbilla en mi hombro.

—Qué pesado eres. —Me encojo de hombros y voy al cuarto de baño con el neceser.

—Voy a llamar abajo para que traigan más mantas —grita Isaiah.

Vaciando el neceser, voy colocando cada uno de mis productos en el orden en el que los uso. Es entonces cuando me doy cuenta de que se me ha olvidado el cepillo de dientes.

Cuando asomo la cabeza por la puerta del cuarto de baño, veo que Isaiah está hablando por teléfono.

—¿Puedes preguntarles si tienen cepillos de dientes? Me he olvidado de traer el mío.

—Vale, estupendo —le dice al auricular—. ¿Y no tendréis también un cepillo de dientes? Mi media naranja se ha olvidado el suyo.

Me guiña el ojo al decir «media naranja».

—Oh, de acuerdo. ¿Y tampoco tenéis alguno que os podamos comprar? —Asiente con la cabeza—. No os queda ninguno. Hay una tienda a la vuelta de la esquina. Perfecto. Nos las arreglaremos. Muchas gracias, Polly, y espero que pases una buena noche. No trabajes demasiado.

«Está ligando».

Cuelga el teléfono.

—Dice que no les quedan cepillos de dientes gratis y que en la tienda del hotel no venden. Hay una tienda por aquí cerca. Ya tengo la dirección.

—¿De Polly?

Sonríe burlonamente.

—Estás celosa.

Se pone la camisa que tiene más cerca y luego la gorra. Hacia atrás, por supuesto, porque mi cuerpo necesitaba que le recordaran que no está asqueado por el marido que eligió en plena borrachera.

—¿Preparada? —Isaiah guarda la llave en el bolsillo de atrás.

—¿Preparada para qué?

—Para ir a la tienda.

Se me pone cara de desconcierto.

—Pero si ibas a salir con Travis y Cody.

—Solo iba con ellos porque no tenía otro plan. Pero ahora ya tengo uno, así que vamos.

—Ir a una tienda no se puede considerar un plan.

—Para mí sí lo es. —Abre la puerta y la sujeta para mí—. Venga, Kenny, comportémonos como una familia.

El uno al lado del otro, Isaiah y yo nos quedamos contemplando una pared llena de cepillos de dientes.

No sé por qué no cojo uno para podernos marchar cuanto antes, pero me siento completamente desconcertada por el gigantesco beisbolista que tengo a mi lado y del que solo sé que es un donjuán. Sin embargo, en lugar de pasar la noche saliendo con sus amigos, está comprando productos de higiene dental conmigo.

Por fin, Isaiah alarga la mano para coger uno.

—Toma —dice, y me lo pasa—. Uno rojo. Te gusta el rojo, ¿no?

—Es de color naranja.

—Vaya. —Se ruboriza—. Un fallo mío.

Vuelve a colocar el cepillo de dientes en su sitio y se mete las manos en los bolsillos, como si estuviera avergonzado.

Eso mismo hizo en Las Vegas cuando eligió un par de zapatos que él creía que eran rojos, pero no lo eran.

Aunque no le pido explicaciones, él decide darme una.

—Ese color se parece al de tu pelo y Trav me dijo una vez que eras pelirroja. Sé que no es rojo. Es de color caoba. Kennedy Kay Caoba, así lo llamo yo.

¿Travis tuvo que decirle que yo era pelirroja?

La ropa mal conjuntada. La elección de colores que no pegan nada unos con otros. Y tener que preguntar de qué color tengo el pelo.

—Isaiah, ¿eres daltónico? ¿No puedes percibir algunos colores?

Sonríe como avergonzado mientras se yergue sobre sus talones.

—Pues sí.

¿Cómo es que no lo he sabido hasta ahora? ¿Me salté eso de su expediente médico?

Ahora todo cobra sentido. Sus calcetines desparejados. Su atuendo descoordinado. Siento una punzada de culpabilidad por haberle echado la bronca por vestirse como si no tuviera cuidado, cuando en realidad sencillamente no sabe si pegan o no pegan unos colores con otros.

—No es que lo vea todo en blanco y negro —continúa—. Se llama protanopia. Tengo un problema con los rojos. Para mí son todos verdes. Eso es al menos lo que me han dicho.

Por supuesto, sé lo que es la protanopia. Eso supone que sus conos de longitud de onda larga o bien no existen o bien son defectuosos, lo que provoca que no distinga los matices del rojo.

Los colores naranja y marrón cálido también le pueden parecer distintos tonos del verde o del azul.

—¿Has tenido que memorizar mi color de pelo?

—Pues sí. —Se ríe con timidez, con un sonido que nunca le había oído antes al engreído campocorto—. El día que nos conocimos en los lavabos de chicas no supe clasificarlo. La mayor parte de las veces he salido con rubias o morenas, de modo que le pregunté a Cody de qué color era tu pelo y me dijo que era caoba. Kennedy Kay Caoba. —Sus ojos recorren mi pelo, que me cubre los hombros, y luego coge un mechón y lo enrosca en su dedo—. No había conocido a ninguna mujer con el pelo de color Kennedy Kay Caoba.

Seguro que no es cierto, pero mentiría si dijera que mi corazón supuestamente frío no se ha calentado un poco al oírle decir eso.

Alzo la vista y observo a ese hombre que sonríe demasiado y memoriza el color de mi pelo.

No es para nada lo que yo me esperaba.

Su mano se desliza por mi pelo y se posa en mi codo.

Sin querer doy un respingo, pero solo por el calor de su mano y por lo inesperado, no porque me disguste; sin embargo, enseguida aparta la mano.

—Perdón.

Vaya por Dios.

No tardará en darse cuenta, como lo hizo Connor, de que tengo un problema muy muy gordo.

Con las mejillas ardiendo, vuelvo a dirigir la atención hacia la pared donde están expuestos los cepillos de dientes con la esperanza de ocultarlas.

—Kenny, ¿puedo preguntarte una cosa?

No.

—Me gustan los cepillos de dientes de cerdas suaves. ¿Ves esos de cerdas suaves?

—Kennedy.

Con suma cautela, mis ojos se encuentran con los suyos. Cuánta preocupación hay en su rostro, normalmente tan risueño.

Al final, va a averiguar que ya he cumplido treinta años y que a veces el contacto físico me sigue resultando extraño e incómodo. Ese cuelgue que cree que tiene conmigo le desaparecerá enseguida. Es lo mejor que puede pasar. Cambiará de opinión sobre mí una vez que se entere del problema tan chungo que tengo.

—¿Puedo preguntarte una cosa? —repite.

—Bueno.

Con una voz suave me dice:

—¿Te ha tocado alguna vez alguien de un modo que no te gustó?

Vaya.

—No —me apresuro a responder—. No, no es eso.

—Es que no quiero incomodarte y a veces creo que te sientes incómoda o molesta.

Puede ser. Como ya he dicho, lo mejor que puede pasar es que deje de sentir lo que cree que siente por mí.

Rápidamente centro la atención en él con la esperanza de memorizar el brillo de sus ojos antes de que desaparezca por el bien de los dos.

—No es que me haya tocado alguien de un modo que no me gustó. Es que realmente nunca me ha tocado nadie.

Me arden las mejillas… ¿Las tendré rojas?

—No entiendo.

—Pues es que… —Me aclaro la garganta—. La primera vez que alguien me dio un abrazo fue en la universidad.

Sus ojos marrones se abren como platos. Ya lo he soltado. Esto hará que se disipen de inmediato esos supuestos sentimientos que alberga hacia mí.

—Mi educación probablemente no se parezca en nada a la tuya. Tuve una infancia de aislamiento y soledad. Me crie con niñeras y, en cuanto cumplí la edad requerida, me metieron en un internado. Una triste y privilegiada historia, lo sé. —Me río sin ganas—. Solo veía a mis padres en las vacaciones y en las reuniones sociales. No sabía que abrazarse y tocarse era una parte normal de la vida hasta que me hice mayor. Sé que eso es raro y que yo soy rara, pero estoy trabajando en ello. Es solo que a veces me sorprende que me toques, supongo.

Aquí, de pie en la sección de higiene dental de una tienda del centro de Atlanta, tengo un asiento de preferencia para contemplar cómo reacciona Isaiah Rhodes.

No dice nada; solo examina mi cara hasta que por fin me pregunta:

—¿Quieres ser tocada?

Parpadeo. ¿Ha dicho eso? Creí que iba a decir: «Claro, por eso eres tan espantosamente frígida conmigo».

«¿Quiero ser tocada?». Nunca me habían preguntado eso.

Mi respuesta me sale con un susurro:

—Sí.

—¿Por mí?

—Sí.

De sus labios brota una sonrisa no muy amplia, pero auténtica.

—De acuerdo.

Isaiah se da inmediatamente la vuelta hacia la pared de los cepillos de dientes, como si no acabara de contarle que soy un bicho rarísimo.

—Los de cerdas suaves están ahí arriba. —Señala arriba a la derecha de la pared.

¿Esa ha sido toda la conversación? ¿Se acabó?

—¿Cuál es tu color favorito?

Pues sí, parece que la conversación ha terminado.

—Me gustan los tonos neutros. El blanco. El negro. El beis.

—No te pienso comprar un cepillo de dientes beis. Tú que puedes ver todos los colores del espectro, ¿vas y eliges el beis? Venga ya, Kenny.

Examino la pared que tengo enfrente con una leve sonrisa.

—Tal vez el lila. —Me pongo de puntillas e intento llegar hasta la segunda fila empezando por arriba.

Pese a llevar las Vans con plataforma, no lo alcanzo, así que Isaiah estira el brazo para cogerlo. Noto el cuidado que pone en no tocar ninguna parte de mí.

Creo que odio eso.

—¿Es este? —pregunta, señalando el que yo había escogido.

—Sí.

Lo saca del colgador de la pared.

—¿También te cuesta distinguir el lila?

—Sí, creía que este era azul.

Se fija en mi mano izquierda, pero no me toca.

—El anillo de mi madre… también es lila, ¿verdad? Siempre he pensado que lo era.

—Sí. —Examino la amatista—. Es el color lila más bonito que he visto nunca.

Sonríe al tiempo que señala con la cabeza hacia la caja.

—Ven. Vamos a pagar.

Isaiah camina a mi lado mientras recorremos el pasillo.

—Entonces ¿tienes un color preferido? —le pregunto.

El dorso de sus dedos roza los míos.

El movimiento me llama la atención, pero no me sobresalto ni me aparto. Es un roce suave, titubeante, pero muy intencionado.

—Aparte del caoba, no, no tengo un color favorito.

Nuestras manos siguen rozándose mientras andamos.

—¿Por qué no?

Se encoge de hombros, manteniéndose lo suficientemente cerca de mí como para que nuestras manos no pierdan el leve contacto en ningún momento.

—Siempre me ha puesto nervioso pensar que me iba a equivocar. ¿Y si elegía un color chungo creyendo que era guay?

Me río entre dientes.

—No existen los colores chungos.

Nos ponemos a la cola de la caja justo cuando las puntas de sus dedos se adentran en los huecos que hay entre las mías. Me ha preguntado si quería que me tocara, y lo está haciendo a un ritmo con el que me siento cómoda.

Me entran ganas de llorar.

—¿Quieres elegir tú un color favorito para mí?

Resoplo de risa. Vagamente recuerdo haber pensado antes en la respuesta a esa pregunta.

—El amarillo.

—El amarillo. —Valora mi contestación—. ¿Por qué amarillo?

—Porque es como tú. Radiante, alegre.

Me recuerda al sol.

—Amarillo —repite—. Bonito color. De hecho, es mi color favorito.

Su sonrisa es cálida cuando baja la vista para mirarme, y puede que eso sea exactamente lo que necesita mi frialdad.

11

Isaiah

—Keeenny —lloriqueo con mi tono habitual—, venga, ven. Por favor.

—No, estoy ocupada.

Trav me mira por encima del hombro con una sonrisa burlona mientras sigue tumbado en la camilla porque mi mujer está destensándole los tendones.

—Pregúntale a Sanderson si está libre —dice Ken señalando con la cabeza al otro entrenador, que está en la otra punta de la sala de entrenamiento de los visitantes vendando el tobillo a uno de los jardineros. Casi ha terminado, pero no se lo pienso decir a Kennedy.

—Está ocupado. Ocupadísimo.

Me lanza una mirada fulminante porque, como siempre, sabe cuándo le estoy metiendo una trola. Ignorándome, continúa trabajando el cuerpo de nuestro receptor, así que me acerco de modo que solo puedan oírme ellos dos.

—Tengo el hombro jodido por tu culpa, mujercita.

—Deja ya de llamarme así.

—Me hiciste dormir en el suelo. Lo mínimo que puedes hacer es frotarlo un poco.

—¿Podrías no decir «frotarlo» como si estuvieras intentando proponerme algo más que un masaje en el hombro?

No puedo evitar mi sonrisa cómplice. Eso es exactamente lo que intentaba hacer.

Travis se ríe desde la camilla.

—Kennedy, ¿le hiciste dormir en el suelo? Los dos lo estáis haciendo de puta madre. Parecéis un matrimonio de verdad.

—No le he hecho dormir en el suelo. —Baja la voz mientras mira a su alrededor—. Me ofrecí para dormir yo en el suelo y dejarle a él la cama, pero no quiso.

—Trav, no veas lo cómoda que estaba. Se quedó frita al instante. Y roncaba como no te puedes imaginar. Mientras tanto, yo intentaba conciliar el sueño y dormir un par de horas en el gélido y duro suelo.

—Travis —dice Kennedy ignorándome—, ¿por qué exactamente decidiste hacerte amigo suyo?

—Probablemente por lo mismo que tú te convertiste en su esposa.

—¿Demasiado tequila?

—Exacto.

—Bueno, por muy agradable que me resulte escucharos a los dos intentando averiguar por qué estáis tan contentos de formar parte de mi vida, Kenny, realmente necesito que me trabajes el hombro.

Ella ha debido de notar el tono serio de mi voz.

—De acuerdo. Travis, ¿te notas más relajado?

Él salta de la camilla y se agacha poniéndose en la postura del receptor.

—Mucho mejor. Gracias, Ken.

Ella da un golpecito con la mano en la camilla que ha quedado libre.

—Quítate la camiseta.

—Maldita sea. ¿Sin juegos preliminares?

—No te hagas ilusiones. Hoy les he dicho lo mismo a unos doce tíos.

Contengo mi sonrisa. Me gusta cuando se siente con ganas de pelear conmigo, cuando me hace de *sparring*. Además, no me pongo nada celoso porque sus manos hayan tocado a todos mis compañeros de equipo. Este es su trabajo y lo hace de puta madre.

Por eso le pido siempre que me dé el masaje ella, aunque hoy tenía pensado renunciar a él. Mientras yo estaba tumbado en el suelo intentando conciliar el sueño, no paró de hablar. No está acostumbrada al contacto físico y no quise forzarla a tener que rozarnos si dormíamos en la misma cama. Es curioso porque en su trabajo, sin embargo, nunca la he notado incómoda.

Y a esta chica se lo noto siempre todo.

Este no es el contacto físico al que ella se refiere, y aunque me haya contado su problema, no quiero tratarla de un modo distinto a como la trato habitualmente. Por eso le doy el coñazo hasta que accede a darme un masaje, que es lo que suelo hacer.

—Es el derecho —le indico, quitándome la camiseta—. Debajo del omóplato. Es como si tuviera un nervio pinzado.

Apoya la mano izquierda en mi otro hombro y noto el metal de su anillo en la piel.

—¿Justo aquí? —Fricciona la palma sobre mi hombro y percibo el calor que me entra.

—Sí. Hacia arriba.

Con el dorso de mi mano colocado sobre la parte baja de la espalda, mi omóplato se abre dejándole espacio para internarse en el tierno músculo.

—Ah, sí, ya lo noto. —Sus dedos presionan mi piel—. Lo tienes agarrotado por haber dormido esta noche en el suelo, ¿no?

—Qué va. Creo que debí de hacer un mal gesto el otro día cuando estuve jugando con Max tirados por el suelo, pero no lo he notado hasta hoy.

Una mentira como una casa. Claro que me he jodido el hombro por haber dormido esta noche en el suelo, duro como una roca, pero no se lo pienso decir. Ella se ofreció a compartir la cama conmigo a pesar de ser lo último que quería hacer.

Kennedy manipula mis músculos añadiendo presión donde necesita eliminar la tensión. Sus movimientos son tan eficientes, tan seguros, que, si no me lo hubiera dicho, no tendría ni idea de lo incómoda que se siente con el contacto físico.

De niña nunca fue abrazada.

¿Quién demonios no abraza a su hijo?

A mí me entraron ganas de abrazarla en aquella tienda, delante de los cepillos de dientes, pero no quise agobiarla.

Me di cuenta de que, pese a llevar años colgado de Kennedy, hay muchas cosas que no sé de ella, pero desde que me confesó su dificultad para tocar y ser tocada, solo quiero saber más.

—Mi familia está en la ciudad —dice en voz baja.

—¿Para ver jugar a Dean?

—No, por algún asunto de negocios. Esta noche voy a cenar con ellos.

Sigue masajeándome el hombro dolorido mientras yo pienso en que no me importaría conocer a la mujer que nunca abrazó a su hija. Tampoco me importaría decirle cuatro cosas.

—He pensado que deberías saberlo. Por si acaso alguien te pregunta dónde estoy. Sería raro que les dijeras que no sabes dónde está tu mujer.

—Mi mujer, ¿eh?

—Hablando técnicamente.

—Dilo otra vez. Me ha gustado cómo suena.

Se ríe resoplando mientras se pone frente a mí. Se coloca entre mis piernas separadas y sigue masajeando mi manguito rotador.

La observo.

Está tan concentrada en su trabajo que no se da cuenta de que estoy mirando lo largas que son sus pestañas o contándole las pecas que tiene salpicadas en el puente de la nariz. No ve cómo trazo visualmente la curva de su mandíbula, ni cómo localizo los hoyuelos que intenta ocultar tras su ceño fruncido.

Es guapísima y, a veces, un poco malvada. Toda una combinación letal para mí.

A propósito de eso, hay otra persona con la que también me gustaría tener unas palabritas. Alguien que nunca la vio como la veo yo. Por eso le pregunto:

—¿Irá también tu ex?

Sigue trabajando.

—No.

—Bien.

—¿Puedo pedirte un favor? —me pregunta, después de ver que estoy a tan solo unas pulgadas de ella.

—Ya me he casado contigo una vez, Kennedy. ¿Qué más quieres de mí?

Sus labios adoptan la forma de una sonrisa. A ella, más que a nadie, me gusta hacerla sonreír cuando puedo. Sobre todo después de lo que me contó anoche. ¿Nunca la han abrazado? Pues apostaría a que nadie la ha hecho reír mucho tampoco.

—¿Puedes intentar no pelearte hoy con Dean?

—No te lo prometo.

—Solo quiero decir que, si tenéis algún problema en el campo, yo tendría que ponerme de parte de uno de los dos, y a Reese se le puede hacer raro que defienda a mi hermano en lugar de a ti.

Su mirada por fin se cruza con la mía, y su fuerte inhalación solo confirma que no tiene ni idea de lo cerca que estamos ahora mismo.

Kennedy deja de mover las manos, pero no las aparta de mi hombro. Tampoco sale de entre mis piernas. Con las puntas de mis dedos le acaricio la parte de atrás del muslo.

No se mueve. No se sobresalta.

Piel pecosa. Labios carnosos. Mis ojos se posan de inmediato en ellos, y me encuentro lamiéndome los míos.

Quiero probar a qué saben sus labios, cómo se siente su boca en la mía. Llevo años preguntándomelo. Y la idea de que probablemente ya haya besado a esta chica, pero no me acuerde de ello porque estaba demasiado borracho me mata.

—Kenny… —susurro.

Su mirada desciende hasta mi boca y ahí se detiene un rato, sin avergonzarse. Esa pequeña victoria me parece como haber ganado la lotería.

—¿Sí? —dice con suavidad.

—Sería una putada que eligieras a tu hermano en lugar de a tu marido.

—¿Qué le vamos a hacer? Tenemos un pasado.

—Bueno, nosotros también tenemos un pasado, Kennedy, solo que tú no prestabas atención.

Hago un *swing* en el círculo de la cubierta justo antes de que Cody llegue el primero a la base por bolas.

Por eso es nuestro primer bateador. Sabe cómo mantenerse en la base, ya sea a través de un hit o de la base por bolas.

Luego voy yo, el segundo en la alineación. El año pasado fui el que más home runs hice del equipo y el segundo en anotar más carreras impulsadas, porque Travis es nuestro bateador más potente.

Echo de menos las ovaciones del público de casa cuando jugamos fuera. Echo de menos mi canción de *walk-up*. Echo de menos estar en nuestro propio vestuario, pero me encanta anotar en el campo del contrario.

Veo a Kai en el bullpen con los codos apoyados en las rodillas mientras me observa atentamente. El jodido afortunado solo juega en uno de cada cinco partidos, de modo que durante los otros cuatro no mueve el culo del asiento. El tío siempre ha sido mi mayor fan, y en parte gracias a él he llegado a ser el bateador que soy hoy.

Tu *swing* mejora a toda velocidad si te has pasado toda la infancia practicando contra Kai Rhodes. Sigue siendo, hasta el día de hoy, el mejor lanzador al que me he enfrentado.

Los abucheos que recibo mientras me dirijo al bate solo me hacen sonreír. Es señal de que los seguidores de Atlanta no olvidan la cantidad de anotaciones que he hecho en este estadio, lo que resulta halagador.

El lanzador de Atlanta lanza hacia el home que se encuentra fuera de la zona de strike.

«Eso es una bola», pienso cuando dejo pasar la pelota.

—Bola —dice el árbitro.

Repetimos toda la jugada. Esta vez Cody pone a prueba al lanzador tomándose un poco más de libertad y de espacio lejos de la primera base. Yo me veo obligado a distraer al lanzador de Atlanta porque, cuando lanza, hace una bola curva que distingo desde una milla de distancia. Por los vídeos que he visto esta semana, sé que le gusta hacerla en su segundo lanzamiento. Pero llevo enfrentándome a la bola curva contra Kai Rhodes desde hace más de treinta años, de manera que decido intervenir.

Hago un *swing* antes de que la pelota cruce de lleno el plato y se adentre en el campo de la derecha.

Salgo disparado, rodeo la primera base y me deslizo hasta la segunda justo antes de que la pelota aterrice en el guante del segunda base de Atlanta. Mientras estoy tumbado en el suelo con la mano en la base, veo que Cody está quieto en la tercera.

El árbitro no me pita y, desde el suelo, miro por encima del hombro para guiñarle el ojo al segunda base de Atlanta.

El hijoputa de Dean Cartwright.

Aún resuenan las palabras de Kennedy en mi cabeza, de modo que sacudo la suciedad de mis pantalones asegurándome de mantener la bota sobre la bolsa.

Sé que no quiere que me meta con su hermanastro, pero la verdad es que tiene una cara que dan ganas de abofetearle.

—Hola, cielo —digo cuando Dean devuelve la pelota al lanzador.

—Que te jodan.

—Eso no se dice, Deanie. Ahora somos familia. Esa no es manera de hablar a tu cuñado.

Me quito el guante de bateo y Dean alucina al ver el anillo de silicona en mi dedo.

Su mandíbula se endurece cuando da un paso en mi dirección.

—Mantenedla limpia —dice el árbitro de la segunda base.

—¿Por qué lo hiciste? —pregunta Dean invadiendo mi espacio—. ¿Por qué precisamente ella?

Mi atención se desvía hacia la tercera base, desde donde Cody me observa atentamente, y luego al *dugout*, donde la mayor parte de mis compañeros de equipo están preparados para lo que haga falta.

—¿Lo hiciste por mí? ¿Por eso te casaste con ella? Has llevado nuestra rivalidad demasiado lejos, Rhodes. Te has pasado tres pueblos.

—¿De qué coño estás hablando, Cartwright? —Mi tono de voz es de agotamiento y desinterés a partes iguales.

Me golpea el hombro con el pecho, pero yo sigo con el pie en la bolsa.

—Cuidado —advierte el árbitro en un tono serio.

—¿O te casaste con ella por su dinero? ¿Se trata de algún puto trauma de la infancia? Como has pasado toda tu vida siendo pobre, has ido a por alguien que tiene más dinero del que has visto nunca.

Que le den.

La verdad es que flipé bastante cuando vi el acuerdo prematrimonial, donde se describía el patrimonio de la familia de Kennedy, pero francamente me importa un bledo la cantidad de dinero que tenga.

—Vaya, ¿es eso lo que piensas de tu hermanastra? ¿Crees que un hombre solo quiere estar con ella por su cuenta bancaria?

Me ignora.

—¿O lo hiciste porque, al no tener tu propia familia, emborrachaste a Kennedy como una cuba para poder entrar en la mía?

Esos han sido siempre sus dos temas favoritos: que no teníamos dinero y que no nos quedaba una familia que nos quisiera.

Hoy suena más patético de lo habitual. Por un oído me entra y por el otro me sale. No me importa lo que diga.

Centro de nuevo la atención en el *dugout*, donde encuentro ese pelo caoba. Incluso desde aquí distingo lo tensa que está Kennedy mientras nos mira. Con la mirada me implora que no haga nada.

No sé la de veces que nos hemos peleado Dean y yo a lo largo de los años, y sé que ahora está deseando que nos peleemos de nuevo, pero hoy me siento como si ya hubiera ganado.

Y realmente tampoco me apetece averiguar si Kennedy era sincera cuando decía de parte de quién se pondría si nos veía discutir.

Me limito a sonreír a mi mujer desde el otro lado del campo mientras me guardo el guante de bateo en el bolsillo de atrás.

—Algunas cosas nunca cambian, Deanie. Tú sigues siendo el mismo capullo egoísta que has sido siempre. Por lo que he oído, no quiero tener nada que ver con tu puta familia. —Veo que Kennedy está otra vez mordiéndose el labio inferior—. Mírala. Está preocupada. No me gusta que mi mujer esté preocupada, Dean. Me ha pedido que no me pelee contigo, así que deja de decir gilipolleces porque me dan ganas de arrearte un puñetazo en la cara, ¿vale?

Antes de que pueda responderme, un batazo resuena por todo el estadio, de modo que rodeo la tercera y voy derecho al home, con lo que anotamos ya dos carreras a nuestro favor.

Cody y yo regresamos al banquillo. Por el camino chocamos los puños con Travis, que se dirige a batear. Mis compañeros de equipo me golpean el casco, el culo y el hombro mientras guardo mi equipo en la caja, hasta que me toque volver a batear.

—Buen trabajo, diecinueve.

Mientras agarro el borde de mi box, veo que Kennedy lleva el polo del equipo y las Vans que le compré y que llevaba puestas cuando nos casamos.

—Bonitas zapatillas.

—Gracias, por cierto.

—¿Eso es todo? ¿No me vas a decir qué buen chico soy por no haberme liado a puñetazos con tu hermano?

—¿Quieres que te llame buen chico?

—Mmm..., sí, por favor. Preferiblemente, cuando estemos desnudos y tú te pongas encima de mí, pero ahora también podría estar bien.

Le brota esa sonrisa a la que me estoy volviendo rápidamente adicto.

—Lo tendré en cuenta.

—¿Casados? —pregunta Ryan—. ¿No me jodas que os habéis casado?

Levanto la mano para enseñarle el anillo.

—Llevas una alianza de boda, tío. ¿No la vais a anular?

—No podemos. —Le cuento todo contento la historia tumbado en la cama de la habitación de hotel de mi hermano—. Una foto nuestra en Las Vegas se filtró y, para evitar que Kennedy perdiera su trabajo, hemos fingido que todo estaba planeado desde hacía tiempo.

Ryan asiente con la cabeza porque, si hay alguien que puede entender lo de fingir una relación falsa, es él. Al fin y al cabo, así es como conoció a su mujer.

Ryan Shay es el capitán de los Devils, el equipo de la NBA de Chicago. Hace pocas horas llegaron en avión para jugar mañana contra Atlanta.

Kai y yo habíamos planeado ir a tomar una copa abajo, en el bar del hotel, para ver si así se le pasaba la congoja que tiene por estar de viaje sin Max. Es la primera vez que deja a su hijo en casa cuando viaja, y aunque el peque está con Miller, es evidente que Kai los echa mucho de menos a los dos; el año pasado le pasó lo mismo.

Pero como Ryan Shay se nos ha acoplado no podemos ir a ningún sitio público: de ahí que los tres optemos por quedarnos en la habitación de mi hermano.

—Miller ha dicho que las chicas irán esta noche a nuestra casa —dice Kai.

—Pues sí. —Ryan se sienta encima de la mesa que hay en un rincón de la habitación—. Indy le ha pedido que le dé clases de repostería, así que Stevie y ella se pasarán por allí esta noche.

Mi hermano saca el móvil.

—Deberíamos llamarlas para saludarlas, ¿no creéis?

—De eso nada. —Le robo el teléfono manteniéndolo fuera de su alcance—. Ya has llamado a tu novia unas seis veces esta noche. Déjala en paz.

Como si yo no llevara mirando mi teléfono todo el rato para ver si Kennedy me llamaba o me ponía un mensaje para decirme que su cena familiar ha terminado... Pero no es lo mismo. Yo solo quiero asegurarme de que se encuentra bien, mientras que Kai llama sin parar a Miller para sentirse bien él, ya que haberlos dejado en casa le hace sentir fatal.

—¿Isaiah?

Miro extrañado alrededor al oír a Miller decir mi nombre.

—No, soy yo, Mills —dice mi hermano, moviendo mi móvil hasta que por fin la cara de su novia ocupa toda la pantalla.

El muy cabrón ha cogido mi teléfono y le ha hecho una videollamada a su novia.

Miller se ríe.

—Kai, estamos estupendamente. Max ha cenado. Está en la cama. Las chicas han venido y la casa no se ha quemado.

—¡Hola, Kai! —Indy aparece en la pantalla, con su rubio pelo cayendo en cascada sobre la cara. Mi hermano gira la cámara para que salga Ryan—. Ese tío me suena, está buenísimo.

—¿Cómo te encuentras? —pregunta Ryan a su mujer embarazada.

La hermana de Ryan, Stevie, aparece en la pantalla.

—Ha comido cereales para cenar. Nada más.

—Blue —la riñe Ryan.

—¿Qué? Es lo que quería el bebé. Yo no tengo la culpa.

—Yo he tomado lo mismo —dice una voz al fondo. De hombre. Con acento bostoniano.

—¿Es ese Rio? —pregunto, recuperando mi móvil.

De repente, el pelo oscuro y la sonrisa bobalicona de Rio ocupa todo mi teléfono.

—Creí que era una noche solo de chicas.

Entorna los ojos, confundido.

—Y lo es.

—¿Dónde está Zee?

Zanders, o Zee como le llamamos, no es solo compañero de equipo de Rio en los Raptors, sino también el marido de Stevie y, por tanto, el cuñado de Ryan.

Esto aumenta aún más la confusión de Rio.

—Te acabo de decir que es una noche solo de chicas.

Miller le quita el teléfono a Rio, pero al fondo le oigo que dice:

—¡Si me puedes oír, Ryan Shay, que sepas que te quiero!

Ryan se ríe porque el mejor amigo de su mujer está más enamorado de él de lo que lo está ella.

De nuevo aparece Miller en la pantalla.

—¿Por qué está llamando Kai desde tu móvil?

—Porque le había quitado el suyo para evitar que te acosara una vez más.

—Gracias por el esfuerzo. Ha sido un buen intento, pero el tío está tan enamorado de mí que no lo puede remediar.

Tumbado boca arriba en la cama, Kai se encoge de hombros porque de nada le serviría negarlo.

—Yo más bien lo describiría como pegajoso y necesitado, si me lo preguntas. Y un poco patético también.

—Pues menos mal que nadie te lo ha preguntado —dice mi hermano a gritos.

Pero no le hago mucho caso porque me llega un mensaje de Kennedy que roba toda mi atención.

La señora: *¿Me puedes llamar?*

—Miller, tengo que dejaros. Kennedy me pide que la llame.

Suelta una carcajada.

—¿Y tú llamas a tu hermano patético?

Cuando termina la videollamada, marco inmediatamente el número de Kennedy.

—¿Todo bien? —son las primeras palabras que digo en cuanto ella descuelga.

—¿Estás ocupado o podrías venir a la cena?

—¿A la cena de tu familia?

—Sí. Siento tener que pedírtelo, pero te necesito.

«Te necesito».

Me levanto como un rayo de la cama y me pongo los zapatos.

—Mándame la dirección. Voy para allá.

—¿Isaiah?

Su tono me obliga a detenerme.

—¿Sí?

—Han venido todos.

«Han venido todos». Sus palabras imploran mi interpretación, y no tardo mucho en entender lo que significan.

Su ex está allí. Posiblemente también su hermanastra.

—No les he contado la verdad —continúa.

No les habrá contado por qué seguimos casados. A lo mejor ni siquiera les ha contado que nos hemos casado.

—No te preocupes, Kenny. Déjalo en mis manos.

12

Isaiah

El coche me deja delante del restaurante, en el centro de Atlanta, y en cuanto entro en el vestíbulo, iluminado tan solo por la tenue luz de unas velas, caigo al instante en la cuenta de que no voy vestido apropiadamente.

Todo se vuelve aún más evidente cuando aparece Kennedy por una esquina. Lleva un vestidito negro que justo le tapa las rodillas y unos zapatos de tacón negros a juego. Tiene el glamur de una estrella del antiguo Hollywood, con su pelirrojo cabello recogido hacia un lado, y enseñando un hombro y más pecas de las que he tenido ocasión de ver hasta ahora.

Está guapísima, toda una belleza clásica, mientras que yo luzco unos putos pantalones vaqueros.

Adelantando primero un pie y luego el otro, como si estuviera recorriendo una pasarela, Kennedy sostiene un bolsito negro en una mano y con la otra se alisa el vestido, como si necesitara ponerlo más perfecto de lo que ya está.

Se me hace raro ver ese lado suyo; la mayor parte del tiempo que hemos pasado juntos ha sido en el trabajo. Pero como ya he dicho, me voy dando cuenta de lo poco que sé de la chica de la que llevo tres años enamorado.

—No llevo la ropa adecuada… —digo antes de que me lo diga ella.

Niega con la cabeza.

—Qué va. Estás genial.

—Genial, ¿eh?

—Perdona; quería decir decente. Normalito. Olvidaba que debo mantener tu ego a raya.

—Bueno, yo no puedo decir lo mismo de ti. Me refiero a lo de normalita. Con ese vestido estás… —Meneo la cabeza de incredulidad—. Es como si me fueras a decir algo un poco malvado, algo que me rompiera el corazón, y yo al final te diera las gracias.

—No me tientes, Rhodes. —Esboza una leve sonrisa, pero enseguida se pone seria mientras señala con el pulgar por encima del hombro y dice—: Iba a contarles la verdad, ya sabes. Pero entonces apareció Connor con mi padrastro, y después también Mallory, y me vi incapaz de darles la satisfacción de saber que nos hemos casado porque me sentí insignificante a su lado.

Se me hace muy raro verla así. Cuando está trabajando, se muestra muy segura de sí misma; sin embargo, aquí, con su familia ahí dentro, parece completamente perdida.

—Verás, tengo que advertirte que mi familia no es muy simpática. Para ellos lo más importante es el dinero. En comparación, vas a pensar que soy un ángel cuando los conozcas.

—Yo ya pienso que eres un ángel.

Me lanza una mirada impasible.

Señalo hacia dentro con la cabeza.

—¿Crees que podrías fingir que te caigo bien durante un par de horas?

—No lo sé. Haré lo que pueda.

—Sigues manteniendo mi ego a raya, ¿eh? —Le tiendo la mano.

Mira mi mano tendida un momento, antes de deslizar con sumo cuidado la suya en mi palma.

Noto lo difícil que le resulta darme la mano por lo rígida que la tiene. Mira hacia abajo como si estuviera examinando qué pinta tienen sus pálidos y pecosos dedos entre los míos. O examinando qué pinta tiene dar la mano a alguien en general, no estoy seguro.

—Vamos, esposa. —Le doy un empujoncito en la espalda para guiarla hacia el comedor—. Es hora de que me sigas el juego.

Kennedy enfila hacia el comedor privado y, cuando me adelanto para abrirle la puerta, viene un camarero y me sustituye en la tarea. Vestido con traje y chaleco, no se me escapa la manera en que sus ojos escanean rápidamente mi ropa. Hice mal en pensar que una bonita camisa abotonada y unos vaqueros limpios eran una vestimenta apropiada para una cena.

En cuanto entro detrás de Kennedy, me doy cuenta de que la mirada que me ha echado el camarero quizá no fuera para juzgarme sin más, sino para advertirme y sugerirme que diera media vuelta y me largara de allí lo antes posible.

Una mesa alargada de madera ocupa el centro de la sala. De los seis que están sentados en un extremo, uno de ellos supongo que es el padre de Dean, pues su hijo es su vivo retrato, solo que con unos treinta años menos.

Pero ahora que lo pienso, no recuerdo haberle visto en ninguno de los partidos de Dean.

A la mujer que está a su izquierda la catalogo como la madre de Kennedy. Llamadlo intuición, pero cuando la miro, siento un deseo ardiente de cantarle las cuarenta y ponerla a caldo.

Parece una de esas mujeres que mete a sus hijos en un internado porque para ella suponen una molestia. A eso se añade que frunce el ceño cuando descubre mi mano enlazada con la de su hija. Kennedy ha debido de darse cuenta porque me la suelta inmediatamente.

Desde luego, no creo que me vaya a convertir en un fan de su madre.

En el otro extremo de la mesa ocupan sus asientos una pareja mayor y, frente a ellos, otros dos que solo pueden ser el exnovio de Kennedy y su hermanastra.

El tío —Cameron, Conrad o como se llame— luce una sonrisa burlona que no le pega ni con cola. Ese tipo de sonrisa solo funciona si no se te nota que eres un completo imbécil; en él en cambio resulta espeluznante.

Centra su atención en Kennedy y en mí como si estuviera examinando nuestro lenguaje corporal, y cuando detecta los treinta centímetros de espacio que hay entre nosotros, esa sonrisita se vuelve maliciosa y petulante. Es entonces cuando desliza la palma de su mano por la rodilla de la mujer que está sentada a su lado. Mallory, creo que se llamaba. La reconozco vagamente de lo poco que la vi la noche de la despedida de soltera.

Es alta. Pelo castaño, piel bronceada. Se parece mucho a Dean y, de alguna manera, creo que debería gustarme incluso menos que su hermano.

Mallory se apoya en su prometido antes de acariciarle el pecho con la mano. Su mano izquierda, claro está. Donde una sortija de diamantes despliega todo su esplendor para que la veamos nosotros dos.

Pues no, esta gente no me cae nada bien.

Hay tanto dinero y tanta pose asfixiando esta habitación… Ni una cálida sonrisa. Nadie que te dé la bienvenida a su cena familiar.

Las cenas familiares que tenemos en Chicago están llenas de risas y de amistad. Yo solía rehuirlas si tenía otros planes, pero todo ha cambiado los últimos ocho meses, ahora estoy deseando poder asistir a una de esas cenas familiares. Para Kai y para mí, que venimos de una familia de dos personas, es bonito rodearnos de nuestros amigos, que se han convertido en nuestra nueva familia.

Miro a mi mujer lo más discretamente posible, pero su atención está concentrada en el hombre con el que tenía planeado casarse y en la mujer que hay a su lado. Le doy una patadita a uno de sus zapatos para recordarle que ahora reina el silencio y su familia está esperando a que me presente. Como no se da por enterada, me aclaro la garganta y digo:

—Perdón por llegar tarde. —Joder, qué mal ha sonado eso, y encima voy y saludo con la mano como un puto gilipollas—. Soy Isaiah. El marido de… —De pronto me siento inseguro.

—De Kennedy. Mi marido —termina ella por mí.

Calvin, o como se llame, pone los ojos en blanco.

Kennedy da un paso hacia mí y apoya la cadera en mi muslo mientras él está mirando.

«Esta es mi chica. Sí, señor».

Vuelvo a darle la mano

—Isaiah, te presento a mi madre, Jennifer. Este es el padre de Dean, Henry. Mi hermanastra, Mallory, y su… —Duda un momento—. Su prometido, Connor.

Ahora Mallory también ostenta esa estúpida sonrisita.

—El señor y la señora Smith son socios empresariales de Henry, y por último… —Se vuelve hacia el otro extremo de la mesa—. Ya conoces a Dean.

Sí, conozco a Dean. El idiota que está sentado solo, despatarrado y con los botones de arriba de la camisa desabrochados, como dando a entender que le importa una mierda estar aquí, mientras bebe un líquido de color ámbar.

Nadie se levanta. Nadie me saluda. Solo asienten con la cabeza antes de seguir con la conversación que ha interrumpido nuestra entrada. Esta noche Kennedy ha hecho estallar la bomba contando que se ha casado y a nadie parece importarle lo más mínimo.

Bueno, a nadie menos a Connor, a quien pillo mirándonos con el rabillo del ojo mientras tomamos asiento. De manera que me aseguro de dar un casto beso en el dorso de la pecosa mano de Kennedy.

El tío aprieta la mandíbula.

Que se joda.

Esto va a ser divertido.

La conversación continúa en el otro extremo de la mesa. Hablan de hoteles, de expansiones y de franquicias. No tardo mucho en averiguar que la familia de Kennedy posee una cadena de hoteles. Una grande de la que todo el mundo ha oído hablar y en la que yo me he alojado en múltiples ocasiones.

Ahora cobran sentido todos esos ceros que salen en nuestro acuerdo posnupcial.

Henry mete constantemente a Connor en la conversación. Forman equipo besando el culo de los Smith. Al parecer, están intentando comprar un hostal que estos poseen en Midtown para convertirlo en un rascacielos.

El señor Smith no parece muy dispuesto a tomar una decisión, así que Connor pide una botella de vino tinto.

Una botella de tinto de dos mil dólares.

Dean pide otro Macallan puro de malta y se lo bebe como si fuera un Jack Daniels o un Jim Beam y no una botella de whisky escocés de mil setecientos dólares.

—¿Qué pasa? —pregunta cuando ve que le estoy mirando—. ¿Es que quieres una copa?

—Eso debe de costar doscientos dólares el trago.

—Trescientos, pero lo paga papá, así que pídete uno.

Henry lanza una mirada asesina a Dean desde la otra punta de la mesa. No hace falta ser un científico espacial para darse cuenta de que esos dos no se llevan bien.

Dean no ha dejado de meterse conmigo desde que lo conozco porque no tengo familia, pero prefiero mil veces a Kai que a los gilipollas que forman este grupo.

—No te cortes, Rhodes. Ayudarás a mi padre a impresionar a sus clientes. Así ven que se puede permitir el lujo de tirar el dinero.

—Dean —le riñe Jennifer desde el otro lado de la mesa. Luego, sin venir a cuento, lanza la misma mirada asesina a Kennedy, como para recordarles a los dos que son la vergüenza de la familia.

Una solo es médica y el otro un beisbolista profesional, nada que ver con las prioridades que tiene esta familia. Si no perteneces a la empresa familiar o contribuyes a sus negocios mediante el matrimonio, eres un mindundi.

—No, gracias —le digo tranquilamente a Dean, antes de comprobar que la pelirroja que tengo al lado no se siente nada a gusto.

Nadie le ha dirigido la palabra ni a ella ni a su hermanastro.

A Dean, lo entiendo, porque el jodido apesta, pero a Kennedy… Yo no podría estar sin prestarle toda mi atención.

Sentada a mi lado, escucha la conversación por si acaso ha de intervenir. La hija perfecta. Asiente y sonríe, pero nadie le hace ni caso.

Bueno, supongo que Mallory y Connor sí se lo hacen, ¿por qué, si no para mostrarle lo que se ha perdido, se ocupan de repente tanto el uno del otro?

Ante mí tengo un plato con la ración más pequeña que he visto en mi vida. Pillo a Kennedy mirando disimuladamente a su hermanastra, viendo cómo sus dedos juegan con el cabello de Connor. Cómo este le susurra algo al oído, y ella suelta una carcajada sobreactuada. Cómo la mano de él sube y baja por la pierna de ella…

La mirada de Kennedy está llena de… anhelo.

¿Estará celosa?

¿Le echará de menos?

Imagino que cuando estaba borracha como una cuba y me pidió que nos casáramos ni por asomo pensó en la posibilidad de que se diera esta situación: ella sentada conmigo teniendo que ver a su ex y a su hermanastra juntos.

Cuando Kennedy se inclina un poco para probar un bocado de su comida, veo que Connor escudriña su vestido desde el otro lado de la mesa. Mallory no se percata de cómo su novio mira a su ex, pero yo sí, joder.

Al instante me hierve la sangre.

El tío no debería estar dando semejante espectáculo. ¿Cómo se atreve a mirar de esa forma a su antigua novia estando sentado junto a su actual prometida? Sobre todo teniendo en cuenta que su antigua novia es mi esposa.

—Kenny… —susurro.

Con el rabillo del ojo veo que Connor aprieta la mandíbula cuando advierte que con un dedo le coloco detrás de la oreja un mechón caoba.

—¿Puedo tocarte? —le pregunto inclinándome hacia ella y bajando la voz para que solo ella pueda oírme.

Se le pone la carne de gallina en el cuello y yo no puedo evitar sonreír al verlo.

—¿A qué te refieres? —dice en voz demasiado alta.

—Baja la voz —le susurro—. Acerca tu mejilla a la mía mientras estás hablando ahora conmigo.

Como lo duda un segundo, deslizo la palma de mi mano por su garganta mientras mis dedos juguetean con su pelo y la acerco a mí.

—¿Por qué? —susurra.

—Porque Connor está mirando y quiero que sepa que eres mía.

—¿Está mirando?

Odio que su tono sea de esperanza.

—Sí —digo tragando saliva—. Dime, Ken. ¿Puedo tocarte?

Se remueve en el asiento antes de afirmar con la cabeza.

—Vale.

—Un poco más de entusiasmo no estaría nada mal.

Se ríe por lo bajo.

—Sí, Isaiah. Puedes tocarme.

Maldita sea; ya solo de oír esas palabras se me pone dura.

—Dame una patada debajo de la mesa si voy demasiado lejos o si no te gusta.

—No tengo el menor problema en seguirte el juego. ¿Qué me vas a hacer?

—¿Qué quieres que te haga?

—Lo que tú quieras. Cualquier cosa que dé el pego.

—Mmm… Qué esposa tan agradable.

Le da la risa. Eso es genuino; no forma parte del show.

Me encanta que se ría.

Le vuelvo a poner el mechón de pelo en su sitio, detrás de la oreja. Ahora puedo notar que nos están mirando. A Kennedy le hago creer que todo esto no es más que un paripé, pero en realidad llevo años deseando que me deje tocarla. Deseando que me preste atención. Deseando estar cenando a su lado.

Como Henry y Jennifer están hablando con los Smith, Mallory se dirige a nosotros.

—Kennedy, no sabía dónde podías haberte ido la noche de mi despedida de soltera. —Su mirada recae en el anillo de su dedo, en la alianza de mi madre—. Ahora ya lo sabemos.

A mi lado, Kennedy se pone rígida en el asiento, de modo que coloco el brazo en el respaldo de su silla y, con la punta de los dedos, juego con los tirantes de su vestido.

No se sobresalta.

Mirando todavía la mano izquierda de Kennedy, Mallory continúa:

—Has bajado de categoría, por cierto.

—Nadie te ha pedido tu opinión —dispara mi mujer.

—Solo digo —continúa Mallory— que, en comparación con tu último anillo, el que llevas ahora es…

—Es el que de verdad me gusta. —Kennedy me da la otra mano por encima de la mesa—. Si estás tan obsesionada con mi anterior anillo de compromiso, ¿por qué no se lo pides al hombre que me lo dio?

Los labios de Mallory se contraen.

—No lo quiero. Me encanta el mío. —Mueve los dedos para mostrar el diamante, que es mucho más pequeño que el que llevaba Kennedy, pero la verdad es que el que le he regalado yo es mucho más de su estilo.

Le paso suavemente la mano por el brazo.

—¿Sigues bien?

Asiente con una sonrisa de orgullo en la cara. No sé si por haber puesto a su hermanastra en su sitio o por no haber rehuido mis caricias. Decido averiguarlo desplazando la palma de la mano hacia el muslo, más concretamente hacia la parte interior del mismo, por debajo de la mesa.

Me da un apretón con la mano que tiene enlazada con la mía encima de la mesa y me agacho para susurrarle:

—Dime cuando quieras que pare.

Niega con la cabeza.

Con una sonrisa cómplice en mis labios, subo un poco más la mano. Oigo que están hablando, pero no presto atención. Estoy centrado en Kennedy, notando cómo se le acelera el pulso mientras continúo ascendiendo por su muslo.

Se muerde el labio y lo interpreto como que está nerviosa.

Le pellizco la pierna.

—Dame una patada en el pie debajo de la mesa.

—No —dice.

Joder.

Kennedy separa un poco las rodillas concediéndome unos centímetros más por los que puedo subir hacia el norte, y juro por Dios que estoy a punto de perder el mío por ello.

—Connor se hará cargo de la empresa cuando me jubile —les cuenta Henry a sus invitados—. Mi hijo Dean, ese de ahí, no ha querido participar de los negocios familiares. Escogió como carrera dedicarse a jugar no sé a qué deporte. Menos mal que mi futuro yerno tiene dotes para los negocios.

—Joder, ya estamos otra vez con lo mismo —refunfuña Dean por lo bajo.

Recorro la parte interior del muslo de Kennedy con la punta de los dedos y agradezco que el tejido negro de su vestido haga de barrera y me frene, porque estoy seguro de que moriría en el acto si me dejara tocarla como es debido.

—¿Lleváis mucho tiempo prometidos? —le pregunta el señor Smith a Connor.

Mallory, que está prácticamente encima de su novio, pero que aún intenta acercarse más a él, le pasa la mano por la chaqueta del traje y le dice:

—¿Cuánto hace que estamos prometidos, cariño? ¿Ocho meses ya?

La hermanastra muestra de nuevo su anillo de compromiso, pero creo que esta vez Kennedy ni siquiera le presta atención. Tiene los ojos clavados en la mano que sube por su muslo, y me aprieta la otra con tal fuerza que los nudillos se le ponen blancos, pero sigue sin querer darme una patada por debajo de la mesa.

En teoría, este es un juego inocente. Un hombre que posa la mano en la pierna de su mujer. Pero Kennedy no ha sido nunca tocada, de modo que para ella no tiene nada de inocente.

—Los mejores ocho meses de mi vida —dice Connor, y planta un beso en los labios de Mallory.

—Di más bien los mejores tres años de tu vida —le corrige ella.

Dejo de mover la mano en seco.

Kennedy se queda petrificada.

Se hace un silencio sepulcral; todos entienden lo que esas palabras significan, menos los invitados de Henry.

Kennedy y Connor rompieron hace solo un año.

—Maldito capullo —dice Dean cerca de mí, y por primera vez en la vida estoy de acuerdo con él.

—¡Huy! —Mallory se ríe llevándose la mano izquierda a la boca para ocultar su sonrisa, luciendo el puto anillo de los cojones. Mira a la derecha, hacia mi mujer, y añade—: Me he ido de la lengua, creo.

El pie de Kennedy roza el mío. No es exactamente una patada y no sé si lo ha hecho a propósito, pero por si acaso retiro la mano de su muslo.

—¿Qué tal si tomamos la copa de antes de dormir en la terraza? —sugiere Henry a los Smith—. Me han dicho que hay unas vistas preciosas, y así podemos hablar de lo increíble que va a ser trabajar juntos.

Por la manera en que invita a los Smith a salir del salón sin mirar siquiera a sus hijos, es evidente que nadie, aparte de su mujer, es bienvenido a ese convite.

Jennifer es la última en abandonar la habitación. Pero antes de irse, se detiene junto a Kennedy y le dice:

—No tienes derecho a enfadarte por lo que acaba de decir tu hermana. Tú no fuiste capaz de fijar una fecha de boda. Además, nunca le tocabas en público, así que no le culpes por haber encontrado calidez en otra persona, y ni te atrevas a montar un número delante de los invitados de Henry.

¿Montar un número? Pero si ha permanecido sentada sin mostrar la menor emoción.

—¿Perdone? —Me levanto del asiento—. Cuide su puto vocabulario cuando hable con mi mujer.

Jennifer empalidece.

—¿Qué me acaba de decir?

—No creo que haga falta que se lo repita.

Hace un gesto de burla y suelta una carcajada, como si no diera crédito a sus oídos.

—Kennedy Elizabeth Kay, te sugiero que o bien domestiques al animal salvaje que te has traído a la cena o bien, la próxima vez, lo dejes en casa. Esa conducta es inaceptable. Haz que aprenda a comportarse.

Jennifer sale del comedor al mismo tiempo que Kennedy tira de mí para que me siente.

—Lo siento —susurro, acordándome de la última vez que intenté defenderla.

Se encoge de hombros, sin sonreír.

—No es nada nuevo.

Su mirada inexpresiva adopta un aspecto frío, casi ausente. Como si todo se hubiera ido al garete.

—No sé por qué te pones tan dramática, Kennedy. —Connor se apoya en la mesa con los brazos cruzados.

Levanto la mano para detenerle.

—Ahora mismo no tenemos ninguna necesidad de escuchar tu opinión.

Además, Ken no ha dicho nada. Apenas ha manifestado el dolor que debe de sentir, y ni siquiera eso les basta. Es como si esta gente solo le permitiera ser como ellos quieren que sea.

Connor sigue hablando.

—Tú hiciste lo mismo. Vi el artículo del periódico. Los dos lleváis juntos desde hace años, ¿no? —Echa un brazo sobre Mallory—. Pues nosotros igual. Ahora estamos empatados.

«Ahora estamos empatados».

Gilipollas.

Kennedy nunca le fue infiel. No llevamos años juntos. Ni siquiera ahora estamos juntos.

Pero no puede decírselo.

Entorno los ojos, furioso.

—¿Se puede saber por qué sigues hablando?

Dean se ríe por lo bajo.

—Porque el tío está obsesionado con el sonido de su propia voz.

El muy cabrón sigue dirigiéndose a Kennedy:

—No pasa nada. Sencillamente no estábamos hechos el uno para el otro. Tú necesitabas lo que hayas encontrado en este tío que ni siquiera sabe vestirse apropiadamente, y yo necesitaba a alguien que me besara en público sin que le diera una crisis nerviosa.

—Cierra el puto…

—Cierra el puto pico, Connor. Eres un capullo pretencioso y engreído. —Ese es Dean, que curiosamente utiliza con su futuro cuñado las mismas palabras con las que yo me he referido un par de veces a él.

Kennedy se levanta enseguida.

—Tiene razón —dice—. Él necesitaba a alguien que le besara en público, y todos sabemos que esa nunca iba a ser yo.

Con una mano me acaricia la mejilla, me pasa el dedo índice por mi pequeño lunar y se agacha para hacer lo más sorprendente que ha hecho en su vida.

Me da un beso en los labios.

Es un beso cálido y tierno. Como si necesitara convertirse en la perfecta besadora antes de intentarlo siquiera por primera vez.

Inhalo su aroma, su presencia, el momento.

Cuando su labio inferior se posa entre los míos, me siento tentado de metérmelo dentro de la boca y ver qué ruiditos salen de su garganta.

Me está besando.

Kennedy está besándome a mí.

Con la otra mano me acaricia la mandíbula antes de desplazar los dedos hacia mi nuca y acercarme a ella. Su cuerpo se funde con el mío, mientras sus labios se toman su tiempo en explorar los míos.

Sus manos rodean de nuevo mi cara y veo que los ojos se le agrandan y adoptan una mirada un poco salvaje, como si estuviera asustada por haberme besado.

Más asustado estoy yo.

—¡Madre mía! —A Dean le entra una risa sofocada, y se arrea otro lingotazo—. Parece ser que Kennedy ha encontrado a alguien al que sí quiere besar en público.

Los labios que por fin he rozado tiemblan ahora levemente.

No aparta la mirada de mí, pero está ahogándose. Ha sido valiente al intentar demostrar algo, pero ahora le falta el aire.

Le paso la yema de mi pulgar por su labio inferior, forzándola a sonreír cuando digo:

—Creo que esa ha sido la señal para largarnos de aquí, ¿no?

Asiente con la cabeza.

Tomando la iniciativa, enlazo mi mano con la suya y la llevo hacia la puerta para que a nadie le dé tiempo a decirle ninguna gilipollez que me cabree. No me quiero cabrear después de haber recibido el mejor beso de mi vida.

—Lo siento —dice en cuanto se cierra la puerta del comedor privado, y se lleva las manos a la boca—. No me puedo creer que haya hecho eso. Lo siento mucho.

—No tienes por qué disculparte. Puedes besarme siempre que quieras, Kenny. Por favor, no te cortes.

—Isaiah… —Cierra los ojos—. Eso no era lo que…

—Sé lo que era. Sé que me has besado para demostrarle a ese imbécil que no tenía razón en ninguna de las chorradas que estaba diciendo. Pero a mí me ha encantado. Has estado de puta madre. Si quieres utilizarme para callarle la boca más veces, me presento voluntario.

Abre los ojos con una sonrisa que viene a decir: «No me puedo creer lo que acabo de hacer».

Dios, qué guapa se pone cuando está orgullosa de sí misma.

Se pasa un dedo por la boca como para recordar lo que ha sentido cuando nos hemos besado hace tan solo unos momentos; yo, sin embargo, sé que nunca seré capaz de olvidarlo.

—De todas maneras, lo que decía no es del todo mentira —empieza—. A mí… me cuesta ser cariñosa. El cariño con el que se trataban el uno al otro… Yo quiero ser así, pero no sé cómo. No sé cómo ser el tipo de mujer que desea un hombre.

—Tienes que estar loca si crees que no eres exactamente el tipo de mujer que todo hombre desea. Solo porque no te sientas cómoda siendo afectuosa en público, no dejas de ser una mujer deseable, Ken.

—Pero es que yo quiero sentirme cómoda siendo cariñosa…

—De acuerdo —le digo—. Lo conseguirás.

Se muerde el labio inferior, mientras sus ojos buscan nerviosos los míos, y me dice con una vocecita que me hace dudar de haberla oído bien:

—¿Me enseñarás tú?

13
Kennedy

—¿Así que lo vuestro iba a ser un matrimonio concertado?

Esas fueron las primeras palabras que me dijo Isaiah tras abandonar el restaurante. Después de pedirle que me enseñara a ser cariñosa, se quedó callado, como meditando. Juraría que pasaron varios minutos durante los cuales se limitó a mirarme sin dar crédito a sus oídos, hasta que dijo:

—Necesito que empieces desde el principio.

Luego me acompañó al coche que me esperaba, donde ahora vamos sentados en los asientos de atrás.

—Nunca llegamos a hablar de matrimonio, pero sí, nuestro noviazgo solo se sustentaba por los intereses empresariales de mis padres.

—Todos estos años he creído que estabas prometida con alguien al que amabas. De haberlo sabido, habría insistido un poco más contigo.

—Has insistido bastante. Créeme.

Sus labios esbozan una sonrisa cómplice.

—Es una manera de hablar. Te habría perseguido de una forma un poco más seria, sin hacer tanto el idiota; realmente creía que no tenía la menor oportunidad.

Eso no habría cambiado las cosas.

En parte, porque Isaiah no es mi tipo, pero sobre todo porque mis ojos nunca han estado abiertos a esa clase de cosas. Desde una edad temprana, sabía que me casaría para obtener beneficios económicos. Carecía por completo de la noción romántica de enamorarme y casarme con una persona de mi elección.

Hasta ahora, no había contemplado nunca esa libertad.

—Entonces ¿lo harás? —le pregunto otra vez, volviéndome hacia él en el asiento de atrás—. ¿Me enseñarás?

—Joder, Kenny —dice con un resoplido, pasándose la palma de la mano por la cara—. Ahora mismo estoy muy desnutrido para tener esta conversación. ¿Quién en su sano juicio piensa que es normal cobrar esos precios por dos bocados de comida? ¿Se habrá llenado alguien comiendo en ese restaurante de lujo?

—Si dicen que sí, mienten.

Me mira con el rabillo del ojo.

—¿Tienes hambre?

—Estoy muerta de hambre.

Se ríe.

—Estoy pensando en un sitio guay. Nos puede costar encontrar una mesa libre, pero vamos a intentarlo.

—Chili's —digo, cuando me siento enfrente de Isaiah en una de las mesas—. ¿Este es el sitio guay en el que estabas pensando?

—Mira a tu alrededor, Ken. Este sitio está petado. Me ha costado un huevo conseguir una mesa para los dos.

—Pues entonces soy una afortunada.

—He pensado que mi acaudalada esposa nunca habría tenido el privilegio de comer en el Chili's.

—No, nunca había estado aquí. —Levanto una ceja y miro el menú que hay frente a mí—. ¿Es este el momento en que tú me dices que pida lo que quiera y que pagas tú?

Pone una mueca de burla.

—De eso nada. ¿Qué te has creído? Ni que fuera millonario. Puedes pedir el menú de dos por uno, y si eres buena chica y te lo comes todo, a lo mejor me da por derrochar y te invito a una tarta de chocolate fundido.

No puedo contener la risa. A Isaiah se le forman al sonreír sus típicas arruguillas en los ojos, que le tapan el lunar.

Qué peligro. Esa sonrisa. Esa cara.

Sé que gana un montón de dinero con los Warriors, pero decido seguirle el juego y opto por elegir lo que está en oferta.

No puedo estar más fuera de lugar con mi vestido de Chanel y mis zapatos de tacón Louboutin, pero al mismo tiempo nunca me he sentido más cómoda que aquí sentada en esta mesa de vinilo agrietada, compartiendo risas con el que es técnicamente mi marido.

A Isaiah se le da bien rebajar la tensión de una situación incómoda con una sonrisa o con un chiste. A veces incluso riéndose de sí mismo.

Una vez que pedimos la comida y la bebida, por fin me pregunta:

—Bueno, ¿qué es exactamente lo que quieres que te enseñe?

Al hacer esa pregunta se sonroja. Debería ser ilegal que el engreído de Isaiah Rhodes se ponga tan mono cuando le entra la timidez.

Me encojo de hombros.

—Todo.

Inmediatamente se atraganta con el agua carbonatada que está intentando tragarse.

—Por mi salud necesito saber si tenemos diferentes definiciones de «todo».

Esta conversación me resultaría violenta si la tuviera con otra persona, pero después de las cosas tan raras que hemos tenido que fingir Isaiah y yo, ¿qué más da añadir otra a nuestro acuerdo comercial?

—Quiero ser normal.

—Ya eres normal.

—Me refiero a que quiero ser buena... —giro la mano para que él termine mi frase— en eso.

—¡La madre que me parió! —Echa la cabeza atrás mirando al techo y veo cómo se le marca la nuez en la garganta. Me entran unas ganas locas de lamerla o incluso morderla, de lo que se deduce que Isaiah es la persona ideal para esta tarea. No se puede negar que me siento atraída por este hombre.

Eso está bien. Aunque sea un desastre en la cama, por lo menos tendrá buen aspecto haciéndolo.

Tiene la mirada enardecida cuando se cruza con la mía.

—¿Buena en qué?

Apoyo los codos en la mesa y junto las manos como si esto fuera una propuesta real de un negocio.

—Por primera vez en toda mi vida, puedo salir con quien quiera. —Me adelanto para aclarar—: Quiero ser buena en eso. Nunca he quedado con nadie ni he ligado con un desconocido, ni he hecho nada de lo que la gente aprende a hacer a los veinte años. Estoy a punto de ser empujada a la piscina de las citas y no tengo la menor experiencia.

Se palpa las sienes con los dedos.

—Por favor, no digas «ser empujada» justo ahora, Kenny.

—Solo quiero que me resulte natural coger a alguien de la mano o eso que hacen en las películas de jugar a piececitos debajo de la mesa. No quiero que nadie pueda decir las cosas que ha dicho Connor esta noche.

—A la mierda Connor.

Sí, a la mierda Connor, pero no iba muy desencaminado.

—Isaiah —digo, sintiendo la necesidad de que me entienda—, me he pasado toda la vida creyendo que nunca iba a tener esta oportunidad, y no quiero desperdiciarla solo porque me falte experiencia en la vida. Si un hombre que iba a heredar toda una franquicia de hoteles simplemente por estar conmigo no ha sido capaz de soportar mis problemas con la intimidad, no puedo esperar que otro tío cualquiera, sin nada que ganar, pueda hacerlo.

Aprieta la mandíbula y se le tensan los tendones del cuello.

—Si dejas de preocuparte por hombres que no valen la pena, puede que te des cuenta de que el problema no eres tú.

—En realidad lo hago por nadie, créeme —le digo—. Quiero hacer esto por mí.

Supongo que es la perfeccionista que hay en mí la que siente la necesidad de superarse antes de que me pongan a prueba, pero me niego a empezar una vida completamente nueva en San Francisco haciendo el trabajo con el que siempre he soñado, pero titubeando en mi vida personal.

—Déjame que aclare esto. —Cruza los dedos sobre la mesa, imitándome—. Tú quieres practicar conmigo para ligar mejor con otros.

—¡Exactamente!

Se le ponen los ojos como platos.

—Pues vaya. Eso suena fatal. No es precisamente lo que me hubiera gustado oír. —Exhala un suspiro de decepción—. Pero tú no me pediste tener otro matrimonio no deseado. Me pediste múltiples veces que nos casáramos. Me lo rogaste incluso.

Me aguanto la risa.

—Cállate.

Sus labios esbozan una sonrisa. Es como si se enorgulleciera de sí mismo por hacerme reír.

Isaiah se recuesta en la silla. Tiene la camisa de botones remangada por encima de los bíceps y un pelo perfecto que se peina con los dedos, sin necesidad de usar ningún producto. Hay que estar ciego para no encontrar atractivo a mi marido, pero lo más importante es que tiene experiencia.

Mucha experiencia.

Yo sé que su cuelgue conmigo no es nada serio. Sencillamente le he dicho que no demasiadas veces y eso le intriga. Quiere algo que no puede obtener. Al final se aburrirá de esperar a que yo lo vea de otra manera, o bien pasará tanto tiempo conmigo que su fantasía de acostarse con la única chica de la plantilla se desvanecerá. Se le pasará enseguida.

Todo eso me parece muy bien, pero en realidad lo que yo necesito de él es su experiencia.

Isaiah tiene seguridad en sí mismo en cosas que yo no la tengo. No le suponen ningún problema los gestos de cariño. No se piensa dos veces las palabras antes de que salgan de su boca. Necesito que me trasfiera todo eso para que, cuando empiece a salir con otro hombre, alguien con un nivel normal de autoconfianza y arrogancia, para mí sea pan comido después de haber estado practicando con mi presuntuoso actual marido.

Soy una científica. Esto es pura investigación. Prueba y error.

—Entonces ¿qué quieres que haga, Kennedy?

Paseo la mirada por los alrededores para asegurarme de que no hay nadie cerca que pueda oír nuestra conversación, pero de todas maneras bajo el volumen hasta un susurro.

—Quiero que me toques.

A Isaiah se le pone una mirada calenturienta.

—Pero también —continúo— quiero tocarte.

—¿Quieres tocarme?

—Si no te importa…

—No —dice impasible—. Creo que sobreviviré. —Poniendo un codo sobre la mesa, se pasa el pulgar y el índice por sus ojos cerrados—. Pero ¿en qué contexto vas a querer tocarme? ¿En público o en privado?

Esa es una buena pregunta.

Como nos sirven en la mesa patatas fritas con salsa, pico una y la mastico mientras me doy tiempo para pensármelo.

Ver a Connor con Mallory tocándose esta noche de la manera más natural ha sido para mí como si me hubiera chocado con un tren de mercancías. Ha hecho que me dé cuenta de que yo nunca estaré tan cómoda haciendo ese tipo de cosas en público. De ahí me ha surgido la idea de que Isaiah, el hombre con el que me he casado, podría estar dispuesto a ayudarme a conseguirlo.

En parte, anhelo el lado romántico de la vida. Ser tocada y besada, y que alguien me ame por mí misma, no por el dinero de mi familia.

No me extraña demasiado que Connor me engañara. Dado que la mayor parte de las uniones están basadas en arreglos comerciales, es normal que quisiera guardar las apariencias. Yo lo intenté y no me salió bien.

Isaiah deja las patatas sin tocar; solo espera mi respuesta.

Doy un sorbito a mi té helado y me siento incapaz de mirarle cuando digo:

—Las dos cosas.

—Jesús —dice, recostándose de nuevo en la silla.

—Me refiero a que podemos hacer lo mismo en público que en privado. Lo hago por mí misma, para aprender. Ya estamos intentando convencer a otros de nuestro falso matrimonio, de manera que no veo por qué no podemos seguir haciéndolo a puerta cerrada.

Realmente no sé qué le estoy pidiendo. No sé dónde se podría trazar el límite. Besar. Abrazar. Explorar… Dejaré que él mismo saque sus propias conclusiones y ponga los límites.

Y entonces va y dice:

—¿Me estás pidiendo que te folle, Kenny?

Caramba.

—Porque no sé si estoy dispuesto a eso. A follarte para que estés mejor preparada para follar con otros.

Isaiah frunce el ceño como si le hubiera herido sus sentimientos.

—Yo… no sé qué contestar a eso. No lo he pensado hasta ese punto, supongo.

Se pasa una mano por la cara.

—¿Todo esto es por Connor? He visto cómo le mirabas esta noche.

—No tiene nada que ver con él. Desde luego, en parte, estoy ofendida por su engaño, y porque me dejara por alguien que físicamente es lo que él desea y que le toca sin pensárselo demasiado, pero también le agradezco que pusiera fin a nuestra relación. Me ha dado la oportunidad de hacer la vida que yo quiero. Ah, y no le miraba a él, sino a los dos. A los dos juntos. Quiero sentirme así de cómoda y segura. Nunca he experimentado la intimidad, ni la comunicación con otra persona. Nunca he explorado el cuerpo de nadie, ni he sido explorada. Me gustaría tocar a quien yo quiera tocar.

Los ojos de Isaiah expresan simpatía cuando me pregunta:

—Kenny, ¿has pensado alguna vez que a lo mejor tú no eres el problema? Posiblemente, nadie ha hecho que te sientas segura y por eso no eres cariñosa.

Oh.

—No lo sé. No he tenido ocasión de poner a prueba esa teoría.

Traga saliva de manera audible.

—¿Por qué quieres someter a prueba esa teoría precisamente conmigo?

Entre nosotros se instala el silencio en el abarrotado restaurante.

—Porque me fío de ti. Creo que siempre me he fiado.

Una suave sonrisa ilumina sus labios.

—Yo también me he fiado siempre de ti. Me pillaste llorando en los lavabos de mujeres el primer día y, sin embargo, nunca lo has mencionado.

—¿Vas a contarme alguna vez qué te pasaba?

Sus piernas abrazan las mías debajo de la mesa. Lo hace con ligereza, pero a propósito, y yo no me aparto.

—Tal vez algún día.

Su pie rodea mi zapato de tacón. No evito el roce; estoy haciendo piececitos con mi marido debajo de la mesa del Chili's.

—Haré lo que me pides, si eso es realmente lo que quieres, Ken.

El camarero nos trae la comida. Los dos hemos pedido hamburguesas, la suya con patatas fritas y la mía con puré de patatas, porque nunca había estado en un restaurante en el que pudieras pedir hamburguesa con puré.

Isaiah no desenrosca su pierna de la mía cuando empezamos a comer.

—Sí, es lo que quiero.

—Vale. —Da un bocado enorme y me sonríe con la boca llena de hamburguesa.

Hago lo mismo y farfullo con la boca también llena:

—De acuerdo.

Le robo un puñado de patatas fritas.

—¡Pero bueno!

—¿Qué pasa? —digo—. Estamos casados. Todo lo que es tuyo es también mío.

—Quiero compartir contigo mi vida, Kenny, no mi comida. —Dicho lo cual, me roba una cucharada de puré de patatas.

Estratégicamente, meto las patatas fritas dentro del panecillo y veo su cara horrorizada.

—¿Qué? Así queda más crujiente la hamburguesa.

—Recuérdame de nuevo por qué me casé contigo.

Doy otro bocado y, con mi vestido de cóctel de dos mil setecientos dólares, digo con la boca llena de la grasienta hamburguesa:

—Porque estabas obsesionado conmigo. ¿Te acuerdas?

Sé que nuestra canción de boda sigue resonando tanto en su cabeza como en la mía. Y ahora lo noto con claridad por la sonrisa cómplice que me lanza mientras devoro mi comida.

—Nunca has estado más sexy que ahora mismo. Para que lo sepas.

—Gracias. —Con la lengua rebaño la gota de kétchup que se me ha quedado en los labios.

—Joder —dice, embelesado.

Así pasamos el resto de la noche. Con sus piernas alrededor de las mías mientras comemos. La cena me sabe a gloria, y la conversación transcurre entre bromas, sin mencionar en ningún momento mis problemas con la intimidad. Los que espero superar.

Afortunadamente, la tela de mi vestido es elástica porque Isaiah pide de postre el pastel de chocolate fundido, que desaparece a una velocidad embarazosamente rápida, pero es el remate ideal de la mejor cena que he tomado desde hace tiempo.

La mejor cena, desde luego, pero sobre todo la mejor compañía.

14
Kennedy

—¿Por qué estamos haciendo esto exactamente? —le pregunto a Miller, cuando las dos adoptamos la postura del perro boca abajo en mi habitación del hotel de St. Louis.

—Se supone que el yoga es bueno para el estrés.

—¿Tú estás estresada?

—No, pero tú seguro. Al fin y al cabo, estás casada con mi cuñado.

Al instante, me da la risa, que solo va en aumento cuando Max, el sobrino de Isaiah, imita nuestra postura con los pies y las manos en el suelo y el culo en pompa.

—¡Muy bien, Bicho! —le anima Miller—. Lo haces mejor que yo y que la tía Ken.

Miller y Kai llevan un tiempo refiriéndose a mí como la tía Ken. Solo que, ahora que legalmente lo soy, suena un poco distinto.

Mirando hacia la ventana y de espaldas a la puerta, hago estiramientos. Llevamos más de una semana de viaje y mi cuerpo nota la rigidez por los constantes vuelos y por dormir en una cama que no es la mía.

No me imagino cómo se sentirá Isaiah. Bueno, en realidad sí me lo imagino. He tenido que trabajarle la espalda, los hombros y las caderas antes de cada partido, porque insiste en seguir durmiendo en el suelo. Le he ofrecido la cama para él solo. También le he ofrecido compartirla. Pero todas las noches se acuesta en el suelo.

Ha pasado más de una semana desde que le pedí que me tocara, que me enseñara cómo tocarle a él, pero todavía no ha intentado nada.

Miller tiene razón. Estoy estresada por haberme casado con su cuñado, pues llevo toda la semana alerta, ansiosa y nerviosa, esperando a que intente algo. Cualquier cosa. No sé a qué estará esperando, o tal vez haya cambiado de opinión.

En parte me arrepiento de haberle pedido que me ayude. Debería haberlo hecho yo sola. Haber ido a terapia. Haberme enfrentado a mi problema sin implicar a nadie más.

La puerta se abre a mi espalda. Como sigo en la pose, miro a través de mis piernas y me encuentro a Isaiah apoyado en el marco de la puerta de la habitación con los brazos cruzados, una sonrisa burlona en los labios y la mirada dirigida a mi culo.

La sangre se me agolpa en las mejillas, y no solo porque esté boca abajo. Pero no interrumpo el ejercicio; incluso me estiro aún más y pongo el culo más en pompa porque, por primera vez desde que le conozco, quiero tentar a mi marido.

Isaiah se ríe entre dientes y murmura en voz baja para que no le oiga su sobrino:

—Joder, qué postura.

—Ese es mi chico. —Kai se pone a jugar en el suelo con su hijo y le colma de besos. Echa también un brazo sobre los hombros de Miller y la atrae hacia sí—. Y mi chica.

Los gorgoritos de Max se oyen por toda la habitación.

Me siento en mi estera del yoga y no puedo evitar una sonrisa al verlos. Max ha cambiado radicalmente la vida de Kai y, el verano pasado, Miller puso patas arriba el mundo de los dos. Pero sus chicos también la han cambiado a ella, y me alegro muchísimo de que mi amiga haya encontrado todo lo que echaba de menos.

Miro atrás, hacia Isaiah, suponiendo que también está contemplando a su familia; sin embargo, tiene la mirada clavada en mí.

—¿Qué pasa? —le pregunto.

Se limita a menear la cabeza a un lado a otro.

Miller interviene:

—Kennedy, ¿qué te vas a poner esta noche?

Señalo desconcertada los *leggins* y la sudadera que llevo puestos.

—Esto.

—¿No vas a venir al cumpleaños de Cody? —pregunta Kai.

—No.

—¡Cómo! ¿Por qué no? —dice Isaiah desde la puerta.

—Porque nunca salgo con el equipo.

—Sí, pero yo he venido en avión para eso —dice Miller.

Me echo a reír.

—Has venido porque Kai estaba intentando volar a casa en nuestro día libre para verte, pero Monty no le dejó.

Miller se encoge de hombros.

—Bueno, sí, también por eso.

—Ken, nadie te va a decir nada por salir con nosotros —dice Isaiah—. Estamos técnicamente casados. Sería raro que no fueras al cumpleaños.

—Sí, deberías ir. —Kai está en el suelo sujetando a Max de las manos, mientras este va andando por su tripa—. Hasta yo voy a ir. —Le hace una carantoña a su hijo—. El nene Maxie se va a quedar con el abuelo Monty esta noche, ¿verdad?

Max suelta otro gorgorito; se parte de risa entre las manos de su padre.

Yo tenía toda la noche planificada. Iba a terminar mi crucigrama, iba a probar una máscara facial nueva y me iba a acostar a las nueve y media porque mañana tengo que presentarme pronto en el campo. Pero también estoy probando a hacer cosas nuevas.

—De acuerdo —digo—. Supongo que iré.

—¡Esa es mi chica! —Miller se levanta del suelo llena de entusiasmo—. Te veo dentro de un rato. Tengo metidas varias cervezas en el minibar de la habitación de Kai. Ven a pillar una cuando estés lista.

—Claro, ¿cómo no va a ir, joder? —Kai le da una palmada en el hombro a su hermano cuando los tres salen de nuestra habitación.

Isaiah mantiene la vista clavada en mí.

—Vaya, así que vas a salir conmigo esta noche. Voluntariamente, podría añadir.

—Es el cumpleaños de Cody.

—Cody, mi mejor amigo. —Se acerca un paso a mí. Yo no me muevo de mi sitio.

—Y Miller está en la ciudad.

—Mi cuñada. —Da otro paso en mi dirección.

—Necesitas que lo haga por ti, ¿eh?

—Claro que sí. —Su típica sonrisa burlona hace su aparición—. Sácame de mi miseria, Kenny, y dime que vas a ir por mí.

Esa frase se podría interpretar en un sentido completamente distinto, y por más que procuro no imaginar el significado alternativo, mis mejillas se enardecen.

—Estoy probando cosas nuevas, ¿recuerdas? —Levanto una ceja—. ¿O te has olvidado? Porque parece que ya no te acuerdas.

Suelta una carcajada.

—Créeme, Ken. No ha habido un segundo de la última semana en que no haya pensado en las cosas nuevas que quieres probar.

—Qué raro, porque yo he estado esperando toda la semana a que me demostraras que te acuerdas de ello.

—Lo sé.

—Entonces ¿cuándo vas a hacer algo al respecto?

—Cuando menos te lo esperes.

Pero si yo lo estoy esperando a todas horas. Cada vez que estamos en la misma habitación, lo espero. No, «esperar» no es la palabra apropiada. Más bien lo anhelo.

Alzo la vista hacia él. Está invadiendo mi espacio; tengo el pecho casi a la altura de su estómago. Isaiah me retira suavemente el pelo detrás de las orejas, me coge la mandíbula y con los pulgares me acaricia lentamente los pómulos. Las yemas de sus dedos exploran mi nuca. Noto su respiración en la piel.

Se me acelera el pulso, sobre todo cuando se lame los labios y se agacha. Cierro los ojos y espero ansiosamente, pero en lugar de besarme, su boca se acerca a mi oído:

—Lección número uno, Kennedy. No puedes tomarte el afecto como algo planificado; deja de darle vueltas al asunto.

Concluye la lección con un casto beso donde me late el pulso bajo el oído y me quedo jadeando por este hombre.

La mueca que hace con los labios está diciendo a gritos que han cambiado las tornas. Los dos somos conscientes de que, por primera vez desde que nos conocemos, soy yo la que no hago más que esperar algo de él, y no al revés.

Y al muy cabrón le encanta.

No sé si seré capaz de dejarme llevar por la espontaneidad. Si por mí fuera, le dedicaría una hora al día cuando supiera que me iba a tocar.

Isaiah rodea mi cuerpo, va derecho a su maleta abierta y saca su ropa para esta noche. Deja encima de la cama unos pantalones caquis, una camiseta de un rojo chillón y su chaqueta verde oliva. Luego saca unos bóxer limpios y dos calcetines. Uno de color azul marino y el otro negro.

¿Y si le dejo que salga con ese atuendo? Tal vez las otras mujeres se mantengan alejadas del tipo vestido como si fuera Navidad en abril. Pero ¿acaso es eso lo que quiero?

Sorprendentemente, creo que sí es eso lo quiero, que me gustaría mantenerlo lejos de otras mujeres. Lo cual es una tontería por mi parte porque sé que, independientemente de cómo vaya vestido, las mujeres nunca se han resistido a Isaiah Rhodes.

Con una sonrisa cómplice en los labios, dice:

—Bueno, ¿te parece que empecemos por la lección de ducharnos juntos o prefieres ir tú primero?

Señala al cuarto de baño guiñando un ojo y me pregunto si de verdad habrá planeado esa lección. No me importaría aprender alguna que otra cosa de mi marido.

Carraspeo.

—Ve tú primero.

—No vale mirar, mujercita.

—Soy médica, Rhodes. De hecho, aprobé anatomía con matrícula de honor.

No aparto la vista de los abdominales de su estómago, de cómo se mueven cuando se ríe. Me gustaría tocarlos. Mis dedos anhelan sentir el calor de su piel. Pero no hago nada porque soy una cobarde.

Isaiah me agarra con suavidad las muñecas. Cuando alzo la mirada, veo que está observándome atentamente. A continuación, me lleva las manos a su cuerpo y, en cuanto presiono su estómago con las palmas, emite un fuerte suspiro.

—Perdona, tengo las manos frías. —Las voy a retirar, pero él me las retiene.

—Tienes unas manos perfectas.

Oh.

Su piel es cálida y tiene el estómago liso y tenso. Como es mucho más grande que yo, mis manos se ven ridículamente pequeñas sobre su abdomen. Estas son cosas en las que no me fijo cuando estoy trabajando porque ¿qué sentido tendría? Cuando le trabajo los músculos, nunca me fijo en lo bonito que resulta el contraste de nuestras pieles, la suya bronceada y la mía clara.

Mis palmas recorren lentamente sus abdominales y sus oblicuos.

Se le acelera la respiración cuando se acerca a mí.

Isaiah me coloca las manos en su espalda y me abraza a la altura de los hombros.

—Me encanta —dice en voz baja, con su mejilla pegada a la mía.

—¿Sí? —Recorro con las palmas su columna vertebral, acariciándole la espalda.

—Mmm... No tienes que esperarme, Kenny. Puedes tocarme siempre que quieras, ¿de acuerdo? No le des tantas vueltas.

Asiento con la cabeza.

Me estrecha con más fuerza entre sus brazos.

No recuerdo la última vez que alguien me abrazó. Tal vez en la temporada pasada, cuando Miller se lanzó a mis brazos en la sala de entrenamiento. Fue bonito. Inesperado, pero bonito.

Esto no tiene nada que ver con aquel abrazo, que era de pura amistad. Esto es distinto; percibo que significo algo para alguien.

Manteniendo los brazos sobre mis hombros, me susurra al oído:

—Me alegro de que salgas con nosotros esta noche.

—A lo mejor cambias de opinión cuando veas que eso de tener a tu esposa al lado te corta totalmente el rollo con las demás mujeres.

No se ríe de mi chiste.

—No me importa nada. De todas formas, prefiero pasar toda la noche contigo. —Isaiah presiona sus labios en mi coronilla—. Pero ahora, después de haber sentido tus manos por mi cuerpo, necesito una ducha muy larga y muy fría.

Dicho lo cual, pone fin a su abrazo y enfila hacia el cuarto de baño.

No sé hasta qué punto será verdad que prefiere pasar toda la noche conmigo, pero me gusta la posibilidad de que lo sea. Porque he de admitir que sorprendentemente Isaiah Rhodes dista mucho de figurar entre mis personas menos favoritas.

Espero hasta que oigo correr el agua para coger el calcetín azul marino de la pila de ropa de encima de la cama, busco su compañero en la maleta de Isaiah y los doblo juntos. Luego cojo el negro y lo coloco sobre la cama para que se lo ponga esta noche.

15

Isaiah

El club de blues del Delmar Loop organiza una vez a la semana una noche de música *rhythm and blues* en directo, y resulta que coincide con el cumpleaños de Cody, que por supuesto estaba enterado de eso cuando planeó la celebración de su cumpleaños.

Travis y yo intentamos hacernos cargo de la coordinación, pero Cody insistió en encargarse él porque no se fiaba de que lo hiciéramos bien ninguno de los dos. No le culpo. Al fin y al cabo, él es el planificador del equipo y siempre se le ocurre algo divertido para que hagamos los chicos en nuestros días libres.

El oscuro y bohemio club está a tope, pero afortunadamente hay una zona acordonada para que tengamos nuestro propio espacio.

Ahí es donde paso toda la noche. Sentado en un sofá de terciopelo desde donde veo la mar de bien a mi mujer meneando sus bonitas caderas y con una sonrisa en su perfecta boca. Está bailando con Miller en medio de una multitud de gente, y gracias a que mis amigos y compañeros de equipo las rodean, nadie ha intentado invadir su espacio.

La semana pasada, después de que Kennedy me pidiera que fuera su maestro en prácticas de sexo, ha sido una tortura para mí. ¿Qué realidad alternativa estoy viviendo en la que mi falsa esposa tiene que pedirme algo así?

He estado tentado cada segundo de cada día durante toda la semana, pero ella está tan pendiente de que la toque, tan alerta, que nada resultaría natural. Si supiera que iba a besarla, haría eso tan típico de Kennedy: prepararse y pensarlo más de lo debido.

Quiere aprender con el fin de estar preparada para quedar con otros.

Eso me jode.

Puede pensar que estoy de acuerdo con ese plan, que me alegro de poder ayudarla, pero no tiene por qué aprender a estar cómoda cuando la toque otro hombre.

Tal y como yo lo veo, ningún otro hombre la tocará jamás.

Para colmo, cuando salí de la ducha, me eligió otra ropa para salir esta noche por si acaso quería bailar con alguna chica. Ni siquiera intenta evitar que ligue.

—Hola, tío. —Kai se sienta a mi lado y me pasa una cerveza. Es la segunda y última de la noche puesto que mañana tenemos partido—. Pareces feliz.

—Yo siempre estoy feliz.

—No, siempre no. Puede que siempre parezca que estás feliz, pero no siempre lo estás. Esta noche, en cambio, sí.

Vislumbro a mi pelirroja favorita entre la multitud con mucho espacio a su alrededor. Por una vez, parece que esta noche está completamente a su bola, y eso me hace sonreír.

—Creo que tienes razón.

Cody se arrellana en el sofá a mi otro lado.

—Acabo de enrollarme con el camarero.

—¡Genial, chico del cumpleaños!

—Ahora he conseguido bebidas gratis para el resto de la noche.

La gente quiere a Cody, y él los quiere también a todos, pero el tío nunca sentará la cabeza con una sola persona. Dice que le sobra amor y que le encanta compartirlo con muchas personas.

Somos los dos del equipo que nunca hemos tenido problema con llamar la atención, pero la diferencia entre él y yo es que yo siempre he sabido que algún día tendría algo serio y duradero con alguien. Quiero lo que tiene mi hermano, pero la única persona por la que he sentido interés estaba comprometida con otro.

Hasta que dejó de estarlo.

—Hola —dice una mujer desde el otro lado del cordón—. Me llamo Lacey.

La música no está alta, así que no tengo que gritar como normalmente hago cuando Cody nos arrastra a un club nocturno.

—Encantado de conocerte, Lacey.

Noto que tanto Kai como Cody me miran desde la periferia con unas estúpidas sonrisas cómplices en sus caras, porque todos somos conscientes de que esta es la primera vez que se me han insinuado desde que estoy casado.

—Llevas toda la noche en ese sofá. Estaba esperando a que salieras a la pista de baile.

—¿Qué quieres que te diga? Es que este sofá es comodísimo.

Suelta una risita.

—¿Te apetecería bailar conmigo?

Levanto sin querer las cejas. No sé por qué, pero no esperaba que fuera tan directa. Durante los nueve últimos meses he perfeccionado el arte de las desilusiones indirectas, pero ahora esta chica no me da la oportunidad de hacer eso sutilmente.

De todas formas, llevo un anillo de metal negro en el dedo que es cualquier cosa menos sutil.

Alzo la mano izquierda para enseñárselo.

—Ya tengo pareja de baile. Lo siento, Lacey.

No lo siento ni una pizca.

Mirando por encima de su hombro hacia la multitud, veo que Kennedy me está observando desde la pista de baile. Le guiño el ojo y ella enseguida desvía la atención de nuevo hacia Miller.

Lacey se dirige a Kai, que levanta las dos manos en señal de rendición y evita hacer contacto visual.

—Yo también podría llevar una de esas cosas en el dedo. —Señala hacia mi anillo—. Y más te valdría dejar de mirarme. Mi prometida acojona bastante cuando se pone celosa.

La chica prueba otra vez suerte dirigiéndose a Cody.

—Joder —dice levantándose del sofá—, a la tercera va la vencida, ¿no, Lacey?

A continuación, la sigue hacia la pista de baile.

—Estás jodido —murmura Kai a mi lado.

—Pues igual que tú.

—Vale, pero la diferencia es que Miller está igual de jodida. Kennedy en cambio está planeando su traslado a San Francisco y pensando en todos los tíos que se va a ligar en cuanto se divorcie de ti.

—No va a ligar con nadie. Solo necesito los pocos meses que quedan para informarle al respecto.

—Eres un pringado sin remedio. —Kai me echa el brazo por encima del hombro—. Te quiero.

—Yo también te quiero.

—Oye, necesito contarte una cosa, pero no puedo hablar mucho de eso porque me pongo a llorar, y tampoco es cuestión de echarse a llorar esta noche en el club.

Me vuelvo hacia él y noto el tono serio de su voz y la leve sonrisa de sus labios.

—Miller y yo estamos pensando en tener un segundo hijo.

—¿De verdad? —digo con verdadero entusiasmo.

—Sí, pero… —Carraspea; su emoción es evidente—. Miller está preocupada por cómo se sentirá Max. No quiere que se críe pensando que con él no teníamos suficiente o que ella necesitaba tener un hijo biológico, cuando para ella Max es también su hijo, ¿entiendes?

Lo entiendo perfectamente. Algún día Max se enterará de que Miller no es su mamá biológica. Pero también se enterará de que, mientras su madre biológica no quiso ser madre, Miller en cambio no podría vivir sin él.

—Antes de que empecemos a intentarlo, Miller quiere convertirse en su madre. Legalmente, quiero decir. También quería hacerte saber que Ashley renunció a todos los derechos parentales y vamos a hacer todo el papeleo para que Miller adopte a Max.

De repente me arden los ojos. Joder, cómo quiero a ese chaval. También me encanta que tenga los mejores padres del mundo, que no desean más que asegurarse de que sepa lo querido que es.

—Es afortunado de teneros a los dos, ¿sabes? Pero sí, tienes razón. —Me aclaro la garganta porque suelto un gallo al hablar, igual que él—. No podemos seguir hablando de eso aquí.

Kai da un trago largo de su cerveza y yo me concentro en alisarme la camisa, que no está nada arrugada.

Por suerte, Travis interrumpe el momento.

—Ese tío acaba de intentar bailar con Miller, y ella le ha dicho que, si la vuelve a tocar, le da un rodillazo en los huevos.

Una sonrisa ilumina el rostro de Kai.

—Esa es mi chica.

Se levanta del sofá y se abre camino hacia la oscura pista de baile. Gracias a su altura, puedo seguirlo con la mirada. Veo cómo le pasa un brazo posesivo a Miller por los hombros. También observo cómo Cody ruega a Kennedy que se tome un chupito con él. En el borde del vaso hay una lima; imagino, por tanto, que se trata del mismo licor que la convenció para casarse conmigo.

Kennedy hace una mueca cuando el líquido pasa por su garganta, así que no ha llegado todavía al punto de creer que es agua.

El cantante principal entona canciones lentas y sensuales. La música es suave y romántica. Podría estar aquí sentado toda la noche, viendo cómo Kennedy lleva el ritmo con sus ajustados pantalones de cuero y su jersey corto. Lleva los brazos y las piernas totalmente cubiertos, incluidas las botas de tacón que se ha puesto, pero esa brizna de piel pecosa que le asoma por encima del ombligo cada vez que se mueve me ha estado tentando toda la puta noche.

Y justo cuando estoy mirándole la cintura y cómo la mueve al compás de la música, aparece una mano que no es la suya ni la mía en su pálido estómago.

Como se me nubla la vista, tiro la cerveza cuando me levanto del sofá para saltar por encima del cordón que hace de barrera y me abro paso a codazos entre el gentío, pero cuando por fin llego donde está nuestro grupo, el tío ya se ha largado. Mi hermano también se ha ido, de manera que doy por descontado que me ha sustituido en la resolución del problema.

Pero Kennedy aún sigue aquí, de espaldas a mí y con su ondulado pelo de color caoba cayéndole por la espalda. Ya no está bailando; por el modo en que mira a su alrededor, me permito creer que está buscándome.

Desde detrás, le rodeo la cintura con mi mano, igual que se la acaba de rodear el otro.

Al instante, pega un respingo para apartarse.

—Soy yo, Kenny. —Le acerco la espalda a mi pecho y me agacho para hablarle al oído.

Su cuerpo deja de oponer resistencia y se adapta a mi abrazo.

—¿Estás bien?

Asiente con la cabeza.

—¿Quieres que nos vayamos?

Niega con la cabeza, mientras alarga la mano hasta alcanzar mi antebrazo, como dándome a entender que la siga rodeando con él.

Llevo casi toda la noche manteniendo las distancias porque, en parte, temo ir demasiado deprisa. Hagamos lo que hagamos, es ella la que tiene que marcar el ritmo.

Cody aparece de repente con una sonrisita en los labios y otro chupito en la mano para Kennedy.

—De eso nada —le digo—. Deja ya de intentar emborrachar a mi mujer; todos sabemos que toma unas decisiones muy extrañas cuando bebe tequila.

—Alguien se tiene que divertir esta noche y todos jugamos mañana.

—Ella también trabaja mañana. ¿Qué ha sido de esa chica con la que estabas bailando?

—¿Lacey? Ha resultado que a la tercera definitivamente no iba la vencida. —Cody se toma el chupito del claro líquido—. No se lo cuentes a Monty.

—Lacey, ¿eh? —pregunta Kennedy cuando ya solo quedamos los dos en la pista de baile, abarrotada de nuevo.

—¿Qué le pasa?

—¿Esa morena que quería ligar contigo cuando estabas en el sofá?

Una sonrisa cómplice asoma a mis labios, pero Kennedy no puede verla porque los dos estamos mirando hacia el escenario.

—No sabría decirte de qué color tenía el pelo; además te he pillado espiándome, mujercita.

—Miraba hacia allí por casualidad en ese mismo momento, nada más. Era mona.

—Te prefiero a ti.

Noto que Kennedy pone los ojos en blanco, pero echa la cabeza hacia atrás, hacia mi pecho.

El club está casi a oscuras. Con la música que suena es imposible no moverse. Lentamente meneo mis caderas y Kennedy se deja llevar, todavía con la cabeza apoyada en mi pecho y la mano en mi antebrazo. Acerco mis labios a su cabello cuando sube la música y su cuerpo se funde con el mío.

Ahora que no está planeando nada, que tiene la guardia baja, se comporta de una manera natural.

Seguimos meciéndonos al compás de la música y mis dedos juguetean con la cinturilla de su pantalón de cuero mientras con el pulgar rozo la parte de abajo de su sujetador.

Se estremece.

—Cuando quieras que pare, dímelo.

Niega con la cabeza y su cuerpo se recuesta más en mis brazos.

Recorro su vientre con la mano y por la cintura la acerco a mí.

Ahí sigue, con un brazo colgando y el otro agarrando mi antebrazo, como si no tuviera ni idea de lo que hacer a continuación.

—Qué bien se está así —susurro en medio de la oscuridad.

Entrelaza sus dedos con los míos.

—Mmm…, esto me encanta.

—¿Sí? —pregunta por encima del hombro.

Deslizo mi otro brazo también por su cintura y acerco los labios a su oído mientras bailo con ella. Con un poco más de confianza, Kennedy levanta la mano que tiene caída, sopesando qué hacer con ella, hasta que vuelve a dejar caer el brazo por el muslo en una postura rígida e incómoda.

—No sé qué hacer —admite.

Rápidamente echo una ojeada por toda la sala. Aunque está llenísima de gente y a oscuras, descubro un rincón vacío al fondo.

—Ven conmigo. —Mantengo las manos entrelazadas para llevarla hasta allí.

Como hay un taburete bajo esperándonos, me siento en él y la acerco hasta que se queda de pie entre mis piernas. Así nuestros ojos están casi a la misma altura. Mirándola fijamente, le digo:

—Tócame como más te guste.

Las cejas se le arquean y sus ojos adoptan un brillo resplandeciente, no sé si porque le da vergüenza o por qué.

Nadie está mirando, todos nos dan la espalda porque están escuchando a la banda que toca en directo.

Ella me examina y trata de averiguar cuál es la mejor manera de empezar.

—No te lo pienses demasiado, Ken.

Levanta las manos, pero al instante las baja y las deja caer de golpe sobre mis rodillas.

No puedo evitar una suave carcajada.

—No te rías de mí.

—No me estoy riendo de ti, nena. —Le aparto el pelo de la cara, metiéndoselo detrás de las orejas—. Es solo que me divierte que te lo estés pensando tanto cuando yo estoy deseando desesperadamente que me toques, porque sé que, hagas lo que hagas, me va a gustar.

Sus ojos de color castaño me escudriñan a través de las pestañas.

—¿De verdad?

—Te lo prometo. Piensa en esto como parte de nuestro trato. —Adelantándome, le paso las manos por los muslos mientras la acerco más a mí—. Sígueme el juego.

Kennedy da un paso hacia mí, sube las palmas por mis piernas y desliza los pulgares por la costura interior de mis pantalones.

Me gustaría decir que tengo la situación perfectamente controlada. Que ya me han tocado suficientes mujeres como para afrontar el hecho de que los pulgares de mi esposa se abran lánguidamente paso hacia mi polla, pero mentiría si dijera que estoy tan tranquilo.

—¿Esto está bien? —me pregunta, subiendo las manos hacia la parte superior de mis muslos.

—Mejor que bien —digo sin apenas voz.

Mientras sube las manos por mis muslos, juraría que, pese a la oscuridad, puede ver que la tengo medio dura. Por eso no me he acostado en la cama con ella, porque me toca inocentemente y a mí se me pone como una piedra.

Mientras tanto, hundo mis dedos en sus caderas, y cuando llega a unos centímetros de donde más la necesita mi cuerpo, retira las manos.

Mis pulmones recobran algo de oxígeno cuando opta por acariciar mis antebrazos y los recorre también hacia arriba. Cuando llega a la altura de mi codo, me pregunta refiriéndose a mi chaqueta:

—¿Puedes quitártela para mí?

Intenta ocultar su sonrisa mordiéndose el labio inferior y, joder, me entran unas ganas tremendas de mordérselo.

Llevo tiempo anhelando otro beso, uno de verdad.

Kennedy pasa las manos por mi camisa y, con los dedos, me aparta la chaqueta hasta dejarla sobre mis hombros y luego cae sobre mí para quitármela del todo, pero la ayudo sacando los brazos y dejando caer la prenda sobre el taburete.

Como no se mueve, sigue con las caderas entre mis piernas; nuestros pechos palpitantes se encuentran a tan solo unos centímetros de distancia.

Una vez más, espero a ver qué hace. Me observa; sus ojos recorren cada pulgada de mi cuerpo.

La oscuridad la ayuda. El rincón escondido y la música melodiosa también.

Las manos de Kennedy se ocupan ahora de mi pecho, mis hombros y mi nuca, hasta que cae sobre mí en un abrazo, su mejilla contra la mía.

Me inclino hacia ella y la beso en los hombros y luego en la suave piel de su cuello. A continuación, mis dedos juguetean con los pantalones, más o menos a la altura del culo.

—¿Sigues estando bien? —susurro.

Asiente con la cabeza.

—Me gusta tocarte.

—¿Sí? —Dejo caer mis manos más hacia abajo.

—Y me gustaría que tú también me tocaras, Isaiah.

«Joooder».

Mis labios juegan con su oreja, mientras deslizo las manos por el culo, apretándolo y amasándolo.

Emite un murmullo de satisfacción y sus brazos me estrechan con más fuerza.

—Esto te gusta, Ken. —Vuelvo a agarrarla del culo.

—Sí —dice sin apenas respiración, apretando su cuerpo contra el mío.

Podríamos echarle la culpa a la música por cómo se buscan y amoldan nuestros cuerpos, pero los dos sabemos que, aunque reinara un silencio sepulcral, estaríamos haciendo lo mismo.

Esta vez mis dedos se posan en el pliegue que hay entre sus muslos y el culo y lo recorro con las yemas de la punta de mis dedos.

Qué deliciosa fricción entre el vértice de sus muslos y mi polla.

Esta vez ya no la tengo medio dura. Deseo y anhelo dolorosamente tener a esta mujer encima de mí.

—Isaiah…

Mis labios besan su garganta.

—¿Sigues bien?

Menea las caderas.

—Dios, me encanta…

Noto que está friccionando su clítoris y estoy a punto de ponerla a horcajadas sobre mi regazo y hacer que mueva sus caderas porque sé que se correría de inmediato, aun estando vestida —por eso estoy durmiendo en el puto suelo. No puedo contenerme con ella—, pero opto por rebajar un poco las cosas rodeándola por la cintura. Se echa hacia atrás para mirarme. Al ver su cara de desconcierto, ya no puedo aguantarme más.

La beso apasionadamente, con verdadera urgencia; ahora soy yo el que marca el ritmo mientras ella gime en mi interior.

Dios, qué boca tan suave. Y ansiosa también. Es como si llevara toda la vida esperando besar a alguien como me está besando a mí ahora.

Mientras mis dedos se enredan en su pelo caoba, la lengua de Kennedy lame mi labio inferior, y el ronquido que sale de mi garganta es el ruido más desesperado que he emitido en mi vida.

Mi mujer me sonríe; ignora cuánto tiempo llevo deseando esto. Anhelándolo. Soñando incluso con un beso así.

Abre los labios y su lengua —su endiabladamente perfecta lengua— se desliza por la mía, y esta vez es Kennedy la que gime dentro de mi boca.

Dios, capaz seré de correrme por un puto beso y una pierna colocada sobre mi regazo. Pero es que mueve la boca y desliza la lengua de una manera… No necesita que nadie le enseñe a besar. Vamos, ni de coña.

Parece demasiado sexual para no ser más que un beso. Es como si estuviéramos follando con nuestras bocas, y cuando Kennedy me clava las uñas en la nuca, cuando me tira del pelo, me veo en la obligación de retirarme.

—Joder, Kennedy.

—¿Ha estado bien?

No puedo remediar soltar una risa.

—Cállate. —Tirando de sus caderas hacia mí, me aseguro de que note lo dura que la tengo—. Sabes de sobra que ha estado de puta madre. Ha sido jodidamente perfecto.

—Me gusta besarte.

—¿A qué te ha sabido?

—Como ácido.

Estoy bien jodido.

¿En qué mundo cree que va a empezar a quedar con alguien después de esto, después de estar conmigo?

Ya se lo puede ir quitando de la puta cabeza.

Para asegurarme de ello, me inclino y la beso de nuevo. Más suave esta vez, pasándole la palma de la mano por la columna vertebral, por el hombro y por el brazo izquierdo. Me paro cuando su mano me coge por la nuca.

Cubro la suya con la mía y juego con el anillo de su mano izquierda mientras nos besamos en el rincón del fondo del oscuro club nocturno.

¿No quería intimidad? Pues toma intimidad.

Alguien se aclara la garganta a nuestro lado lo suficientemente alto como para que paremos, aunque Kennedy todavía sigue medio encima de mí, con una pierna enroscada en mi cadera, y yo tengo un brazo alrededor de su cintura y con la otra mano la estoy sujetando por la espalda.

Cuando nos quedamos frente con frente, vemos a Kai, Miller, Cody y Travis contemplándonos con una amplia variedad de expresiones. Travis y Kai, con los ojos como platos, sin dar crédito a lo que ven. Miller está riéndose y el chico del cumpleaños nos levanta dos dedos pulgares desde el fondo del grupo.

Kennedy se aparta de mí, se alisa el arrugado jersey y se reajusta los pantalones de cuero.

—Han venido unos coches para llevarnos de vuelta al hotel —es todo lo que dice Kai.

Kennedy carraspea.

—De acuerdo.

Mi hermano me mira esperando mi respuesta.

—Yo… Joder, dame un par de minutos.

—Qué cabronazo —murmura riéndose, antes de coger del brazo a Miller y dirigirse a la salida.

Travis y Cody los siguen, pero no antes de que Cody se vuelva hacia nosotros llevándose una mano al corazón.

—Disfrutad del amor, chicos.

Kennedy da un paso para seguirlos, pero la agarro por la cintura para frenarla.

—No tengas tanta prisa. —La atraigo de nuevo entre mis piernas, le doy otro beso en la boca, para recordarle que esto no tiene por qué terminar aquí y ahora, en este rincón oscuro de un club nocturno.

Sin pensárselo dos veces, me abraza de nuevo los hombros, sin dejar de mirarme.

—Gracias por la primera lección.

Suelto una carcajada hasta que ella me hace callar con otro rápido beso.

No le he enseñado absolutamente nada esta noche. Todo ha salido de ella. Yo, en cambio, he aprendido enseguida que voy a estar muy jodido si habla en serio cuando dice que esto que hay entre nosotros tiene una fecha de caducidad.

16

Kennedy

Se suponía que yo no era así.

No sabía que esto podía ser tan genial. No imaginaba que mi cerebro podía calmarse ni que mi cuerpo sabría qué hacer exactamente cuando se presentara el momento.

No tenía ni idea de que besar a Isaiah pudiera ser así.

Imaginaba que me iba a enseñar cómo sentirme cómoda cuando saliera con otros, no que me dejara incapaz de pensar en otra cosa que no sean esos momentos. Qué delicia sentir sus manos en mi pelo. Qué excitada me he sentido al sentarme sobre su regazo.

Se suponía que este era un experimento inocente encaminado a eliminar mi torpeza con alguien con quien no veo un futuro. Como estamos técnicamente casados, ¿qué tiene de malo añadir un poco de contacto físico a la ecuación? Darnos unos besos, hacer manitas…

Pues bien, te diré cuál es el problema. El problema es que quiero más y que eso no puede suceder. No debería suceder. Después de todos estos años dándome el coñazo, no puedo desmoronarme por un beso de mierda.

De eso hace días. Volvimos a Chicago hace ya varios días y no me lo puedo quitar de la cabeza. Esa noche, después de lo del club, por primera vez no invité a Isaiah a dormir conmigo en la cama. Todas las noches anteriores él había rechazado mi propuesta, más que nada porque se daba cuenta de que se debía a mi mala conciencia. Pero después de ese beso, ni siquiera le di la opción.

Necesitaba espacio para organizar mis pensamientos.

Ese no fue mi primer beso, ni mucho menos, pero sí fue la primera vez que un beso me ha parecido algo realmente íntimo. Es el primer tío con el que me he mostrado abierta, y estoy segura de que me sentiré igual de bien cuando me abra a otros hombres.

Pues sí, se puede decir que las cosas van estupendamente, me encuentro bien y este experimento está funcionando tal y como yo necesitaba. Bueno, desde que hemos vuelto a casa le estoy evitando, pero sí, se puede decir que las cosas van viento en popa.

La sala de entrenamiento ha estado abarrotada toda la mañana porque jugamos hoy por la tarde. Me duelen los pulgares de tanto frotar músculos doloridos y poner vendas adhesivas para afianzar las articulaciones inestables. No he tenido tiempo ni para comer, ni tan siquiera para beber agua, pero no me importa lo más mínimo.

Esto me encanta.

Me encantan los días en los que hay partido y me apasiona mi trabajo.

Me gusta trabajar con los jugadores, y la ventaja de ser una entrenadora de atletismo, y no una médica del equipo, es que trabajo con ellos cada día.

Will, nuestro segundo médico, hace también mucha terapia, pero no sabría decirte la última vez que el doctor Fredrick hizo algo en la sala de entrenamiento. Como jefe del Departamento de Salud y Bienestar , está demasiado ocupado preparando horarios y supervisando a los nutricionistas y a los entrenadores de fortalecimiento muscular.

La única vez que realmente se ve involucrado es cuando uno de los jugadores sufre una lesión grave o ha de ser operado, y además tenemos que presentarle nuestros planes de rehabilitación.

Eso es lo único que él hace que nosotros no podemos hacer.

Es algo que tendré que estudiar si obtengo la plaza en San Francisco. No quiero estar encerrada en un despacho dedicándome al papeleo. Quiero hacer exactamente lo que estoy haciendo ahora, pero con el título de médica principal. Y por la llamada que recibí hace unos días, es muy posible que dentro de poco me hagan esa entrevista.

—Ya estás listo, Cody. —Le retiro un poco la venda mientras nuestro primer base flexiona la mano, para asegurarme de que conserva la movilidad pese a tener los dedos vendados.

—Gracias, Ken. ¿Dónde te toca trabajar hoy?

—En el vestuario.

—¿Otra vez? —Cody frunce confuso el ceño.

Llevo los cinco últimos partidos cubriendo el vestuario. El que lo atiende normalmente es un trabajador temporal. Le ayudamos si hacen falta más manos en las salas de entrenamiento tanto del equipo visitante como del equipo local. Vemos el partido desde una de las cuatro pantallas gigantescas que cuelgan en el centro de la sala, pero la mayor parte del tiempo estamos sentados esperando a que acabe el partido.

No me tengo que ocupar de la hidratación, así que no me puedo quejar. El doctor Fredrick no ha vuelto a cometer ese error desde que Reese le puso en su sitio por asignarme esa tarea el día de inicio de temporada.

—No me importa —le aseguro.

—¿Qué coño has hecho para cabrear tanto al doctor Fredrick?

—Casarme con tu mejor amigo.

A Cody le centellean los ojos.

—Cosa con la que parecías muy conforme en el club.

—Bebí demasiado gracias a ti.

—Solo tomaste una copa gracias a mí.

—Bueno, pues podemos llamarlo un momento de debilidad.

—Puedes llamarlo como quieras si te sientes mejor así, pero no hace falta que te justifiques ante mí. Lo entiendo.

—Lo entiendes, ¿eh? —digo de guasa—. ¿Te gusta mi marido, Cody?

—¿Isaiah? —Se ríe a carcajadas—. Qué va. Isaiah es demasiado guapo para mi gusto. Me gustan un poco más rudos. Quería decir que entiendo que tu opinión sobre él haya cambiado ahora que le vas conociendo. Por algo es mi mejor amigo. Visto superficialmente, puede parecer un arrogante de primera categoría, pero en el fondo tiene un corazón de oro y tal vez estés empezando a darte cuenta.

Sí, es cierto. No puedo olvidar cómo me protegió durante la cena con mi familia. Y recuerdo que no me juzgó cuando le conté que no tenía experiencia a la hora de ligar.

—Es guapo, ¿a que sí? —digo, ignorando el resto de lo que ha dicho Cody.

—¿Quién es guapo?

De repente, veo a Isaiah detrás de Cody, sosteniendo un vaso de papel en la mano, con su gorra puesta al revés y con solo unos pantalones cortos. Intento concentrar la mirada en su atractiva cara, en vez de mirarle el pecho, los abdominales y sus preciosos brazos.

Cody contesta por mí.

—El tío con el que salí anoche. Le estaba enseñando una foto a Kennedy. —Salta de la camilla—. Hasta luego, chicos. ¡Gracias por ponerme la venda, Kenny!

—¿Perdona? —dice Isaiah—. ¿Cómo la acabas de llamar?

Cody retrocede desde la salida.

—¿Qué pasa? La he llamado Kenny. ¿No es así como la llamas tú?

—¿Y quién te ha dado permiso para que tú puedes llamarla igual?

Cody echa la cabeza atrás sin parar de reírse mientras murmura:

—Estás enfermo de amor, cabronazo. —Y sale de la sala de entrenamiento.

—Será hijoputa... —dice Isaiah sonriendo, y luego se vuelve a mirarme—. Hola, esposa mía.

—¿Acaso te quedas despierto por las noches pensando en formas de llamarme que sabes que me fastidian o qué?

Se sienta en la camilla, ahora vacía, y nuestros ojos quedan casi a la misma altura.

—No. —Bebe un trago de lo que sea que contenga su vaso—. Me quedo despierto pensando en esos ruidos que hacías cuando te estaba besando e imaginando cómo gemirías si, en lugar de en tu boca, mi lengua estuviera en tu...

—¡Isaiah Rhodes!

—¡Kennedy Rhodes! —Esboza una sonrisa pícara cuando tira de mí para ponerme de nuevo entre sus piernas—. Hola.

—Hola. —Le lanzo una mirada.

—Has estado evitándome.

—No sé cómo eso es materialmente posible cuando ya has venido a verme cuatro veces para intentar alimentarme.

Sin pensármelo dos veces, poso las manos en sus muslos.

—Bueno, es que necesitas comer.

—No tengo tiempo.

Pone los ojos en blanco y da otro trago a su bebida, que ahora, como lo tengo más cerca, puedo ver que es un batido de algo. De fresa, creo.

—Admite que has estado evitándome desde que llegamos a Chicago porque no puedes parar de pensar en nuestro beso y, por lo tanto, no puedes dejar de pensar en mí.

Me río con sorna.

—Nada más lejos de la realidad.

—Bienvenida al club, Ken. Es una putada cuando no puedo dejar de pensar en ti. Ahora tú también lo entenderás.

Le pongo el dorso de la mano en la frente.

—¿Te encuentras bien? Parece que estás sufriendo un caso grave de delirio. Te lo digo yo, que soy médica.

—Ya, ya… —murmura, señalando con la cabeza las Vans que llevo puestas, que son con las que me casé—. Bonitas zapatillas.

—Bonita camisa —digo señalando su pecho al descubierto.

—Bonito culo.

Para eso ya no tengo réplica, por lo que Isaiah sonríe orgulloso de haberme ganado.

—¿Dónde vas a trabajar hoy?

—Me toca cubrir el vestuario.

Gira la cabeza y mira por la ventana del despacho del doctor Fredrick, pero no lo ve.

—No pasa nada. —Me alejo de él y aprovecho que la sala de entrenamiento está extrañamente tranquila para reorganizar mi equipamiento.

—Sí pasa, Ken. El tío te trata como si fueras incapaz de hacer tu trabajo, cuando todo el equipo sabe que eres la mejor miembro de la plantilla médica. Deberías estar en el banquillo con nosotros.

—Isaiah, no importa. De todas maneras, puede que no esté mucho más aquí.

Las palabras han salido de mi boca sin darme tiempo a guardármelas para mí. Iba a contárselo a Isaiah, pero no me apetecía hacerlo en plena sala de entrenamiento, justo antes de que tuviera que jugar un partido. Noto que su mirada me taladra un lado de la cara, pero sigo limpiando, tratando de ignorar la atención que me está prestando.

—Kennedy…

Desvío cautelosamente la mirada hacia él.

—¿Qué significa ese «no mucho más»?

Mirando a mi alrededor, bajo la voz y retrocedo hacia él. Me brota una sonrisa nerviosa.

—Me han llamado para una última entrevista en San Francisco.

Las cejas de Isaiah se disparan hacia arriba por la sorpresa.

—Me llamaron hace un par de días. He de ir a verlos el mes que viene. Si me dan el trabajo, quieren que termine la temporada colaborando con el actual médico principal.

—Pero… —Isaiah niega con la cabeza— tienes un contrato aquí hasta final de año.

No sé exactamente si se refiere a mi contrato real con los Warriors o al contrato metafórico que hay entre nosotros. En cualquier caso, parece muy contrariado con la perspectiva de que mi contrato se reduzca de seis a tres meses.

—Creo que los dos sabemos que a Fredrick no le importará nada que me vaya antes.

—Pero…

—¡Isaiah, es una buena noticia! Es todo cuanto quiero.

—Sí, sí. —Consigue esbozar una sonrisa genuina, al tiempo que me atrae hacia él cogiéndome por la cintura—. Tienes razón. Es una noticia excelente, Ken. Enhorabuena.

Me arden las mejillas.

—Gracias.

Se abre la puerta de la sala de entrenamiento. Monty la sujeta para que pase primero Reese, pero resulta bastante obvio que el sujetarle la puerta es la única parte cordial de su interacción. Hablan en voz baja para que nadie pueda oír lo que dicen, pero a juzgar por sus expresiones faciales y su lenguaje corporal, están discutiendo por algo.

Monty gesticula mucho con las manos mientras expone sus argumentos y Reese no se arredra ante el gigantesco hombre lleno de tatuajes. La bomba rubia se mantiene firme; se la ve tranquila, con una mano posada en su prominente cadera y una expresión impertérrita en su linda cara.

Manteniendo la compostura, Reese dice algo que hace que Monty eche la cabeza hacia atrás en un gesto de evidente frustración. Luego inhala aire por sus anchas fosas nasales y da su conformidad a lo que sea que le ha dicho la futura propietaria del equipo, asintiendo una sola vez con la cabeza y dando por concluida la conversación.

Reese se vuelve hacia mí; lleva una falda tubo muy ceñida con la que exhibe cada una de sus curvas.

—Kennedy, ¿dónde vas a trabajar hoy?

Abro la boca para contestar, pero el doctor Fredrick sale disparado de su despacho y no me da tiempo de hacerlo.

—En el vestuario, señora Remington. —Me señala—. Kennedy va a cubrir el vestuario. Tal y como usted me pidió, tengo al becario en hidratación.

«Lameculos».

—Reese —le corrige ella—. Como ya le he dicho en otra ocasión, puede llamarme Reese. Y quiero que hoy Kennedy trabaje en el *dugout*.

—Pero el *dugout* lo vamos a cubrir Will y yo.

—Como le acabo de decir, hoy quiero allí a Kennedy. Por una vez, puede usted cubrir el vestuario, doctor Fredrick.

Su boca se abre para protestar, pero se vuelve a cerrar a la misma velocidad. Ese hombre, que normalmente habla demasiado, se queda sin palabras.

—Por supuesto, Reese.

Al cruzarse conmigo en la sala de camino a la puerta, Reese me guiña un ojo. Antes de salir se detiene frente a Monty.

—Emmett —dice, despidiéndose.

—Reese —contesta él con la voz entrecortada.

—Reese me gusta —declara Isaiah.

Vuelvo la cabeza hacia él demasiado deprisa y demasiado sorprendida. Es una mujer guapa que solo tiene algunos pocos años más que nosotros.

—Tranquila, tigresa —dice él riéndose—. No te pongas celosa. Me refería a que me gusta que te apoye.

—No estoy celosa.

Pone en blanco sus destellantes ojos marrones.

—No te lo crees ni tú, mujercita.

—No soporto a esa mujer. —Monty sigue hablando bajito para que solo le oigamos Isaiah y yo—. ¿Quién se creerá que es?

—¿La nueva propietaria del equipo, tal vez? —bromea Isaiah.

—¡Exactamente! Va a convertirse en la propietaria del equipo el mismo año en que yo he de firmar la renovación de mi contrato. Vendrá con sus putos taconazos a merodear por mi vestuario y querrá cambiarlo todo. —Monty se ríe con condescendencia—. He trabajado con su abuelo durante seis años y, ¿sabéis qué?, el tío no me dijo ni una sola vez cómo tenía que llevar mi equipo. No pienso permitir que una pava de treinta y cuatro años venga aquí a decirme cómo he de hacer mi trabajo.

Pone los puños en la camilla y apoya su peso en ellos. Antebrazos abultados y anchas fosas nasales que aletean. Monty podría ser muy fácilmente confundido con un hombre aterrador, si no supieras que el tío en realidad es como un osito de peluche.

—Bueno, eh… —Me aclaro la garganta y miro a Isaiah, que me sonríe con complicidad—. ¿Qué piensas realmente sobre Reese, Monty?

—Creo que me va a volver loco antes de que se haga cargo oficialmente de su puesto.

El hombretón se pone de pie, gira sobre sus talones y abre la puerta de la sala de entrenamiento con más fuerza de la necesaria, para marcharse.

—Vaya, ha sido interesante. —Isaiah me tiende su vaso de papel—. Y ahora tienes que probar este batido que he preparado en el comedor. Es el mejor que he hecho en mi vida, con diferencia.

Me llevo el vaso a los labios y los acerco a la misma parte del borde por la que ha bebido él.

—Qué rico.

—Me alegro de que te guste porque lo he hecho para ti. Bébetelo antes de que empiece el partido, Kennedy.

Me aguanto la risa.

—Cody tiene razón. Eres un arrogante de primera categoría.

—Veo que empiezas a darte cuenta, nena. Todo en mí es de primera categoría. Quizá algún día llegues a saber exactamente hasta qué punto.

—Eres incorregible.

Se levanta de la camilla haciendo ostentación de toda su prepotencia, a la que ya me voy acostumbrando.

—Te has dejado esto en los lavabos de chicas. —Saca de detrás de él el crucigrama del *New York Times* de hoy que he estado haciendo en mis ratos libres.

—¿Cuándo vas a dejar de usar mi cuarto de baño?

No me hace ni caso.

—Siete vertical. Creo que la palabra que estás buscando es «Rechazo». Siete letras. El acto de no admitir algo.

Miro por encima el crucigrama y me doy cuenta de que tiene razón. La erre y la zeta encajan a la perfección con la palabra de la línea horizontal.

Da varios pasos hacia mí y me dice en voz baja, muy cerca del oído:

—Me sorprende que no dieras con ella, Kenny. Tú sabes muy bien lo que es rechazar algo, ¿no crees? Como, por ejemplo, cuando te convences a ti misma de que has estado evitándome porque estabas demasiado ocupada y no porque no puedes dejar de soñar con el beso que nos dimos ni de pensar en que quieres más. Pensé que la palabra podría ser «Kennedy», que también tiene siete letras.

Se me acelera el pulso porque sé que no se equivoca. Es verdad que quiero más.

Pero no se lo digo.

—Hum… Tienes razón. Es «Rechazo». Siete letras. El acto de no admitir algo. Al principio, pensé que podría ser «Isaiah» o «Rhodes», pero vi que solo tenían seis letras. Porque te equivocas. No he pensado ni una sola vez en ese beso, y desde luego estoy segurísima de no haber pensado para nada en que quiero más.

El pequeño lunar junto a su ojo derecho desaparece tras las líneas de su sonrisa.

—Eres la mentirosa más guapa que he conocido en mi vida.

Mi cuerpo tiembla al notar su proximidad y al percibir esa confianza en sí mismo que antes no me parecía atractiva. Ahora sé que es justo lo que necesito. Me permite hacer siempre aquello que a mí me hace sentir bien.

Isaiah me pone un mechón detrás de la oreja, pasa la palma de la mano por mi pelo y me tira de la coleta una vez. Dos veces.

Hasta que se asegura de que alzo la vista y le miro a los ojos.

—No dejes de mirarme esta noche, mujercita. Tengo la intuición de que voy a tener una buena racha con el bate, y no quiero que te pierdas ningún detalle.

—Siempre quieres que te mire.

—Mmm..., también me gusta mirar, ¿sabes?

Se me seca la boca por su insinuación.

—Pero sí, me encanta que me prestes atención.

—Porque estás obsesionado conmigo.

Suelta una risita cerca de mi oído.

—Creo que esa es la palabra perfecta para describir lo que siento por ti, doctora. —Isaiah mordisquea el lóbulo de mi oreja antes de besarme el cuello con suavidad.

A continuación, se dirige hacia la salida, a pecho descubierto, con la gorra para atrás y descalzo, pero de repente, antes de llegar a la puerta, da una vuelta de ciento ochenta grados y regresa junto a mí.

En una mano sostengo el batido y en la otra mi crucigrama, pero Isaiah me estrecha con fuerza entre sus brazos.

Es extraño, pero reconfortante, y mi cuerpo no protesta ante este abrazo. Es como si yo fuera muy importante para él, como si me necesitara para pasar bien el día. Me sienta bien. Muy bien incluso.

—¿Qué estás haciendo? —le pregunto desde su pecho.

—Esto es para lo que había venido, solo que casi se me olvida. Quería abrazarte y decirte lo mucho que te he echado de menos esta semana. Deja de evitarme, Kenny. No me gusta.

Dicho lo cual, se marcha.

—Oh —dice alguien desde un rincón de la sala de entrenamiento—. ¡Cómo te gusta tu marido!

Me doy la vuelta y veo a Miller llevándose las manos al corazón, vestida con su característico mono y, echado por encima, el jersey de su prometido.

—Qué sigilosa. —Me da la risa—. ¿Cuándo has entrado? ¿Y cómo has podido entrar?

Señala con el pulgar encima de su hombro hacia la entrada lateral, que rara vez se usa.

—He llegado justo a tiempo de ver lo deslumbrada que te tiene el hombre con el que te casaste.

—Qué va. No me deslumbra nadie. Y mucho menos Isaiah Rhodes.

—Mmm…

—Supongo que también te has pasado por aquí para ver cómo despotricaba tu padre contra Reese.

Me hace un gesto de rechazo.

—Lleva varias semanas quejándose de ella. Nada nuevo. La novedad, en cambio, es que a ti, mi preciosa cuñada, te gusta tu marido. —Desde detrás me da un abrazo parecido al que me dio el día que decidimos ser amigas—. Me alegro un montón.

Me echo a reír.

—No me llames eso y no eches las campanas al vuelo, Montgomery. Si la entrevista de San Francisco sale bien, pronto abandonaré esta ciudad, independientemente de lo que haya cambiado mi tolerancia con respecto a Isaiah.

Hace un gesto de burla y se sube a mi camilla de trabajo.

—No hablemos de tu mudanza, por favor, Ken. Cuando por fin he conseguido sentirme a gusto en un sitio, va mi mejor amiga y decide marcharse.

—Estarás bien.

—Lo dudo. Pero ¿sabes quién se quedará hecho polvo? Ese gatito enamorado que se acaba de marchar.

—Isaiah estará estupendamente. Llama mucho la atención; eso le mantendrá ocupado.

Miller arruga la frente como si estuviera confusa, pero no sé por qué. Todos conocemos la fama que tiene Isaiah. Yo no sé qué hace por la noche mientras estamos en Chicago. Nunca hemos estipulado nada al respecto, y sería muy injusto que no le dejara ver a otras mujeres cuando yo le estoy utilizando para poder ligar con otros hombres.

Por más que odie esa idea.

—Recuerda que os vi morreándoos en el club. Y os acabo de ver ahora. —Señala la puerta—. Él lo está intentando y a ti te gusta.

—Él solo está ayudándome a hacer algo que le he pedido. Eso es todo.

Se ríe entre dientes.

—Bueno, te daré un consejo, amiga. Ese chico lleva años persiguiéndote. Si estás disfrutando de su «ayuda», te sugiero que dejes de escaparte y que le des alguna esperanza.

—¿Y cómo sugieres que lo haga?

Se encoge de hombros.

—No tiene por qué ser él siempre el que tome la iniciativa; ya sabes a qué me refiero.

Es una noche perfecta de viernes para el béisbol de Chicago.

Se han vendido todas las localidades del estadio, el aire de mayo es lo suficientemente cálido para que me pueda poner solo una chaqueta ligera mientras estoy en el *dugout*, y ya tenemos a un hombre en la base durante nuestro primer bateo.

Todo el equipo está apoyado en la barrera para mirar. Bueno, todos, excepto Kai, que esta noche es nuestro lanzador abridor y está sentado en el banquillo, preparado para la segunda entrada.

Los chicos ovacionan a Cody cuando, gracias a su base por bolas, llega a la primera base, e Isaiah hace su último *swing* en el círculo de espera, antes de desprenderse del peso del bate dejándolo caer en el terreno.

Luego, mirando por encima del hombro, me descubre entre dos de los jugadores. Me lanza una de sus sonrisas cómplices y un poco maliciosas, cuando en realidad debería centrarse en el partido.

Al principio, creo que está asegurándose de que le veo bien, con sus horribles pantalones de béisbol, pero en ese momento empieza a sonar por los altavoces de todo el estadio su nueva canción de *walk-up* y sé exactamente por qué me sonríe de esa manera tan intrigante.

«Obsessed», de Mariah Carey, atruena desde todos los ángulos que me rodean.

Kai suelta una carcajada desde el banquillo, pero, aparte de él, nadie sabe por qué su hermano ha elegido esa canción. El estadio entero comienza a cantar la canción con la letra que aparece en la pantalla, y sus compañeros de equipo se unen al karaoke.

La canción de nuestra boda sigue sonando a todo volumen cuando Isaiah se dirige hacia el plato, pero antes de llegar, se vuelve en mi dirección. Con todo el estadio entonando la canción con la que recorrí aquel pasillo, extiende su bate, me señala y me guiña el ojo.

En ese mismo momento adquiero conciencia de la realidad. Miller tenía razón. Creo que podría enamorarme de mi marido.

17

Isaiah

Cody: *Sal con nosotros.*

Yo: *Por centésima vez os digo que no voy a salir esta noche.*

Travis: *Estamos a tan solo dos manzanas de tu casa.*

Yo: *Aun así no voy a salir. Estoy cansado y me duele la espalda de cargar con vosotros dos en mi home run de dos carreras.*

Cody: *He cambiado de idea. No salgas.*

Travis: *Iré a echar una meada a tu apartamento si sigue habiendo tanta cola en el bar.*

Cody: *Yo iré a tu casa haciendo como que es mía cuando lleve a alguien esta noche. Asegúrate de que esté limpia. No quiero que nadie piense que soy un guarro.*

Yo: *Cerraré la puerta con llave para los dos.*

Cody: *Yo ya me he hecho una copia.*

Yo: *Cody, ¿se puede saber qué es lo que te pasa?*

Travis: *Seguro que Cody ya ha follado en tu habitación de invitados, para tu información.*

Cody: *Eso no mola, Trav.*

Kai: *Y esto es por lo que tengo el chat del grupo en silencio.*

Travis: *Diría que lo ha hecho varias veces.*

Yo: *La próxima vez que vengáis, os haré cambiar las sábanas, y basta de follar en mi casa. Y nada de hacer como que es tuya. Tienes tu propio apartamento.*

Cody: *Tengo compañeros de piso. No es nada sexy decirle a alguien que no haga ruido porque tengo compañeros de piso.*

Yo: *Se acabó lo del folleteo en mi casa.*

Travis: *Alguien tiene que follar en tu casa, que últimamente parece un monasterio.*

La ciudad bulle con la animación del viernes por la noche justo delante de mi apartamento. Los bares están petados, las calles siguen estando a rebosar, y todo mi equipo, pese a que mañana es día de viaje, está por ahí disfrutando.

Bueno, todos menos mi hermano, que está en casa con su familia. Y yo, que estoy solo en este silencioso apartamento porque acostarme pronto, sabiendo que veré a mi mujer mañana en el aeropuerto, me resulta mucho más apetecible que ir de copas con mis colegas.

«¿Qué coño estoy haciendo?».

Es la pregunta que me hago a diario desde que este anillo fue a parar a mi dedo.

Me ha dado fuerte y no sé cómo salir de la situación. Es más, no quiero saber cómo salir de ella. Estoy disfrutando este jueguecito que nos traemos Kennedy y yo, pues me deja tratarla como si fuera mía. Solo que mi mente está empezando a confundir el juego con la vida real. Todo me parece auténtico y no sé si a ella también se lo parece o yo estoy delirando porque me gustaría que así fuese.

Y en lugar de ahogar mis penas con mis amigos, soy el puto pringado que se pide una pizza a medianoche antes de irse una vez más solo a la cama.

Al menos, cuando vuelvo a casa, puedo dormir en una cama. Ese maldito suelo de hotel ha estado a punto de acabar conmigo y con mi espalda de treinta y un años, pero me niego a dormir al lado de Kennedy hasta que me lo pida de otra manera, no porque se sienta mal por verme dormir en el suelo. Nada de «puedes dormir aquí si quieres». Necesito oírle decir que quiere que duerma a su lado. Necesito que me dé algo. Cualquier cosa que me haga saber que está disfrutando de nuestro juego tanto como yo. Porque hasta ahora lo único que hace es evitarme.

Mientras en la tele están poniendo las jugadas más destacadas de la liga, cojo el teléfono y marco el número de mi pizzería favorita, pero cuando ya han sonado dos timbrazos, oigo que alguien llama a la puerta con los nudillos.

«Será el puto Cody. O Travis. Necesito nuevos amigos, joder…».

Tardo un rato en llegar a la puerta porque hoy he dado un resbalón y me he jodido la ingle.

—Cody —grito desde dentro—, juro por Dios que no miento cuando digo que no pienso dejaros este apartamento para…

Abro la puerta esperando encontrarme con uno de mis compañeros de equipo, pero a quien veo en el umbral de mi puerta es a Kennedy.

—Hola —dice con una débil vocecita; se la ve nerviosa, pero intentando ser valiente.

Lo único que se me ocurre hacer es parpadear como un puto idiota, porque estoy convencido de que se trata de un espejismo. El espejismo de pelo color caoba más bonito que pueda existir. ¿Cuándo se empieza a alucinar por la abstinencia? Porque actualmente llevo nueve meses de abstinencia y estoy empezando a ver cosas.

Agito la cabeza para salir de mi perplejidad.

—Hola.

—Perdona, ¿estabas esperando a Cody?

—No, no. Me alegro mucho más de verte a ti que a Cody.

Una tensa sonrisa asoma a sus labios.

Esta mujer está de pie junto a mi puerta, completamente fuera de su zona de confort, pero ¿por qué? La he visto en el campo hace menos de dos horas.

Lleva el pelo recogido bajo una gorra de béisbol. Aún tiene puestas las zapatillas deportivas de la boda y viste unos *leggins* y una camiseta larga cubierta por la enorme cazadora vaquera que le compré en Las Vegas.

La encuentro preciosa con sus pecas ensombrecidas por la visera de la gorra, pero lo mejor de todo es que está en mi puerta.

—¿Qué haces aquí, Kenny?

—Pues… —Le tiembla la voz y evita el contacto visual—. Pensé que a lo mejor salías esta noche.

—¿Y has venido a comprobar si tenías razón?

Me encanta la idea de que estuviera tan celosa de que hubiera salido con los chicos, que no haya podido resistirse a venir a comprobarlo ella misma.

—Porque no he salido —respondo por ella—. No pensaba hacerlo.

—Es que… —Sus manitas se mueven nerviosamente y entonces es cuando la veo. Mi gorra. Lleva en la mano una de mis numerosas gorras del equipo. Me la da—. Te la has dejado en la taquilla y he pensado que podrías necesitarla… si salías esta noche.

Apoyo las manos en el marco de la puerta y sonrío porque me resulta imposible disimular. No ha podido venir aquí por mi puta gorra, que dejé deliberadamente en el estadio. Ha venido porque quería venir.

Siento la tentación de hacerle pasar un mal rato o bien de secuestrar a mi mujer y no dejar que se vaya nunca.

Opto por lo primero.

—¿Has pensado que podía necesitar la gorra a medianoche?

Lo duda un momento, mientras su atención se centra en mi pecho desnudo.

—Sí.

—¿Y no se te ha ocurrido que podrías dármela mañana por la mañana en el avión?

—Hoy tenías mal el pelo y he pensado que no querrías salir sin ella.

—Yo nunca tengo mal el pelo, nena.

Me da la gorra, pero no se va; sus pies parecen clavados en el felpudo de mi entrada.

Sí, está nerviosa y se siente un poco incómoda. Puede que esta sea la primera vez que sale en busca de alguien, pero después de tres años persiguiendo a esta chica quiero divertirme la noche que por fin ha venido a verme.

—¿Cómo has conseguido mi dirección, Ken?

Aparta la mirada de mí.

—Se la pedí a Miller.

—Para devolverme la gorra.

—Para devolverte la gorra.

—¿Y esa es la única razón por la que estás aquí?

—Pues sí.

—¿Y no existe absolutamente ninguna otra razón por la que has venido? ¿Acaso necesitas algún tipo de ayuda, como por ejemplo practicar cierto juego conmigo esta noche?

Traga saliva mirando hacia el ascensor, pero sigue sin moverse.

—Debería irme.

—¿Y por qué no te vas?

Sus ojos marrones me ruegan que le ponga las cosas fáciles, que la deje pasar y que no le pregunte por qué ha venido.

Pero no puedo. Quiero que se lo curre. Necesito que se haga a la idea de cómo fueron los años de tortura que he soportado por desear a una mujer a la que no podía tener.

La diferencia es que ella sí puede tenerme a mí. Puede conseguir de mí todo lo que quiera.

Solo tiene que pedírmelo.

Después de que hayan pasado demasiados segundos sin que ninguno de los dos admitamos lo que realmente queremos, Kennedy se dirige al ascensor.

—Buenas noches. —Camina a paso rápido, poco menos que corriendo—. Te veo en el aeropuerto.

—Kenny —la llamo, y avanzo un poco por el rellano—. ¿Ha cocinado alguien alguna vez para ti?

Lo hago porque soy un idiota enfermizamente enamorado que no puede soportar verla marcharse. Yo puedo tener mucha labia, pero en lo que se refiere a nosotros ella siempre me sacará ventaja.

Kennedy aminora el paso, me mira por encima del hombro y dice que no con la cabeza.

—Probablemente quieras experimentarlo por una vez, antes de que te lances a la piscina de las citas.

—Creo que podríamos hacerlo, aunque en realidad no tenía pensado quedarme. Solo he venido a dejarte la gorra.

Contengo la risa.

—¿Cómo puedes ser tan guapa y, al mismo tiempo, tan embustera?

En sus labios aflora una sonrisa.

Voy hacia la puerta.

—Pasa, doctora.

—¿En qué momento vamos a hablar de los letreros?

Kennedy se arrellana en mi sofá, habiéndose quitado las Vans, la cazadora y la gorra. Se ha sentado sobre las piernas cruzadas y se ha recogido el pelo caoba en un moño que parece improvisado, pero sé que no lo es porque lo ha intentado tres veces. Casi se ha terminado el cuenco de espaguetis, pero desearía que comiera más despacio. Me apetece obsesionarme un rato más con la imagen de ella plácidamente sentada en mi sofá.

—Tenía pensado hacer como que no existen, así que cómete la pasta como una buena chica y deja de escudriñar mi apartamento.

Kennedy suelta una carcajada.

—¿Cómo puedes ignorar lo que pone en tu felpudo de la entrada: BENDITA SEA ESTA POCILGA? Además, tienes colgado en la cocina un lienzo en el que aparece pintado un vaso de vino tinto con el texto ME CONQUISTASTE CON UN MERLOT.

A mí no me impresionó nada cuando los chicos se encargaron de la decoración de mi casa, pero ahora estoy agradecido de que eligieran los letreros más espantosos porque rara vez consigo ver a esta mujer riéndose tanto.

—Isaiah —gorjea—, no sabía que fueras un coleccionista de arte. ¿Es eso lo que haces con los millones que ganas todos los años?

Sin dejar de sonreír, me siento frente a ella en el sofá con el cuenco de espaguetis en una mano y el tenedor en la otra.

—Este año perdí la Liga del Fútbol Fantasy, y entonces los chicos decidieron renovar la decoración de mi apartamento y obligarme a mantenerlo así durante todo el año.

—Pues está genial. ¿Y cuántas mujeres han caído desde la renovación?

«¡¿Cómo?!».

—Ninguna.

Pone los ojos juguetonamente en blanco.

—No, claro.

La única mujer que ha estado en este apartamento desde el verano pasado está ahora mismo sentada en el sofá.

—¿Qué tal están los espaguetis? —pregunto.

—Buenísimos. —Da otro bocado y, con la boca llena, habla de una manera impropia de Kennedy—: Podría tomarme tranquilamente otro cuenco igual.

—Soy un cocinero cojonudo, pero solo tengo tres recetas sólidas en mi arsenal, y esta es una de ellas.

—¿Me harás algún día las otras dos?

—Estoy seguro de que podrías convencerme para que te las prepare. Pero los espaguetis son mi especialidad. Mi madre me enseñó a hacer la salsa cuando era niño.

Kennedy sigue masticando y se toma su tiempo mirándome.

—Pues hizo un buen trabajo.

—Era una gran maestra.

—También hizo un buen trabajo contigo.

¡Toma ya!

Le tengo cogido el punto a la Kennedy sarcástica, a la Kennedy tímida e incluso a la Kennedy borracha. Pero ¿tierna y sincera? Eso es una novedad.

Como estoy sentado frente a ella, estiro las piernas, aunque las doblo un poco para no invadir demasiado su espacio. Entonces Kennedy descruza las suyas y mete los pies entre los míos. El sofá no es lo bastante largo para mí, pero ahora estoy encantado de poder compartirlo con ella; los dos utilizamos los reposabrazos como respaldo para estar el uno frente al otro mientras cenamos a medianoche.

Su voz es suave cuando dice:

—Si alguna vez quieres hablarme de tu madre, puedes hacerlo.

Así de simple: si quiero, puedo. Nada de exigencias. Ninguna insistencia en saber más.

Me trago las emociones que eso me provoca, no vaya a ser que me atragante.

—La verdad es que no me gusta hablar de ella.

Porque no puedo olvidarme de aquel niño de trece años al que se le partió el corazón cuando esperaba a que su mamá llegara a casa. Y porque no sé cómo hablar de ella conservando mi habitual máscara alegre y desenfadada.

Los pies descalzos de Kennedy acarician los míos. Una vez más, me gustaría besar la sonrisa de sus labios.

—Vale.

—De acuerdo.

—Desde luego, la mujer sabía cómo hacer milagros con unos espaguetis. —Kennedy señala su cuenco casi vacío.

Sonrío, cosa rara cuando estoy hablando de mi madre.

—No es que no quiera hablarte de ella, Ken. Es solo que la echo mucho de menos. He vivido más tiempo sin ella que con ella, y todavía no he dejado de echarla de menos.

Deja el cuenco en su regazo y sus labios se iluminan con una sonrisa no de compasión, sino auténtica.

—Qué afortunada es por tener dos hijos que la quieren tanto. Y qué suerte tienes tú por haber tenido una madre a la que sigues echando de menos tantos años después.

Nunca lo había visto desde ese punto de vista. Nunca he mirado con gratitud los trece años que pasé con ella; siempre me han parecido pocos.

Pero yo he tenido una madre que me ha querido trece años, algo que Kennedy no ha tenido; su madre no la ha querido nunca.

—El duelo me parece en cierto modo un privilegio —dice—. Porque significa estar triste porque has perdido a alguien que has amado tanto que no imaginas una vida sin ella. Yo nunca he sentido eso.

—¿Ni siquiera cuando perdiste a tu padre?

Niega con la cabeza mientras remueve los espaguetis que le quedan.

—Pero espero que algún día sea capaz de amar a alguien tanto. —Sonríe con optimismo y me mira—. Tal vez algún día incluso me echará alguien de menos a mí.

Mi corazón se derrumba.

¿Quién demonios espera que alguien le quiera tanto como para echarle de menos?

Mi mujer, supongo.

Kennedy está dispuesta a abandonar Chicago, y sé que cuando se vaya no habrá un día en que no la eche de menos. No habrá un día en que no piense en sus hoyuelos, que desaparecen cuando frunce el ceño, o en cómo se muerde el labio inferior cuando está concentrada en el trabajo. Pero no tiene ninguna culpa de no poder entender esto todavía. Fue criada por unos gilipollas que no le dijeron lo importante que era. Lo especial y adorable que era.

¿Quiere que le enseñe cosas? Pues bien, esa será una lección que me aseguraré de que le entre en su bonita cabeza.

—¿Quieres más espaguetis? —le pregunto cogiendo su cuenco y levantándome demasiado aprisa.

Noto un dolor tan agudo en la ingle, que no puedo evitar hacer una mueca.

—¿Qué te pasa?

—Nada. —Me resulta imposible disimular la cojera cuando voy hacia la cocina.

—Isaiah Rhodes. —Kennedy se incorpora—. ¿Qué te ha pasado?

Con las manos apoyadas en la encimera, abro lentamente mi flexor de la cadera estirando los ligamentos doloridos.

Ella se levanta del sofá al ver que no contesto y examina atentamente mis movimientos.

—¿Te has lesionado en el partido?

Vaya por Dios.

Ella es una de las cuatro personas que no quería que lo averiguaran.

—Cuando he entrado en la tercera base durante la quinta entrada, noté un pinchazo en el flexor de la cadera.

—¿Por qué no acudiste al tratamiento posterior al partido?

Me río exasperadamente.

—¿Para que tú me frotaras la ingle en público? No quería que los chicos vieran lo dura que se me pone cuando me toca mi mujer.

—Pues déjame que te lo mire ahora.

—No.

—Isaiah, no puedes jugar estando lesionado. El doctor Fredrick se enfurecerá por no haber sido informado inmediatamente. Tienes que hablar con la plantilla médica cuando te lesionas. Lo pone en tu contrato.

—Vale, pues lo acabo de hacer, pero no se lo digas a nadie más, Ken. No es nada de importancia y se lo van a tomar a la tremenda. A lo mejor no me dejan jugar algún partido. Es solo una pequeña lesión sin importancia.

—Podrías tener un desgarro.

—No creo.

Se yergue más y cruza los brazos.

—Yo seré quien lo juzgue. Necesito examinarte. Túmbate en el sofá.

—No quepo en el sofá.

—Pues entonces… —Sus ojos recorren el apartamento—. En tu cama.

Alzo las cejas.

—¿Estás segura de eso, doctora?

Pone los ojos en blanco.

—Lleva tu puto culo a la cama para que pueda examinarte.

Riendo entre dientes, me acerco a la puerta de mi dormitorio y se la abro para que pase ella primero. Veo cómo sus ojos escanean mi habitación, igual que cuando entró en el apartamento. Sigo sus movimientos y noto la sonrisa que asoma a sus labios cuando encuentra la foto enmarcada de Max encima de mi aparador y la risa silenciosa cuando contempla el cuadro de un unicornio de color rosa intenso colgado encima de la cama. Las letras SOY MÁGICO aparecen resaltadas en plata brillante y la ubicación fue expresamente elegida por Travis.

—¿Soy mágico? Ahí colgado encima de tu cama, es como si dijera «Soy bueno practicando el sexo».

Me tumbo en la cama, sentándome cerca del borde y estirando mis largas piernas, y cruzo las manos bajo la nuca. Estoy completamente desnudo, salvo por el holgado pantalón del chándal de algodón.

Aunque es cierto que ella es de la plantilla médica y yo un jugador, en este momento nada parece demasiado profesional. Estamos en mi dormitorio, yo estoy medio desnudo y llevo años deseando que las manos de esta mujer me toquen de una manera no relacionada con la medicina.

—¿Esta es la cadera que te duele? —pregunta refiriéndose a la cadera derecha, la más cercana a ella.

—Sí. No sé si me pasó cuando hice un esprín o cuando me deslicé hacia la bolsa.

Las yemas de sus dedos exploran todo el flexo de mi cadera calentando la zona y buscando la lesión.

—¿Te ha ido el dolor a más desde que acabó el partido o te sigue doliendo igual?

—Más o menos igual.

—Mmm… —murmura, mordiéndose el labio inferior con los dientes, toda concentrada.

Luego sus dedos profundizan en la hendidura que hay entre la pierna y el abdomen, y mi cuerpo se pone cóncavo, sin que yo pueda evitarlo. Esto se debe en parte a que su mano está donde siempre he deseado que estuviera y, en parte, a que la cantidad de sangre que ahora mismo se precipita hacia mi polla es un poco alarmante.

—¿Duele esto?

Niego con la cabeza, y ella entorna los ojos como sospechando algo.

Con suavidad, toca la rodilla con una mano, mientras con los otros dedos presiona mi ingle, que está literalmente a unos milímetros de mi polla.

—Dime cuando te duela.

Joder, ya lo creo que me duele. Muchísimo, además.

Llevo años dejándome tocar por Kennedy en la camilla de la sala de entrenamiento, y nunca se me ha puesto dura. Ella es una médica profesional y yo un atleta. Ahora, en cambio, lo estoy pasando fatal mientras yazco tumbado en mi cama y sus dedos se hunden en mi cadera.

Me estira la pierna hacia un lado y se coloca entre la pierna y el colchón apretándome la ingle, examinando y trazando círculos con los dedos por encima del pantalón de chándal.

Esto es una tortura. Una puta tortura.

Sus manos están donde quiero que estén, pero no hacen lo que necesito que hagan. Es algo parecido a nuestro matrimonio: estamos casados, pero no de la manera que yo quisiera.

Dirijo la mirada a la pared de encima de mi cabeza, intentando centrarme en el dichoso unicornio y no en la única mujer en la que pienso cuando me hago una paja en la ducha.

Respiro con fuerza.

—¿Sigues bien? —pregunta Kennedy.

—Sí —contesto entre dientes.

Mis ojos se centran de nuevo en ella, que continúa completamente concentrada en la tarea, sin dejar de girar la articulación y presionar en los ligamentos.

—¿Notas calor en la zona? —dice.

«No me jodas. Claro que noto calor. Ahora mismo me arde el cuerpo entero».

—No estoy seguro.

—¿Puedo comprobarlo? —Gracias a Dios, no me mira; sigue centrada en cómo reacciona la articulación cuando ella me mueve la cadera.

—Mmm…

Desliza su pequeña mano por debajo de la cinturilla elástica de mi pantalón de chándal y pasa los dedos a lo largo de mis ligamentos.

—Sí, está caliente.

No te jode… Toda mi sangre avanza en esa dirección; va allí derecha, sin desviarse.

Con el ceño fruncido, presiona con suavidad la zona.

—Creo que es solo un esguince. No me parece que haya desgarro. Eso está bien, pero te tienes que aplicar hielo con regularidad para que no se hinche.

—Vale. Bien.

Sin darse cuenta, su meñique roza el hueso del pubis y se asusta tanto que pega un bote hacia atrás. Es como si volviera a la realidad y de repente se viera con la mano metida por debajo de mi pantalón. Me lanza una mirada de terror.

—¡Oh, Dios mío! Perdona. No quería hacer eso.

Saca la mano de debajo de la tela, y entonces yo la agarro por la cintura para que no se vaya demasiado lejos.

—Oh, Isaiah, yo no estaba…

—No pasa nada. Estabas diagnosticándome. Tengo un esguince en el músculo flexor de la cadera. Pero ahora el trabajo ya ha terminado. Has estado muy profesional y todas esas chorradas. —Acercándola suavemente por la cintura, llevo la palma de su mano a mi bajo vientre—. Pero ahora ya no tienes por qué ser profesional, si no quieres. —Cubro su mano con la mía—. Yo desde luego no quiero que lo seas.

18

Kennedy

—¿Qué quieres que haga?

Mi voz es casi un suspiro cuando los dedos de Isaiah se entrelazan con los míos.

—Quiero que hagas lo que te apetezca.

Si este fuera otro hombre, me moriría de vergüenza, pero como es Isaiah, por alguna razón, este engreído campocorto con la casa horriblemente decorada se ha convertido en la persona con la que más confianza tengo.

«Haz lo que te apetezca».

Mi cuerpo pide a gritos tocarle y que me toque, pero hay mucha luz en la habitación y en esta postura me siento un poco violenta.

Veo la instantánea decepción en su rostro, pero rápidamente se da cuenta y, en su lugar, me ofrece una sonrisa de comprensión.

—¿Qué tal ese segundo cuenco de espaguetis? —pregunta llevándome hacia la puerta de su dormitorio, pero cuando llego allí no salgo.

La cierro con nosotros dentro.

Esto me gusta. Me siento segura. Protegida.

La erección de Isaiah se le nota a través de su fino pantalón del chándal, cuando se acerca con cautela.

—¿Kenny?

No contesto. Apago las luces y, al instante, la habitación se queda a oscuras, salvo por la lamparita que hay cerca de la cama.

Me entra una risita nerviosa.

—¿Quién escogió eso?

La vista se me ha adaptado a la falta de luz lo justo para ver que se acerca a mí, que estoy con la espalda apoyada en la puerta, y presiona las manos contra ella, dejándome encerrada entre sus brazos.

—¿Me creerías si te dijera que fui yo?

—Ni de coña.

—Bien. —Se inclina y me besa suavemente en los labios—. Porque fue Zanders el que lo puso ahí.

Sonrío dentro de su boca.

—¿Qué quieres, Kennedy?

Es muy simple, la verdad. Quiero sentirme segura y preparada. No quiero que la próxima vez me entren estos nervios en el dormitorio de un hombre. Pero imagino que la única manera de adquirir esa confianza es a través de la experiencia.

Escabulléndome por debajo de su brazo, retrocedo hacia el otro lado de la cama, sin perder el contacto visual con él, y me meto debajo del edredón.

—Quiero esto —digo, una vez que estoy completamente oculta tanto por la oscuridad como por las sábanas. Luego me quito la camiseta por la cabeza y la tiro al suelo.

—Jesús —dice Isaiah, y lanza un hondo suspiro desde el otro lado de la habitación mientras se pasa una mano por su cara de no dar crédito a lo que está viendo—. Siempre he intentado imaginar cómo serías tal y como estás ahora.

Se acerca con cuidado a su lado de la cama; da unos pasos lentos y calculados, como si quisiera retener cada uno de los momentos que estamos viviendo.

Se mete conmigo debajo del edredón, pero se mantiene en su lado, con cuidado de no tocarme, pero sin dejar de mirarme.

Lo hace todo de una manera suave y tierna que nunca imaginé en Isaiah. Desde que le conozco, lo tenía catalogado como el payaso impulsivo del equipo, el que siempre hace o dice tonterías para que se rían sus compañeros.

Sin embargo, aquí, conmigo, es muy paciente…

Sigue con el pecho al descubierto. ¿Por qué estará siempre sin camiseta?

—Kennedy —susurra, poniéndose de cara a mí—, quiero que utilices tus palabras y me digas exactamente qué es lo que quieres. O qué es lo que no quieres.

—No sé qué es lo que no quiero.

—Vale. Entonces ¿qué tal si nos inventamos una palabra clave? Algo que puedas decir si te sientes incómoda.

—No quiero tener una palabra clave contigo. Sé que podría sentirme incómoda, pero eso es lo principal de todo esto: quitarme de encima los incómodos inicios.

—En fin, yo me sentiría mejor si tuviéramos una clave. No quiero cruzar accidentalmente una línea que tú no quieras que cruce.

Si he de ser sincera, no hay ni una sola cosa que él pueda hacer que yo no desee que haga. Pero ya que insiste…

—Está bien. —Levanto la barbilla—. Si he de tener una palabra clave, quiero que sea «señora Rhodes».

Suelta una carcajada.

—¿Has elegido una que nunca vas a decir?

—Sí.

—Qué gamberra estás hecha.

Le devuelvo la sonrisa con la cabeza apoyada en la otra almohada.

—Vas a tener que ser tú la que marque el ritmo, Ken, porque llevo imaginándote en esta cama desde el día en que te conocí. Y ahora que te conozco más, la cosa ha ido a peor. Independientemente de las paridas que te dijera en el Chili's, la verdad es que te follaría ahora mismo si me lo pidieras. Iría despacio si quisieras. O iría más a lo bruto. La cosa es que no puedo leer tus pensamientos, así que voy a necesitar que emplees tus palabras y marques el ritmo.

¿Palabras? Intento buscar alguna.

—Quiero que vayas despacio.

Asiente conforme.

—Entonces lo haremos despacio.

No es que yo sea virgen. He practicado el sexo, pero no ha sido el tipo de sexo que lees en los libros o que aparece romantizado en las películas. Siempre ha sido directo al grano y visto y no visto.

Como científica, intentaba justificarlo diciéndome: «Bueno, si ha terminado, al menos él habrá disfrutado».

Pero, como mujer, quiero algo más.

Es que no sé qué palabras decir sin que suene a que no tengo la menor experiencia, de modo que, en su lugar, cojo la mano de Isaiah y la bajo por mi garganta hasta llegar al esternón.

—Por favor, mírame —le ruego.

Quiero o, mejor dicho, necesito saber cómo me voy a sentir cuando Isaiah me mire de verdad.

Su mirada desciende a mi pecho y pone una cara como si jamás hubiera visto una cosa igual.

Nunca, ni una sola vez, he sido mirada como me mira mi marido. Como mujer deseada. Importante. Devastadora para sus planes de vida.

Recorre con el pulgar las pecas de mi esternón.

—Me encantan —susurra, antes de rozar el encaje del sujetador—. Y esto… Esto te sienta tan bien, Ken…, ¿de qué color es? ¿Blanco?

Me trago los nervios.

—Amarillo.

Una sonrisa se perfila en sus labios y, mientras sus ojos buscan los míos, el lunar con el que estoy obsesionada se oculta tras las arruguillas de su sonrisa.

—Mi color favorito.

Sabía exactamente lo que hacía cuando escogí ese color. Sabía que me preguntaría y que yo le contestaría, y ahora que está claro que lo llevo por él, puedo notar el calor que me sube por el pecho.

Ahora me pasa la mano por todo el escote.

—No te dé vergüenza. Ya sabes que me encanta que te lo hayas puesto por mí.

No sé muy bien qué hacer con las manos, dónde ponerlas…

—Desconecta —susurra—. Desconecta el cerebro y haz lo que más te apetezca. Es un juego entre tú y yo, ¿de acuerdo? Así que sígueme el juego.

Esto no parece un juego. La manera en que me toca no parece falsa, ni tampoco su modo de mirarme con deseo y, al mismo tiempo, con devoción.

Saber que Isaiah no forma parte de mi futuro ayuda a la perfeccionista que hay en mí. Si soy capaz de ver esto como un ejercicio que pondré en práctica con otra persona, puedo meter tranquilamente la pata y aprender sin necesidad de sentirme obligada a hacerlo de forma impecable la primera vez que lo intento.

Exploro el cuerpo de un hombre por primera vez.

—Es duro.

—Sí, la tenga dura como una puta roca.

—Quiero decir que a veces es duro desconectar mi cerebro. Tiendo a pensar las cosas demasiado. A analizar y planificar en exceso.

—Lo sé. Tú no has estado mirándome a mí tanto como yo a ti.

Nos quedamos un momento en silencio y se nota la tensión invadiendo toda la habitación. Sé que él me ha estado observando durante todos estos años, yo nunca me he permitido mirarlo… hasta ahora.

—Ven aquí —dice en voz tan baja que casi no le oigo.

Nos encontramos en el centro del colchón, donde utilizo su bíceps como almohada y, por alguna razón que se me escapa, de repente me tranquilizo. Este chico alocado que tiene infinidad de amigos me elige a mí para pasar la noche. Hace que me sienta centrada y, sobre todo, que me sienta normal.

Con la palma de su mano todavía en mi pecho, le rodeo la muñeca con la mía y luego recorro con las uñas la piel de los hombros y desciendo hasta la parte baja de la espalda.

—Mmm… —ronronea—, me encanta…

Con la misma mano recorro sus abdominales y llego hasta el bajo vientre, que se contrae, y, con la punta de los dedos, le acaricio los pelos con los que me encuentro.

—¿Te sigue gustando? —pregunto mientras los dos miramos hacia abajo.

—Sí-sí… —dice entrecortadamente—. Sigue así.

Me tomo mi tiempo acariciando todas las hendiduras de su estómago y acariciándole el pecho, hasta que le cojo por la nuca para tirar de él hacia mí y darnos un beso. Empezamos con suavidad, con ternura. Nuestras bocas tardan un rato en explorarse mutuamente. Me acerca la cara con sus manos y, en muy poco tiempo, nuestros besos se vuelven tan largos y profundos que gimo de placer cuando su lengua se enrosca en la mía... y voy perdiendo el control.

Sus manos son suaves cuando me tocan, pero su boca..., su boca se apodera de mí.

—He soñado tantas veces con esto... Con besarte. Con tocarte. No quiero que paremos —dice.

De manera que sigo.

Echo la pierna por encima de su cadera y, mientras lo hago, Isaiah estira las sábanas para cubrirnos por completo. Noto una extraña emoción en la garganta, porque así, ocultos bajo las sábanas, me siento segura para explorarlo, aunque las luces estuvieran encendidas. Estoy a salvo de no tener que ser perfecta.

Agarrándome del culo con una mano, atrae mis caderas hacia las suyas. Su erección es imposible de ocultar bajo la tela de algodón de su pantalón, y va en aumento cuando se aprieta contra mi bajo vientre. Se me escapa un gemido y mi espalda se arquea cuando su pierna roza mi clítoris.

—Joder —exclama cuando se ve a sí mismo repitiéndolo.

Nunca, ni una sola vez, me he sentido tan cómoda tocando a alguien como ahora tocando a Isaiah.

—Sigue así —me anima pasándome tiernamente el pulgar por el pómulo.

Recorro con languidez su pecho y su estómago con mis dedos mientras él observa paciente echándose hacia atrás y dejándome espacio para explorarlo.

—Me gusta cómo me acaricias, Kenny.

Esa es la seguridad que necesito para seguir tocándole.

Estudio cómo cierra los ojos cuando mis palmas recorren su espalda. Cómo aletean sus fosas nasales con cada exhalación que sale de su boca cuando descubro las «cuerdas» de sus brazos. Cómo se le entrecorta la respiración cuando las puntas de mis dedos bajan y se van adentrando en su pantalón.

Tengo la necesidad de tocar por todas partes a este chico tan guapo que, en otro tiempo, me ponía de los nervios.

Empujando las caderas, me monto sobre él y presiono los labios sobre su nuez protuberante.

—Oh, Dios mío, Kenny, como hagas eso otra vez, me voy a correr en los pantalones del chándal como un adolescente.

Ahora deslizo los dedos por la línea que desciende hacia su polla.

—Tócamela —me ordena—. Por lo que más quieras, Kennedy, haz el favor de tocármela.

Me encanta oír implorar a este hombre tan arrogante.

Hago lo que me pide metiéndole la mano por debajo de la cinturilla del pantalón. Mis dedos sienten su piel ardiente, sus músculos y sus venas; me detengo un momento en el vello de esa parte antes de acariciar la suave piel de su erección.

—Por favor —me ruega—, por favor, rodéala con la mano.

—Qué educado te pones cuando quieres algo.

Se la cojo con la mano mientras mi pulgar acaricia su glande, donde noto ya una gota de humedad.

—Así, muy bien. Eso es lo que más me gusta —susurra.

Yo no sabía que pudiera surtir ese efecto en nadie, y menos en él, un hombre con tanta experiencia.

—Tu mano, bendita sea —exhala—. Soñaba con ella, Kenny. Con tu boca. Y con tu coño. Apuesto a que es tan perfecto como el resto de tu cuerpo.

Isaiah busca la fricción, y es entonces cuando mi puño nota exactamente el tamaño de su erección.

«¡Guau!».

—¿Te gusta así?

—Cállate —dice riéndose, mientras empuja contra mi mano—. La tengo dura como una piedra por ti y lo sabes. Puedes sentirlo.

Me arden las mejillas, pero no puedo evitar decirle:

—Nunca he tenido la oportunidad de preguntar si lo hago bien. En realidad, nunca he hablado de este tipo de cosas ni he tenido a nadie con quien pudiera comunicarme.

—Vaya, pues para ser la primera vez, eres jodidamente perfecta, Kenny. Claro que lo eres.

—Pero dime cómo puedo hacerlo mejor. Quiero aprender.

—Podrías apretarme un poco más fuerte, si quieres.

Hago exactamente lo que me pide.

—¿Qué más?

—Me gusta que le prestes atención a mi capullo.

Con el pulgar trazo de nuevo círculos alrededor del glande, que cada vez gotea más, sobre todo cuando bajo y subo la mano empuñando todo su miembro.

—Mmm... —gime—. Eso es, nena.

Isaiah tiene todo el cuerpo tenso. Parece que está a punto de correrse, pero es demasiado pronto. No quiero que esto termine ahora. Por mucho que me guste tocarle, deseo ser tocada por él.

Como si me hubiera leído el pensamiento, toma su mano con la mía para que pare.

—Si sigues, me voy a correr demasiado pronto, y necesito hacerte sentir tan bien como me estás haciendo sentir tú a mí. —Sus labios besan con suavidad los míos—. ¿Me dejas que te haga sentir bien, Kenny?

Asiento ansiosamente con la cabeza mientras saco la mano de su pantalón deportivo.

Me coge por el culo y me acerca a él. Sus dedos juegan con el borde de mis *leggins*, peligrosamente cerca de donde más los necesito, mientras su lengua lame la tela de mi sujetador creando una deliciosa fricción en mis pezones endurecidos.

—Oh, sí, eso me encanta.

Lo hace de nuevo, esta vez lamiéndome directamente los pezones.

«Joder».

Luego mete una mano por la cinturilla y me agarra el culo con la palma. Después me pone boca arriba y me chupa y besa todo el vientre en dirección hacia abajo.

—Dime que pare, Ken.

—No.

Me quita los *leggins* con una facilidad que me deja impresionada y luego los tira al suelo.

—Del mismo color —dice fijándose en mi tanga, y pasa el pulgar por la cinta elástica.

Sí, sí. También es amarillo. Y ahora está tan claro para él como para mí que cuando vine a esta casa tenía un plan. ¿Quería acabar así cuando esta noche llamé con los nudillos a su puerta? Sí. ¿Me encontraba a gusto comiendo espaguetis en el sofá con toda la ropa puesta por el simple hecho de estar con él? Sí, también.

Lo que podría ser un problema.

Pero ahora mismo no puedo pensar en eso porque estoy distraída por los ardientes besos que me da el beisbolista en el estómago y porque noto su gruesa y dura erección en el interior de mi muslo.

—¿Sigues bien?

Qué tierno es… Isaiah está siendo muy paciente conmigo, pero no hay necesidad de que me trate como a un frágil pajarillo. Necesito que me trate como a una mujer a la que desea imperiosamente.

Le paso la mano por la cara con suavidad.

—Deberíamos dejar de ser tan jodidamente educados, ¿no crees?

—Bueno, es que quiero que no te apetezca acostarte con ningún otro hombre.

—Tienes demasiadas expectativas en ti mismo.

Se ríe maliciosamente mientras me contempla con solo el sostén y la braguita puestos, entonces tira del lazo para la coleta y deja que el pelo me cubra la espalda.

—¿Quieres jugar, Kenny? Pues venga, vamos a jugar.

Me pasa las manos por los muslos, me agarra por la cintura y me coloca encima de su erección.

—Mmm… —gimo—. Haz eso otra vez.

—Lo estás haciendo tú. —Cruza los brazos detrás de la cabeza con una arrogante sonrisa en los labios—. Fóllate a ti misma encima de mí, Ken. Demuéstrame lo que sabes hacer.

Mi piel arde de deseo. Se supone que es él quien debería enseñarme a mí. Pero mi cuerpo decide menear las caderas en busca de fricción, de modo que froto el coño contra su larga polla, y lo que siento es acojonante. Sus pantalones son tan ligeros, que seguro que nota lo húmeda que me voy poniendo. Está a punto de ver qué poco le odio. Pero no me importa. Todo me resulta tan natural con él, tan cómodo…

—Dios, mírate. Estás preciosa frotando tu coño contra mí. ¿Te vas a correr, Kenny?

—Eso creo —digo, sin dejar de deslizar rítmicamente mi clítoris por el glande de su erección.

—Sí, claro que te vas a correr. Me la estás poniendo durísima. No pares hasta correrte. Necesito verlo.

—¿Isaiah? —Mis uñas se clavan en sus pectorales—. ¿Vas a ayudarme a terminar?

Noto cómo palpita su polla mientras cierra los ojos como si necesitara intentar controlarse.

—¿Cuándo he sido capaz de decirte que no?

Es la misma pregunta que me hizo la mañana después de habernos dicho los votos borrachos. Esta vez, no obstante, me la hace de una forma más cariñosa y con bastante dificultad para respirar. Sus manos encuentran mi cintura antes de enroscarse alrededor de mi espalda y empezar a subir y bajar por ella.

—Yo… —Sacude la cabeza—. No me puedo creer que estés aquí. Soy inmensamente feliz. —Sus pulgares trazan círculos en mis duros pezones, bajo el encaje de mi sujetador—. Me encantan, son perfectas, Kenny.

¿Mis tetas? Qué va. De hecho, son todo lo contrario a perfectas. Más bien son pequeñas y desiguales. Sin embargo, en sus manos sí se acercan a la perfección.

Isaiah se sienta conmigo en su regazo y me da un beso rápido. Luego me susurra al oído mientras sus manos rodean mi culo y me guía para que lo cabalgue:

—Nunca me he sentido tan enloquecido como lo estoy contigo, Kennedy Kay. Y nada me gusta más que saber que ahora mismo te vas a correr encima de mí, y eso que ni siquiera he tenido el placer de tocarte como es debido.

Con las palmas de las manos me sujeta el culo y yo me agarro a sus antebrazos.

La presión en mi bajo vientre va en aumento. Ya me viene… Estoy tan a punto… Me pasa por la cabeza preguntarme por qué nunca me he corrido con nadie tan fácilmente. ¿Qué hice mal que ahora estoy haciendo tan bien?

Ante mi inminente orgasmo se me escapa un jadeo desesperado. Intento retrasarlo, pero mis músculos se niegan a distenderse.

—Déjate ir… —dice Isaiah—. Necesito ver cómo te corres.

Me toca la braguita con el pulgar trazando círculos alrededor de mi clítoris.

—Oh, sí —digo entre dientes—. Ayúdame…

Isaiah mete el dedo índice por debajo de mi tanga y me acaricia la piel justo por encima de donde más necesito que me toque. Sin sacar el dedo de mi braguita, me recoloca sobre él y me mueve para que me restriegue cabalgando sobre su pantalón.

Yo sigo sus movimientos de buena gana.

—Qué bien lo estás haciendo, nena. Te estás follando a ti misma sobre mí —dice sin apenas aliento—. Utilízame.

Y eso es lo que hago. Me meneo, me retuerzo sobre él, me restriego, hasta que todo mi cuerpo se contrae en un orgasmo cegador. Mis ojos se desesperan por cerrarse, pero no puedo cerrarlos. Deseo mirar al hombre que tengo debajo, que no da crédito a estar viendo cómo me corro.

Me pasa las manos por los muslos, por la tripa y por los pechos. Espera con paciencia a que me derrumbe con todo el peso de mi cuerpo sobre su pecho.

Me abraza. Sí, me abraza ¡después del orgasmo!

Nunca he sido literalmente abrazada en toda mi vida, y ahora, mientras estoy en la cresta de la ola, tengo a este hombre abrazándome como si temiera que me fuera a marchar. Y me veo obligada a recordarme que no es el momento de ponerse sentimental.

Un día, algún otro hombre me verá también de este modo. Eso espero, al menos.

—Eres… —me besa las sienes— la mujer más hermosa que he visto en mi vida. Después de haber sido testigo de esto, ya puedo morir colmado de felicidad.

—Creo que no me he corrido nunca así.

—¿En serio? Pues espera a que utilice mis dedos o mi boca. Joder, solo de pensarlo, estoy a punto de correrme.

Me desprendo de sus brazos y me tumbo boca arriba.

Los dos estamos brillantes por el sudor, yo por el esfuerzo y él por contenerse.

Cuando extiende una pierna, es cuando veo la mancha de humedad que le he dejado en los pantalones, así como su durísima y muy presente erección, que todavía no ha sido atendida como se merece.

Mete la mano por la cinturilla de su pantalón y me quedo alucinada viendo la velocidad con la que la mueve arriba y abajo, y cómo su antebrazo se tensa.

—Tengo que ir rápidamente al cuarto de baño. Ni se te ocurra moverte de mi cama.

—Apuesto a que sabes muy bien dónde vivo.

La sonrisa pícara que me dedica me confirma que sí.

«Acosador».

—Miller se olvidó algo en tu apartamento en Navidad y puede que le rogara que me dejara acompañarla para poder verte. Ella me dijo que vale, pero que ni se me ocurriera salir del coche.

Me río entre dientes.

—Era invierno en Chicago y, aun así, quisiste acompañarla.

—Era temporada baja. Estaba desesperado por verte —lo dice como si no fuera la afirmación más obvia. Luego se sienta en el borde de la cama para ir al baño.

—Espera, no te vayas. Termina aquí. Quiero verte.

Levanta las cejas mientras me mira por encima del hombro.

—¿Me vas a ayudar?

Estoy segura de que me he puesto roja como un tomate, pero asiento con la cabeza desde la almohada. Isaiah no me pierde de vista mientras se levanta de la cama. Lo veo grande, alto y orgulloso. Se pasa una mano por el pelo y agarra su falo con la otra dentro del pantalón.

«¡Madre mía!».

Me quedo boquiabierta, pero este hombre tan desvergonzado se queda tan tranquilo ante mi reacción, y empieza a mover la mano arriba y abajo de su polla por debajo de la tela del pantalón.

«Dios, quiero verla».

—¿Cómo me vas a ayudar con este problema, Ken?

—Pues… como tú quieras que te ayude.

Se pasa la lengua por el labio inferior.

—¿Me quieres tomar con esa preciosa boquita tuya? ¿Deseas lamérmela hasta que me corra por tu bonita garganta?

Oh.

Me muestro dubitativa. No estoy preparada para llegar hasta ese punto esta noche. Las únicas mamadas que he hecho han sido siempre al mismo hombre, que solía decirme que no lo hacía muy bien. No quiero que nadie me vuelva a decir eso. Sé que Isaiah me ayudaría si se lo pidiera, solo que no esperaba tener que pedírselo esta noche.

—Puedo hacerlo —digo con una débil vocecita.

—La próxima vez. —Se quita los pantalones y los deja caer en el suelo—. Esta noche quiero tu mano alrededor de mí.

Es la primera vez en toda la noche que siento haber apagado las luces. Quiero verlo bien. En toda su gloria. Tomo su polla en mi mano y me maravillo por lo bien dotado que está. Su verga es gruesa, pero no enorme; larga, pero proporcionada con su cuerpo. El tío mide 1,93; tiene manos grandes, pies grandes y una bonita polla grande. Bonita como todo él. Tan bonita, de hecho, que me veo recordándome que, después de estar con él, tendré que mantener las expectativas bajas con otros hombres.

—¿Te gusta mi polla, Ken?

—No voy a contestar a eso. Tu ego ya es lo bastante grande.

—Mmm… —ronronea—. «Grande» es el primer adjetivo que te ha venido a la cabeza, ¿eh? Me pregunto por qué será.

Suelto una carcajada.

—Mírame a los ojos, Kennedy, los tengo aquí arriba —dice.

Yo continúo mirando cómo se acaricia con su mano, continúo mirando su rojo y rezumante glande, las venas que recorren la polla de arriba abajo.

—Me importa una mierda dónde tienes los ojos.

—Ah, ya lo pillo. Ahora solo soy tu muñeco sexual. Solo estoy aquí para darte placer.

—Exactamente.

Me abre las piernas y se coloca entre ellas para tumbarse desnudo encima de mí.

—Ese es el trabajo de mis sueños, la verdad. Si hubiera sabido que el puesto estaba vacante, lo habría solicitado hace años. —Me da un suave beso en mis labios sonrientes, me coge la mano y envuelve su falo con ella—. Ahora sé una buena esposa y haz que me corra.

Se mueve, empujando lentamente dentro de mi mano, pero esta vez no hay ropa de por medio. Su cuerpo desnudo está pegado al mío, así que lo siento palpitar en mi mano, y noto su polla rozando mis bragas mojadas con cada uno de sus movimientos.

Es increíble. Yo sigo muy sensible y él la tiene tan dura que me encanta meneársela.

—Joder —exhala cuando la aprieto en mi puño—. No voy a durar mucho.

Coge mi mano libre, que es en la que llevo la alianza, y la clava en el colchón… Entonces empieza a acariciar con la yema de su dedo anular mi anillo, como suele hacer cuando vamos cogidos de la mano, y se agarra a los barrotes del cabecero de la cama por encima de mi cabeza con la otra mano. Yo, mientras tanto, no dejo de acariciarle toda la polla, de arriba abajo…

—Sí, Kennedy. Lo estás haciendo muy bien. Sigue así.

Continúo con ese movimiento antes de prestar más atención a su capullo, tal y como me dijo que le gustaba, manteniendo mi puño apretado y bombeando con suavidad.

—Sí —jadea—. Sí, sí, por favor. No pares, por favor.

No paro. Mantengo el mismo ritmo y él se mueve follando mi mano. Parece como si estuviera follándome porque a estas alturas ya estamos tumbados y tiene mis piernas a su alrededor y su polla embistiendo contra mi bajo vientre. Dios, sé que Isaiah tiene que ser buenísimo en esto del sexo.

Sus movimientos son cada vez más espasmódicos y sus caderas se tensan cuando se acerca a la liberación: se corre en el momento preciso en que le rozo con el pulgar la vena protuberante de debajo de su corona.

—¡Oh, joder! —exclama cuando termina derramando su semen sobre mi estómago.

No dejo de trabajar con mi mano, le sigo acariciando arriba y abajo para extraer de él hasta la última gota que pueda darme.

Dios, no me puedo creer que haya sido capaz de darle tanto placer.

Su cabeza cae sobre mi cuello.

—Qué bueno. Qué bien lo has hecho. Se te da genial —sigue repitiendo una y otra vez como una especie de canto de alabanza posterior al orgasmo.

Ha funcionado. Tengo mi ego tan alto que se sale por el techo.

—¿Te ha gustado? —me pregunta.

—Me siento genial.

—Lo sé. —Me besa la garganta—. Y tú eres genial.

Durante un rato se queda desnudo encima de mí, intentando recuperar la respiración. Le acaricio la espalda, juego con las puntas de su pelo y le abrazo porque nunca me he sentido tan cómoda con ninguna otra persona.

El momento del ardor da paso a algo suave y tierno mientras seguimos el uno sobre el otro. Me da suaves besos en la mandíbula y dice:

—Me encantaría que anduvieras por ahí el resto de tu vida con mi semen goteando, pero creo que será mejor que te limpie.

Isaiah levanta su gigantesco cuerpo de encima de mí, coge unos pantalones de chándal limpios y va corriendo al cuarto de baño.

Por supuesto, sigue sin llevar camiseta.

Oigo correr el agua mientras silba y sigo tumbada en la cama con una sonrisa bobalicona en mis labios, preguntándome qué demonios acaba de pasar. Le pedí que me enseñara a tener sexo, pero para nada me imaginé que podía llegar a ser tan increíble. ¿Es esto lo que me he estado perdiendo durante todos estos años? Y eso que creo que lo que hemos hecho solo han sido juegos preliminares.

Puede que Isaiah tenga razón. Es muy posible que no quiera estar con otro hombre después de haber estado con él, y eso no puedo permitirlo porque lo nuestro es provisional. Mi único objetivo era practicar sexo con él para estar preparada para futuras relaciones.

Isaiah regresa enseguida con una sonrisa picarona y una toalla húmeda en la mano.

—Puedo hacerlo yo… —le digo, y hago amago de coger mi ropa.

—Bien por ti. —Pone mi ropa fuera de mi alcance—. Ahora deja que limpie tus preciosas manitas para que puedas coger mi polla otra vez. Vamos a hacerlo todo de nuevo.

Suelto una carcajada.

Me limpia con la toalla caliente. Se toma su tiempo. Sus dedos me acarician la piel cada vez que pasa la toalla. Es dulce, amable y delicado. Tres palabras que ahora asocio con este hombre que antes consideraba un tipo engreído, impulsivo e infantil.

—Kennedy… —empieza a decir sin dejar de limpiarme. Su voz suena como si estuviera nervioso—. ¿Crees que podrías empezar de nue…?

El ruido de una cerradura que se abre interrumpe su frase. Nos miramos el uno al otro y permanecemos en silencio. Oímos que la puerta de su apartamento se abre y se vuelve a cerrar.

Pasos y tintineo de llaves.

Ha entrado alguien. Más pasos. Más gente.

—Por favor, no te fijes en la decoración de la casa —dice el intruso masculino—. Era de mi abuela, pero la echo tanto de menos, que lo conservo todo por su valor sentimental.

—Qué tierno —dice otra voz, esta es femenina.

—Pues sí —dice él con un profundo suspiro—. Para mí lo era todo.

Cody. Es la voz de Cody.

Isaiah se levanta de la cama con los ojos como platos.

—Lo voy a matar.

Antes de dirigirse hacia la puerta, se da la vuelta y me da un beso rápido en los labios.

—No te vayas —dice, y extiende los brazos con las manos abiertas por encima de mí y de la cama, como tratando de decir que quiere que me quede tal como estoy y donde estoy—. Ni se te ocurra marcharte, ¿vale?

No puedo evitar que me entre la risa cuando sale hecho una furia, asegurándose de cerrar la puerta del dormitorio tras él y dejándome medio desnuda, pero a salvo.

Se oyen voces. Muchas voces. Puede que haya cuatro personas. Creo que una de ellas es Travis. Y la última tiene un ligero acento bostoniano.

Aprovecho la oportunidad para vestirme. Me pongo la camiseta y los *leggins* porque sé lo que me iba a pedir Isaiah. Quiere que me quede a pasar la noche, pero yo necesito un poco de espacio. Un momento para registrar lo que ha sucedido como un ejercicio de prácticas, no como algo mucho más profundo.

En el cuarto de estar se oyen palabras acaloradas. Algún que otro «Que te jodan», seguido de muchas risas de borracho.

—Espera, por favor, no te vayas —implora Cody—. Podemos ir a mi verdadero apartamento.

Suena un portazo; luego vuelven a abrir la puerta e Isaiah grita:

—¡Su abuela sigue viva, por cierto! ¡Y vive en Jersey!

Abro la puerta del dormitorio y oigo lo que dicen.

—Eso ha sido una putada. —Cody levanta las manos—. ¿Puedo quedarme aquí por lo menos? Santo cielo, has hecho espaguetis. ¡Por eso somos tan buenos amigos!

Cody, Travis y Rio —uno de los defensas de los Raptors de Chicago, el equipo de la Liga Nacional de Hockey de Chicago— se agolpan alrededor de la fuente con las sobras de la pasta.

—Podéis llamar un taxi y llevaros todo lo que queda en la fuente, pero tenéis que largaros todos de aquí.

Rio tiene la boca llena cuando se vuelve y pregunta, confuso:

—¿Por qué?

—¿Tú de dónde coño has salido, Rio?

—Me los encontré en el bar. Vi que Cody intentaba llevarse a alguna chica a su casa. Bueno, a la tuya, y le oí contar cómo iba a excusarse por esos espantosos letreros. Por cierto, ¿sigues teniendo el que yo te compré para el retrete, el de HOLA, LINDAS NALGAS? —De repente, me ve con el rabillo del ojo—. Vaya, no me refería a ti, sino al letrero. Estoy seguro de que tus nalgas también son preciosas, Kennedy, pero yo hablaba del letrero.

Isaiah menea la cabeza mientras oye las tonterías que dice su amigo borracho.

—Cierra tu puta boca. Ni se te ocurra pensar en el culo de mi esposa, ¿me oyes?

—Sí. —Rio hace el gesto de cerrarse la boca con una cremallera—. No lo volveré a hacer.

Cody, que sigue masticando espaguetis, mira a su mejor amigo y a mí como si estuviera viendo un partido de ping-pong, con una sonrisa elocuente.

—Hola, señora Rhodes.

Levanto un solo dedo para protestar, pero mi mordedura parece menos afilada que de costumbre.

—Cuidadito.

—¡Kennedy! —dice Travis con la boca llena de salsa roja—. Esta ha sido la mejor noche de mi vida.

—Una chica se enrolló con él en la pista de baile —explica Cody.

—¡Bien por ti, Trav!

Desde el otro lado de la habitación, Isaiah me lanza una mirada fulminante como diciendo: «No los animes».

—Voy a… Vamos a… —Cody señala a ellos tres—. Tenemos que marcharnos.

Isaiah abre la puerta sin dudarlo.

—Eso sería lo mejor.

—A propósito —interrumpo recogiendo la gorra, la cazadora y los zapatos desperdigados por toda la sala de estar—, yo también me tengo que ir a casa porque mañana madrugo para coger el avión.

—Pero… —Isaiah arquea confuso las cejas mientras me pongo las zapatillas deportivas.

—Me alegro de verte, Rio. —Levanto la mano a modo de despedida—. Cody, Trav, habéis jugado bien esta noche.

Puedo sentir la mirada fija de Isaiah siguiéndome hacia la puerta. Una vez que ya estoy en el rellano de la escalera, me vuelvo hacia él sin saber muy bien qué decir. ¿Gracias por la lección? ¿Gracias por el orgasmo? ¿Puedes enseñarme la próxima vez cómo hacer una buena mamada?

Bloquea el marco de la puerta manteniendo a sus amigos fuera de la conversación, con sus ojos marrones tiernos e implorantes.

—Quiero que te quedes.

—Ya lo sé.

—Pero ¿no te vas a quedar, aunque ellos se vayan?

Le digo que no con la cabeza.

Espero una queja, o que me obligue a hacer algo para lo que no estoy preparada. En su lugar, cede.

—¿Puedo al menos llevarte a casa en coche?

Me brota una sonrisa en los labios.

—Desde aquí no tardo nada.

—De acuerdo. —Exhala un suspiro de desilusión, antes de que resurja el Isaiah típicamente alegre—: ¿Y qué hay de mí? —pregunta, cruzándose de brazos y apoyándose en el marco de la puerta—. ¿He jugado bien esta noche?

Su tono insinuante está diciendo a gritos que no se refiere al béisbol.

—Creo que hemos jugado genial esta noche.

Se ríe entre dientes y me besa con suavidad en los labios.

—Yo también lo creo.

19

Kennedy

—Uno de nuestros antiguos coordinadores de viajes, Josh, está trabajando para San Francisco ahora —dice Dean—. Le dije que a ver si se podía enterar de algo sobre tu inminente entrevista y, por lo que ha oído en el vestuario, tú eres la candidata principal.

Me enderezo mientras estoy sentada en mi coche aparcado, con el móvil al oído y mi hermanastro al otro lado de la línea.

—¿En serio?

—Sí. Al parecer, en esta fase ya solo van a entrevistar a tres personas. El asunto tiene buena pinta. Deberías estar contenta, Kennedy.

—Bueno, sí, me gustaría estar emocionada, pero después de lo que me pasó el primer día en Chicago, cuando me rescindieron la oferta, no quiero hacerme ilusiones hasta que mi nombre no esté en la puerta de mi propio despacho.

Un despacho que con toda seguridad utilizaré con menos frecuencia que nuestro actual médico principal. Quiero seguir practicando la medicina deportiva, no solo decirles a otros cómo tienen que hacerlo.

—Le he dicho a Josh que te recomiende. Deberías darle un toque cuando vayas a la entrevista. Es un tío guay. Divorciado, de unos treinta y cinco años. Tiene un gusto espantoso para vestirse, pero seguro que tú puedes echarle una mano en eso.

—Dean —digo y suelto una carcajada—, ¿de qué estás hablando? Estoy casada.

¿Por qué demonios habré dicho eso? ¿Por qué lo habré pensado siquiera?

—Vale, pero ya no vas a vivir ahí. Josh es un buen tipo. Creo que te gustará. Dile que te enseñe un poco los vestuarios y todo eso cuando vayas de visita.

Me hundo en el asiento y apoyo la cabeza en el respaldo.

—Sí, sí, le llamaré cuando llegue a la ciudad.

Mientras hablo con él, no dejo de mirar por si veo aparecer el coche de Isaiah en el aparcamiento de los jugadores en O'Hare International.

—Estoy contando los días que faltan para que te den ese trabajo y obtengas por fin los papeles del divorcio de ese puto gilipollas.

—Dean, haz el favor de no hablar así de él.

Se ríe sin dar crédito a sus oídos.

—Kennedy, ¿cuántas veces has echado pestes sobre Isaiah Rhodes en el pasado?

—Bueno, sí, pero ahora es mi marido. Yo puedo hablar fatal de él, pero eso no significa que tú también puedas.

—Vaya. Estás sensible hoy.

—No es que esté sensible. Sencillamente, paso de tu extraño odio hacia ese tío. Ni siquiera lo conoces. ¿Qué te ha hecho para que le tengas tanta manía?

—Pues… —Dean duda un momento—. Simplemente no me cae bien. Él y su hermano son…

—¿Qué son? ¿Buenos el uno con el otro? —termino la frase por él—. ¿Es ese tu problema? Solo se tienen el uno al otro y, sin embargo, su situación familiar es mejor que la nuestra. ¿A eso te refieres?

Oigo un suspiro al otro lado de la línea.

—¿Por qué estamos hablando de eso? ¿Qué cojones nos importa?

—A mí sí me importa. Actualmente forma parte de mi vida y tú eres mi hermanastro. Sería bueno que los dos os llevarais mejor.

—Aquí la palabra clave es «actualmente». No sigamos con esta conversación, y cuando por fin os separéis de forma legal, haremos como si nada de esto hubiera ocurrido.

Ese era mi plan cuando consentí formar parte de toda esta historia, solo que ahora no sé cómo voy a olvidar todo lo que ha pasado.

Estoy segurísima de que nunca voy a olvidar lo de anoche.

Hablando del hombre con el que estoy casada, aparece Isaiah y aparca su todoterreno justo enfrente del mío; detrás del parabrisas veo su pícara sonrisa cuando me pilla esperándole.

—Vaya, hablando de quien no debe ser nombrado… —Recojo las llaves y me pongo las gafas de sol, antes de abrir la puerta del asiento del conductor—. Ha llegado. Tengo que colgar.

—Recuérdale lo mucho que le odio, ¿lo harás?

—¿Y dices que hoy la sensible soy yo? Es como si Isaiah viviera en tu cabeza sin pagar alquiler. Ya hablaré contigo un día que estés menos imbécil.

Cuelgo y salgo del coche.

Cuando veo a Isaiah, noto un extraño aleteo en el estómago que me pone tan enferma como excitada. El recuerdo de cómo se movía anoche en mi mano, de cómo jadeaba mi nombre a mi oído cuando se corrió…, es todo lo que me viene a la mente cuando rodea el capó de su coche y me encuentra junto a la puerta del mío.

—¡Hombre, mi vieja parienta!

—Soy bastante reciente…

—Pero si nos casamos hace más de un mes; ya va siendo hora de que salgamos de la fase de recién casados.

Tiene una sonrisa cómplice en los labios y un brillo estúpido en los ojos… Es evidente que me está tomando el pelo, pero el hecho de que me recuerde que estamos casados me provoca un pinchazo en el pecho, como si no supiera que todo esto tiene fecha de caducidad, cuando precisamente fui yo quien se la puso.

—Perdón por llegar tarde. —Me da un abrazo y me besa la coronilla de la manera más natural. Como si lleváramos años haciéndolo. Como si lo fuéramos a seguir haciendo siempre—. He tenido que pasar por el quiosco de la esquina de mi manzana. Pensé que, con lo que trasnochaste ayer, quizá esta mañana no te habría dado tiempo a comprar el periódico para poder hacer tus crucigramas.

Arquea las cejas un par de veces como un idiota mientras se saca de debajo del brazo el diario *The New York Times* de hoy y me lo da.

—He oído que los de los sábados son los más difíciles, así que si necesitas ayuda házmelo saber.

Suelto una carcajada, pero la verdad es que es todo un detalle por su parte lo de pensar en mí sin tener que pedírselo.

—¿Has completado alguna vez un crucigrama? —le pregunto, en lugar de regodearme con lo agradecida que estoy.

—No, me gusta más la sopa de letras.

Abre mi maletero, saca mi bolsa y acarrea con la suya y la mía hacia la terminal privada del aeropuerto. Pasamos por seguridad y nos dirigimos hacia el avión del equipo.

Esta ha sido nuestra rutina desde que comenzó la temporada. Nos encontramos en el aparcamiento y subimos juntos al avión. Generalmente, Reese ya está dentro y no queremos arriesgarnos a presentarnos por separado y exponernos a que nos hagan preguntas.

—Isaiah, ¿por qué os odiáis tanto Dean y tú? —le pregunto después de que él le entregue nuestro equipaje a uno de los mozos de la línea.

—Sería mejor que se lo preguntaras a él.

—Lo he intentado, pero no quiere contarme qué es lo que os ha pasado.

Isaiah se echa a reír.

—Claro que no quiere contártelo. Ese tío es un puto gilipollas, pero por más que yo no lo soporte, tú sí te preocupas por él, de modo que no intentaré que cambies de opinión sobre tu hermano.

Al pie de las escalerillas, me detengo y alzo la vista para mirarle.

—Me gustaría que me lo contaras, pero vale.

—De acuerdo.

Con un leve apretón en la nuca, Isaiah me cede el paso para que entre. Hoy llegamos al avión un poco más tarde de lo habitual, y cuando llego al pasillo, veo que el noventa por ciento de los asientos ya están ocupados.

Afortunadamente, tenemos los asientos asignados, así que el mío me está esperando vacío junto a Sanderson.

Monty y su plantilla se sientan en la primera fila.

Reese ya está a bordo, sentada en la tercera fila. Falda tubo hecha a medida, tacones altos y cabello rubio divinamente peinado. Me sonríe, pero sus ojos buscan a mi alrededor, supongo que a Isaiah, mi marido, con quien debí haber llegado, pero se ha quedado rezagado. Porque vivimos en el mismo apartamento. Porque estamos felizmente casados.

De repente, Isaiah aparece por el pasillo.

—Mierda, Kennedy. —Me rodea la cintura desde atrás—. He estado a punto de tropezar contigo. ¿A qué estás esperando?

Su pulgar acaricia el hueso de mi cadera.

Bien. La cosa va bien.

Como no me muevo, debe de notar mi nerviosismo porque de inmediato retira la mano. Pero no estoy nerviosa porque me toque. Enseguida me he acostumbrado a sus caricias y me siento cómoda cuando me toca. Incluso ansiosa de que me toque. Me vuelvo e intento transmitirle con los ojos que Reese está ahí, que nos está mirando y que por eso estoy nerviosa. Que me siga el juego. Pero Isaiah no se entera de nada.

—¿Qué pasa? —pregunta en voz tan alta que le oyen desde las primeras filas—. ¿Te encuentras bien?

Ay, qué despistados son a veces los tíos.

Tomo el control de la situación entrelazando mi mano con la suya justo enfrente de todo el equipo y la plantilla. Isaiah se tranquiliza y me mira sonriente. Con el pulgar me acaricia el dorso de la mano, antes de llevárselo a los labios y darme un beso.

—Hola —dice, y me da otro beso.

Aunque sin duda es un gesto muy tierno, todo esto lo hacemos solo a modo de exhibición y no estoy segura de que él lo pille.

Observo cómo dirige la mirada hacia la gente que nos rodea. Observo el momento en que ve a Reese siguiéndonos la pista. Observo cómo sonríe de repente cuando cae en la cuenta de la situación. Cuando al fin le encajan las piezas del rompecabezas, parece desolado, pues creía que yo le daba la mano porque me apetecía, no para que otros lo vieran. Y no es que yo no quiera cogerle de la mano, pero es que no era esa la cuestión.

Se aclara la garganta, aparta la mirada de todos y me lleva de la mano hasta mi asiento. Me siento al lado de Sanderson, e Isaiah, contrariamente a su costumbre, ni siquiera saluda a mi compañero de trabajo. Es raro porque él siempre saluda a la plantilla, ya sea en el avión, en el campo o en las fiestas del equipo. Pero hoy no habla con nadie. Se limita a besarme de manera fugaz en la mejilla, obviamente para los que estén mirando, y se dirige hacia las últimas filas del avión.

Con el rabillo del ojo, veo al doctor Fredrick poner los ojos en blanco.

—¿Se encuentra bien Rhodes? —me pregunta Sanderson, sentado a mi lado.

—Pues la verdad es que no estoy segura.

Me pongo los cascos y saco el móvil para averiguarlo, pero tardo un rato en encontrar el nombre de Isaiah porque él ha cambiado la información de su contacto.

Yo: *¿Me cogiste el móvil anoche y cambiaste el nombre de tu contacto?*

El mejor marido del mundo: *No tengo ni la menor idea de lo que estás hablando.*

Yo: *¿Va todo bien?*

El mejor marido del mundo: *Sí.*

Mentira.

Yo: *¿Qué pasa?*

El mejor marido del mundo: *Nada. Solo que por un minuto he olvidado lo que estábamos haciendo. Ahora ya me acuerdo. Todo perfecto.*

Yo: *Parecías disgustado.*

El mejor marido del mundo: *Todo está bien. Siempre lo está.*

Yo: *Isaiah…*

El mejor marido del mundo: *Solo estoy cansado. Por si no lo recuerdas, anoche trasnochamos.* 😉 *Dormiré durante el vuelo. Luego nos vemos.*

El estampido de un trueno retumba en nuestra habitación del hotel; si llego a estar dormida, el ruido me habría despertado.

Es una tormenta de verano que no va acompañada de lluvia, solo de fuertes estruendos y brillantes destellos de luz, pero desde la seguridad que da estar bajo techo, es bonito ver cómo los relámpagos iluminan el *skyline* de Mineápolis.

Isaiah está a tan solo unos metros de distancia, en el suelo, mientras yo estoy comodísima en esta cama de regio tamaño y, sin embargo, no consigo conciliar el sueño.

No tengo ni idea de por qué sigue durmiendo en el suelo. Después de lo de anoche, no sé, creía que dormir en la misma cama era algo que se daba por descontado. Le he dicho que podía dormir conmigo si quería, pero lo ha rechazado; no tengo ni idea de lo que podría decirle para que cambiara de opinión.

Mi mente sigue sin estar clara. Aún no he etiquetado la noche de ayer como de «prácticas». Quizá Isaiah sepa que no estoy preparada para más teniendo en cuenta que me corrí solo frotándome contra su cuerpo; todavía sigo dándole vueltas a eso.

«¿Qué demonios estoy haciendo?».

Saco una pierna de debajo del edredón, pero me vuelvo a tumbar boca arriba cuando otro destello de un rayo ilumina el espacio lo justo para que pueda ver a Isaiah andando por la habitación.

Qué raro. Por el silencio que reinaba, hubiera jurado que estaba dormido a pesar de la tormenta. En ningún momento le he oído levantarse.

De nuevo se oye el estampido de un trueno y veo que le tiembla todo el cuerpo. Cierra los ojos y se le escapa una exhalación por entre los labios temblorosos.

No digo nada. No le hago saber que estoy despierta. Ahora que mis ojos se han adaptado a la oscuridad, puedo verle mejor. Me limito a observarlo.

Tiene el pelo perfectamente despeinado y su pecho desnudo se dilata y se contrae a una velocidad alarmante. Va descalzo y camina en silencio de un lado a otro por toda la habitación.

Isaiah pasa el pulgar por la pantalla de su móvil, pero no se decide a presionarla. Baja el brazo y sigue andando por la alfombra. Sin embargo, cuando llega otra ráfaga de relámpagos, no lo duda más, se detiene y hace una llamada.

Abre y cierra la mano libre y no para de moverse nervioso. Desde la cama en la que me encuentro, puedo notar su inquietud.

—¿Te he despertado? —Su voz es un susurro; tiene los ojos cerrados, señal de alivio por oír a quienquiera que esté al otro lado de la línea.

Noto un nudo en el estómago al ver que este hombre que siempre se muestra seguro de sí mismo está tan nervioso que necesita llamar a alguien para calmarse.

Pero no son celos. Decididamente, no estoy celosa.

—¿Estás en tu habitación del hotel?

«¿Habitación del hotel? ¿De este hotel?».

Un fogonazo de Connor cruza por mi mente. ¿Cuántas veces se habrá escapado para ver a mi hermanastra cuando creía que yo estaba dormida? Cuando nos reuníamos toda la familia, ¿se iba al cuarto de Mallory en plena noche?

¿Será eso lo que esté haciendo Isaiah? ¿Quedar para escaparse a la habitación de otra?

—¿No vas a salir a ninguna parte? —continúa—. Sí, ya sé que estamos en plena noche, Kai, pero ¿no vas a salir de tu habitación?

«Kai».

Una embarazosa sensación de alivio se apodera de mí.

—¿Y Max y Miller? No sé qué tiempo hará ahora mismo en Chicago. —Hace una pausa para escuchar—. Vale, ¿y dices que Monty se ha desmayado? Al menos no iba conduciendo. —Asiente con la cabeza mientras deja de andar y escucha lo que dice su hermano al otro lado de la línea—. Sí, Kennedy está aquí. Se ha dormido. Necesito saber cómo están Cody y Travis... De acuerdo. ¿Me puedes poner un mensaje cuando hables con ellos? Sí, sí, ya lo sé. Si pienso con lógica, lo sé, pero en este momento no estoy pensando racionalmente. —Otra pausa—. Gracias, tío. Yo también te quiero. Hasta mañana por la mañana.

Cuelga al mismo tiempo que deja colgar la cabeza y la respiración se le tranquiliza.

¿Qué demonios estará pasando?

Isaiah se vuelve en mi dirección y me apresuro a cerrar los ojos, no vaya a ser que me pille mirándole. Un momento después, el suelo cruje y la cama se hunde. Abro con cuidado un ojo y me lo encuentro sentado en el borde del colchón, dándome la espalda y con los codos apoyados en las rodillas.

—¿Qué coño me pasa? —murmura.

Veo la tensa musculatura de su espalda. Se pasa la palma de la mano por la cabeza retirándose el pelo de la cara. Vuelve a apoyar los codos y se queda así un rato. Sin moverse. Sentado.

Desearía que se acercara más a mí, que se diera cuenta de que estoy despierta y me contara lo que le pasa. Pero, por otro lado, espero que no lo haga, porque ¿cómo podría ayudarle? Nunca he sabido consolar a nadie.

Soy fría, eso es lo que decía siempre Connor. No tengo ni idea de cómo puedo tranquilizar a Isaiah.

No quiero ser fría con él, pero no sé comportarme de otra manera. Él hace que me sienta vulnerable, como si pudiera ver en mí todo lo que nadie ha intentado siquiera mirar.

Suena el móvil de Isaiah con un mensaje. Lo lee, suspira otra vez de alivio y lo tira al suelo, donde está su cama improvisada.

Una vez más, se vuelve para mirarme, pero esta vez no me mira la cara. Encuentra mi pierna fuera del edredón, me agarra el tobillo y acaricia suavemente el hueso con el pulgar.

Parece un poco más tranquilo, y cuando retumba el estruendo de otro trueno, esta vez no tiembla.

Yo suelo retroceder ante el contacto físico, pero él hace que sienta todo lo contrario. Me gusta que me toque. Se queda ahí, sujetándome la pierna un momento y luego le da un suave apretón y se levanta para volver a su cama en el suelo.

No quiero que se vaya. Creo que deseo que se quede. Quiero que esté bien. Quiero ser quien se encargue de asegurarse de que está bien. Sí, eso es lo que se suele hacer en una relación. Me iría muy bien aprender a hacerlo para futuras relaciones, pero la verdad es que lo único que quiero es consolar a Isaiah; no me interesa aprender a consolar a nadie más.

Otro estampido atronador hace que tiemble la habitación. Oigo un revuelo de mantas e Isaiah se remueve en el suelo.

Salgo de la cama antes de que me dé tiempo a pensármelo dos veces.

Lo encuentro con los brazos cruzados a la altura del pecho, de espaldas al somier de la cama.

—Kenny —susurra cuando me ve, como si hubiera alguien más durmiendo en la habitación e hiciera falta hablar bajito—, ¿por qué estás despierta?

—No podía dormir.

Rápidamente se incorpora.

—¿Estás bien?

—¿Y tú?

Su preocupación se disipa, la voz se le suaviza.

—No quería despertarte.

—¿Qué está pasando?

Menea la cabeza antes de tumbarse de nuevo y apoyarla en la única almohada que hay en el suelo.

—Es tarde, Kennedy. Duerme un poco, por favor… —Se gira de nuevo y se queda de cara a la pared.

Mi instinto me pide a gritos tumbarme a su lado.

«Haz lo que te apetezca».

El eco de las palabras de Isaiah resuena en mis oídos, de modo que me meto en el medio metro de espacio que queda entre él y la pared y me quedo mirándolo.

—Joder, Ken. No quiero que estés en el suelo.

—Tú estás en el suelo. ¿Por qué no puedo estarlo yo también?

—Porque eres mi mujer.

Las palabras le salen como si hubiera olvidado que, pese a estar técnicamente casados ahora mismo, pronto dejaremos de ser marido y mujer.

Se incorpora un poco, me dice que levante la cabeza y me pasa la única almohada que tiene. Él entonces apoya la cabeza directamente en el suelo. Luego se quita la manta y me tapa a mí con ella.

—Isaiah, ¿qué está pasando?

Menea la cabeza.

—Por favor, olvídate de lo que has visto. No permito que la gente me vea así.

Puedo dar testimonio de ello. Nunca le había visto así. Nervioso. Preocupado. Sin sonreír ante la adversidad.

Su pecho desnudo está justo enfrente de mí y quiero tocarlo. Sentirlo.

«Haz lo que te apetezca».

Sin preocuparme de si tengo las manos demasiado frías, pongo las palmas en su corazón y luego las deslizo suavemente hasta la nuca. Sus ojos se cierran ante el roce y sus fosas nasales aletean con un suspiro.

—Yo tampoco permito que la gente vea mis debilidades, Isaiah. Sin embargo, tú las conoces todas.

—Tú de débil no tienes nada, Kenny. Simplemente eres una perfeccionista que no quiere ver lo perfecta que ya es. —Coloca su mano encima de la mía, detrás de su nuca, y sus dedos juegan con mi alianza—. Por favor, vuelve a la cama. Esto es muy embarazoso.

—¿Por qué? ¿Porque te he visto de una manera que no tenía nada que ver con el Isaiah arrogante y divertido de siempre? Esto no va a hacer que me vayas a gustar menos. De hecho, saber que la vida te afecta hace que me gustes incluso más.

—No sé cómo eso es posible. Los dos sabemos lo obsesionada que estás ya conmigo.

Una sonrisa aflora a las comisuras de sus labios, antes de desaparecer de inmediato.

Levanto la cabeza y pongo la almohada de modo que podamos compartirla porque no pienso irme a ninguna parte, ni él tampoco. Intento cubrirle también con la manta, pero es demasiado pequeña para dos.

—Esto no tiene nada de embarazoso —susurro—. Independientemente de lo que esté pasando, te preocupas por tu hermano tanto como para llamarle. Y también por Cody y Travis. ¿Qué tiene eso de embarazoso? —Juego con los mechones de pelo de su nuca—. No tienes por qué contarme lo que pasa, pero también me dijiste que hiciera lo que me apeteciera, y estar aquí tumbada contigo es lo que me apetece. Así que me voy a quedar.

Frunce el ceño y le brillan los ojos más que nunca, pero no dice nada más, y yo tampoco. Cierro los ojos esperando conciliar el sueño.

Casi lo consigo. No estoy segura de cuánto tiempo ha pasado, pero estoy a punto de dormirme cuando por fin Isaiah admite:

—Siempre me he preocupado por mi hermano y mis amigos, Kenny. A veces demasiado, pero a la gente no le gusta un tío así. ¿Quién quiere pasar el rato con un tío al que le entran ataques de ansiedad por culpa de una puta tormenta?

Esa es la razón de su permanente sonrisa, sus chistes y sus bromas. Isaiah tiene muchísimos amigos. Tiende a ser el centro de atención, y por eso sabe cómo desempeñar su papel y ser exactamente como la gente quiere que sea.

—Yo, por ejemplo.

Sus ojos buscan mi cara; abre la boca para decir algo, pero luego cambia de opinión y la cierra.

—A mí me gusta pasar el rato con un tío así —repito.

No me molesta nada mantener el contacto visual, al que no estoy acostumbrada, ni tampoco la proximidad física, que tiendo a evitar. Me quedo a escucharle mientras le paso la yema del pulgar por su barba incipiente.

Porque quiero. Porque me apetece estar aquí.

—Mi madre murió un día de tormenta como esta —admite.

Mierda.

—Llovía tanto que probablemente no podía ver más allá de unos pocos metros frente a ella. Un coche patinó en la carretera, y mi madre se desvió para esquivarlo y acabó empotrada contra un árbol. Yo tenía trece años cuando ocurrió, y aún seguía la tormenta cuando Kai vino a mi habitación y me lo contó.

—Isaiah…

—No sé lo que me pasa, Kenny. —Su tono es desesperado, como si necesitara ayuda y yo fuera la persona destinada a proporcionársela—. Han pasado ya dieciocho años y cada vez que hay tormenta, como hoy, me pongo histérico. Por mi mente cruzan los peores escenarios, me pongo siempre en el peor de los casos, y no me puedo relajar hasta que hablo con todas las personas que me importan. —Sus dedos siguen jugando con el anillo de su madre que tengo en el dedo—. Me arde la piel y me cuesta respirar. —Se da un golpecito en el pecho—. No es normal.

—Es normal que tengas ansiedad, Isaiah. Has vivido la peor cosa imaginable cuando solo tenías trece años. Si eso no te afectara, entonces…

—Fue el peor día de mi vida, pero normalmente no soy así, te lo prometo.

Con sus palabras me está rogando que no cambie la opinión que tengo de él; sin embargo, esta versión de Isaiah, vulnerable y honesta, para mí es la más atractiva de todas las que le conozco.

Es humano, es real. Un hombre que se preocupa tanto por la gente que quiere que sufre ataques de ansiedad ante la mera idea de que pudiera perder a alguien más.

—¿Has ido alguna vez a un terapeuta o lo has hablado con alguien de tu confianza?

Se ríe forzadamente.

—¿Crees que podía pagar a un terapeuta después de lo que pasó? Si apenas podía comer todos los días.

—¿Y qué me dices de Kai? ¿Se lo has contado a él?

—Lo suyo fue más duro que lo mío. Además de perder a nuestra madre, tuvo que cuidar de mí. No quise darle aún más preocupaciones.

Se me hace un nudo en la garganta. Cuando perdió a su madre, era solo un niño que no tenía a nadie con quien hablar, que no tenía dinero para comprar comida porque su padre también los dejó... Me arden los ojos solo de pensar en la cantidad de veces que me ha obligado a comer a la fuerza.

Miller me puso al corriente. Cuando murió la madre, el padre fue por mal camino y, ni siquiera cuando se enderezó, volvió a ocuparse de sus chicos. Así que los dos tuvieron que arreglárselas solos.

Cualquiera que no los conozca pensaría que Kai fue el que cargó con toda la responsabilidad y tuvo que cuidar a su hermano de trece años, pero sabiendo cómo es Isaiah, estoy segura de que se ocuparía de hacer reír a su hermano, aun teniendo el corazón destrozado, y de que le aseguraría que estaba bien, que los dos iban a salir adelante.

Debajo de la manta, Isaiah me pasa la mano por el antebrazo y por el hombro hasta que llega a mi cintura.

—El recuerdo de lo que sucedió ese día es lo que hace que me sienta tan nervioso.

—Te está permitido sentirte mal. No tienes por qué estar fenomenal las veinticuatro horas del día todos los días del año.

Cuando me arrimo más a él, su mano envuelve la parte baja de mi espalda y sus pies tocan los míos. Como se me ha subido el camisón, Isaiah aprovecha la oportunidad para empezar a acariciarme la piel con la punta de los dedos.

Nunca he hecho una cosa así. Hablar de algo íntimo en la oscuridad, pero, por alguna razón, con él no me resulta nada extraño.

—Por favor, Ken —dice apretándome desesperado—. No cambies de opinión sobre mí.

—Pero ¿por qué iba a hacerlo?

Acerco mi cuerpo al suyo hasta quedar pecho con pecho; su brazo me rodea por completo, nuestras piernas están entrelazadas y sus labios besan mi frente. ¿Por qué no me resulta raro estar así con él? ¿Por qué me parece de lo más natural?

Lo que más miedo me da de todo esto es que me encanta.

—El día que tú y yo nos conocimos —me dice, con los labios cerca de mi piel—, estaba escondido en los lavabos de mujeres porque en esa fecha murió mi madre. Estaba pasando un mal día y no quería que nadie me viera así. Siempre lo paso fatal el aniversario de su muerte, pero por primera vez en mucho tiempo, mientras estaba hablando contigo, noté una chispa de auténtica alegría que no fui capaz de ignorar. Así que tú tienes la culpa, Kenny. Tú eres la causante de que lleve colgado de ti desde ese día.

Trago saliva y noto calor en la nariz y en los ojos.

He sido una pieza de negociación. Una prometida de segunda opción e incluso una empleada no deseada. Pero nunca he sido la alegría de alguien.

Entierro la cara en su cuello para que no me vea.

—¿Isaiah?

—¿Sí?

—Nos hemos casado en esa misma fecha.

Me abraza con fuerza y recorre la piel de mi cuello con los labios antes de besarme ahí con suavidad.

—Lo sé.

Se pone boca arriba, tira de mí y se cubre con mi cuerpo. Aunque se apropia de la almohada, me siento encantada con la alternativa de su pecho para apoyar la cabeza.

Me las arreglo para taparnos a los dos con la única manta de la que disponemos.

—El peor día del año he tenido los dos días mejores de mi vida.

Cierro los ojos acurrucándome en su pecho desnudo.

Nunca había sido la alegría de nadie, y tampoco nunca había sido lo mejor que le había pasado a alguien.

No sé cómo procesar eso.

Lanzo un suspiro.

—¿Isaiah?

—¿Sí?

—¿Alguna vez llevas camiseta?

Se echa a reír. Es la genuina y maravillosa carcajada que tanto necesitaba oir.

—Gracias por hacerme reír, pero no, nunca llevo camiseta cuando estás tú, doctora. Me gusta mucho cómo me miras.

Sonrío ante su respuesta.

—Por favor. Quédate conmigo esta noche, Kenny.

Asiento con la cabeza.

—No pienso irme a ninguna parte.

20

Isaiah

La entrada está abarrotada cuando subo a casa de mi hermano y desde fuera se oyen ya muchas voces. Sé que Cody y Travis están ahí y, a juzgar por los coches aparcados, también han venido otros compañeros del equipo.

Les entiendo perfectamente. Poseo la inmensa suerte de tener una repostera mundialmente reconocida como cuñada y ni por nada en el mundo me perdería una de estas noches en casa de mi hermano.

Como voy cargado con un montón de cosas, utilizo el pie para abrir y cerrar la puerta de entrada, y en cuanto cruzo el umbral, lo primero que oigo es la risa de Max.

Es lo mejor que he oído en todo el día, y lo segundo mejor lo oigo justo a continuación.

—¿Te parece divertido, Bicho? —le pregunta Kennedy a mi sobrino, agudizando la voz expresamente para él.

Intento oír su voz de nuevo porque no estoy convencido de que esté realmente aquí, con todos mis amigos y mi familia, siendo como es tan implacable en mantener separados su trabajo y la vida social.

Max suelta otra de sus risitas y por fin me los encuentro a los dos en el suelo. Kennedy con la espalda en la pared y mi sobrino de pie entre sus piernas estiradas. El niño le está apretando los mofletes para ver cuántas caras es capaz de poner. Y joder, tío, qué escena más bonita.

Algunos de mis compañeros de equipo ocupan el sofá y otros, bastantes más, están sentados en el suelo con la mirada clavada en la pantalla, viendo un partido de béisbol.

Pero no es a ellos a quienes miro, sino a Max con mi mujer.

Sea lo que sea lo que siento por Kennedy, es mucho más serio que el cuelgue superficial que tenía antes con esta chica. Entonces no la conocía del todo, pero ahora que voy aprendiendo exactamente cómo es, cada vez me gusta más.

Ha dormido en el puto suelo conmigo. Ha escuchado y comprendido partes de mí que ni siquiera mis amigos más íntimos han sido capaces de entender. Por no hablar de esa noche en mi apartamento, cuando hice que se corriera, cuando se desmoronó exhausta sobre mí... Joder, estoy perdido, completamente perdido... No concibo la idea de querer estar con nadie más. Pero ¿y ella? ¿Cómo espera que la deje marcharse tan pronto? ¿Es que pretende firmar los papeles del divorcio y quedarse tan ancha?

Ni de coña.

Está sentada en el suelo de la casa petada de gente de mi hermano, vestida con una camiseta informal y unos pantalones vaqueros doblados por los tobillos para que se adapten a la longitud de sus piernas. Su pelo caoba está dividido en dos trenzas que le caen sobre los hombros, enmarcando su precioso rostro pecoso. Sus brazos y pies desnudos también están salpicados de pecas, y lleva las uñas de los pies pintadas, aunque no sé exactamente de qué color.

Entro en la cocina intentando llamar su atención o la de mi sobrino, pero no me hacen ni caso cuando dejo las bolsas de comestibles en la encimera, donde Kai y Miller están ocupados preparando la masa de lo que van a hornear.

Más o menos una vez al mes, desde que Miller se trasladó definitivamente a Chicago, ejerce de anfitriona de una noche de experimentación en la que prueba nuevas recetas de repostería. Monty y yo no nos perdemos una. A veces se apuntan también Cody y Travis. Y en ocasiones incluso algunos amigos de otros equipos de la ciudad. Y esta noche, en que no tenemos partido de béisbol, ha venido la mitad del equipo.

Pero no tenía ni idea de que también estaría Kennedy.

—Hola —dice Kai, rodeando la isla para darme un abrazo—. ¿Hay más en el coche?

—No, señor Tres Mil, esto es todo.

—Calla, calla.

—No pienso callarme. Seré pesadísimo. Mi hermano acaba de ganar su ponche o *strikeout* número tres mil, ¿y pretendes que me calle? ¿Sabes quién hace eso en su carrera? Los del Salón de la Fama.

Kai menea levemente la cabeza como si no tuviera importancia, y eso que solo otros diecinueve lanzadores han conseguido eso en toda su vida.

—Isaiah tiene razón —se muestra conforme Miller—. Es genial, Malakai. Los Remington han confirmado que la ceremonia se va a celebrar el sábado por la noche después del partido de la tarde.

—Eso me parece un poco ridículo. No hace falta que la gente se tome la noche libre para que yo pueda celebrar que soy bueno lanzando la pelota de béisbol.

—A lo mejor nosotros queremos homenajearte —le interrumpo—. No te pongas tan borde y acéptalo. Mi hermano es uno de los mejores lanzadores y yo quiero celebrar eso.

—Piensa en Max —dice Miller—. Tú eres su héroe. ¿No quieres que vea lo que has logrado?

Los ojos azules de Kai se enternecen.

—Vale —cede—. Pero que conste que solo lo hago por vosotros tres.

Miller me lanza una mirada cómplice porque los dos deberíamos ganar un premio por nuestra capacidad para aliarnos en contra de mi hermano.

—Gracias por haber ido a la tienda, Isaiah —dice mi cuñada mientras saca las cosas que le he comprado, sobre todo azúcar y harina—. ¿Te debo algo?

—Basta con que me des todas las sobras para llevármelas a casa.

—Con toda la gente que ha venido esta noche, dudo mucho que vayan a quedar sobras, pero veré lo que puedo hacer.

Miro por encima del hombro el abarrotado cuarto de estar. Kennedy y Max todavía no han notado mi presencia, lo que me resulta un tanto molesto porque siempre he sido el favorito de mi sobrino y, además, estaba deseando acercarme a Kennedy.

—No sabía que Kennedy fuera a estar aquí —les susurro a Kai y a Miller.

Una elocuente sonrisa se dibuja en las comisuras de los labios de mi cuñada.

—Le dije que tú vendrías y me preguntó si podía pasarse ella también.

—Interesante.

—Eso pensé yo también.

—¿Y sabía que vendría casi todo el equipo?

Asiente con cara de evidente emoción.

Sigo a Miller hasta la encimera y bajo la voz:

—¿Tú crees que le gusto?

—Madre mía —se ríe Kai—. Eres un hombre de treinta y un años. ¿Qué ha sido de mi arrogante hermano pequeño que tenía la certeza de gustar a todas las tías? Sigo sin tener ni idea de cómo te las apañabas tan bien.

—Isaiah, estás casado con esa chica —me susurra Miller—. Creo que eso te da derecho a preguntarle si le gustas.

Oteando por encima del hombro entre la multitud, por fin veo que Kennedy se ha dado cuenta de que he llegado. Me mira con sus ojos marrones y me dedica una dulce sonrisa. Pero Max tira de sus mejillas reclamando de nuevo toda su atención.

La verdad es que el niño nunca ha estado demasiado a gusto con las mujeres hasta que llegó Miller, y aunque Kennedy conocía a mi sobrino desde hace más tiempo e incluso hizo de canguro cuando mi hermano necesitaba ayuda, Max no le ha cogido verdadero cariño hasta esta temporada.

No me extraña. Comprendo perfectamente que se sienta encantado con ella.

Cruzo la habitación, me acerco a ellos y me pongo en cuclillas para estar a la altura de ambos.

—Perdona, Maxie. ¿No me vas a decir ni siquiera hola?

Dice que no con la cabeza y esboza una sonrisa pícara que se parece un montón a la mía.

—¿Qué? —le pregunto haciéndome el asustado—. Pero si soy tu tío favorito.

—Ken —dice.

—Kennedy es tu tía Ken, pero eso no significa que yo no siga siendo tu tío preferido.

—O tu único tío, más bien —murmura ella.

—Ahí le has dado —dice Cody desde el sofá.

Le lanzo una mirada de advertencia a Ken, pero no le causa mucho efecto porque sé que en realidad la estoy mirando como si nunca hubiera visto nada más maravilloso. Además, cuando se burla de mí, se le pone una sonrisa traviesa y le brillan los ojos de una manera que me encanta.

Max se apoya en Kennedy y pone la cabeza sobre su hombro, escondiéndose de mí.

—Eh, chaval. Es mi mujer, no la tuya.

—Mía —dice, y se echa a reír.

Travis suelta una carcajada.

—Me pregunto de quién habrá sacado eso, Rhodes.

Kennedy le pasa la mano por la espalda antes de apoyar la mejilla en su cabeza. Lo hace con mucha naturalidad, como si, cuando se trata de Max, sus dificultades para abrazar a otro ser humano desaparecieran.

Es bonito. Es realmente precioso.

Hasta que no apareció Max, éramos solo Kai y yo. Fue terrible cuando mi hermano tuvo que criar solo al niño, pero al mismo tiempo aquello supuso un rayo de esperanza. Siempre nos habíamos cuidado mucho el uno al otro, componíamos una pequeña familia, y era como si temiéramos que uno de nosotros pudiese quedarse solo, pero cuando llegó Max y ese círculo se amplió, todo cambió.

Poco después apareció Miller. Y luego también Monty. Aunque yo más bien creo que Monty se introdujo en nuestra familia mucho antes de que mi hermano empezara a salir con su hija.

Y ahora está Kennedy, que ve nuestro matrimonio como algo provisional y oportuno, pero mentiría si dijera que no me encanta tenerla aquí, en casa de mi hermano, con el resto de mi equipo, luciendo en el dedo la alianza de mi madre.

—Está bien —cedo—. Menos mal que te quiero mucho, Bichito, porque, si no, ni de coña la compartiría contigo ni con nadie.

—Max, ya va siendo hora de que te prepares para ir a la cama —dice mi hermano cruzando la habitación mientras se nos acerca.

—¡No! —Max se vuelve y esconde la cara en el hombro de Kennedy, para que no lo vea su padre.

—Venga, Bichito. Dales las buenas noches a tu tía y a tu tío. Y a todos los demás también.

—Monny.

—Sí, el abuelo Monty viene de camino. Vamos a dejarle que sea él quien te lea un cuento antes de dormir, ¿de acuerdo?

Max se anima al oír eso porque adora a Monty.

A mí me cuesta trabajo llamarlo «abuelo Monty» sin que me dé la risa. Monty tiene cuarenta y tantos años, es pura masa muscular, va cubierto de tatuajes e intimida un huevo si no lo conoces. Pero su hija no biológica tiene ahora un hijo no biológico y, pese a no haber lazos de sangre, Monty está hecho todo un abuelo con Max.

Yo me aseguro de recordárselo siempre que puedo, sobre todo delante del equipo o cuando estoy especialmente ansioso por meterme con él.

—Ah, ¿va a venir el abuelo? —pregunta Travis.

—¡Qué ganas tengo de ver al abuelo Monty! —intervengo.

—Pero primero toca la hora del baño —continúa mi hermano—. Deberíamos ir empezando ya, ¿no crees?

Los radiantes ojos azules de Max escudriñan la opinión de Kennedy, y ella da su aprobación con tanto entusiasmo como si fuera la mejor idea que ha oído en su vida. Pero como parece que esta no era la respuesta que mi sobrino esperaba, dirige la atención hacia mí.

—Vaya, ahora sí quieres hablar conmigo, ¿eh? Primero me robas a mi chica y ahora intentas que te ayude a librarte del baño. —Me río porque no me lo puedo creer—. Pues de eso nada, hombrecito. Estás en mi lista de mier… de cacas.

Max echa la cabeza atrás, muerto de risa por la palabra.

—Cacas —repite.

—Asombroso. —El tono de Kai es todo sarcasmo—. Exactamente la palabra que esperaba que añadieras a tu vocabulario. Tu tío va a estar en mi lista de cacas por enseñarte eso. Da las buenas noches a los chicos, Bicho.

Max recorre la sala de estar entera entrechocando los nudillos con todos nuestros compañeros de equipo; luego, cuando Kai lo coge en brazos y se lo coloca en la cadera, me dice adiós con la mano y a Kennedy le manda un beso sonoro con su diminuta manita.

—¡Pero bueno! —protesto—. ¡Estoy aquí, tío!

Kai menea la cabeza con una sonrisa contenida, y la risa que le entra a Max le dura todo el recorrido hasta su dormitorio.

La sala de estar vuelve a centrarse en el partido de la tele.

—Mira que tener celos de un niño de dos años… —dice Kennedy en voz baja—. Eso es una novedad en ti.

—Llevo años poniéndome celoso por tu culpa, Ken. Me da igual la edad que tenga el tío.

Se aguanta la risa y yo tomo asiento en el suelo a su lado con la espalda apoyada en la pared.

—Hola.

—Hola. —Su sonrisa es suave, su postura relajada. Nada que ver con la doctora a la que estoy acostumbrado a encontrarme en el trabajo. No esperaba que se sintiera tan cómoda aquí con el equipo.

Se abre la puerta de la calle y Monty entra en la casa ya repleta y va derecho a ver a su hija, le pasa un brazo por los hombros y la besa en la coronilla.

—Ha llegado el abuelo —anuncia Travis—. ¿Necesitas que te ayude a sacar el andador del coche?

Cody mira hacia la cocina.

—Ah, hola, abuelo Monty. He encontrado un frasco de pequeñas píldoras azules en el vestuario. Supongo que serán tuyas.

—En lugar de ir yo a la tienda, deberías haber ido tú. Los miércoles hacen descuento a los vejetes.

Con un lento parpadeo, se vuelve hacia su hija.

—¿Está Max por ahí?

—Se está bañando.

—Estupendo. —Desvía de nuevo la atención hacia nosotros—. A vosotros, los tres idiotas, más os valdría mantener la puta boca cerrada. Travis, cuando corras unos esprints mañana, hablaremos de quién necesita un andador. Cody, si necesitas medicamentos para que se te empalme la polla, no tienes más que decirlo. No hay por qué avergonzarse de eso. No hace falta que finjas haber encontrado las píldoras, cuando todos sabemos que te has suscrito para que las entreguen en tu apartamento. En cuanto a Isaiah, me cortaré porque no te quiero avergonzar delante de tu mujer. Todos sabemos que te la cascas a menudo. —Suspira y mira a su hija—. Qué ganas tengo de que acabe el año.

—Viejo cascarrabias —murmuro de modo que lo pueda oír.

Monty me hace la peseta desde la cocina.

—Kennedy, he oído que la semana que viene te van a hacer una entrevista en San Francisco —dice uno de nuestros *infielders*—. La vida marital con Rhodes ha sido tan espantosa que te buscas el mismo curro en la otra punta del país para huir de él, ¿no?

Ella duda un momento a mi lado. Lo que todos creen es que esa entrevista no es más que un movimiento lateral hacia una nueva ciudad. Nadie conoce sus cualificaciones ni que en su nuevo puesto será la médica principal.

Nadie, excepto yo.

Capto la mirada de Monty desde el otro lado de la habitación mientras espera la respuesta de Kennedy.

—Es complicado —contesta, procurando no mentir.

Cody y Travis centran la atención en mí porque, aunque saben que nuestro matrimonio es una pantomima y esta será una manera fácil de solucionar la situación, también saben lo que yo siento de verdad por ella.

—¿Qué vais a hacer si te contratan y tienes que marcharte a San Francisco? —se inmiscuye otro compañero del equipo—. Rhodes tendrá que aceptar un intercambio, ¿no?

—Lo teníamos todo planeado desde el principio —explica Kennedy.

—Vaya... Eso tiene mucho más sentido que el puto rollo de seguir casados para siempre para conservar tu empleo.

—Tal y como te trata el doctor Fredrick, no me extraña que te vayas —dice otro—. Así podrás partir de cero a las órdenes de un médico jefe que no sea un completo gilipollas.

Partir de cero.

Por un lado, odio que acabe consiguiendo ese trabajo y, por otro, quiero animarla. ¿Es eso lo que significa inequívocamente preocuparse de otra persona? ¿Querer lo mejor para ella aunque te duela de cojones?

Quiero que Kennedy medre en el trabajo para el que ha estudiado y para el que está sobradamente preparada. Quiero que se libre del doctor

Fredrick. Quiero que se sienta cómoda en su propia piel y que entienda lo que significa ser amada.

Solo que desearía que todas esas cosas pudiera hacerlas conmigo.

—¿Los de San Francisco van a contratar en plena temporada a una entrenadora de atletismo? —pregunta Monty desde el otro lado de la habitación con un tono de recelo.

Kennedy se muestra dubitativa. Mi pequeña planificadora no tenía programada esta pregunta.

—Quieren asegurarse de que encaja con el resto de la plantilla —respondo por ella.

Monty frunce el ceño.

—Es algo que suelen hacer cuando buscan contratar a alguien para un cargo principal, pero no es habitual cuando se trata de miembros del personal de apoyo.

Le lanzo una mirada que tácitamente viene a decir que lo deje, pero sigue estudiándonos desde el otro extremo de la habitación.

Afortunadamente, el chasquido de un bate en la televisión acapara la atención de todos, de manera que el interrogatorio queda relegado al pasado.

Kennedy suspira antes de apoyar la cabeza en la pared para mirarme.

—No debería haber venido.

—Créeme, Kenny. Yo siempre quiero que vengas. Como marido tuyo que soy, tengo la responsabilidad de asegurarme de que vienes.

Me da un golpecito en el estómago con el dorso de la mano.

Me río entre dientes.

—Te habría invitado yo mismo, pero estoy tan acostumbrado a que me rechaces todos estos estos años… Imaginaba que dirías que no.

—Haces que parezca que me lo pedías sistemáticamente durante tres años. No lo hacías con demasiada frecuencia.

—No ha habido una sola noche, cuando estábamos de viaje, en que no te haya invitado a participar en cualquier cosa que hacíamos u en la que no haya obligado a uno de los chicos a que lo hiciera por mí, pero a ti, Kennedy Kay, se te da estupendamente mantener mi ego a raya.

—Lo siento. Solo estabas siendo amable; en cambio, yo…

—Oh, no te ablandes ahora conmigo, Kenny. No solo estaba siendo amable. Intentaba ligar contigo. Descaradamente, podría añadir.

No se ríe. Tampoco contesta. Pero su cara me dice todo lo que necesito saber.

Después de la otra noche en Mineápolis, cuando presenció mi lado más vulnerable, me ve de otra manera. Me trata de otra manera.

Pero no sé si esa diferencia es algo bueno o malo.

Le doy un empujoncito con la rodilla en la suya.

—Bueno, te voy a dar una oportunidad de compensarme por todas tus negativas. Si te invitara a algo justo ahora, ¿dirías que sí?

—Depende.

—¿Depende de qué?

—De los detalles.

Invado un poco su espacio, pero no se retira.

—Tienes que darme una respuesta antes de darte yo los detalles. Sé espontánea, Kenny. ¿Sí o no? ¿Quieres venir?

—Isaiah, soy una planificadora.

—Lo sé, créeme, pero ahora no tienes nada que planear. Lo único que necesitas saber es que yo estaré contigo.

Por la cara que pone, parece que va resolviendo la duda.

—Venga, dime. ¿Te apuntas?

Se apoya en mí; con las cabezas apoyadas en la pared, nuestros labios están a tan solo unas pulgadas de distancia.

—Me apunto.

—Esa es mi chica.

Sin recostarse, Kennedy dobla las piernas y deja que la izquierda caiga sobre mi regazo. Solo la mantiene ahí una fracción de segundo, antes de pensárselo dos veces; entonces deja de mirarme y vuelve a acercar la pierna a su pecho.

Como me da rabia que se sienta incómoda, deslizo la mano entre sus rodillas y hago que su pierna repose de nuevo sobre mi regazo.

—Sé que dijiste que nunca habías tenido una cita que no fuera para un asunto de etiqueta —continúo, como si no hubiera pasado nada.

—¿Una cita?

—Llámalo como quieras, Ken, pero la ceremonia de entrega del premio a Kai es el sábado, y se me haría raro presentarme sin mi mujer. Irán los Remington.

—¿Por eso quieres que vaya?

Le paso la palma de la mano por el muslo cubierto por la tela del pantalón vaquero.

—Sabes perfectamente que esa no es la razón por la que quiero que vengas, pero si necesitas creer que esa es la razón, puedes hacerlo.

No duda ni un momento cuando dice:

—No necesito creer nada.

Con la lengua se lame el labio inferior, y me cuesta un esfuerzo ímprobo no salvar las dos pulgadas que nos separan y presionar mi boca contra la suya. Pero la habitación está llena de gente para la que trabaja y, aunque se va acostumbrando al afecto físico, no estoy seguro de si estará preparada para la variante de exhibición en público.

Suena el móvil de Kennedy en su regazo interrumpiendo el momento, y no puedo evitar leer el nombre que aparece en la pantalla.

Connor Danforth.

—¿Por qué te manda un mensaje?

Se encoge de hombros.

—No ha parado de mandarme mensajes desde aquella cena de Atlanta.

Me enderezo contra la pared.

—¿Cómo dices?

Me enseña la pantalla con las fechas de los mensajes, que abarcan desde hace unas semanas hasta hoy. Ella no ha contestado a ninguno.

Connor Danforth: *No sé qué coño estás haciendo con ese tío, pero parece una broma de mal gusto. Rompe con él, Kennedy. No da una buena imagen a tu familia.*

Connor Danforth: *Si no me contestas por lo que dijo Mallory, realmente necesitas superarlo. ¿Qué esperabas? Ni siquiera me tocabas. Tuve que buscar el sexo en otra parte.*

Connor Danforth: *Yo quería que fueras tú. Es más, a veces sigo queriendo que seas tú.*

Connor Danforth: *¿De verdad que me engañabas con ese tío?*

Connor Danforth: *¿No vas a responderme? Estábamos prometidos, ¿es que no me vas a contestar ni siquiera por cortesía? ¿Qué coño te pasó para que te volvieras tan fría, Kennedy?*

Le quito el móvil hecho una furia y mis pulgares empiezan a teclear en la pantalla.

—No hagas eso. —Kennedy pone su mano sobre la mía para que lo deje—. No merece la pena.

—Joder, Ken. Te está acosando.

—No me importa —dice impertérrita, como si verdaderamente no le afectara lo más mínimo.

Eso me hace muy feliz.

—Vale —cedo, y le devuelvo el móvil—. Pero si sigue enviándote mensajes, házmelo saber y tomaré medidas, ¿de acuerdo?

—De acuerdo.

Deja el teléfono en el suelo con la pantalla hacia abajo.

Le paso la mano con suavidad por el muslo y froto distraídamente la palma contra la tela vaquera mientras los dos empezamos a centrarnos en el partido que echan por la tele. A nuestro alrededor, mis compañeros de equipo pegan unos alaridos tremendos y hacen un ruido infernal, pero Kennedy y yo guardamos completo silencio. Está a punto de apoyar la cabeza en mi hombro mientras deslizo la mano por el interior de su muslo. Así pasamos un buen rato hasta que Kennedy me pregunta en voz baja:

—¿Tú crees que soy fría?

«Me dan ganas de matarlo, joder».

Con el dorso de la mano, compruebo la temperatura de su frente.

—Estás bien calentita.

—Isaiah, hablo en serio. Creo que me pasa algo.

—No te pasa absolutamente nada y me cago en él por hacerte creer que sí, Kennedy. Nadie se ha portado nunca de una forma cálida contigo, incluido ese tío, ¿cómo vas a saber comportarte de otra manera?

—O sea, que sí crees que soy fría.

Respiro lentamente.

—Puede que sí lo piense. Pero no creo que eso sea nada malo ni raro que requiera una solución. Es parte de tu personalidad. Eres un poco reservada. Y un pelín insegura con la gente. —Tomo su mano en la mía y, por un momento, no se resiste—. Pero también me parece que me ha tocado la lotería por saber que ya no titubeas ni te muestras insegura conmigo. Me gusta que seas un hueso duro de roer, porque cuando digo alguna estupidez y te veo sonreír, sé que lo haces por mí. Y esa sonrisa es lo más cálido que conozco.

Frunce un poco el ceño y entreabre la boca. Me está mirando como si no se pudiera creer que me pueda gustar su fría apariencia. Como si no pudiera gustarme que no me lo haya puesto nada fácil. Han pasado ya unos años y no ha habido una sola cosa que Kennedy hiciera o dijera que me haya echado atrás.

—Además —continúo, jugando con el anillo de su dedo—, el invierno siempre ha sido mi estación favorita.

Estalla en una sonora carcajada, impropia de Kennedy, que luego da paso a la sonrisa que anhelaba ver.

—A veces no puedo contigo —dice, antes de dejar caer la cabeza sobre mi hombro y no moverla de ahí.

No hay duda. Estoy completamente loco por esta chica.

21
Isaiah

—¡Ya estoy casi lista!

Recostándome en el lavabo, me cruzo de brazos.

—Tómate el tiempo que necesites, Kenny. No van a empezar sin nosotros.

«Yo no quiero que empiece nunca».

Por debajo de la cabina del baño, la veo saltando a la pata coja intentando ponerse el otro zapato de tacón alto. El doctor Fredrick ha intentado que se quedara trabajando en la sala de entrenamiento esta noche, limpiando, organizando y reordenando las provisiones médicas, mientras él y el resto de la plantilla asistían a la ceremonia de mi hermano, pero Reese se ha enterado y ha puesto freno a sus intenciones. Aun así, Fredrick ha tenido a Kennedy trabajando hasta el último minuto posible. Por eso me he visto obligado a traerle la ropa, el calzado y las joyas al cuarto de baño para que se cambie en un periquete.

—¿Quién se ha creído que es? —pregunta con un resoplido—. Hasta donde él sabe, esta es la ceremonia de mi cuñado. Podría haberle encargado a cualquier otro miembro de la plantilla que se quedara trabajando hasta tan tarde.

—Claro que esta es la ceremonia de tu cuñado.

—Bueno, ya sabes a lo que me refiero… —Me imagino el gesto que está haciendo tras la puerta del cubículo del baño—. Qué ganas tengo de no seguir trabajando para este tío, de verdad. Se ha puesto contentísimo de que me haya cogido libre el lunes para ir a la entrevista; sin embargo, esta noche, después de haber estado trabajando todo el día, no me ha dejado ni respirar. ¿Cómo puede ser tan capullo?

Quiero decirle algo, animarla ante la perspectiva de San Francisco, donde las cosas sin duda le irán mejor, pero no saco la energía suficiente para hacerlo. Quiero que consiga ese trabajo, desde luego, y puede que su felicidad me ayude a salir adelante, pese a echarla de menos como sé que la voy a echar.

Esta noche va a ser una puta mierda, sobre todo sabiendo que ella también se marcha.

—¿Te importa subirme la cremallera?

Utiliza un tono de lo más desenfadado cuando abre la puerta, como si no fuera consciente de que me iba a quedar sin aliento en cuanto la viera.

Lleva un vestido blanco con pedrería que se amolda a cada centímetro de su cuerpo hasta rozar el suelo. Se ajusta alrededor del cuello, donde ella sujeta la tela para que yo le ayude con la cremallera. Lleva el pelo rizado en grandes ondas recogido a un lado (es como suele peinarse cuando se viste elegante) y sus joyas son todas plateadas, menos la alianza de oro con la piedra púrpura de su dedo anular izquierdo. Se ha quedado mirando al suelo, sujetando la parte trasera del vestido, por lo que no se da cuenta de que estoy jodidamente sin habla y con el culo pegado a la encimera del baño. Esta mujer es la persona más impresionante que conozco, y todavía no sé cómo tengo la suerte de poder llamarla «mi esposa»…, aunque ella piense que esa parte es temporal.

—Me parece que no va a ser fácil subir esa cremallera. Tiene demasiada pedrería alrededor. Intentaré subirla de un tirón… —Meneo la cabeza de un lado a otro—. Aunque, si por mí fuera, la dejaría bajada —bromeo.

Finalmente, ella levanta la vista y me dice esbozando una sonrisa pícara:

—Si no me la subes, tendré que dejar el vestido colgando por la cintura y te advierto, Rhodes, que no llevo sujetador.

«La madre que la parió».

Esa imagen va directa a mi polla, y aunque voy vestido de punta en blanco, con una puta corbata y todo, mi cuerpo no tiene inconveniente en que se me ponga dura ante la mera idea de mi mujer saliendo por ahí sin sujetador y con la espalda al aire.

—Pues entonces no me va a quedar más remedio que subírtela. —Me coloco tras ella y los dos nos quedamos mirando al espejo—. Sería la primera vez que te vería desnuda del todo, y no me apetece compartir eso con nadie.

A través del espejo veo cómo contiene una sonrisa antes de que mis ojos recorran su columna vertebral. Su fina piel está decorada de pequeñas pecas que descienden hasta donde se ensanchan las caderas, que mantienen el vestido muy ceñido a su cuerpo. Observo cómo sus omoplatos se mueven con la respiración, cómo sus delicados dedos unen el cierre. Busco el tirador de la cremallera en la parte baja de su espalda, lo que me permite disfrutar de una magnífica panorámica de la zona superior de su culo. Tampoco puedo apartar la mirada de la espalda desnuda que luce con ese vestido, ni de la suave curva de sus pechos.

Dios mío, tiene un aspecto increíble.

Fuera del trabajo, Kennedy tiende a elegir para su vestuario colores neutros o bien el blanco y el negro. Ahora me doy cuenta de que le sientan estupendamente, aunque yo antes creyera que necesitaba todo el colorido del mundo. Estos tonos neutros complementan y realzan su belleza.

—No consigo mover la cremallera y los botones de la nuca se me resisten. No va a ser una tarea fácil.

Le retiro el pelo de la espalda y lo dejo caer por un hombro. De este modo puedo abrocharle por fin los botoncitos satinados que el vestido tiene cerca del cuello y eso me facilitará un poco la tarea de subirle la cremallera.

Noto que traga saliva cuando deslizo las yemas de los dedos por su cuello y luego por la suave curva de su columna, tomándome mi tiempo para encontrar la cremallera. Deslizo los dedos por la tela, dejando que mis nudillos rocen la parte baja de su espalda. Me aseguro de mantener nuestra conexión mientras subo lentamente la cremallera, y luego, cuando he cumplido con mi tarea, deslizo las manos por la tela del vestido hasta llegar a sus caderas y la atraigo hacia mí.

Se relaja en mi pecho y nos quedamos mirándonos a los ojos a través del espejo.

—Preciosa —susurro en el mismo cuarto de baño en el que nos vimos por primera vez.

Interrumpe el contacto visual y se apoya en mí.

—Nunca te había visto así vestido. Parece como si… —dice.

Ella vestida de blanco y yo con un traje negro.

—Como si nos fuéramos a casar, ¿no? —termino la frase por ella.

Lentamente, sus ojos marrones vuelven a buscar los míos en el reflejo del espejo. Así es como deberíamos haber ido vestidos cuando nos casamos, pero la verdad es que no cambiaría por nada el recuerdo que tengo de Kennedy recorriendo el pasillo hacia mí con su minivestido blanco, la cazadora vaquera y las Vans con plataforma.

Se queda observando nuestra imagen en el espejo, no se trata de ninguna mirada sensual, es una mirada valorativa.

Hundo las yemas de los dedos en su cintura.

—¿En qué estás pensando?

—En que no puedo estar más agradecida por no haberme casado con Connor.

«Pero ¿estás agradecida por haberte casado conmigo?».

Tengo la pregunta en la punta de la lengua, cuando me suena el móvil en el bolsillo, interrumpiendo ese momento tan bonito.

Kai: *Aunque no te apetezca nada, tenemos que empezar antes de que Max se desmaye. ¿Venís o qué?*

Respiro nervioso.

—¿Estás preparada?

Kennedy dobla la ropa de trabajo y la deja en el mueble del lavabo para recogerla después. Teniendo en cuenta que ella y yo somos los únicos que utilizamos este cuarto de baño, se puede dar por hecho que nadie se llevará la ropa esta noche.

Abro la puerta y dejo que salga la primera.

La sigo hasta el *dugout,* subimos las escaleras y salimos a la hierba, donde pasamos por sitios mugrientos que la obligan a cogerse el vestido para que los bordes no se manchen. Los zapatos de tacón se le ensucian tanto que tengo que aguantarme las ganas de cogerla en brazos para que no se le manche ese bonito conjunto.

Cuando terminó nuestro partido a primera hora de la tarde, empezaron a montar un pequeño escenario a la altura de la tercera base con unas mesas redondas y sillas para la audiencia. Todo el equipo está aquí, y también los directivos y el personal técnico, incluso hay algunos abonados, invitados, supongo, por Remington por todos los años que han seguido al equipo, a los que conozco.

Todo el mundo se ha vestido para impresionar: las mujeres llevan vestidos largos, y los hombres, esmóquines y trajes. Uno creería que esto es una boda de la realeza, no una ceremonia de entrega de un diploma a mi hermano. Pero los Remington querían celebrar por todo lo alto la hazaña de Kai: es el primer Warrior que ha conseguido los tres mil *strikeouts*. Así que aquí estamos, dispuestos a cenar, bailar y lo que haga falta.

Una mano pequeña roza la mía, con cautela. Bajo la mirada para ver que Kennedy entrelaza sus dedos con los míos; su piel pálida contrasta con mi bronceado.

No me quiero hacer demasiadas ilusiones por ese gesto, así que miro a mi alrededor y enseguida veo que Reese y Arthur Remington se están acercando a nosotros. Pero no me llevo una desilusión. Ya sabía que, si Kennedy me cogía de la mano, no era solo porque quería hacerlo.

—¿Qué tal los recién casados? —pregunta Arthur.

—Bien, ahora que a Kennedy no la obligan a trabajar en lugar de asistir a la ceremonia de su cuñado… —murmura Reese por lo bajo.

Arthur frunce sus blancas cejas.

—¿A qué te refieres?

—Ya hablaremos de eso más tarde.

La severa mirada de Reese me dice que, sin la menor duda, hablarán del doctor Fredrick más tarde.

Bien. A ese tío hay que ponerle en su sitio, y los tres años que he estado viendo cómo trataba a la única mujer de la plantilla, me dice que Arthur no es capaz de hacer algo así. Pero puede que Reese sí lo sea.

—Reese, gracias por salvarme —dice Kennedy—. No quería perderme esto. Estás guapísima.

—Tú también, señora Rhodes.

Le doy un leve apretón a Kennedy en la mano.

—Isaiah, tú también tienes un aspecto estupendo —interviene Arthur.

Me río entre dientes.

—Gracias a los dos por haber organizado esto en honor a mi hermano. Significa mucho para nuestra familia.

Sin pensármelo demasiado, miro a mi mujer mientras digo esas palabras. Supongo que contribuirá a que cuele todo este rollo de nuestro matrimonio.

—Como bien sabes, siempre hemos estado los dos solos, de modo que ver a toda esta gente homenajeándole... La verdad es que se lo merece.

Esta vez es Kennedy la que me aprieta la mano.

—Claro que se lo merece —dice Arthur—. Estamos orgullosos de teneros a los dos jugando en nuestro equipo. Esto siempre ha parecido una familia, y recientemente muchos de vosotros habéis formado de verdad una familia. Me enorgullece dejar atrás ese legado. —Pone la mano sobre el hombro de Reese—. Ya solo falta que te cases para morirme feliz.

—Por Dios, abuelo. —Reese menea la cabeza—. Qué obsesión tienes con la muerte...

—¿Estás soltera? —pregunta Kennedy.

—Pues sí.

—Es porque intimida a los chicos cuando los lleva a casa —dice Arthur.

—No le hagas caso —dice Reese en voz baja a Kennedy—. Llevo no sé cuánto tiempo sin llevar «chicos» a casa. Es lo último que se me ocurriría hacer ahora, cuando estoy aprendiendo a hacerme cargo de toda una franquicia de las Grandes Ligas del Béisbol. Estoy a punto de ser la primera mujer propietaria de un equipo en la liga. La gente ya da por descontado que, al frente de todo esto, hay un hombre entre bastidores. ¿Sabes lo que quiero decir?

Kennedy la mira y asiente convencida.

—Sé perfectamente lo que quieres decir.

Siento una pesada losa en el pecho porque sé que se refiere a mí. Cuando vaya el lunes a la entrevista, sabrán que está casada conmigo. ¿Contribuirá eso a que obtenga el empleo? No, ni de coña. Lo obtendrá porque está cualificada y porque es buenísima en lo suyo.

Pero cuando reciba esa oferta, ¿habrá una parte de ella que asumirá que es por mí? Arthur hace un gesto con el que quiere quitar importancia a lo que está diciendo su nieta. Es de la vieja escuela y no entiende lo difícil que es para las mujeres trabajar o promocionarse en un deporte en el que dominan los hombres.

Alguien le dice algo al oído.

—Creo que deberíamos ocupar nuestros asientos. Tu hermano quiere empezar ya.

—Me alegro de verte —añade Reese, antes de seguir a su abuelo hacia la mesa.

Kennedy me suelta la mano, aunque intento convencerme de que lo hace porque la necesita para recogerse el vestido.

—Me cae bien.

—Sí, es una tía enrollada. El año que viene será la jefa y me alegro.

—Parte de mí desearía seguir aquí para verlo.

Lo dice tan tranquila, mientras que absolutamente todas las partes de mí desearían que Kennedy estuviera por aquí el año que viene para verlo.

Encontramos nuestra mesa, justo al lado del escenario. Miller va vestida de verde oscuro y está sentada en el regazo de mi hermano. Kai y Monty van bien trajeados, pero el más gracioso de todos es Max, que lleva una pajarita.

Se le nota claramente que tiene sueño; como ya va siendo su hora de irse a la cama, se recuesta en el hombro de Monty.

—¡Qué guapa estás, Ken! —exclama Miller.

—¡Lo mismo te digo! —Kennedy pasa un brazo por el hombro de Miller y la abraza antes de plantar un beso en lo alto de la cabeza de Max, como si abrazar a su amiga y besar a mi sobrino fuera algo de lo más natural. Luego ocupa su asiento, dejando una silla libre para mí a su lado.

Miller se levanta del regazo de mi hermano y vuelve a ocupar su silla; tanto ella como Kennedy se apoyan en mi silla libre para charlar entre ellas.

—¿Estás preparado para esto? —pregunta en voz baja Kai.

—Pues no —digo con una áspera sonrisa.

Me examina.

—Dime la verdad, Isaiah. ¿No te lo vas a tomar a mal?

—Kai, si esto es lo que te va a hacer feliz, aprenderé a no tomármelo a mal, de verdad.

Una leve sonrisa asoma a sus labios cuando asiente con la cabeza.

—Sí, esto es lo que me va a hacer feliz.

—Entonces hazlo. Verte feliz es todo lo que he querido siempre para ti.

Me da una palmada en la nuca y me abraza.

—Te quiero, chaval.

—Vale. Yo a ti también.

—Gracias por todo.

—Joder —le contesto—. No empieces ahora con eso.

—Kai —dice alguien, y ambos nos separamos—, ¿estás preparado para empezar?

Dice que sí con la cabeza, le pasa una mano por el pelo a Max, le da un beso a Miller y sigue al maestro de ceremonias hasta el escenario.

Ocupamos nuestros asientos, Kennedy a mi izquierda y Miller a mi derecha, con Monty y Max al otro lado de la mesa.

Arthur Remington dice unas pocas palabras, da la bienvenida a la multitud y presenta a mi hermano, antes de hacerse a un lado y dejarle todo el escenario.

Kai se aclara la garganta antes de reclinarse sobre el micrófono, saca unas notas de la chaqueta del traje y luego pone las manos a los dos lados del atril.

—Antes que nada, quiero dar las gracias a los Remington por organizar este acto. He conocido a propietarios de otros equipos y trabajado para ellos, y otros jugadores me han contado sus experiencias en ese sentido, así que puedo afirmar que aquí, en Chicago, somos afortunados por tener a los Remington. Son muy generosos. Así que gracias.

Mi hermano hace una pausa porque la gente empieza a aplaudir y solo vuelve a retomar su discurso cuando todos guardan silencio.

—Quiero dar las gracias a todos los que han sacado tiempo para venir aquí esta noche. A mis compañeros de equipo, que no tenían demasiadas ganas de ponerse elegantes. —La multitud se ríe—. A la plantilla del equipo, sin la cual no podríamos jugar, y a mi familia, que ocupa el centro de mi vida. —Dirige la atención a Miller—. Tres mil *strikeouts* es un hito que nunca, ni en sueños, creí que iba a alcanzar. Existen algunas leyendas que me precedieron y que hicieron lo mismo, pero nunca me atreví a imaginarme en su misma categoría. Son quienes me han allanado el camino que me ha traído hasta aquí esta noche, de modo que quiero dar muchas gracias a los diecinueve tíos que hicieron esto antes que yo. —Echa una ojeada a sus anotaciones—. Algunos de ellos son jugadores que yo idolatraba de pequeño, y tengo la certeza de que yo no estaría aquí hoy si no hubieran provocado en mí el sueño de jugar también a este deporte.

Kai suspira profundamente y carraspea.

—Max, mi hijo —dirige la atención hacia el pequeño con una sonrisa—, que está a punto de desmayarse en el hombro de Monty porque ya ha pasado su hora de acostarse, es con mucho lo mejor que me ha ocurrido en la vida. Antes pensaba que mi principal objetivo en la vida era jugar a este deporte, tal vez batir algunos récords, pero no podía estar más equivocado. Tú eres todo lo que yo no sabía que necesitaba, y cada día me aportas tu alegría contagiosa y le das sentido a mi vida.

Con el rabillo del ojo capto a Miller enjugándose la mejilla.

—Me cuesta trabajo imaginar un grupo mejor en el que criar a mi hijo —afirma Kai, mirando hacia nuestros compañeros de equipo—. No tengo palabras para agradeceros todo lo que me ayudasteis durante su primer año. Cuando no sabía cómo arreglármelas, todos estabais allí ofreciéndoos para hacer de canguro o para traerme cosas del supermercado. Cody incluso aprendió a cambiar pañales, y todavía no estoy seguro de si me lo ha perdonado.

La gente se ríe de nuevo.

—Pero la persona que más me ayudó con el niño ese primer año fue ese tío de la derecha. —Señala a Monty—. Antes de que me contrataran en los Windy City Warriors, solo había conocido a entrenadores que eran solo eso: entrenadores. Fuera del béisbol no se preocupaban de ti ni te cuidaban. Sin embargo, este tío… —Kai se aclara la garganta y yo sé que está intentando contener la emoción—. Este tío no es solo mi entrenador, sino también mi caja de resonancia; es una figura paterna para mi hermano y para mí y, lo más importante, es mi amigo. Y siempre estaré agradecido de que Chicago contratara a mi hermano porque, gracias a eso, vine a parar a un sitio en el que conocí a Monty y a su hija. Y, por si fuera poco, Monty está a punto de convertirse en mi suegro.

Monty asiente medio en broma con la cabeza mientras mece a Max para que se duerma, pero resulta obvio para cualquiera que pueda verle que tiene los ojos empañados.

—Lo que me lleva a hablar de Miller. —Kai mira hacia ella con una sonrisa en la cara—. Maldita sea, cómo adoro a esta loca. —El público se regocija de nuevo ante estas palabras—. Eres la segunda cosa más importante que me ha pasado en la vida y sé que entiendes lo que quiero decir porque a ti te pasa lo mismo. —Miller se apresura a dar su conformidad asintiendo—. ¿Quién iba a decir que aquel fugaz encuentro en el ascensor nos iba a llevar hasta donde estamos hoy? —Se ríe entre dientes al recordarlo—. Gracias por amarme. Por querer a Max. Gracias por venir a casa cuando estabas preparada. Gracias por hacerme reír cuando había olvidado cómo se hacía y gracias por apoyar mis sueños mientras ibas en busca de los tuyos. Eres la luz de mi vida y no puedo creerme que vaya a pasar el resto de mis días contigo.

Tanto Miller como su padre se enjugan las mejillas. Y lo mismo hace la mitad del público; yo, de momento, me contengo. Me tiemblan las rodillas y tengo un nudo en la garganta por la emoción, pero no quiero que mi equipo me vea llorando. Nunca me han visto llorar. Yo soy el divertido, el payaso. El tío al que nunca le afectan las cosas. Pero no sé cómo voy a resistir cuando sé exactamente lo que viene ahora.

—Dicho esto —continúa Kai—, Miller y yo estamos persiguiendo ahora un nuevo sueño. Durante estos últimos años se me ha pasado por la cabeza varias veces la idea de abandonar mi carrera como jugador profesional porque sentía que necesitaba más tiempo para ocuparme de mis responsabilidades. Me sentía agobiado e incapaz de hacer malabarismos con todo.

Mi hermano hace una pausa y me mira. Hemos hablado la semana pasada de lo que va a anunciar, pero no por eso me duele menos.

—Hoy quiero anunciaros que dejo el béisbol profesional. —Un murmullo se propaga por la multitud, pero él sigue hablando—. Pero quiero que todos sepáis que esto no tiene nada que ver con que me sienta estancado ni nada parecido. Para mí es una alegría infinita dejar este deporte que tanto amo para hacer otra cosa que aún amo más: estar disponible para mi familia. Quiero apoyar a mi futura esposa en su carrera profesional y voy a poner todo mi afán y todo mi empeño en darle algún hermano a Max.

Kai suelta una risita y se atraganta un poco, lo que rompe la tensión entre la muchedumbre y hace que todos se echen a reír con él.

—Me siento afortunado de poder dejar de jugar profesionalmente para estar siempre a disposición como marido y como padre. Este es, sin duda, el mejor trabajo que he tenido nunca.

La multitud le aclama, pero yo no puedo hacerlo. Me alegro por él. Y por Max y por Miller también. Pero he jugado casi treinta años al béisbol con mi hermano y no sé cómo voy a poder seguir haciéndolo sin él.

Levanta la mano para señalar al grupo.

—Solo queda una persona a la que dirigirme.

Centra la atención en mí, pero instantáneamente interrumpe el contacto visual y se concentra agarrándose al atril con las dos manos, echándose hacia atrás y agachando la cabeza. Cuando vuelve a alzar la vista, está claro que ya ha derramado algunas lágrimas tras las gafas.

—Existe una sola razón por la que he amado este deporte durante toda mi vida. No son los triunfos ni los *strikeouts* ni los fans ni la gloria. He amado el béisbol por mi hermano. Isaiah tenía cuatro años y yo seis cuando entramos por primera vez en el mismo equipo de béisbol infantil. Él aún no tenía la edad técnicamente suficiente, pero le dije a nuestra madre que yo no iba a jugar a no ser que estuviera él también conmigo. Desde siempre lo hemos hecho todo juntos.

Asiento mientras me muerdo el labio con los dientes y noto que me arde la nariz y me pican los ojos. Quiero controlar mis emociones delante de toda esta gente. Quisiera esconderme en los lavabos para poder llorar a mis anchas. Pero cuando Kennedy desliza su mano entre la mía y mi muslo, enlazando nuestros dedos y apretándome la palma para animarme, ya no puedo resistir más. Echo un vistazo rápido a mi alrededor. No hay ningún propietario del equipo observándonos. Tan solo me mira ella. Aprieto su mano con más fuerza cuando derramo las primeras lágrimas.

«Te odio por esto», digo moviendo los labios en silencio y mirando a mi hermano. Se echa a reír con las lágrimas todavía cayendo por sus mejillas. Él nunca ha tenido reparo en admitir que las cosas pueden ser tristes, o duras, o dolorosas.

—Por mucho que me guste este deporte, lo que más echaré de menos será compartir el campo contigo. Viajar contigo. Pasar todos los días contigo. Qué suerte la mía por tener un hermano que al mismo tiempo es mi mejor amigo. Hay cosas que nadie entendería, aparte de nosotros: cosas que hemos experimentado, personas a las que hemos perdido… Y durante todo el tiempo nuestro objetivo ha sido estar aquí, jugando juntos en esta liga. Bueno, pues lo hemos conseguido, hermanito. Tú y yo. Y tenías razón: uno se siente bien cuando termina así.

Un sollozo agita mi pecho, pero consigo que no se oiga; nada puedo hacer, sin embargo, para evitar que las lágrimas se deslicen por mis mejillas. No quiero ni saber qué van a pensar mis compañeros de equipo después de verme así.

Pero esa preocupación desaparece rápidamente cuando veo que Kennedy se lleva el dorso de una mano a la cara mientras sigue con la otra enlazada a la mía.

Mi impávida y serena chica nunca llora. Estuvo a punto de hacerlo una vez, el día que la conocí, pero desde entonces nunca más. Y ahora está llorando por mí.

—¿Estás bien? —le susurro.

Kennedy me lanza una mirada que dice a gritos que a ella no le pasa nada, sino que se siente afectada por mí. Se lleva mi mano a la boca y la besa en el dorso, antes de colocarla sobre su regazo y cubrirla con su otra mano. Me alegro de que no me haya preguntado si yo estoy bien porque le hubiera dicho que no, pero la verdad es que no estoy ni remotamente bien.

Mi hermano se marcha del equipo la próxima temporada, y ella también.

—He querido contaros todo esto antes de que lo anuncie públicamente mañana —continúa Kai—. Esta va a ser mi última temporada y disfrutaré cada minuto que me quede. Gracias a todos.

22
Kennedy

Con un cóctel en la mano, miro a Isaiah y a Miller en la pista de baile. Kai ha estado tan ocupado desde que pronunció su discurso, hablando con los compañeros del equipo y con la plantilla, que Isaiah se ha encargado de llevar a Miller de vez en cuando a dar una vuelta.

La amistad que tienen entre ellos es muy natural, supongo que porque en cierto sentido se parecen. Alegres y relativamente desenfadados, saben cómo ser el centro de la fiesta si es necesario. Resulta evidente cómo se cuidan el uno al otro, y yo creo que su mutua estima se debe en gran parte a que saben lo mucho que el otro se preocupa por Kai.

El «hombre del momento» da las gracias a un abonado antes de volverse hacia la pista de baile, donde encuentra a su hermano con su prometida. Sonríe al verlos y luego dirige la atención hacia mí.

—Estás estupenda, Ken —dice, una vez que cruza la pista de baile, entrechocando su botella de cristal con mi copa.

—Conque te jubilas, ¿eh?

—Ya va siendo hora. El año que viene cumplo treinta y cuatro años. No quiero ser uno de esos tíos que intentan seguir jugando cuando el brazo ya no les da de sí. Quiero ser capaz de coger a mis hijos en brazos, y si he de ser sincero, últimamente, cuando estoy en el campo, echo de menos estar en casa. Me apetece estar en casa.

—No tienes que explicármelo. Creo que eres muy afortunado por contar con personas de las que te preocupas tanto y con las que quieres estar. Creo que ese es el sueño y la esperanza de cualquier mujer, que piensen en ellas como lo haces tú con Miller. Al menos, esa es mi esperanza.

Siento que me mira con el rabillo del ojo.

—Tú no necesitas tener esa esperanza, Kennedy.

Dejo la insinuación en el aire y, en lugar de contestarle, le pregunto:

—¿Qué querías decir en tu discurso cuando hablabas de Isaiah? ¿A qué te referías cuando decías que él tenía razón, que uno se siente bien terminando así?

Kai se ríe.

—Hace años, solíamos hablar de lo que supondría para nosotros el día después de que dejáramos el béisbol. A mí la idea me aterraba porque este deporte era lo único que había conocido. Lo único que deseaba y por lo que había trabajado. En cambio, Isaiah decía que él tenía ganas de que llegara ese momento. Solía decir: «Imagínate que, cuando todo esto haya acabado, hayas encontrado a tu persona ideal y tengas a alguien que te espere en casa y de cuya compañía vayas a disfrutar durante el resto de tu vida. Piensa en lo bien que te vas a sentir terminando así». —Kai sonríe en silencio mientras mira a Miller en la pista de baile—. Tenía razón. Uno se siente sencillamente de puta madre.

Entorno los ojos, algo confusa, y señalo la pista de baile.

—¿No sabías desde siempre que querías esa vida?

—Para nada. En aquella época, eso era lo último que me pasaba por la cabeza. Después de conseguir que Isaiah entrara en la liga, lo único que quería era divertirme y no tener ningún tipo de responsabilidades. Quería recuperar los años que me parecía haber perdido de niño. No veía un futuro más allá de eso; en cambio, Isaiah siempre lo vio. Eso es lo único que él siempre ha querido.

—¿Qué quería exactamente?

—Una familia. Unirse a una persona. Ya sabes, todas esas chorradas domésticas que ahora estoy a punto de hacer yo.

—¿Isaiah Rhodes? —Me río sin dar crédito a lo que estoy oyendo—. ¿Eso quería entonces?

—Y lo sigue queriendo —dice, como si fuera algo obvio para todo el mundo.

¡Pero si Isaiah es un *playboy*! Es cierto que he visto un lado suyo más serio y vulnerable, pero no hay que olvidar que este hombre no ha desperdiciado la ocasión de irse con todas las mujeres que le salían al paso. Sí, ha sido paciente y comprensivo conmigo, pero ¡eso qué importa!

Siento que todo mi sistema de creencias ha de ser puesto en tela de juicio ante la idea de que Isaiah quiera realmente sentar la cabeza y formar una familia.

Kai se vuelve hacia mí.

—Puede que no seas consciente de que Isaiah ha tenido siempre novias formales. Se comprometía. Les era fiel. Jamás lo vi mirando a ninguna otra cuando tenía una relación. Son los mismos atributos que le hacen ser tan buen amigo, pero sí, al tío le gusta la estabilidad de una relación. Bueno, hasta que dejó de gustarle.

Desvío la atención de Kai hacia su hermano, en la pista de baile. Con la cabeza echada hacia atrás, Isaiah se ríe a carcajadas por algo que le está contando Miller y, cerca de su ojo, el lunar desaparece con la risa.

He mirado muchas veces a Isaiah con anterioridad, pero si lo que está diciendo Kai es verdad, he de admitir que nunca le he «visto» realmente. Claro que Kai podría estar mintiendo por su hermano si quisiera, pero intuitivamente sé que no miente. Lo que hace que me plantee la pregunta...

—¿Por qué dejó de gustarle tener una novia formal?

Kai suelta un gruñido y lanza una rápida ojeada a su hermano.

—Me mataría si te lo contara.

—Cuéntamelo de todas formas.

—Maldita sea, Ken. Para estar en el campo de la medicina, no te preocupa en absoluto mi bienestar.

—Déjame ser egoísta por una vez, campeón.

Kai suspira resignado.

—Dean, tu hermanastro, es lo que pasó. Bueno, más o menos. No toda la culpa es suya, pero sí en gran parte.

—¿Qué ocurrió entre ellos? Isaiah no ha querido contármelo.

—Un detalle por su parte —dice en tono de sarcasmo—. No quiere que sepas lo hijoputa que es tu hermanastro, pero yo no tengo ningún reparo en ponerte al corriente. Dean iba a un instituto rival, pero siempre le había tenido manía a Isaiah. Yo era mayor y a mí no me hacía nada directamente, pero no paraba de meterse con mi hermano. Todo empezó cuando éramos unos críos. —Mueve la cabeza de un lado a otro—. En nuestro primer partido tras la muerte de mi madre, recuerdo que dijo algo repugnante acerca de ella mientras Isaiah estaba corriendo las bases, y aquello desencadenó una gran pelea. Y desde entonces no dejaron de pelearse. Cada vez que se encontraban nuestros equipos, discutían. Luego, cuando Isaiah se hizo algo mayor y empezó a salir con chicas, Dean encontró otra manera de joderle. No recuerdo una sola chica que saliera con mi hermano que no follara a sus espaldas con tu hermanastro. Por supuesto, esas chicas también tenían la culpa de hacerlo, pero Dean más, porque iba tras ellas deliberadamente. Después de haber sido engañado no sé cuántas veces, Isaiah no ha intentado tener ninguna otra relación seria.

—De eso hace más de diez años —es lo único que se me ocurre decir, porque me duele en el alma la idea de que el bueno e ingenuo de Isaiah averiguara que sus novias se estaban viendo en secreto con la persona que peor le caía.

—Tienes que entenderlo, Ken. Él tenía trece años cuando murió nuestra madre. Luego, inmediatamente después, cuando estaba aprendiendo lo que era una relación, todas las chicas por las que sentía algo también le dejaban. Lo único que ha querido el tío siempre es quedarse con alguien que le corresponda en el amor, pero jamás lo ha conseguido. Es normal que esté hasta los cojones y también lo es que yo odie a Dean por eso.

Creo que yo también puedo permitirme odiar a mi hermanastro por eso. No me importa que en aquella época fuera solo un adolescente. Él y yo vamos a tener unas palabritas sobre su forma de tratar al que ahora es mi marido.

—Tú eres la única persona con la que ha estado desde hace más de una década y…

—Pero no estamos juntos. No de esa manera, al menos.

Kai señala el anillo de su madre en mi dedo.

—¿Estás segura de que él lo sabe?

—Claro que lo sabe. —Las palabras me salen entrecortadas porque ni siquiera yo estoy segura de creérmelas.

Pues sí, estamos fingiendo una cosa. Siguiendo un juego. Pero la forma que tiene de mirarme, de cuidarme… Todas esas cosas son jodidamente reales.

Kai sigue hablando:

—Es bonito verle así otra vez, contigo, y lo último que quiero para él es que se sienta hecho mierda cuando todo esto termine y vuelva a ser el tío que ha sido durante los diez últimos años. No te estoy diciendo que tengas que seguir con él, pero protégele por mí, ¿lo harás?

Pero ¿qué pasa si quiero seguir con él? ¿Y si él quiere más de una sola noche, como siempre he creído? ¿Qué pasa si esto no es para él un mero entretenimiento?

Mis ojos le siguen por la pista de baile. Se mueve despacio con Miller, la tiene cogida de una mano y ha apoyado la otra en la mitad de su espalda. Me pilla mirándole, y una suave y somnolienta sonrisa ilumina sus labios. Se está convirtiendo rápidamente en una de mis cosas favoritas de él, aunque me parece igual de guapo cuando no está sonriendo, cuando es vulnerable y real.

—Kai, ¿crees que estará bien el año que viene sin ti?

Suspira profundamente.

—No lo sé. Yo quiero que lo esté, pero va a ser un gran cambio para él. Aunque no estuviéramos en el mismo equipo, compartíamos la misma vida. Compartíamos el mismo trabajo. La próxima temporada nos perderá a los dos, a ti y a mí, y aunque creas que eres provisional en su vida, no lo eres.

Él tampoco es provisional en mi vida. Isaiah Rhodes se está convirtiendo rápidamente, como mínimo, en mi mejor amigo. Y por primera vez admito que cuando me traslade, yo también le echaré de menos.

—Kai Rhodes —nos interrumpe alguien, dando una palmada en su hombro—. Soy muy fan tuyo. Llevamos siendo abonados desde…

No sigo escuchando el resto de la frase de ese desconocido, opto por retirarme para dejar que babee con el campeón de nuestro lanzador. Me doy una vuelta y saludo a algunos compañeros de trabajo y jugadores del equipo. Evito como una plaga al doctor Fredrick, que luce su jodida y espantosa sonrisa de lameculos, en especial, con Arthur Remington. Aunque yo en su lugar estaría más pendiente de Reese. Al fin y al cabo, será su jefa el año que viene. En el fondo, la idea del doctor Fredrick lamiendo el culo a una mujer, aunque sea su jefa, me parece algo imposible.

Con la copa vacía, me dirijo hacia la barra y me siento en un taburete.

—Un vodka con soda, por favor.

Le doy una propina al camarero antes de deslizar mis manos entre los muslos cruzados, mientras espero a que me pongan el combinado que he pedido.

—Las copas corren de mi cuenta. —Alguien se acerca a la barra por detrás de mí y se queda de pie entre el taburete de al lado y el mío.

Es un hombre de unos treinta años. Objetivamente atractivo.

—Hay barra libre —le recuerdo.

Esboza una sonrisa.

—Bueno, pues entonces tendré que invitarla a una en otra parte, cuando terminemos esta.

Me da la risa.

—Todo un detalle.

—Vincent. —Tiende la mano y se la estrecho para saludarle.

—Kennedy.

—¿Es aficionada al béisbol, Kennedy?

—Algo parecido.

Se arrima un poco más a mí. Demasiado, si he de ser sincera, pero soportar el contacto físico es lo que estoy intentando aprender.

—¿Y a qué se dedica, señorita Kennedy?

«Señora», me grita el cerebro, pero me callo.

—Soy médica.

A Vincent se le abren los ojos de par en par.

—Impresionante. ¿Qué especialidad?

—Medicina deportiva.

—Atletas, ¿eh? Apuesto a que la adoran. Yo he sido atleta durante toda mi vida. Todavía juego ocasionalmente.

—Ah, ¿sí? ¿Y a qué deporte?

—Juego a ligar en el gimnasio.

Suelto una carcajada, pero enseguida me tapo la boca con la mano.

—Perdón.

—¿Y con qué clase de atletas trabaja?

—Con profesionales. Trabajo aquí, para los Warriors.

—Vaya, qué idiota soy. Estoy intentando impresionarla, y resulta que trabaja con atletas profesionales.

«Incluso estoy casada con uno». Es lo primero que me viene a la cabeza, pero no lo digo. Porque dentro de poco no lo estaré.

—No pasa nada. No hace falta que intente impresionarme.

Su leve sonrisa se amplía mientras se arrima más todavía.

Al instante, me arde la piel de una forma bastante desagradable. Su cadera roza mi muslo. No la aparta, la deja ahí deliberadamente. Eso me espanta. Intento retroceder, pero al otro lado tengo una pareja y no hay sitio.

Esto no debería estar pasándome. Debería mejorar en lo relativo al contacto físico y al roce casual. Aunque lo hace de una manera inocente, aborrezco de tal modo ese simple roce en mi muslo que me impide respirar. No quiero que me toque.

Y eso me asusta muchísimo. Me pregunto si algún día querré que me toque alguien que no sea Isaiah. ¿Será siempre el único hombre con el que me sienta cómoda? Y si es así, ¿para qué coño estamos dando esas clases? Maldita sea. ¿Me importará solo él? ¿Me habrá importado siempre solo él?

—Iré al partido el lunes —dice, y me planta toda la palma en el muslo.

Doy un respingo y ni siquiera intento disimular la reacción visceral de mi cuerpo ante su contacto.

Parece que él no se da cuenta porque deja la mano ahí cuando dice:

—Mi padre está abonado. Así que después del partido, ¿puedo llevarla a tomar una copa?

—Lo siento, pero ¿le importaría hacer el favor de quitarme la mano de encima?

Suelta una carcajada de incredulidad.

—¿Cómo dice?

Alejo mi cuerpo de él en el poco espacio que me queda.

—Su mano. ¿Puede quitarla de ahí, por favor?

—Vaaaleee —dice alargando las sílabas, como si mi pregunta me convirtiera en un bicho raro. Y tal vez lo sea.

Levanta las manos, las dos, y adopta la postura de rendirse, como si le hubiera amenazado con un arma en lugar de hacerle una simple pregunta.

Ojalá estuviera aquí Isaiah.

Vincent intenta arreglar las cosas.

—¿Y qué haces en tu tiempo libre?

Vale, hemos pasado a tutearnos.

—Yo..., bueno, trabajo mucho. Y también estudio. Me gusta estar siempre al corriente de las últimas investigaciones que se hayan hecho en mi campo, y disfruto de la soledad. La verdad es que se me da muy bien entretenerme sola.

La cara que pone... ¡Dios mío!

—Entonces seguro que llevas mucho tiempo sin pareja, ¿no?

«¿Por qué se me dará tan mal esto?».

—¿Y a qué dedicas tú el tiempo libre? —le pregunto.

—Voy mucho al gimnasio, juego al golf... Como trabajo para mi padre, puedo organizarme el horario.

Es igual que todos los chicos con los que me he criado.

Echo de menos a Isaiah: su conversación, su forma de mirarme, cómo sabe cuándo estoy en una u otra onda...

—¿Tienes apellido, Kennedy? —pregunta Vincent, y de nuevo invade mi espacio colocando su mano en mi hombro, sin tener para nada en cuenta lo que le acabo de pedir.

Pego un respingo, pero al instante retira la mano a la fuerza.

Isaiah lo aparta.

—Rhodes —dice—. Se apellida Rhodes. Y ahora quita tus sucias manos de encima de mi mujer.

—Joder, tío —dice Vincent con una extraña risa—. Qué guay. Soy muy fan tuyo.

—Me importa tres cojones. —Isaiah se interpone entre los dos—. Te ha pedido que no la toques.

—No me ha dicho que estuviera casada.

—No te tiene que contar una mierda. De todas maneras, no la escuchas. —Coge mi mano izquierda y la pone encima de la barra—. Aquí tienes tu puta prueba.

—¿Todo va bien por aquí? —nos pregunta un guardia de seguridad que se ha acercado.

—No. Quiero a este tipo fuera de aquí.

—Pero si no he hecho nada.

—Sáquelo de aquí.

—Isaiah… —digo, intentando hacerle razonar.

—Por favor —le dice Isaiah al guardia de seguridad, implorándole con la mirada—, sáquelo de aquí antes de que cometa una estupidez.

—Ya lo ha oído. —El de seguridad coge a Vincent del brazo y le señala la salida.

—Yo no he hecho nada malo —protesta él.

—En fin, es la ceremonia de la entrega de un premio a su hermano y yo trabajo para ellos, de modo que lárguese.

El guardia de seguridad acompaña a Vincent hasta la salida.

Reina cierta tensión en el aire y los que están en la barra no nos quitan ojo.

E Isaiah está cabreado.

—Isaiah, eso…

—Ahora no estoy para tener esta conversación —dice en voz baja.

Se abrocha de nuevo los botones de la chaqueta del traje como si no pasara nada y utiliza sus largas piernas para poner la máxima distancia posible entre nosotros. En un instante cruza el campo y llega al *dugout*.

Me quedo petrificada, sin podérmelo creer, hasta que reacciono y voy en su busca.

—¡Isaiah! —grito, una vez pasado el *dugout*, cuando ya estamos solos.

No se detiene; sigue por el pasillo que lleva al vestuario.

—¿Se puede saber qué te pasa? ¿Por qué estás tan cabreado?

Estas últimas palabras hacen que por fin se detenga, y cuando se vuelve para mirarme, lleva el dolor y el disgusto escritos en la cara.

—¿Preguntas que qué me pasa? —Ríe con aspereza—. Bah, nada. Solo que mi hermano acaba de anunciar que deja de jugar al béisbol y ahora mismo estoy hecho un lío, Kennedy. Y vale, lo pillo. Tú también te vas a marchar, pero si quieres hacerme esas putadas mientras todavía seguimos casados… —Señala hacia el bar del que venimos—, pues adelante. Dame los papeles del divorcio de inmediato y haz lo que te dé la gana.

Sin moverme de mi sitio, como si tuviera los pies clavados en el suelo, digo:

—¿Qué?

—Me has oído perfectamente. —Se afloja la corbata del cuello—. Ya veo lo que nuestro matrimonio supone para ti, y sé que piensas estar con otros después de mí, pero te aseguro que eso no va a ocurrir mientras aún sigas casada conmigo.

—¡Pero si no he hecho nada! —Mi voz me traiciona y se me nota la frustración. Por el amor de Dios, si mientras Vincent estaba intentando ligar conmigo, yo estaba pensando todo el rato en él. Deseando que fuera él el que estuviera allí conmigo.

Como me cuesta admitir esa realidad, no la admito, y lo que hago es cabrearme con él.

—Yo no quería que se me acercara. Yo no quería que me tocara. Pero tú tampoco puedes decir que nunca has tocado a otra chica desde que estuvimos en Las Vegas.

—¿Me estás tomando el puto pelo ahora mismo?

—Tampoco habíamos llegado a ningún acuerdo que dijera que no podías hacerlo. Solo quiero decir que no puedes impedir que hable inocentemente con alguien cuando tú estás…

—¿Cuando yo estoy qué, Kennedy? —Sube la voz, que es de un tono airado—. ¿Te refieres a cuando yo estoy constantemente pensando en ti? ¿O a cuando me esfuerzo todo lo posible para que te fijes en mí? Porque no he tocado a ninguna otra, salvo a ti. Ni una sola vez. Y no solo desde que nos casamos. No he mirado a ninguna otra mujer desde el día que me enteré de que ya no estabas prometida. Habría intentado estar contigo desde el día que nos conocimos de haber sabido que no estabas enamorada de tu prometido. Durante años he creído que eras feliz con algún otro. Pero solo hace diez meses que averigüé que eso no era así, Ken. Durante los diez últimos meses he creído que tenía una oportunidad real contigo, así que lo he intentado lo mejor que he podido. He esperado a que me «vieras», y esperaría el resto de mi vida si creyera que realmente tengo una oportunidad de que eso ocurra, pero no la tengo. ¿O sí? Yo creo que nunca la he tenido.

Guardo silencio en medio del pasillo, con el campo a mi espalda y frente a él.

—¡Dios! —Lanza un suspiro que parece que está agonizando—. ¿Por qué no eres capaz de verlo? ¿Por qué no eres capaz de verme?

No sé qué decir ni qué hacer. Todo lo que yo creía saber de este hombre se ha trastocado por completo esta noche. Aunque supongo que ha ido cambiando desde hace unas semanas.

Recuerdo el día en que Isaiah se enteró de mi compromiso frustrado. Llevaba meses que no me ponía ese anillo tan llamativo, pero él no se enteró hasta un domingo por la tarde en la sala de entrenamiento.

Mientras le trabajaba el cuerpo, me cogió la mano izquierda para inspeccionar el dedo vacío. Enseguida me preguntó si me encontraba bien, y cuando le dije que sí, la cara del chico se iluminó como un maldito árbol de Navidad.

Yo entonces no sabía lo que sé ahora: que cambió por completo su modo de comportarse o, como me ha contado esta noche su hermano, que volvió a ser el Isaiah de siempre.

Por mí.

Porque me desea.

Porque quiere que le desee.

Nunca me he sentido tan cómoda. Nunca me he sentido tan atraída por alguien como por él. Nunca he deseado tocar a nadie como le toco a él. Nunca he querido que nadie me tocara hasta que he descubierto la manera tan natural que tiene él de acariciarme. Nunca me ha atraído tanto la compañía de nadie.

¿Qué coño estoy haciendo?

Es como si durante todo este tiempo hubiera estado practicando para ser deseada por alguien, mientras él estaba sencillamente esperándome.

Puede que haya tenido los ojos cerrados durante mucho tiempo, pero ya no lo están.

Ahora lo «veo».

—Necesito un minuto. No me sigas —dice, antes de meterse por un pasillo lateral, pero sé exactamente adónde va.

23

Kennedy

Cuando empujo la puerta de los lavabos de señoras donde nos conocimos, encuentro a Isaiah con las manos apoyadas en la encimera del lavabo, con la corbata aflojada y los botones superiores de la camisa desabrochados. Está mirando su reflejo como si no reconociera la imagen que le devuelve el espejo. Luego desvía la atención hacia mí.

—Ahora mismo estoy cabreadísimo, Kenny, y no quiero hablar contigo.

Intento ignorar el escozor que me provocan sus palabras. Está disgustado. Está pasando un mal día y cree que no puede permitirse algo así.

—Bien. —Cierro la puerta a mi espalda—. Enfádate conmigo. No voy a irme a ninguna parte. No me asusta que estés cabreadísimo.

Sus ojos marrones emiten un destello de confusión.

Me cuelo en el espacio que queda entre él y el lavabo, le saco la corbata por la cabeza, la tiro a un lado y luego mis dedos encuentran los botones todavía abrochados de la camisa de su traje.

—No pasa nada si no quieres hablar —continúo, mientras le desabotono todos los botones de la camisa, que queda abierta—. No necesito utilizar palabras para demostrarte que te deseo.

Sigue callado y confuso, como si no se creyera lo que le acabo de decir. Y la culpa es mía. La confusión se la he creado yo, porque nunca le he hecho saber que sí tenemos una oportunidad. De modo que hago una cosa que me creía incapaz de hacer delante de él: empiezo a arrodillarme.

Aspira audiblemente al verme, pero yo le sostengo la mirada a la espera de que me dé permiso, mientras voy bajando con las manos apoyadas en mis rodillas. Estoy esperando a que se le pase el enfado, pero no lo consigo.

—Para —dice ásperamente, dando un paso atrás y haciendo que me ponga de pie.

Su orden me avergüenza tanto, que siento un vacío en el estómago.

Porque, pese a mis esfuerzos por aparentar naturalidad, no me siento nada cómoda haciendo esto. Pero quería hacerlo, por él.

—Lo siento —me disculpo con los brazos cruzados.

—No te disculpes, joder. —Me observa fijamente mientras se quita la chaqueta del traje y la tira al suelo del cuarto de baño—. Ahora ya te puedes poner de rodillas delante de mí.

Vaya.

No lo ha dicho en tono de broma. Es una orden ruda e imperiosa. Nunca creí que pudiera utilizar ese tono conmigo. Pero me encanta. Se siente lo suficientemente seguro como para ser quien necesite ser cuando está conmigo. Ahora mismo no es el alegre y payaso Isaiah, y yo tengo el privilegio de ver ese otro lado suyo.

Con una confianza fingida, caigo sobre su chaqueta del traje, me arrodillo frente a él y me agarro a sus cuádriceps. Mis manos parecen muy pequeñas al lado de sus piernas. El anillo brilla en mi dedo como un faro.

—Mírate —dice, pasándome su pulgar por la boca—. Tus rollizos labios abiertos y preparados para mí. Tus grandes ojos de color castaño mirándome con esa inocencia.

—¿Me puedes enseñar cómo hacerlo?

Su erección es evidente.

—¿Nunca has chupado antes una polla?

—Lo he hecho —digo en voz baja, mientras empiezo a desabrocharle el cinturón—. Pero me dijeron que no se me daba muy bien, y quiero hacerlo bien. Por eso necesito que me enseñes.

Pasa la palma de una mano por mi pelo. Las fosas nasales le aletean como si estuviera intentando mantener el control.

—Te voy a enseñar cómo hacerlo bien, nena, pero no te lo voy a enseñar para que se lo hagas a otro. Te enseñaré a hacérmelo bien a mí.

«Joder».

Me centro en desabotonarle la bragueta y bajar la cremallera.

Utiliza su dedo índice para levantar mi barbilla y que lo mire.

Tiene una mirada salvaje.

—No me apetece ser simpático contigo en este momento, Kenny. Estoy cabreado y no deseo disimularlo.

Me paso la lengua por mi labio superior mientras él me mira como un depredador.

—No quiero que disimules ni finjas nada conmigo.

No perdemos el contacto visual, yo arrodillada y él de pie por encima de mí.

Le tiembla la mandíbula.

—Sácala.

Hago lo que me dice, le bajo los pantalones y los calzoncillos hasta los tobillos. Su polla salta justo delante de mí. De su garganta sale un sonido desesperado mientras me observa. Contempla cada pulgada de mi cara como si estuviera pensando hacerme un retrato.

Su polla está a tan solo unos centímetros de mi cara y no puedo apartar la vista de ella. Venas muy marcadas. Le gotea la punta. Joder, cómo la deseo. Cómo lo deseo a él.

Me pasa otra vez la palma de la mano por la cabeza.

—Mójala.

Mis ojos disparan una mirada a los suyos.

—Escúpela. Chúpala. Me importa un carajo cómo lo hagas, pero lámela, Kenny.

Utilizo la punta de la lengua para limpiarle la gota del líquido preseminal. Al instante, pone los ojos en blanco.

—Mmm… —murmura, y le vibra todo el cuerpo—. Sigue así.

Sus palabras me animan a coger el pene con una mano y a lamérselo desde la base hasta la punta.

—Oh, sí… —dice entre dientes—. Llevo un huevo de tiempo deseando esto.

Intento que le haya valido la pena la espera y alzo la vista hacia él pestañeando; redondeo los labios para succionarle. Meneando la cabeza, utilizo tanto la lengua como los labios, pero la polla da contra el fondo de mi garganta demasiado pronto porque es mucho más grande de lo que imaginaba. La retengo ahí tragándome la punta hasta que me veo obligada a cerrar los ojos, cuyos bordes se me llenan de lágrimas.

—¡Joder! —Cae hacia delante, se apoya en el lavabo con una mano y utiliza la otra para tirarme del pelo, forzándome a echar la cabeza para atrás para que pueda respirar—. ¿Quién te ha dicho que no se te da bien esto?

No respondo porque ya lo sabe. Me limito a aspirar un poco del oxígeno que tanto me ha costado ganarme. Tensando la mandíbula, se inclina hacia mí; ahora tengo su cara a unas pulgadas por encima de la mía. Le brilla la polla por mi saliva.

—Es un puto mentiroso. No necesitas que yo te enseñe nada.

Isaiah pasa el pulgar por mis ojos y recoge la humedad de mis lágrimas.

—Te voy a estropear el maquillaje. —Su tono no es de advertencia. Es una simple afirmación—. Y luego voy a hacer que no desees estar con ningún otro hombre. ¿Lo has entendido?

Muestro mi conformidad asintiendo con entusiasmo.

—Quiero oírte.

—Sí —jadeo.

—Y ahora sigue haciendo lo que estabas haciendo.

Obedezco. Le acaricio con la mano cerrada en un puño procurando crear fricción y luego añado la boca y le succiono la polla con lascivia.

—Joder, qué bueno, Kenny. No hagas caso de nadie. Hazme caso a mí. Sabes exactamente lo que estás haciendo.

No sé lo que estoy haciendo, pero estoy atenta a sus señales. Todo el abdomen se le contrae cuando uso mis labios para acariciarle, de modo que sigo haciéndolo. Se le acelera la respiración cuando le paso la lengua por la parte inferior del capullo, y luego deja de respirar por completo cuando le agarro suavemente por los huevos y me introduzco de nuevo su polla en la boca hasta el fondo de mi garganta.

—Joder… —dice con la voz áspera cuando sale de mí—. Me voy a correr. He estado esperando demasiado tiempo y me voy a correr ya.

Asiento fervorosamente con mi elegante vestido por el suelo del cuarto de baño, el rímel escurriéndose por mis mejillas y las comisuras de mis labios rebosantes de saliva.

Tal y como he sido criada: como una dama con clase.

Se inclina sobre mí y me agarra de la barbilla.

—¿Vas a dejar que me corra en tu boca?

—Sí. —Respiro entrecortadamente—. Por favor…

—¿Vas a portarte como una estupenda esposa y te lo vas a tragar todo por mí?

Asiento con excesivo entusiasmo.

—Bien. —Me lame los labios y termina con un beso—. Ahora respira hondo porque será el único aire que te quede durante un rato.

Me pasa suavemente el pulgar por el pómulo, lo que contrasta con la advertencia de que no quiere ser amable conmigo, pero ese es su único momento tierno antes de guiar mi cabeza hacia adelante.

Tan pronto como mis labios le rodean de nuevo, él marca el paso y me folla la cara a un ritmo regular. Las palmas de sus manos me cubren las orejas y no oigo nada de cuanto me rodea. Es solo él y su cuerpo reaccionando ante mí.

Dios, cómo me mira desde arriba. Aún sigue con cara de cabreo, solo que ahora, además de su furia, veo la necesidad imperiosa que domina su cuerpo. Es la cosa más lujuriosa que he visto en mi vida. Nunca me he sentido más poderosa que ahora, sabiendo que soy capaz de volverle loco.

Utilizo sus piernas como soporte; le clavo las uñas en la carne para sujetarme.

—Mmm… —murmura.

Isaiah me coge la cabeza y empuja la polla hasta el fondo de mi garganta, al tiempo que yo exploro suavemente sus muslos y le aprieto el culo con las manos.

Es tan grande, es como si se alzara una torre ante mí. Estoy en una posición vulnerable, a su merced, pero nunca he confiado en nadie tanto como en Isaiah. Sigue empujando, aunque nunca se excede en sus embestidas. Mantiene el ritmo, pero siempre se asegura de que sigo respirando y de que me encuentro bien.

—Dios, qué bien lo haces, Kenny, y me cabrea un huevo pensar que se lo hayas hecho igual de bien a otro.

Con los ojos clavados en los suyos, niego con la cabeza.

—¿No vas a hacerlo con nadie más?

Meneo la cabeza en señal de negación mientras me sigue follando la boca.

—¿Solo vas a ser tan buena para mí?

Sus empujones son igual de desesperados que sus palabras, y eso me encanta. Asiento, implorándole con mi mirada para que me crea.

—¿Solo conmigo, Kenny?

Me sale un gemido. Mis caderas buscan rítmicamente la fricción.

—Nena, ¿te has puesto cachonda por mamármela?

Se retira de mi boca y me deja respirar bien un momento. Me da también la oportunidad de pensar un poco.

—Sí.

—Métete los dedos por debajo del vestido y muéstrame lo cachonda que estás.

Me arde la piel. Siento cierta timidez, me noto demasiado expuesta, lo cual es un poco contradictorio teniendo en cuenta que él está casi desnudo por completo, con la polla empalmada en el cuarto de baño de nuestro lugar de trabajo.

Utiliza una sola mano para pasársela por su precioso pelo.

—Enséñamelo.

Seductoramente, me meto la mano por debajo del vestido y le muestro mis dedos húmedos.

—Joder —dice clavando los ojos en mis dedos—. ¿Ahora mismo harías cualquier cosa que te pidiera?

—Cualquier cosa.

Se inclina hacia delante y se mete mis dedos en su boca cálida y pasa la lengua por la punta, tal como haría en otra parte muy distinta de mi cuerpo.

Con la cabeza apunta hacia su polla cubierta de mi saliva, dura y lista para correrse.

—Termina el trabajo, Ken.

No puedo evitar una sonrisa al verle tan trastornado y tan salvaje conmigo.

—¿Crees que esto es divertido? Ahora mismo estoy medio enloquecido. No quiero volver a ver jamás a otro hombre tocándote.

En respuesta, establezco contacto visual, le agarro la polla y me la meto en la boca.

—Sí —jadea, echando la cabeza atrás—. Nunca más.

—Nunca.

Rodeándole la polla con una mano, aplico mis labios a su capullo. Al poco rato, sus caderas se contraen en unos movimientos cortos y espasmódicos.

—¡Kenny! —grita, y luego lanza un gemido de desesperación. Pero entonces, en contraste con su salvaje reacción, me coge tiernamente la otra mano, la izquierda, y pasa su pulgar por mi anillo…, y entonces se corre en mi boca.

Observo toda la escena. Cómo intenta mantener los ojos clavados en los míos, hasta que la sensación placentera le obliga a cerrarlos. Cómo me coge de la mano todo el rato, como si necesitara que alguna parte de él fuera dulce y tierna conmigo, como suele ser habitualmente.

Cuando vuelve a abrir los ojos, todo rastro de enfado se ha disipado. Me retira el pelo de la cara con cariño.

—Qué guapa estás con la boca llena de mi esperma. —Me acaricia la garganta con el pulgar—. Ahora trágatelo.

No dudo en hacer lo que me dice.

Se sube los pantalones de un tirón y se pone en cuclillas para estar a mi altura.

—¿Te he hecho daño?

Es una pregunta desesperada hecha con un tono de preocupación.

—No.

—Dime la verdad, Kennedy. —Rápidamente intenta limpiarme la cara embadurnada de rímel; sus pulgares tratan de eliminar cualquier prueba de lo que acaba de pasar—. No debería haberte hablado del modo en que lo he hecho.

—Te estoy diciendo la verdad.

Hace una pausa, como si no pudiera creerme, y sus ojos me miran con preocupación..

Mi considerado marido ha regresado.

—Me ha gustado —le aseguro.

Sonríe de medio lado antes de darme un beso ardiente. Es un beso desesperado y, al mismo tiempo, compungido. Luego humedece una toalla y me limpia cuidadosamente la cara: bajo los ojos, los labios...

—Estoy bien, Isaiah.

—Estás mejor que bien, Kenny. Estás perfecta.

—¿Sigues enfadado conmigo?

Me coge por los muslos, me aúpa, rodea su cintura con mis piernas y me lleva al sofá que hay al otro lado del cuarto de baño. No sé de nadie que se haya sentado nunca aquí, a no ser que Isaiah pase el tiempo libre relajándose tumbado en este sofá de los lavabos de chicas.

Se sienta y me coloca a horcajadas sobre su regazo, con el vestido levantado hasta la cintura.

Habla en voz baja.

—Me has seguido cuando te he dicho que no me siguieras.

—A veces no me gusta hacerte caso.

Sus ojos emiten un destello de picardía.

—Y otras veces me haces caso y me obedeces de puta madre. —Suelto una carcajada, y él me echa el pelo hacia atrás y me agarra la mandíbula con sus grandes manos—. ¿Eso por qué? —pregunta.

—Porque no me da miedo que seas humano. Que tengas un mal día o un mal momento no me va a quitar las ganas de estar a tu lado. Yo tengo un montón de malos momentos y, sin embargo, tú no te alejas de mí.

—Yo siempre estaré a tu lado.

—Entonces ¿por qué no crees que yo pueda hacer lo mismo? —le pregunto.

Abre la boca, pero no tiene respuesta. En su lugar, tira de mí y me besa. Al principio con suavidad, pero enseguida con rudeza y desesperación.

Se me escapa un gemido cuando me rodea la cintura con un brazo y con la otra mano mete mis caderas entre las suyas. Ya se le está poniendo dura otra vez.

—¿Ya? —pregunto, y sigo meneándome en su regazo.

—Voy por la vida constantemente empalmado gracias a ti, mi mujercita. —Me tumba rápidamente y se pone encima de mí, con su largo cuerpo entre mis piernas—. Pero en este momento me preocupa más esto.

Con la palma de la mano cubre mi vientre mientras su pulgar traza una suave línea sobre mi clítoris.

—¿Cómo de mojada estás por habérmela mamado en el cuarto de baño de nuestro lugar de trabajo?

—Estoy empapada.

Suelta un gruñido.

—Goteando —continúo—. Notaba en los muslos cómo goteaba cuando me sujetabas y utilizabas mi boca.

—¿Te ha gustado?

Esbozo una sonrisita.

—Me ha encantado.

Su sonrisa coincide con la mía cuando se agacha y me planta un beso en la boca. Mete la lengua y, por la manera en que la mueve, me pongo a imaginar cómo se deslizaría por otra parte diferente de mi cuerpo.

—¿Qué necesitas? —susurra.

—Necesito que me folles.

—¿Cómo dices?

—Necesito que me folles. —Nunca creí que fuera a decir eso.

—¿Esta noche?

—Ahora mismo.

—Ken. —Su frente cae sobre mi pecho—. He estado soñando con el día en que pudieras decirme eso, pero no puedo hacerlo. Así no. Estoy pasando una noche malísima. Te vas mañana. Son muchas las emociones que hay en juego y no quiero que por la mañana te arrepientas.

—No lo haré —me apresuro a decir—. Sé que no me voy a arrepentir en absoluto.

No me cree, y no me extraña. Me he negado a follar con él durante años. Desde su punto de vista es como si de repente hubiera cambiado de opinión. Y joder, a lo mejor tiene razón. Lo que he averiguado esta noche de él es quizá lo que he deseado saber siempre: que no ha estado persiguiéndome solo porque soy una chica que se le ha resistido, he podido ver cuáles son sus auténticos sentimientos hacia mí.

—Vale —cedo—. Entonces házmelo con la boca.

—¿Dónde?

El calor se me sube a las mejillas, pero enseguida se me enfrían cuando recuerdo con quién estoy.

—En mi coño.

—Joder —gruñe—. Mi correcta y educada esposa acaba de decir «coño». Si sigues hablando así, me voy a correr otra vez.

Me da la risa.

—La verdad es que me encantaría que dejáramos de hablar y te pusieras a la tarea. Enséñame lo que sabes hacer, Rhodes.

Se ríe.

—Ya sabes que me gusta cuando eres un poco malvada conmigo, Kenny. Me dan ganas de perfeccionar mi técnica contigo.

Rodeándole la nuca con una mano, enredo mis dedos en su pelo y bajo su cabeza hacia la parte inferior de mi cuerpo. Riéndose para sí mismo, se pone de rodillas hasta encontrar una postura cómoda entre mis piernas abiertas.

Me levanta lentamente el vestido y me lo sube por los muslos.

—¿Qué color de bragas me voy a encontrar aquí debajo?

Observo cómo le aletean las fosas nasales cuando centra toda su atención en mi entrepierna.

—No te vas a encontrar con ninguna braga.

Se sienta sobre sus talones sin apartar la vista de mi pubis.

—¿Has estado todo este tiempo sin bragas?

—Así es. Se me marcaban con el vestido.

—No tengo ni puta idea de lo que significa eso, ni tampoco me importa. —Pasa la yema del pulgar por el interior de mis muslos hasta rozar mi zona más excitada—. Joder; es verdad que estás empapada.

—Completamente.

—Tendremos que limpiarte eso, nena. No puedes ir por ahí así. Eso tiene que dolerte mucho.

—Muchísimo. Necesito que me ayudes.

—Eso haré.

Isaiah baja por el sofá y mete los antebrazos por debajo de mis piernas, utilizando los dedos para separarme. Las yemas de sus pulgares acarician mi coño y nuestros gemidos resuenan por todo el cuarto de baño.

—Tu coño es tan perfecto como el resto de tu cuerpo —dice lamiéndome el interior del muslo.

—¿Has pensado alguna vez en él antes de esta noche?

—¿Estás de coña? —Clava la mirada en mí mientras me lame el otro muslo—. Infinitas veces, Kenny. He pensado en el sabor que tendría. Y también en cómo te retorcerías conmigo. He pensado en cómo agarrarías mis dedos y quizá, algún día, mi polla. He pensado en todo eso. Pero mi imaginación se quedaba siempre muy por debajo de la realidad.

Cuando por fin lame mi coño, me arqueo en el sofá. Sus murmullos en el centro de mi excitación hacen que me vibre todo el cuerpo.

—¿Te ha hecho esto alguien alguna vez?

—Sí… Alguna vez…

Sus ojos lanzan un destello de contrariedad.

—¿Te corriste?

—No, tú eres la única persona que ha hecho que me corra, aparte de yo misma.

Me besa el clítoris.

—¿Te tocas, Kenny?

—A veces.

—Bien. —Me da unos largos y lánguidos lametones—. Enséñame. Tú quieres aprender, pero yo también. Enséñame cómo te gusta que te toquen.

Isaiah toma mi mano en la suya y la lleva a la parte inferior de mi cuerpo, entre mis piernas.

—Enséñame.

Paso la yema del dedo corazón por el clítoris.

—Empiezo así. —Mis caderas siguen a mis dedos—. Luego trazo pequeños círculos.

—¿Así? —me pregunta, apartando mis dedos e imitando mis movimientos con la lengua, con la que traza rítmicos círculos en mi clítoris.

—Oh… —jadeo—. Sí, así.

—¿Qué más?

Veo cómo le brillan los labios por mi excitación, y ya solo esa imagen me lleva casi al límite.

—Esto. —Muevo mis dedos arriba y abajo, arriba y abajo, con breves y fluidos movimientos.

Aparta mi mano y utiliza su lengua para imitar los movimientos que le he mostrado. Desde luego es infinitamente mejor que mis dedos. Se toma su tiempo chupándome con presión, y no puedo evitar buscar su boca con la pelvis, que se levanta del sofá, suplicando más.

Jadea. ¡El tío jadea solo por el gusto de saborearme!

Todo lo hace sin prisa. Por primera vez en mi vida, esto no es un mero trámite hecho deprisa y corriendo antes de pasar a lo siguiente.

Isaiah me lame a conciencia, me saborea y me degusta con placer. Nunca le he visto tan guapo como ahora entre mis piernas, con el pelo revuelto y los labios brillantes.

—¿Te metes los dedos?

—A veces.

—Enséñame cómo lo haces.

No lo dudo un instante. Me siento embriagada de él, salvaje y perdida cuando deslizo mis dedos entre las piernas y me meto el dedo corazón.

—Maldita sea —exhala Isaiah—. Esto es lo más fuerte que he visto en mi vida.

Lo saco y lo vuelvo a meter.

—Estás empapada, Ken.

—Quiero correrme —digo con un hilo de voz, sin dejar de mover frenéticamente mi dedo, como si me lo fuera a hacer sola.

—Lo sé, nena. Te vas acercando, ¿verdad?

Asiento desesperada, implorándole con los ojos.

—¿Puedo enseñarte una cosa que creo que te va a gustar?

—Por favor.

Me saca el dedo y se lo mete en la boca para limpiarlo antes de posar sus labios de nuevo en mi clítoris. Al mismo tiempo, mi único dedo es reemplazado por dos suyos. Los mete hacia arriba, acariciando un punto en el que nunca he sido tocada hasta ahora. Estoy perdida del todo, completamente a su merced.

Tengo casi todo el cuerpo despegado del sofá, gozando de la sensación. Su boca no me abandona en ningún momento y se mueve al mismo tiempo que sus dedos. Nuestros cuerpos se mueven tanto como si realmente estuviera follándome, y no solo masturbándome con la boca y la mano.

—Joder, Ken. Estás prieta y tirante. Puedo sentir tu pulso.

Cuando el pelo le tapa los ojos, se lo retiro para tener una visión más clara de lo que me está haciendo.

Su lengua sigue dando largos y lánguidos lametones.

Isaiah añade el pulgar a mi clítoris trazando pequeños círculos sobre él y también utiliza la lengua. Esa alternancia del pulgar y la lengua en mi zona más erógena me vuelve loca.

Ya no aguanto más, estoy llegando al límite… y al final me derrito de placer.

—Isaiah —es todo cuanto puedo decir antes de correrme.

Mi cuerpo se ve sacudido por una oleada tras otra, pero no aparto la mirada de Isaiah en ningún momento, solo lo hago cuando ya no puedo más y cierro los ojos por la fuerza del orgasmo. Siento como si me durara unos minutos antes de llegar al final, y él no aparta la boca de mí ni deja de lamerme.

Cuando finalmente se me relajan los músculos, me desplomo en el sofá. Me cuesta recuperar el aliento y me imagino la pinta que tendré con el pelo de color caoba desparramado, el maquillaje hecho una ruina y el vestido todo arrugado.

Sucia e imperfecta.

Jamás me he sentido más relajada.

—Mierda —dice Isaiah, cuando vuelve a ponerse de rodillas y ve la mancha de sus pantalones.

—¿Te has…?

—¿Corrido? —termina la frase por mí—. Pues sí. Por devorarte. Por ver cómo te corrías tú. Por oír mi nombre justo antes de correrte. No he podido evitarlo. Me vuelves loco, Kenny. No debería ser una sorpresa que me haya corrido en mis putos pantalones como un gilipollas sin experiencia, sabiendo como sabes lo obsesionado que estoy contigo.

Él no se sonroja, pero yo sí.

Sube al sofá y, con un exhausto suspiro, se desploma sobre mi hombro.

—¿Puedo quedarme esta noche en tu casa? —digo, después de dudarlo un momento.

—Sí —se apresura a decir, antes de que cambie de opinión—. Por supuesto que puedes.

Me besa. Y luego vuelve a apoyar la cabeza en mi hombro, agotado por todo lo que ha ocurrido esta noche.

Le paso los dedos por el pelo.

—No creo que sea capaz de sentirme tan cómoda con nadie como lo estoy contigo.

«Coño, este no era el momento».

Se hace el silencio entre nosotros.

—Estoy seguro de que podrás —dice al final—. Sé que eso es lo que quieres.

Se supone que me lo dice para animarme, pero el tono de su voz es el de alguien que se siente derrotado.

«¿Y si no es eso lo que quiero?». Tengo la pregunta en la punta de la lengua.

No creo que haya ni una sola parte de mí que quiera estar con ningún otro hombre.

24
Isaiah

El viaje a mi apartamento transcurre en silencio.

Le propongo que nos pasemos primero por su casa para que pueda cambiarse y coger la maleta. Así mañana no tendrá que ir a por ella, pero me asegura que le da tiempo a recogerla antes de su vuelo y que prefiere que ahora vayamos a casa. Sí, dice «a casa», como si fuera de los dos y no solo mía. Como si ella no tuviera su propio ático a ocho manzanas de mi apartamento. Se me agolpan ridículas fantasías después de que haya soltado esa palabra; rápidamente me veo obligado a olvidarlas.

Voy conduciendo con la mano izquierda al volante y con la derecha posada en su muslo, donde trazo un dibujo repetido con el dedo pulgar. Hacia atrás y hacia delante, hacia atrás y hacia delante. Como una disculpa silenciosa que ella dice que no necesita.

Independientemente de que fuera cierto, estoy furioso conmigo mismo por lo que le he dicho a Kennedy en aquel pasillo. No quise admitir ante ella que sabía que no estaba interesada en ese tipo que trató de ligar con ella; estaba demasiado furioso después de verla con otro.

Si fuera cualquier otro día, hasta me habría reído cuando me ha explicado cómo ese tío intentó ligar con ella mientras yo me aguantaba mi amargura por nuestra jodida situación. Posiblemente, no le habría mostrado lo mucho que duele no solo saber que va a estar con más tíos después de mí, sino verlo con mis propios ojos.

Ella apenas le dio conversación, solo habló lo justo con él para no ser maleducada. Pero me pareció que era uno de esos ricos gilipollas entre los que sus padres le acabarían encontrando marido, y acabé montándole un pollo.

Hoy estoy emocionalmente destrozado solo de pensar que la próxima temporada estaré de nuevo solo. Kennedy se marcha mañana para la entrevista, y Kai seguirá viviendo en Chicago, eso sí, pero es duro saber que nunca más volverá a estar en el campo conmigo. No esperaba que se jubilara tan pronto.

Y me desahogué con ella.

Porque ella también me abandona. Todos sabemos que le darán ese trabajo, y estoy harto de que la gente a la que quiero tenga que marcharse. Siempre confío en que, si soy lo bastante gracioso como para hacerles reír y que estén a gusto a mi lado, se quedarán conmigo. Pero nunca funciona. En cualquier caso, Kennedy se va; supongo que por eso creí necesario mostrarle todas mis facetas antes de que se marchara, ese lado mío que tanto me cuesta mostrar a todos los demás.

Estoy harto, amargado y muy cansado.

Dios mío, estoy agotado.

Cuando aparco donde siempre delante de mi apartamento, apago el motor y sigo sentado. Me encuentro demasiado extenuado como para moverme y demasiado avergonzado por las cosas que le he dicho a Kennedy. Me veo incapaz de abrir la boca.

Nos quedamos sentados unos minutos, hasta que ella sale del coche y rodea el capó para abrirme la puerta.

—Vamos —dice con su bonito vestido blanco.

—Te iba a abrir la puerta yo, pero no me has dado tiempo.

Una sonrisa cómplice ilumina sus labios.

—Te ibas a quedar dormido si seguías ahí más tiempo.

Me tiende la mano y me lleva al edificio de mi apartamento, como si hubiera estado allí un montón de veces y lo conociera perfectamente.

Eso me encanta.

Se ríe cuando ve el felpudo en el que pone BIENVENIDO A ESTA POCILGA, y cuando entra no duda en quitarse los zapatos de tacón junto al sofá y en darme la espalda mientras se recoge el pelo con las dos manos. Cruzo la habitación y me tomo mi tiempo en desabrocharle los botoncitos de arriba de su vestido. Espero que use una mano para estirar la tela hacia arriba.

Pero no lo hace porque sigue sujetándose el pelo con las dos manos.

Voy bajando poco a poco la cremallera, y al llegar a la parte superior de su culo, casi me da un pasmo cuando deja caer todo el vestido al suelo.

Tengo a mi esposa con el culo al aire en mitad de mi sala de estar. Lo único que lleva puesto son las joyas.

Retira las manos de la cabeza y el pelo de color caoba cae sobre la espalda mientras va derecha a mi habitación; sus lentos movimientos me permiten contemplar cómo su culo en forma de corazón se balancea a cada paso que da. Resulta hipnotizante ver a Kennedy Kay dirigirse hacia mi dormitorio en pelota picada.

—Creí que querías que me fuera a dormir —grito a su espalda.

—Perdona, pero te recuerdo que me has dicho que esta noche no querías practicar sexo conmigo.

—Qué mala eres. No sé si alguien te lo había dicho.

Me lanza una mirada devastadora por encima del hombro, y cuando llega a la puerta de mi dormitorio, sonríe al ver los letreros.

Deseo seguirla, arrojarla a la cama y cambiar por completo de opinión sobre no follarla esta noche. A lo mejor hoy quiere aprender la lección de cabalgar encima de mi polla. Pero ha sido una noche muy emotiva y no creo que pudiera sobrevivir si Kennedy se despertara mañana y me mirara arrepentida. Por no mencionar lo que me dijo antes: que no sabe si será capaz de sentirse tan cómoda con otro. Lo cual significa que quiere sentirse igual de cómoda con otro tío. Después de todo, ese es el objetivo de lo que estamos haciendo.

Seguir casados para que ella pueda obtener un trabajo en la otra punta del país. Jugar a un juego que yo desearía que fuera real. Enseñarle cosas que no necesita aprender porque le salen con naturalidad cuando quiere hacerlas.

Me encuentro tan hundido que no sé si saldré de esta.

La desilusión que he evitado durante toda mi vida de adulto se centra ahora en una sola persona de la que me he enamorado de verdad. Da igual que nuestro matrimonio sea falso porque el corazón lo voy a tener realmente roto.

Se abre la puerta de mi dormitorio y gruño sin darme cuenta.

—¿Estás de coña?

La veo en el umbral con una de mis camisetas que en ella parece un vestido; levanta ligeramente el dobladillo y veo que lleva unos de mis calzoncillos, con los que tiene planeado dormir.

—Todo lo tuyo es mío —bromea—. ¿No es así como funciona eso del matrimonio?

—Puedes pedirme literalmente lo que quieras siempre que, cuando lo hagas, lleves puesta esa camiseta y esos bóxers.

—¿Significa eso que tendremos sexo esta noche?

—Ken…

—Era broma. —Señala con la cabeza hacia el dormitorio—. Anda, ven a ducharte; yo ya me he duchado.

Los pies me llevan a rastras a mi habitación, donde Kennedy me obliga a sentarme en el borde de la cama. De pie, entre mis piernas, me quita la corbata y me desabrocha la camisa.

—Puedo hacerlo yo —protesto débilmente, y no hago nada por detenerla.

—Yo también puedo.

—Kenny…

—Deja que te cuide por una vez. Tú estás siempre haciendo cosas por mí. Ya va siendo hora de que te devuelva el favor.

La verdad es que sienta bien dejarse cuidar. La cabeza me da vueltas cuando mete las manos debajo de la tela de la camisa para sacármela. Y una vez que me la quita y la deja doblada sobre la cama, dejo caer la frente sobre su estómago.

—Siento haberme desahogado contigo esta noche. Tú no tenías la culpa de nada.

Desliza sus dedos por mi pelo y me atrae hacia ella.

—No tienes que disculparte conmigo.

—Pero quiero hacerlo. —Le paso los dedos por la suave piel de sus muslos—. Es que… he tenido un mal día y no acostumbro a mostrar a la gente mis días malos. Así que gracias por venir a buscarme.

—Siempre.

Al oír eso, levanto la cabeza. Me encantaría creer que verdaderamente quiere decir «siempre». Pero lo cierto es que mañana se va a que le hagan una entrevista que lleva toda su vida laboral esperando.

—«Siempre» tiene un plazo muy limitado entre nosotros.

Se toma su tiempo desnudándome, y me parece un momento un poco humillante cuando se agacha a quitarme los zapatos y, a continuación, el pantalón. La observo mientras va a mi vestidor para coger unos calzoncillos limpios para que me los ponga después de ducharme.

Se da la vuelta para marcharse, pero tomo su mano y tiro de ella para colocarla entre mis piernas y darle un suave beso.

—¿Puedo robar tu pasta de dientes? —pregunta.

—Sí. —La beso de nuevo—. La necesitas.

Finge horrorizarse y me golpea el pecho.

—Si me estás diciendo que tengo mal aliento, toda la responsabilidad recae en ti. Después de todo, he tenido tu polla en mi boca.

—Ah, es verdad. —Tiro de ella hacia abajo y la beso, esta vez con más fuerza—. He cambiado de opinión. Me encanta saber que mi polla es lo último que ha estado ahí dentro.

Cuando se ríe echando la cabeza hacia atrás, me parece una bendición de Dios.

—Mmm… Y tú todavía sabes a mi coño.

—Santo cielo, Ken. Ya me he corrido una vez en los pantalones esta noche. ¿Podrías no decir «coño» con esa naturalidad y sin previo aviso?

Se va hacia el cuarto de baño, y antes de entrar, me mira por encima del hombro y vocaliza la palabra «coño». De repente me entra un arrebato de energía, salto de la cama y voy tras ella.

—No te laves los dientes hasta que termine de ducharme.

—¿Qué? —pregunta riéndose—. ¿Por qué?

Dejo caer los bóxers al suelo.

—Porque eso de lavarse los dientes juntos es algo muy de parejas, y me gustaría hacerlo con mi mujer.

Me ducho a toda prisa, y veo que ella no deja de mirarme a través del cristal de la mampara en ningún momento. Salgo y en menos de cinco minutos me pongo los calzoncillos limpios.

Cuando va a coger la pasta de dientes del vaso que hay en el lavabo, le digo:

—Espera. —Rebusco en mis cajones. Escondido al fondo de uno de ellos, encuentro el cepillo de dientes que le compré hace ya un tiempo—. Este es para ti.

Que yo recuerde, se lo compré la primera noche que compartimos una habitación de hotel. Es de color púrpura. Bueno, al menos eso fue lo que me dijo la cajera.

—¿Cuánto tiempo llevas con ese cepillo guardado?

—Lo compré cuando volvimos a casa después de aquel viaje. Después de ir a cenar y de que me pidieras que te enseñara algunas cosas, pensé que a lo mejor te quedabas aquí una noche. —Veo su reflejo en el espejo—. Bueno, al menos eso esperaba.

—Debí haberme quedado la última vez que estuve aquí.

Me encojo de hombros.

—De todas formas, te seguí hasta casa.

—¿En serio? —Suelta una carcajada—. No te creo.

—¿Creías que iba a dejarte salir de mi casa en plena noche sin asegurarme de que llegabas a la tuya sana y salva? Te seguí en coche y te vi entrar en el portal. Luego volví aquí para lidiar con mis tres amigos borrachos. No podía quitarme de la cabeza cómo hiciste que me corriera y lo que me gustó verte con esas braguitas de encaje y el sujetador a juego.

Abre su nuevo cepillo de dientes, echo un poco de pasta en el suyo y otro poco en el mío. Nos lavamos los dientes a la vez, mirando al espejo.

—No es una escena muy sexy —dice con la boca llena de espuma.

—¿Qué dices? Es de lo más sexy.

Se echa a reír y juro por Dios que, si pudiera embotellar ese sonido, lo haría.

Los siguientes dos minutos guardamos silencio mientras nos cepillamos los dientes como la pareja feliz que fingimos ser.

Cada vez que me pilla mirándola por el espejo, me sonríe.

Le recojo el pelo cuando va a escupir en el lavabo y luego yo hago lo mismo. Esto es lo que quiero. Estos momentos normales que tiene una pareja, pero solo los quiero con ella y me gustaría que fueran de verdad.

—Vayamos a la cama —dice—. Estás agotado.

El mártir que hay en mí se ofrecería para ocupar el sofá, pero hoy estoy demasiado cansado para hacerme la víctima.

Quiero dormir en mi cama con mi mujer.

La sigo y voy apagando las luces. Kennedy se mete bajo el edredón en el mismo lado que la última vez y yo me quedo en mi lado de pie.

Hay una parte de mí que está esperando a que cambie de opinión.

—¿A qué estás esperando? —dice con una sonrisa juguetona en los labios—. ¿No vas a enseñarme a acurrucarme?

—Mira que eres tonta, ¿lo sabías?

—En el fondo te encanta que lo sea.

Me meto con ella debajo del edredón.

—Pues sí. —Me hundo en la almohada, mirando hacia ella—. La verdad es que sí.

—Gracias por dejarme pasar aquí la noche. Después de compartir la habitación contigo durante el viaje, mi apartamento se me hace un poco solitario últimamente.

—Puedes quedarte aquí siempre que quieras, Ken. Lo sabes.

—Vale.

Me arrimo más a ella y envuelvo sus pies con los míos bajo la sábana.

Saca una mano fuera y me acaricia un pómulo.

—Estás cansado.

Asiento con la cabeza, agradeciendo su caricia.

—¿Vas a estar bien?

Sus ojos recorren mi cara en busca de una respuesta.

—No lo sé —le digo con sinceridad—. Pero ahora me siento muy bien.

Esboza una tenue sonrisa.

—¿Te ha dicho alguien alguna vez que eres un romántico?

—No creo que nadie haya tenido ocasión de ver ese lado mío. Pero sí; no sabes hasta qué punto.

Sus labios rozan mi pelo.

—Creo que estoy empezando a darme cuenta.

Pasan unos minutos de silencio y, cuando estoy a punto de dormirme, pienso que en este momento tengo todo lo que siempre he querido tener.

Pero ese es el problema, que lo tengo solo en este momento.

—Kenny, ¿seguirás aquí cuando me despierte? —susurro.

—Por supuesto —dice con voz somnolienta—. No pienso irme a ninguna parte.

25
Kennedy

Me desperté con un gigante de un metro noventa y dos despatarrado encima de mí. Tenía las piernas entre las mías y el torso clavándome en el colchón. Su cabeza reposaba en el pliegue de mi cuello, y el brazo lo tenía debajo de mi espalda.

He sido una almohada humana para Isaiah Rhodes y nunca he dormido mejor.

Cuando esta mañana he ido a usar su ducha, me he encontrado con un ejemplar del *Times* de hoy con el crucigrama recortado para mí. Lo acompañaba un café y un par de tostadas Eggo.

Flipaba cuando le he dicho que nunca había tomado una Eggo hasta hoy, pero sobre todo ha flipado cuando le he dicho que no estaba segura de haber comido alguna vez antes de irme a trabajar.

Cuando era pequeña teníamos un cocinero en casa, así que la comida congelada no era una opción. Como tampoco lo es hoy saltarme el desayuno. Isaiah tiene una extraña manía por alimentarme; creo que es un lenguaje del amor recientemente descubierto por mí. Porque siempre está haciendo cosas por mí.

Y ahora voy en su coche de camino al aeropuerto, dejando atrás lo que creo que siempre he buscado.

Antes de sus ejercicios de bateo, hemos pasado por mi apartamento, he hecho la maleta, me he cambiado de ropa y, una vez más, he dejado mi coche en el campo y he optado por ir de pasajera con él. Pero apenas ha abierto la boca en todo el trayecto; iba enfrascado en sus cosas.

Hoy no nos hemos besado. Tampoco nos hemos tocado ni hemos sido capaces de hablar demasiado antes de partir para mi entrevista.

—¿Tienes todo lo que necesitas? —me pregunta por fin Isaiah.

—Solo van a ser un par de días —le recuerdo.

No aparta la mirada de la carretera mientras conduce con su gorra de béisbol echada para atrás que me ha hecho imaginar cosas que me gustaría que me hiciera con ella puesta.

—Un par de días que podrían cambiar muchas cosas.

—A lo mejor no me dan el trabajo.

No debería estar barajando esa opción. Es todo lo que siempre he querido. El puesto con el que siempre he soñado. Una ciudad en la que me encantará vivir.

Me lanza una mirada fugaz y luego se centra de nuevo en la carretera.

—Lo vas a conseguir, Kenny. —Lo dice esforzándose por darme mucho ánimo, a sabiendas de que lo necesito—. En caso de que todavía no lo sepas, estoy orgullosísimo de ti.

Enseguida se me hace un nudo en la garganta y no puedo tragar.

Nadie me había dicho eso hasta ahora. Saqué una alta puntuación en el examen del MCAT para entrar en Medicina, pero a mi madre solo le preocupaba que fijara una fecha para la boda. Creía que había encontrado el puesto que quería en Chicago, y Connor solo me preguntaba cuántas veces al año podría visitarme.

—¿Lo estás? —le digo con una voz embarazosamente débil.

—Pues claro. Incluso cuando no te conocía, aquel primer día que te oí hablar con el doctor Fredrick, me impresionaste. No hace falta que te diga qué pocas mujeres hay en el deporte profesional, y tú lo estás haciendo, Kennedy. Por si acaso no te has dado cuenta todavía —dice riéndose—, soy una especie de fan tuyo.

Isaiah se dirige hacia la terminal número dos y aparca el coche. Por fin, se desabrocha el cinturón y se vuelve para mirarme.

—Ve y muéstrales ese gran cerebro tuyo. Sé tú misma, pórtate con naturalidad. Es imposible que no vayan a quererte como yo te quie… —Se interrumpe y suelta una tontería absurda, sacada de los letreros de su casa, que nos hace reír a los dos.

El coche se llena de nuestras risas, y hay una parte de mí que desea quedarse aquí todo el día, en esta burbuja a la que solo pertenecemos él y yo. Sin pensar en la carrera para la que he trabajado tan arduamente, sin acordarme de que este matrimonio es falso y sin preocuparme de que la siguiente temporada ya no trabajaré para los Warriors.

Porque estos son los hechos. Me salga o no me salga este trabajo, mi tiempo en Chicago ha llegado a su fin. Isaiah se mostró conforme con que siguiéramos fingiendo nuestro matrimonio durante una temporada de béisbol. No durante toda la eternidad.

—¿Vas a hacer tu crucigrama en el avión?

—Esa era mi intención, sí.

—¿Sabes una cosa? Siempre lo he pensado, pero nunca te lo he preguntado. ¿Por qué haces un crucigrama todos los días?

Me encojo de hombros.

—Cuando era más joven, mis padres no me prestaban mucha atención. Como no tenía hermanos, la mayor parte de los días me aburría muchísimo. Pero a mi padre le traían el *Times* todas las mañanas porque le interesaba leer la sección de economía, de modo que empecé a hacer el crucigrama para mantenerme ocupada. Así me sentía menos sola, ¿sabes?

Isaiah frunce el ceño como si no le gustara esa respuesta.

—¿Y todavía te sientes así? ¿Los haces porque estás sola?

—Supongo que sí. —Me río sin ganas—. Pero llevo semanas sin hacer ninguno; eso imagino que significará algo, ¿no crees?

Su sonrisa adopta un aire de orgullo.

De repente, llaman a mi ventanilla.

—Mueva el coche —dice el guardia de seguridad.

Hay coches entrando y saliendo a nuestro alrededor y ya es hora de que me vaya.

A Isaiah le cambia otra vez la expresión; una de las cosas que he aprendido sobre él es que resulta fácil interpretar cómo se siente. Lleva las emociones a flor de piel, y está claro que no quiere que me marche. Pero como sabe que me tengo que ir, sale del coche y saca mi equipaje del maletero. Salgo yo también y me quedo de pie en la acera; aunque él está en la calzada, nuestra diferencia de altura sigue siendo obvia.

—Bueno, pues hasta dentro de poco.

—Un par de días.

Se quita la gorra y se pasa la mano por el pelo antes de volvérsela a poner.

—Pásalo bien. Cuídate. Bebe agua.

—Sí, mamá.

—No te olvides de mí —añade con una pizca de humor, pero enseguida se le desvanece la sonrisa.

«No podría, aunque lo intentara».

—Mañana, antes del partido, asegúrate de que Sanderson os ciña las muñecas como yo te he enseñado. Porque a veces las aprieta demasiado.

Me preocupa que el partido de mañana por la noche vaya a ser el primero sin mí.

—Estoy segura de que lo hará bien —me corrijo.

—No será como tú, eso seguro. Te echaremos de menos, Kenny, y no solo yo. Los chicos echarán de menos verte mañana por el vestuario.

—No te olvides de mí —repito sus palabras.

—No podría, aunque lo intentara.

—Venga, váyanse. —Es el mismo guardia de seguridad que antes—. Esto es zona de carga y descarga. Retiren el coche de aquí.

—Bueno, pues debería... —Señalo la consigna moviendo el pulgar por encima del hombro.

Isaiah asiente, pero no dice nada.

—Bueno, entonces hasta pronto, ¿no?

Asiente de nuevo.

—Un par de días.

Se hace un silencio molesto. Ninguno de los dos sabemos qué hacer, de modo que giro sobre mis talones y me dirijo hacia la entrada con la maleta a rastras.

Cuando me vuelvo, Isaiah está cabizbajo, con las manos en los bolsillos y rodeando el coche hacia la puerta del conductor.

—¡Isaiah! —le llamo, para detenerlo.

Cuando alza la vista, su mirada está cargada de esperanza.

—¿Sabes lo que no he hecho nunca hasta ahora? Uno de esos besos largos de despedida en el aeropuerto.

—¿De verdad?

—Me gustaría que me dieras uno como aquellos primeros que nos dimos, si no te importa.

—Es que no sé si…

—Vamos, Rhodes —digo en tono de broma—. Sígueme el juego.

Se ríe echando la cabeza hacia atrás y enseguida se me acerca. Abandono mi maleta en el suelo y él me agarra la cara con las manos y da un beso lento y concienzudo. Sus labios son suaves, pero firmes e imperiosos. Me entrego por completo a su hechizo y abro la boca para permitir que su lengua se entrelace con la mía.

Entonces es cuando me pongo a gemir. ¡En público! Me arrimo a él. ¡En público! Me arqueo y me retuerzo como si hubiera alguna manera de acercarme más a él. Le cojo la cara con las manos y le atraigo hacia mí. Mientras con una mano me rodea el cuello, con la otra me agarra del culo. Justo ahí, enfrente del aeropuerto.

Y teniendo el control absoluto de mi cuerpo, se agacha llevándome consigo como en las películas antiguas, sin separar en ningún momento su boca de la mía.

Nos erguimos sin perder el contacto, y cuando mis brazos rodean sus hombros, se curva hacia atrás y me levanta del suelo. Cuando mis dedos se enredan en su pelo, se le cae la gorra, pero ni siquiera eso nos impide seguir besándonos.

Creo que alguien silba a nuestro lado, pero no presto mucha atención. Solo me centro en este hombre al que voy a echar muchísimo de menos en las próximas cuarenta y ocho horas. El hombre al que, hasta hace poco, creía no poder soportar.

No podía estar más equivocada.

Me siento poseída por él. A Connor rara vez le toqué cuando estábamos juntos, y menos en público. Y ahora aquí estoy, como una cachonda e incontrolable quinceañera con el tío con el que me casé borracha en Las Vegas.

—Maldita sea —dice alguien a nuestro lado.

Eso pone fin al momento, y nuestras bocas se separan. A los dos nos falta el aliento, y cuando miramos hacia un lado, vemos al mismo guardia de seguridad observándonos.

—Dejadme que lo adivine —dice—. ¿Recién casados?

—Sí. —Isaiah se echa a reír—. Algo parecido.

Me deja de nuevo en el suelo. Otra vez piso sobre las Vans con plataforma, y cuando se agacha a recoger la gorra, se ríe de mí por llevar siempre las zapatillas deportivas con las que me casé.

—Vas a estar genial, Kenny. No pierdas el vuelo. —Me coloca la gorra de su equipo en la cabeza—. Esto es para que no te olvides de mí.

Me la coloco bien, para que no se caiga.

—No podría, aunque lo intentara.

—Y esta es la sala de musculación.

Un equipamiento inmaculado, con lo último en tecnología, cubre la pared. Las toallas están pulcramente dobladas y preparadas para mañana. El logo del equipo de San Francisco aparece en todas las superficies libres, de modo que es imposible no saber a qué equipo pertenece esta sala.

—Al fondo hay una sauna y un baño turco —dice Josh—. Todo lo que tenemos es para que lo usen tanto el equipo como la plantilla, así que cuando te incorpores oficialmente, siéntete como en casa. Aquí la dirección se porta bien con sus empleados.

Josh era un coordinador de viajes con el equipo de Dean en Atlanta, pero ahora trabaja en San Francisco. Recuerdo que mi hermanastro mencionó que a Josh le encantaría enseñármelo todo, pero no contaba con que también me fuera a recoger al aeropuerto.

—Es todo tan… bonito… No sé si es una palabra rara para usarla cuando se habla del equipamiento de un gimnasio.

Se ríe entre dientes.

—Para nada. Estoy completamente de acuerdo contigo. Los dueños construyeron este estadio hace menos de cinco años, así que todo está casi por estrenar. Cualquier cosa que necesites te la proporcionarán. Si se estropea una pieza de tu equipamiento, al día siguiente te la reemplazarán por otra. Realmente es una magnífica franquicia para la que trabajar. La gente deja otros equipos y acepta descensos de categoría con tal de trabajar aquí.

Salimos de la sala de musculación y Josh me lleva a la sala de entrenamiento médico.

Es la perfección absoluta. El sueño húmedo de todo personal sanitario. Limpia y organizada, tiene todo lo que yo podría necesitar. Miro de reojo al despacho del rincón. DOCTOR TRAN, pone en la placa de la puerta, y debajo: JEFE DE SALUD Y BIENESTAR.

—Y esta será tu nueva oficina —afirma Josh.

No dice: «podría ser».

Tampoco añade: «si consigues el trabajo».

Habla como si ya me hubieran contratado.

—¿El doctor Tran hace actividades prácticas con los jugadores o se dedica sobre todo al trabajo burocrático y a las consultas cuando le necesitan?

Es algo que necesito saber antes de mi entrevista de mañana. No estoy segura de si podría aceptar el puesto si no existiera la flexibilidad que me permita hacer lo que más me gusta.

—Oh, apenas está en su despacho. Tiene una secretaria que hace casi todo el papeleo. Candice es encantadora. Se encargará de las tareas administrativas, tú no tendrás que ocuparte de ello. Y sí, el doctor Tran está siempre trabajando en la sala de entrenamiento y en el *dugout* durante los partidos.

—Tal y como hablas de él, parece que es un médico muy querido.

—Sí, lo es. Lleva aquí veintiséis años y le echaremos de menos. Tiene muchas ganas de conocerte mañana.

—Yo también estoy deseando conocerle. ¿Estará mañana en la entrevista?

—Sí, ha estado en todas. Por lo que tengo entendido, tú eres la tercera y la última.

Una parte de mí quiere que Josh me ponga al tanto sobre los otros candidatos. Parece que sabe un poco de todo lo que pasa por aquí. Pero me contengo. Sé lo que puedo ofrecer tanto en experiencia como en formación, y si no me dan el trabajo, será porque no encajo bien en el perfil requerido.

Esto me lleva a preguntar:

—¿Sabe el doctor Tran y el resto del comité de contratación que soy una mujer?

Josh se detiene y me mira extrañado.

—Claro que lo saben.

Me siento aliviada.

—Acompáñame —dice—. Quiero enseñarte mi vista favorita de todo el estadio.

Le sigo hasta un ascensor. Pasamos otra vez por el vestuario, que es el más bonito que he visto en mi vida. El logotipo del equipo ocupa el centro y las taquillas están individualmente iluminadas. El equipamiento de los jugadores ya está listo para el partido de mañana, y eso que solo hace unas horas que han terminado de jugar el partido de hoy.

De nuevo me sostiene la puerta para que pase, y en cuanto entro en la habitación, entiendo perfectamente a qué se refería cuando ha dicho que es la vista más bonita de la casa. Podría incluso ser la mejor vista de todo San Francisco.

—¡Qué pasada! —me oigo decir, completamente fascinada por las centelleantes aguas de la bahía, tras las gradas.

En la marina se alinean las barcas, y el marcador de las anotaciones... Dios, nunca imaginé que podía quedarme sin habla por un puto marcador. El sol, que está empezando a ponerse, arroja un cálido resplandor ámbar y rosa por toda el agua.

Creo que podría acostumbrarme a esto. Puedo imaginarme trabajando aquí y pasando la mayor parte de mis días en este lugar. Este debe de ser el estadio de béisbol más bonito del mundo.

Sin embargo, no tiene la historia del estadio de Chicago. No tiene el icónico marcador manual ni tampoco el infame ladrillo cubierto de hiedra. No tiene la marquesina roja de fuera ni los mejores aficionados del mundo. Por no hablar de los perritos calientes...

San Francisco no tiene a la gente: el equipo, Miller, Monty y todos los demás, ni tampoco a Isaiah. Pero, por otra parte, tampoco tiene al doctor Fredrick.

Y aparte del asombroso estadio y sus instalaciones modernísimas, San Francisco me ofrece el puesto para el que llevo trabajando toda mi vida adulta. Oportunidades como esta no se presentan con frecuencia, y desde luego no pienso desaprovecharla solo porque de repente me he dado cuenta de que siento algo por mi marido.

—¿Estás preparada para la entrevista de mañana? —me pregunta Josh.

—Creo que sí. Aunque estoy un poco nerviosa. La última vez que me presenté a un trabajo, el resultado no fue precisamente el mejor.

—¿Qué quieres decir?

—Bah, es una larga historia —digo, quitándole importancia.

—Bueno, no tienes por qué estar nerviosa. El equipo médico lleva toda la semana hablando de ti, y tú eres la única candidata que ha seleccionado el doctor Tran.

Eso me llama la atención.

—¿De verdad?

La sonrisa de Josh es genuina.

—De verdad.

Asiento con la cabeza y vuelvo a centrarme en el estadio que tengo delante de mí. Puedo hacerlo. Todo lo que siempre he deseado puede que sea mío mañana.

Se aclara la garganta.

—Perdona el atrevimiento. He visto que llevas una alianza en el dedo. Al hablar con Dean me dio la impresión de que estabas soltera, así que esperaba llevarte a cenar esta noche, pero…

No he caído en la cuenta de que aquí no hace falta que lleve el anillo. Aquí no tengo que convencer a nadie de nada.

—Estoy casada —digo simplemente.

—Perdona si me he pasado. Como veo que recorres el país tú sola y tal…

Levanto una ceja y él alza las manos como rindiéndose.

—Me he pasado. Está claro.

Me río para romper la tensión.

—No te has pasado, pero tampoco sé qué responder a eso. Porque, aunque estuviera soltera, lo último que debería hacer, siendo la única mujer de la plantilla, es quedar con un potencial futuro compañero de trabajo, pero me siento halagada de que me lo hayas pedido.

—Entiendo. Cuando cogí este trabajo y dejé Atlanta, tanto mi exmujer como yo sabíamos que la cosa se había acabado. Fue una manera de poner distancia entre nosotros. No sé si tú estás pasando por algo parecido…

Meneo la cabeza para decir que no. No sé exactamente cuál es nuestra situación, pero sé que no es esa.

—Por cierto —continúa—, no vas a ser la única mujer aquí. Ni siquiera sé decirte cuántas mujeres hay en la plantilla.

Me animo ante esa respuesta.

—¿En serio?

—Ya lo creo. No es fácil acceder a los lavabos de mujeres que están al lado del vestuario. Siempre hay cola.

26

Isaiah

—Mills acaba de escribir. —Kai vuelve a meter el móvil en su taquilla—. Están en el pasillo.

Cojo mi gorra —otra distinta de la que se ha llevado Kennedy— y sigo a mi hermano al pasillo del vestuario.

Zanders, Stevie, Ryan, Indy, Miller y Rio están esperándonos.

—Hola, chicos. Gracias por venir —digo acercándome al grupo.

Zanders me estrecha una mano y con la otra golpea amistosamente mi hombro.

—Como el Gran Hermano anuncia su jubilación, hemos pensado que cuantos más partidos veamos, mejor.

Nos saludamos uno por uno hasta que Kai se queda con Miller y le abraza los hombros.

Salvo Rio y yo, todos los demás están emparejados.

Cómo odio eso.

Me he acostumbrado tanto a tener a Kennedy a mi lado, sobre todo aquí en el campo… Todo esto es un anticipo de la próxima temporada, solo que mi hermano no irá de uniforme. Vendrá de visita, como los otros tíos a los que he convocado.

—¿Va a venir Kennedy o la tiene demasiado ocupada ese médico tan gilipollas? —pregunta Indy.

—No, ahora no está aquí. Se ha ido a San Francisco.

—¡Ah, es verdad! —dice con entusiasmo Stevie—. ¿Qué tal le ha ido en la entrevista?

Me demoro en la respuesta porque la verdad es que todavía no lo sé. Me ha dado miedo preguntárselo.

Mis ojos se encuentran con los de Miller, implorando ayuda en silencio.

—Kennedy dijo que nos pondría al corriente cuando volviera —dice saliendo a mi rescate.

—El domingo por la noche hay cena familiar —me recuerda Ryan—. Ya va siendo hora de que la traigas, ¿no crees?

—Aquí está mi chica. —Monty sale de su despacho y se acerca al pasillo mirando a Miller.

—Hola, papá.

Él extiende los brazos para abrazarla, pero Kai no la suelta.

—Como no la sueltes, esta noche no tendré ningún problema en mandarte al banquillo.

Mi hermano suelta una carcajada.

—Es mi primera salida después de anunciar que me jubilo. No creo que mis fans se tomaran demasiado bien que no me sacaras a jugar.

—¿Y si te digo que me importa una mierda?

Kai pone en broma los ojos en blanco y libera a Miller.

—¿Dónde está mi nieto? —pregunta Monty mientras abraza a su hija.

—Emily, la de la panadería, está cuidando de él y de Taylor esta noche.

—Emily, la de la panadería, ¿eh? ¿Está soltera?

—Déjalo, anda —dice Zanders en un tono de agotamiento.

Monty saluda a nuestros amigos.

—Me tengo que marchar. —Me da una palmada en el hombro—. Lo mismo os digo. No quiero perder tiempo. Dentro de un rato va a caer un buen chaparrón y no quiero que me pille un atasco por la lluvia. Te quiero, Millie. Hasta luego.

—Adiós, papá.

Indy se queda mirando a Miller como si no pudiera creerse lo que acaba de ver.

—Tu padre está buenísimo.

—Venga ya —dice ella haciendo una mueca.

—Por extraño que parezca... —Rio levanta una ceja—. Estoy de acuerdo con ella.

—Tienes un padre sexualmente atractivo, Miller —se inmiscuye Stevie.

Zanders se encoge de hombros.

—Tienen razón —dice—. Que conste que a mí no me gustan nada los tíos, pero es un hombre bien guapo.

—Se acabó la conversación. —Miller vuelve junto a Kai y le da un beso—. Te quiero. Buena suerte.

—Y yo a ti, nena.

Me da un abrazo.

—A ti también te quiero, pero un poquito menos que a él.

—Tú siempre humillándome.

—Alguien tiene que hacerlo. —Y cuando Kai se dirige a la sala de entrenamiento, me pregunta—: ¿No has hablado con ella?

—Claro que he hablado. Solo que no le he preguntado cómo le ha ido la entrevista.

—¿Y por qué no?

—Porque sé que le habrá salido genial y me niego a aceptar que se va a ir. Pero me alegro por ella, de verdad. La felicitaré cuando me lo cuente en persona, porque todos sabemos que ahora mismo no estoy para celebraciones. Hasta que ella regrese a casa, me revolcaré como una perra en privado.

—¿Te ha contado que Dean quedó con su amigo en que fuera a recogerla al aeropuerto? —Miller trata de contener una risita—. Apuesto a que estás encantado.

—Sí, me lo ha contado. El muy capullo. Como si no le odiara ya bastante…

Ella ladea la cabeza.

—Sé que los chicos llevan años dándote la brasa por tu cuelgue con ella, Isaiah. Pero yo veo cómo la miras, y veo los destellos que emite Kennedy cuando está contigo. Vuestro matrimonio puede ser falso, pero el resto obviamente es real. No pierdas la esperanza, ¿de acuerdo? A lo mejor ni siquiera acepta ese trabajo.

—Más le vale aceptarlo.

Me da un pellizco en el brazo.

—Ayuda a que tu hermano gane el récord de salidas haciendo un par de home runs, ¿vale?

—Haré lo que pueda.

Hice lo que pude. Intenté de verdad jugar bien esa noche que me sentía fatal, pero la única vez que mi bate estuvo conectado a una pelota fue cuando di varios batazos fuera de la zona legal de juego o cuando golpeé mal el lanzamiento, con el resultado de un débil roletazo que desplazó la pelota a poca altura y la hizo rebotar contra el suelo.

Me pitaron dos veces, y lo cierto es que no recuerdo la última vez que bateé tan rematadamente mal. Pero juro por Dios que cada vez que sonaba mi música de *walk-up*, era como si todo el estadio estuviera burlándose de mí, cantando la canción de nuestra boda mientras mi mujer estaba en la otra punta del país intentando conseguir el puesto de trabajo de sus sueños.

El chaparrón por el que Monty estaba preocupado resultó ser una endemoniada tormenta de verano.

Pese a lo mal que jugué, los chicos lograron ganar haciendo entradas regulares y anotando más carreras, así que llegué a casa antes de que empezaran a caer chuzos de punta. Lo mismo que los amigos que vinieron a ver el partido, y que Cody, Travis, Monty, Miller y Kai.

Lo sé porque lo comprobé llamándoles a todos.

La única persona de la que no sé nada es la primera persona a la que llamé.

La he llamado siete veces, pero siempre ha saltado el contestador automático y sigo sin tener ni idea de si Kennedy ha llegado bien a casa. Si su vuelo ha aterrizado. Si cogió un taxi para ir a su apartamento o al estadio, donde tiene el coche aparcado. Y no tengo ni idea de si ha llegado a casa antes de que se haya puesto a llover tanto.

Pruebo a llamar a Miller.

—¿Sabes algo de Kennedy? —le pregunto en cuanto contesta.

—Todavía no. La he llamado, pero no me lo coge. Sé que su vuelo aterrizó porque me escribió para preguntar cómo iba el partido durante la octava entrada.

—¿Y luego qué? ¿Fue a recoger su coche al estadio? ¿O se fue a su apartamento? —Mi tono es frenético—. ¿Por qué no contestará?

—A lo mejor está conduciendo.

—Miller…

—Mierda —dice—. Yo qué sé.

—La volveré a llamar. Si sabes algo de ella, avísame.

Cuelgo antes de que pueda responder y pruebo a llamarla por octava vez. Nada, sigue sin contestar.

El estampido de un trueno hace que tiemble todo el edificio de mi apartamento. La lluvia azota con tanta fuerza las ventanas que a duras penas me oigo pensar, y como estoy nervioso y angustiado, soy incapaz de quedarme quieto. Recorro de acá para allá la sala de estar, la cocina, entro y salgo del dormitorio…

Me suena el teléfono en la mano y le doy rápidamente la vuelta con la esperanza de que salga el nombre de Kennedy en la pantalla.

No es ella. Es Kai.

Mi pulgar queda suspendido sobre el botón verde para responder, pero no puedo. Solo me viene a la cabeza su voz y su cara cuando yo tenía trece años, cuando vino a contarme que mamá había muerto a causa de una tormenta que era exactamente igual que esta.

Todavía recuerdo el olor de la pizza que cenamos esa noche. El ruido de la puerta al cerrarse cuando se fueron los agentes de policía. La ropa que mi madre había apilado en una silla del rincón de la habitación y que me mandó doblar antes de ir a hacer prácticas de béisbol, pero que no doblé.

Y recuerdo el tono exacto de la voz de Kai cuando me contó lo que le había pasado a nuestra madre.

Solo por esa razón, no contesto al teléfono.

Llámalo irracional o lo que quieras. Sé que no es lógico. La angustia o la ansiedad no provoca pensamientos racionales. Crea los peores escenarios posibles y, aun siendo consciente de ello, se apodera de todo mi cuerpo y mi mente, incapacitándome para centrarme en ninguna otra cosa.

Kai llama de nuevo y esta vez hago acopio de valor y le contesto.

—¿Qué pasa? —es lo primero que le pregunto.

—Nada. Solo llamaba para ver qué tal estás.

Una ráfaga de luz entra por las ventanas cuando el impacto de un rayo golpea el suelo.

Encuentro un sitio en el sofá. Me tiemblan las rodillas.

—¿Qué coño me pasa?

—Nada. No te pasa nada.

—Kennedy no contesta.

—¿Sabes si ha llegado ya?

—Sí. Escribió a Miller durante el partido diciendo que acababa de aterrizar.

—Vale. ¿Quieres que Miller y yo cojamos el coche para ir a su apartamento y ver si está?

—¡No! ¡No se os ocurra coger el puto coche!

—De acuerdo. —Me tranquiliza. Mi hermano, el protector. Siempre cuidando de mí cuando no puedo hacerlo yo mismo—. Llámala otra vez.

—Han pasado dieciocho años, Kai. ¿Por qué no podré superarlo?

Suspira al otro lado de la línea.

—Descubrirás cómo cambiar tu proceso mental, Isaiah, pero nadie que te conozca te dirá nunca que lo superes. Si mamá hubiera muerto en un accidente de aviación, a nadie le extrañaría que no te gustara volar. Si mamá hubiera muerto ahogada, nadie te reprocharía que le tuvieras miedo al agua. Pues bien, esto es igual. Deja de ser duro contigo mismo y no pienses tanto, ¿lo harás?

—Lo intentaré.

—En mi fuero interno sé que Kennedy se encuentra bien. Puede que haya dejado el móvil en alguna parte y no lo pueda oír. Sé que ahora mismo no me crees, que te parece una respuesta simplona, y no pasa nada. Algún día, cuando te tranquilices, pensarás igual.

Asiento con la cabeza aunque no pueda verme.

—Vale.

—Te quiero. Llámame si necesitas algo.

—Te quiero.

Cuelgo y me levanto del sofá. Mientras doy vueltas por la sala de estar, marco el número de mi mujer.

Una vez más, no contesta.

—Coge el puto teléfono, Ken —murmuro, a sabiendas de que no me oye nadie.

No hay un solo pensamiento que cruce mi mente que me detenga, no dudo ni por un instante en coger las llaves del coche de la encimera de la cocina y en dirigirme hacia la puerta del apartamento.

Después de ponerme los zapatos a todo correr, abro la puerta al mismo tiempo que el ascensor llega a mi rellano.

Mis ojos la ven inmediatamente.

Kennedy está dentro del ascensor con la ropa empapada, el pelo pegado a la cara y la respiración entrecortada. Lleva las dichosas Vans chorreando agua por todo el suelo. En ese momento alza la mirada y me ve en la puerta con las llaves del coche en la mano.

—Hola —dice, y se nota que le cuesta respirar.

Suspiro aliviado por primera vez desde que empezó la maldita tormenta de verano.

Siento una oleada de alivio de la magnitud de un tsunami que libera la tensión de todo mi cuerpo. Pero estoy tan aturdido por su presencia que no me puedo mover. Ella se encuentra bien, y hasta que se me acerca por el rellano de la escalera no me doy cuenta de que todos esos pensamientos angustiosos se van apaciguando y mi mente empieza a pensar con cierta lógica.

Sin embargo, lo primero que le pregunto no tiene nada de ternura o dulzura:

—¿Qué coño haces aquí?

Sigue respirando con dificultad cuando se detiene al otro lado de mi puerta, empapando el suelo en torno a ella.

—¿No se te habrá ocurrido venir en coche? —continúo.

Dice que no con la cabeza, y eso me tranquiliza solo un momento, hasta que admite:

—He venido corriendo.

—Son ocho putas manzanas, Kennedy.

—Sí, lo sé.

Noto cómo me vuelvo a encolerizar. ¿Es que no entiende lo peligroso que es salir a la calle con este tiempo? Está empapada de la cabeza a los pies, posiblemente pille un buen resfriado, y tiene suerte de que no le haya pasado nada peor durante el recorrido hasta mi casa.

—¿Por qué demonios has hecho esto?

Con los hombros erguidos y sin la menor vacilación en su tono de voz, dice:

—Porque no quería que estuvieras solo.

Sus palabras me aplacan de nuevo, aunque por poco tiempo. De pronto no puedo controlar mis emociones, me arden los ojos y noto un nudo en la garganta.

—Ni se te ocurra hacer eso por mí, Kenny. —Mi voz se quiebra al mencionar su nombre.

—Quise hacerlo. No sé por qué. No sé cuándo ha cambiado esto. Pero tú siempre me dices que haga lo que me parezca bien, y nunca me he sentido mejor que cuando estoy contigo.

Inhalo profundamente para tratar de calmarme, intentando que no se dé cuenta de lo que significa para mí que haya venido para estar conmigo aun sabiendo que cuando llueve de esta manera no soy el Isaiah de siempre y me siento fatal. Otros me llamarían irracional y se reirían de mis por tener miedo de una estúpida tormenta de verano, pero ella ha venido corriendo en lugar de coger el coche para comprobar cómo estoy.

Nuestros dedos se entrelazan y las llaves del coche van a parar a la palma de su mano.

—¿Por qué has cogido las llaves del coche?

—Porque no podía localizarte y necesitaba asegurarme de que estabas bien.

Ladea la cabeza y suaviza la expresión de su rostro. Se guarda mis llaves en el bolsillo de la chaqueta y a continuación saca el móvil. Como está empapado y goteando, limpia la pantalla y ve que tiene un montón de llamadas perdidas mías.

—Lo siento. A causa de la lluvia, no lo he oído mientras venía corriendo aquí.

—Me has asustado.

Menea un poco la cabeza y frunce el ceño como si verdaderamente no entendiera el concepto de alguien que se preocupa por su bienestar. De alguien que la echa tanto de menos que está dispuesto a coger el coche para ir a ver cómo se encuentra.

El retumbar de un trueno hace que vibre todo mi apartamento; el rayo que lo sigue ilumina las bellas facciones de Kennedy.

Intento no prestar atención a nada que no sea ella, pero no puedo evitar la leve amargura de mi expresión.

Kennedy me coge la cara con su manita. La cubro con la mía y me deleito con su roce. Me siento orgulloso de lo fácil que le resulta ahora consolarme.

—Déjame que te distraiga —susurra.

27

Isaiah

Desesperado por tocarla, tomo la cara de Kennedy con las dos manos y presiono mi boca contra la suya. Le castañetean los dientes cuando dejo de besarla.

—Dios, estás helada, Kenny.

—No me importa. No podía estar sin verte.

Cómo me gusta esa confesión. Sabía que yo iba a tener una mala noche y, pese a todo, quería estar aquí, conmigo. Me agacho, la levanto, la pongo a horcajadas en mi cintura y entramos en el apartamento. Sin soltarla, cierro la puerta de una patada detrás de mí. No me importa que estemos dejando un reguero de agua en el suelo. No me importa que esté quedando tan empapado como ella.

Ha enredado sus dedos en mi pelo y no deja de darme besitos en el cuello mientras está entre mis brazos. Sus fríos labios me provocan pequeños shocks en el sistema, ya de por sí bastante alterado.

—Joder, Ken, ¡cómo te he echado de menos! —me sale del alma.

Se echa hacia atrás para mirarme con las cejas arqueadas, en un gesto de perplejidad. Tiene el pelo empapado pegado a la cara.

Me paro.

—¿Qué pasa?

—Siempre me he preguntado cómo me sentiría si me echaran de menos.

No hay palabras para describir cuánto odio saber eso. Que se haya sentido tan despreciada por su familia y cierta gente que no pueda creer que alguien en su sano juicio pueda echarla de menos.

Ojalá entendiera cuán desesperadamente la he añorado mientras estaba fuera. Es más, la añoraba incluso cuando todavía seguía aquí. No he dejado de anhelar a esta mujer desde el día en que la conocí en los lavabos y me pidió consejo sobre qué hacer con su nuevo puto trabajo.

—¿Y cómo te sientes?

En sus labios aparece una sonrisa de timidez.

—Importante.

—Pues sí —muestro mi conformidad asintiendo con la cabeza—. Eres la persona más importante para mí.

Se acurruca en el pliegue de mi cuello mientras continúo hacia el baño.

—¿Isaiah?

—¿Sí?

—Yo también te he echado de menos.

Juro por Dios que me parece estar viviendo en una realidad alternativa al oír que Kennedy Kay me ha echado de menos.

—Ah, ¿sí? ¿Y cuánto me has echado de menos?

—Mucho —me dice al oído—. He tenido que tocarme pensando en ti todas las noches que he estado fuera para poder dormir.

«No me jodas».

Sosteniéndola con un brazo, abro el grifo de la ducha con la otra mano y la pongo a la máxima potencia de calor.

—¿Y en qué pensabas exactamente mientras te tocabas?

—Pensaba en tu boca. —Aprieta su boca contra la mía—. En tu lengua. —La suya se abre camino por mi labio inferior y me provoca un gemido—. Y pensaba en lo mucho que necesito sentirte dentro de mí.

—Joder…

—Por favor, dime que lo harás esta noche.

La pongo de pie frente a la ducha; todavía la tengo agarrada para que no pase frío, antes de ponerme detrás de ella y comprobar cómo está el agua.

—Lo haré, nena. No te irás de mi cama hasta que hayas sido follada a conciencia.

Le retiro el pelo mojado de la cara y no aparto mi boca de la suya cuando empiezo a quitarle la ropa. Primero la chaqueta, que cae sobre un montón húmedo en el suelo alicatado. Le levanto su pesada falda empapada por la lluvia y se la saco por la cabeza, y solo en ese momento se despegan nuestras bocas, antes de que tire de mí para que nos besemos de nuevo.

Se quita las Vans de un puntapié mientras le paso la palma por el estómago. Luego, con una sola mano, casi le cubro toda la columna vertebral. Está tiritando. Tiene la carne de gallina. Con un simple movimiento de mi muñeca, le desabrocho el precioso sujetador, que cae entre los dos, también supermojado, así que hago un movimiento para que caiga al suelo y pueda ver sus pezones duros como piedras, me aparto de su boca y apoyo mi frente en la suya. En cierto modo, es la primera vez que le veo las tetas sin la barrera de la tela del sujetador.

Sus pechos son perfectos, como el resto de su cuerpo. Su piel, de color crema y salpicada de numerosas pecas, es suave. Sus pezones duros están pidiendo a gritos mi boca. Paso la yema del pulgar por uno y se lo pellizco, que es más o menos lo que pienso hacerle ahora con la lengua.

Con la mano le estrujo un poco la teta.

Se arquea hacia mí y acompaña este movimiento con uno de sus bonitos gemidos.

—¿Cómo es que cada parte de ti es tan jodidamente perfecta, Kennedy?

—¿No crees que son demasiado pequeñas?

Me paro a pensar mientras sigo cubriéndole un pecho con mi enorme mano, y sí, Kennedy es bajita y casi todo lo suyo es pequeño, pero me importa un bledo el tamaño de sus tetas.

Antes de disiparle inmediatamente su preocupación, le pregunto:

—¿Te lo parece a ti o te lo ha dicho alguien?

No contesta.

—¿Fue Connor quien te hizo creer que las tienes demasiado pequeñas?

Niega con la cabeza, tratando de quitarle importancia.

—Quizá de pasada…

—¿Cuántas veces hablasteis de eso?

Aparta la mirada.

—Algunas veces.

Se me contrae la mandíbula, pensar en su ex hace que me cabree muchísimo, pero sigo acariciándola con suavidad para que entre en calor.

No es solo que nunca la ayudara ni le dejara aprender o explorar cosas nuevas, es que además nunca se tomó el tiempo necesario para reiterarle que era una mujer deseable y valiosa. En cambio, no paraba de recordarle que era reacia a la intimidad, y esta mujer que yo contemplo como la criatura más perfecta del mundo acabó creyéndoselo.

—Kenny, para que lo sepas, para mí eres increíble tal como eres. Y si tanto te preocupa el tamaño de tus tetas, no tengo ningún problema en que te arrodilles y te las juntes con las manos para follártelas y demostrarte así cuánto me gusta su tamaño.

Se le abre la boca y sus ojos adoptan una expresión de intriga.

—¿Harías eso?

—Claro que te follaré las tetas, nena, pero esta noche necesito follarte esto. —Mi mano se desliza por la cremallera y mis dedos se deslizan por la costura del vaquero creando fricción justo donde tiene el clítoris.

Se le escapa un desesperado gemido, y ese sonido solo aumenta cuando me llevo su pezón a la boca y lo succiono.

—Oh, Dios mío. —Sus manos se aferran a mi pelo y me atraen hacia ella—. Sigue haciéndome eso.

Después de mis lametones con la lengua, le mordisqueo suavemente el pezón. Cuando me tira del pelo, me doy cuenta de que esta es otra de las cosas que le gustan a mi mujer, así que memorizo la información.

Con el agua calentándola por detrás, me pongo de rodillas, le beso todo el pecho, centrándome en su otro pezón. Mis manos están ocupadas quitándole los vaqueros y dejándola tan solo con las diminutas bragas.

Pongo las manos en su culo, la atraigo hacia mí y mi boca besa su coño por encima del encaje, utilizando la tela para que se produzca una deliciosa fricción.

—Te necesito —me ruega, quitándome la camiseta por la cabeza—. Por favor. —La tira. Kennedy se desprende de sus braguitas, se queda completamente desnuda y me lleva los dedos al coño para que la siga frotando—. Por favor…

Le acaricio cálidamente cada pliegue de su coño, y mientras me quito los zapatos, Kennedy me baja los pantalones y hace que brote libremente mi dura polla.

Gime desesperadamente mientras se pasa la lengua por los labios sin dejar de mirarme.

Meto un dedo en su interior.

—Ni se te ocurra volver a chuparte los labios mientras me miras la polla, o esto va a ir más deprisa de lo que los dos queremos.

Me agarra la polla con mano firme.

—Joder. —Con la mano libre me apoyo en el cristal de la ducha—. Por favor, Ken. Necesito que esto dure más.

Acerco mis caderas a las suyas y, mientras me acaricia, presiono el muslo contra su vulva. Muevo la mano y empujo mi pierna contra la de ella, observando la forma en que mi piel brilla a su paso mientras rueda sobre ella.

Me besa el pecho, se pone de puntillas para llegar a mi cuello sin dejar de acariciarme. Y Dios, la tengo ya tan dura… Es un poco preocupante cómo es capaz de ponerme esta mujer en tan poco tiempo.

Como no haga algo para frenarla, me voy a correr.

En medio de la nube de vapor procedente del interior de la ducha, la rodeo con el brazo por la cintura, la levanto y la meto dentro.

En cuanto está bajo el chorro de agua caliente, tiembla como si el cambio de temperatura hubiera sido muy brusco, pero enseguida se le adapta el cuerpo al agua que corre sobre ella.

Echa la cabeza hacia atrás para que el agua le lave la cara y fluya por su bonito pelo. Kennedy sigue sujetándose a mis antebrazos, y yo no puedo apartar los ojos de ella.

Veo cómo el agua fluye por sus curvas, incluidas las que ella cree que son demasiado pequeñas. Contemplo cómo cierra los muslos cuando gimo a modo de elogio. Y veo cómo tira de mí para que no me aleje.

Entro en la ducha con ella, que me abraza mientras yo recorro con las palmas su espalda hasta el culo, al tiempo que la beso en el cuello y detrás de la oreja.

Se la muerdo.

—¿Bajo qué clase de hechizo me tienes, Kenny?

Menea la cabeza como si no tuviera ni idea, amoldando su cuerpo ya caliente al mío. Encuentra con las caderas mi polla y se restriega contra ella.

—Te deseo —dice.

—¿Ah, sí?

—Más de lo que nunca he deseado a nadie.

Juro que mi polla aumenta de dureza ante su confesión, y cuando le acaricio el culo con la mano, metiendo el dedo corazón entre sus nalgas, y luego le toco el coño, puedo sentir lo sincera que ha sido.

Noto perfectamente su excitación.

—¿Más de lo que deseas correrte ahora mismo? —bromeo.

—Te deseo… —repite—. Deseo que hagas que me corra.

Riendo entre dientes, me estiro detrás de ella y alcanzo el cabezal de la ducha.

Manteniendo el agua sobre ella para que no se enfríe, la pongo de espaldas a mí. Con el brazo alrededor de su cintura, la aprieto contra mi pecho, mi polla deslizándose entre sus nalgas.

Ella se recuesta contra mí.

—Kenny —le digo en tono de advertencia—. Algún día te follaré así, pero ¿qué te acabo de decir?

—Que quieres que esto dure más.

—Exactamente. Así que deja que me separe de ti antes de que me corra en tu espalda.

—A mí no me importaría. Los dos sabemos lo rápida que puede ser tu respuesta. Y al menos esta vez no llevas pantalones y no se te quedaría una mancha tan embarazosa como la anterior.

Le mordisqueo juguetonamente el cuello.

—No seas mala, chiquilla.

Se ríe, pero enseguida deja de hacerlo cuando le separo las piernas y deslizo una mano entre ellas. Le acaricio un poco el clítoris, la abro bien con mis dedos y hago que el chorro de la ducha golpee contra su clítoris hinchado.

—Oh —jadea, dejando caer la cabeza hacia atrás, sobre mi pecho.

A la presión del agua le añado un dedo en su clítoris.

Vuelve el castañeteo de sus dientes, pero esta vez va acompañado de las rodillas flexionadas y de los nudillos blancos al agarrarme los brazos.

—¿Cuántas veces te corriste tocándote cuando estabas fuera?

—Tres —dice sin apenas voz.

—¿Y no pensaste en ponerme una videoconferencia? Ni te imaginas lo guapa que estás cuando te corres, Kennedy.

—No duró mucho —dice echando la cabeza atrás con los ojos cerrados—. Cada vez que me imaginaba tus dedos en lugar de los míos, me corría.

Trazo lánguidos círculos en su clítoris.

—¿Es esto lo que te imaginabas?

Asiente frenéticamente.

—Tendrás que correrte tres veces esta noche para compensar las veces que yo no te vi.

Asiente de nuevo y se le escapa un leve suspiro.

Le acerco más el cabezal de la ducha, asegurándome de que el chorro golpee rítmicamente donde más lo necesita, y cuando arrastro mi pulgar hacia abajo para añadir fricción, noto en la mano cómo su coño entero tiembla y palpita al correrse.

Estoy obsesionado con esta chica, eso es bastante obvio, de modo que no debe pillar a nadie por sorpresa que esté también obsesionado con su forma de correrse: con mis dedos en su clítoris, mientras entona mi nombre como una plegaria de súplica.

Se derrumba en mis brazos y su cabello mojado se me pega al pecho. Siempre me pregunté cuánto se oscurecería ese color pelirrojo de Kennedy Kay cuando estuviera mojado.

Me pregunté cómo se vería entre mis dedos.

Me pregunté cómo se vería envolviendo mis brazos.

Y pronto descubriré exactamente cómo se ve desparramado sobre mi almohada mientras me la follo.

Vuelvo a colocar el cabezal de la ducha en su sitio. Sigo rodeando posesivamente a Kennedy con el brazo para que no se caiga, porque a estas alturas no me fío mucho de sus rodillas.

Retrocediendo unos pasos, la arrastro conmigo para sentarme en el borde de la ducha. Aún nos llega bastante agua, manteniéndola caliente, aunque estoy bastante seguro de que su orgasmo ya lo hace a juzgar por la temperatura de su piel.

—Qué buena chica eres —susurro contra su cuello, besando la curva de su hombro.

—¿Vas a ser tú un buen chico?

Me río entre dientes, recordando aquel día en el campo cuando le dije que podía llamarme buen chico mientras ella estaba desnuda a horcajadas sobre mí.

—Déjame entrar en ti y verás lo buen chico que puedo ser, nena.

Para mi sorpresa, se da la vuelta, dejándome a la vista su precioso cuerpo entero desnudo. Utilizando mis hombros como apoyo, desliza cada una de las piernas para ponerse a horcajadas encima de mí. Casi me corro cuando su coño fricciona mi polla trazando lentos círculos.

—Haz eso otra vez.

Mi cabeza cae hacia el cristal de detrás cuando menea las caderas cubriendo el glande de mi polla. Me besa en la boca con sus cálidos labios, su lengua caliente y sus caderas creando de nuevo la fricción.

—Me encanta —grita, mientras pasea sus manos por mi pecho—. Joder, me encanta cómo me tocas.

Suelta un gemido ante mi elogio, su cara cae en el pliegue de mi cuello, y es entonces cuando recuerdo que nunca ha tocado a nadie como me toca a mí.

Este recuerdo hace que me sienta realmente posesivo.

Sus tetas se balancean y sus muslos se flexionan cuando se menea hacia atrás y hacia adelante, y cada vez que levanta las caderas el glande de mi polla le roza el clítoris.

Hasta que finalmente me abro paso hacia su entrada. Los dos nos detenemos.

—¿Quieres que te folle yo a ti o tú a mí? —le pregunto.

Si ella quiere llevar las riendas, veré con gusto cómo se hunde en mi polla, aquí mismo en la ducha. Pero si quiere que la folle, la llevaré a mi cama para hacerlo como es debido por primera vez.

Hace una pausa, contemplando el vapor que nos rodea. Las huellas de sus manos están marcadas en las paredes de cristal y mi polla está lista en su entrada.

—Deseo que me folles tú a mí —decide, tras una breve vacilación.

Es todo lo que necesito oír para levantarla, cerrar la ducha y llevarla a la cama.

Estamos empapados, pero poco me importa cuando la agarro por la nuca para evitar que tienda la espalda sobre el colchón. Cabello mojado, piel resplandeciente. Piernas estiradas y un destello entre ellas.

Parece un ángel. Me detengo un segundo, observando la escena, preguntándome qué he hecho para tener la suerte de terminar justo aquí, ahora. Si alguien me hubiera dicho hace tres años que Kennedy Kay estaría desnuda y despatarrada sobre mi colchón, probablemente me habría masturbado pesando en ello, pero decididamente no me lo habría creído.

—¿En qué estás pensando? —me pregunta.

Desecho esos pensamientos, me subo a la cama y me pongo de rodillas entre sus piernas.

—¿Qué? —me insiste.

Repaso cada milímetro de su piel.

—Dios seguro que se tomó su tiempo para hacerte tan perfecta, cariño.

Sonríe con un poco de timidez.

Sentado entre sus piernas, la beso en el vientre, en el pecho y en el cuello hasta que me pongo encima de ella apoyado en un solo antebrazo.

—¿Y tú en qué estás pensando? —pregunto ahora yo sellando sus labios con los míos.

—Estoy pensando en que ya va siendo hora de que consumemos este dichoso matrimonio —me dice mientras recorre con su mano mi espalda y me rodea con una pierna la cadera.

Mi polla se empina ante la idea y suelto una carcajada.

La lluvia azota las ventanas de mi apartamento y otro estampido atronador acalla nuestra respiración jadeante, pero solo me concentro en la mujer que tengo debajo de mí. Tan enfrascado estoy en su contemplación que casi podría olvidarme de la tormenta.

Me retira el pelo de la cara, me pasa el dedo por el lunar de al lado del ojo y continúa por mi brazo, mi costado y mi culo, hasta que agarra mi polla con el puño.

—Tengo condones en la mesilla de noche.

No me hace ni caso, sino que continúa acariciándome, de modo que acabo alargando el brazo por encima de ella para pescar uno.

—No me hace falta —dice, para que lo deje.

Y funciona. Me detengo, con el brazo suspendido en el aire. Ni en un millón de años me plantearía no usar uno. Pero como siempre, Kennedy es la excepción. Es mi mujer, santo cielo. Si a ella no le hace falta, a mí tampoco.

No tengo que explicarle que me he hecho pruebas, pues ella tiene acceso a todos mis datos médicos. Y desde el fin de semana pasado, sabe también que no he follado con ninguna otra desde hace un huevo de tiempo.

—A mí tampoco.

Pasamos un rato besándonos y explorando nuestros cuerpos, buscando frenéticamente fricción con las caderas. Kennedy pasa el pulgar por mi glande y cubre mi polla con el líquido preseminal.

Establecemos contacto visual cuando ella me guía hacia su entrada. Nos quedamos allí un momento, gozando de la tensión que provoca la anticipación. Contemplo a esta preciosa chica a la que llevo años sin poder quitármela de la cabeza.

Y la cosa no ha cambiado.

Me restriego arriba y abajo de su rajita, hasta que con el pulgar presiono el glande de mi polla, adelanto las caderas y me introduzco en su interior.

Despacio. Torturadoramente despacio. Pulgada a pulgada.

Mi punta apenas ha traspasado su entrada. Es tan estrecha... Lo tiene tan calentito...

—Más —implora, pero suena como un gemido.

Salgo y empujo de nuevo, procurando que esta vez desaparezca entera en su interior, pero enseguida encuentro resistencia.

Tiene todo el cuerpo tenso cuando solo estoy a medio camino.

—Si te duele, dime que pare y pararé.

—No, no pares. Puedo con ella.

No puedo evitar sonreír.

—Sí, claro que puedes, pero tienes que relajarte para mí, Kenny.

Sus acastañados ojos me imploran que la ayude.

La beso para distraerla. Dejo que mi lengua busque la suya durante un rato, mientras me introduzco lentamente en su interior. Kennedy me abraza con las piernas, con el pulgar le estimulo el clítoris, confiando en que eso le facilite las cosas.

—Lo estás haciendo muy bien, nena.

Noto que su cuerpo se va relajando, sus manos recorren mi espalda mientras me meto dentro del todo.

Joder.

Cuando mi hueso de la pelvis está al ras del suyo, Kennedy se abre por completo de piernas para hacerme sitio. Nunca he sentido nada que me apretara tanto, nada tan calentito ni tan jodidamente húmedo, y juro por Dios que me conformaría con darle tres fuertes embestidas antes de correrme dentro de ella.

Me roza la espalda con las yemas de los dedos. Le beso lentamente la mandíbula y el cuello mientras nos adaptamos. Cuando me clava los talones en el culo, instándome a moverme, muevo las caderas y me aparto un poco antes de volver a meterme. Sus gemidos de nuevo casi hacen que pierda el control. Al principio voy despacio, pero cuando empiezo a notar menos resistencia, acelero el ritmo.

—Sí, Isaiah —grita, clavándome las uñas en la espalda.

—Dios, Kennedy. Qué bueno es esto. Mírate ahora mismo. Parece algo irreal.

Utilizo los dos brazos para auparme a cada lado de ella. Tomo su mano izquierda y entrelazo nuestros dedos. Ella me agarra del cuello con la otra mano y me atrae para besarme.

Vamos muy poco a poco, con las manos entrelazadas y las lenguas buscándose la una a la otra.

Y, joder, noto que esto es distinto de todo lo que he vivido. Es el mejor polvo que he echado en mi vida.

Sabía que con ella sería diferente, pero no hasta este punto.

Suave e íntimo, pero tremendamente excitante.

Gime en mi boca cuando la embisto de nuevo, mientras le paso el dedo por la piedra de su anillo.

De repente se ríe.

—Sé lo que estás haciendo.

—¿Ah, sí? —Me aparto de su boca—. ¿Qué estoy haciendo?

—Estás intentando que me enamore de ti follándome así.

—¿Y funciona? —le pregunto con una sonrisa maliciosa en los labios.

—No me hagas contestar a esa pregunta —responde, mientras roza su nariz con la mía al tiempo que sonríe.

Me tomo su respuesta como una victoria, de modo que sigo haciendo lo mismo. Follando en la postura del misionero, besándola insensatamente y cogiéndola todo el rato de la mano. Su coño se expone a una deliciosa fricción mientras le acaricio el clítoris al compás de mis embestidas.

—Estoy a punto de correrme —gime sin apenas respiración.

—Por favor —le ruego—. Córrete con mi polla, por favor. Lo necesito. Dios, esto es lo que siempre he deseado.

Le empieza a temblar el labio inferior cuando está próxima al orgasmo, y yo tengo una localidad en primera fila para observarlo todo. Su pestañeo cuando intenta mantener el contacto visual. Las marcas que sus uñas dejan en mi brazo. La ternura con la que pronuncia mi nombre cuando de nuevo le salen las palabras.

Todo esto me deja hipnotizado.

Se arrima tanto a mí que puedo oír su respiración desesperada, todos los jadeos que le salen del fondo de la garganta y, joder, me encanta.

Esta chica que antes se sentía tan incómoda con el más mínimo roce, ahora se abraza a mí lo más fuerte que puede mientras se corre.

Noto cómo se le relajan los músculos cuando cae de espaldas sobre el colchón. Lentamente salgo de su interior con la polla todavía goteando, mientras sus suaves gemidos me suenan a música celestial.

Sin dudarlo desciendo por el colchón y meto la cara entre sus piernas.

—Isaiah —grita—. Todavía estoy sensible.

Ya lo creo que lo está, joder. Aún palpita toda ella cuando lamo su excitación con la lengua.

—Madre mía —exclama, moviendo las caderas al ritmo de mi boca.

Enrosca las piernas a mi alrededor, sus muslos presionan mis orejas. Podría fácilmente hacer que así se corriera de nuevo, pero creo que por hoy ya tiene bastante y yo necesito correrme con ella, aunque solo sea una vez.

—Ven aquí —le digo, aunque soy yo quien la lleva de un lado a otro porque no me cuesta nada colocarla tal y como la necesito.

Y eso es lo que hago. La subo a mi regazo, se sienta sobre mis muslos, con el cuerpo todavía tembloroso por las contracciones de su orgasmo.

Ahora está perfecta. Tan salvaje y desaliñada. El pelo mojado y enmarañado, los labios hinchados por mis besos.

Me estimulo la polla dándole lentas y largas sacudidas que cubren el glande, mientras observo a Kennedy.

Sus ojos marrones la miran fijamente y se le dilatan las pupilas cuando saco de la punta unas gotas de líquido preseminal.

Kennedy se inclina sobre ella, me aparta la mano y me devora la polla.

—Sí, joder, Kenny. Qué bien se te da eso. —Le recojo el pelo mientras mi atención se centra en la línea que marca su columna hasta su perfecto culo con forma de corazón. Me enderezo y le doy un cachete—. Haz que me corra, nena.

Inclinada sobre la polla, se la mete cada vez más adentro de la boca, sin dejar de gemir al subir o bajar.

—Sí, sí. Joder. Estoy a punto.

La boca de Kennedy se desprende de mi polla palpitante, dándole una última lamida larga antes de incorporarse y volver a subirse a mi regazo.

—¿Quieres correrte dentro de mí? —pregunta.

Asiento ansiosamente, con la cabeza apoyada contra el cabecero, mientras contemplo cómo va descendiendo hacia mí.

—Joder, qué dura la tengo. Qué poco me falta. ¿Podrás con ella?

Kennedy asiente al tiempo que se monta sobre mí y menea las caderas. Una vez. Dos veces. Tres veces.

Me siento en la gloria, pero mi cuerpo tiene la necesidad de empujarse contra ella. La agarro por el culo para ayudarla a encontrar el ritmo que necesito.

Con un gemido, sus labios se deslizan por mi cuello. Doblo las rodillas para juntarnos más todavía y, cuando consigo ponerla en la posición que necesito, la follo desde abajo.

Kennedy grita mi nombre, con la cabeza echada hacia atrás, pellizcándose los pezones mientras le viene el tercer orgasmo, y esta vez, cuando se corre, yo también me derramo en su interior, diciéndole lo perfecta que es, lo mucho que la deseo y lo buena que está.

Abrazo su cuerpo cálido contra el mío, nuestros pechos agitados se expanden y contraen juntos. Me besa todo el tiempo y juro por Dios que soy una persona diferente después de todo. Kennedy se adelanta diciendo mis pensamientos en voz alta.

—No tenía ni idea —susurra entre beso y beso— de que esto pudiera ser así.

—Yo tampoco, Ken —le digo, acariciándole la espalda para que no pierda el calor—. Nunca he sentido esto hasta ahora.

Le retiro el cabello de la cara y le acaricio el pómulo, mientras que mis ojos se dirigen hacia el lugar donde estamos conectados. Mi esperma está saliendo de ella y goteándole por la pierna.

—Tomo anticonceptivos —dice—. Debería habértelo dicho. Y no he estado con nadie desde…

—Atrévete a mencionar a otro hombre en este preciso instante —la interrumpo.

Se ríe, presionando de nuevo sus labios contra los míos.

—Posesivo.

—¿Pensabas que era posesivo antes de que folláramos? Porque ahora estoy desquiciado.

Toda clase de pensamientos posesivos cruzan por mi mente. Cómo me gustaría dejarle huella. Conservarla. Follarla hasta que se olvide de la idea de abandonarme algún día.

Y justo entonces la pregunta que debería haberle hecho nada más verla me viene al cerebro, forzándome a pronunciarla en voz alta.

—¿Qué tal te fue en la entrevista?

Kennedy hace una pausa que acompaña de un suspiro.

—Fue mejor de lo que podía haber esperado.

En fin…, joder.

28
Kennedy

Isaiah se detiene ante una casa increíblemente bonita en las afueras, a treinta minutos de la ciudad. Conozco esa casa. El verano pasado pasé ahí una noche de verano cuando me emborraché con Miller, Indy, Rio y una sobria Stevie.

Miller estaba dándose cuenta de que prefería estar con Kai antes que de viaje. Stevie estaba embarazada entonces, e Indy aún no lo estaba.

Y yo... Bueno, yo seguía dándole vueltas a todo el asunto de Connor y me molestó muchísimo que, cuando volví a casa de Kai esa noche, su hermano estuviera sentado en el sofá.

Entonces ni me imaginaba que, al cabo de menos de un año, estaría así de chiflada por el tío.

El sol de verano está empezando a ponerse en la distancia, arrojando un cálido resplandor sobre la casa. No sé explicar de otra manera lo a gusto que se está aquí fuera. Recuerdo lo bienvenida que me sentí la última vez que estuve con esta gente.

Isaiah aparca el coche al lado de otros cuantos y apaga el motor.

—¿Esto es entonces lo que llamáis cena familiar? —pregunto, desabrochándome el cinturón.

—Sí, la hacemos todos los domingos por la noche en casa de los Shay.

—¿Tú vienes todas las semanas?

—Si no tengo partido, sí. Llevo viniendo todas las semanas desde el último verano. Hay un grupo que viene siempre. A veces los otros tíos traen a sus compañeros de equipo. En ocasiones, se pasan también Cody y

Travis. Siempre me ha apetecido traerte desde que fuimos a aquella cena familiar tuya. —Estira el brazo y me da un pellizco en la pierna—. No deberían ser así. Hoy te sentirás mejor.

Recostándome en el reposacabezas, le sonrío.

—He estado disfrutando de cosas que me hacen sentir bien.

—¿Significa eso que has estado disfrutando de mí?

—Sí, muchísimo.

Se echa a reír, sale de su lado del coche, rodea el capó, va hacia la puerta del copiloto y la abre.

—Qué guapa estás esta noche, Kennedy.

Llevo un bléiser enorme, una camiseta blanca muy ceñida y unos tejanos ajustados. Es una ropa desenfadada, pero de diseño, y no podía ir más distinta de lo que voy habitualmente entre semana: o bien con el polo de trabajo o bien con ropa de gala.

Le beso para darle las gracias antes de salir del coche.

Hace ya unos días que regresé de California y apenas nos hemos separado ni un momento.

Vamos y volvemos juntos a trabajar.

Recogemos ropa de mi apartamento para llevarla al suyo, donde he dormido a su lado todas las noches.

Cada mañana me pide que le elija la ropa para asegurarse de que los colores de las prendas pegan.

Cocinamos juntos, e Isaiah se sigue encargando de recordarme que he de comer.

Y follamos. Muchísimo.

Y pasamos al menos una hora hablando en la cama todas las noches antes de dormirnos, evitando siempre tocar el tema de mi entrevista.

Yo no tenía ni idea de que esto podía ser así. Me comporto de forma perfectamente imperfecta, y a la perfeccionista que hay en mí no le importan los defectos ni las peculiaridades que se presentan en el día a día.

Lo más peculiar de todo es que siento como si estuviera «saliendo» con mi marido.

Con la mano en la parte lumbar de mi espalda, me guía hacia la casa, pero antes de dirigirnos a las escaleras del porche, le doy la mano.

Isaiah observa nuestros dedos entrelazados, y es la primera vez que no mira alrededor para ver si mi gesto de cariño es espontáneo o se debe a que hay alguien del equipo mirándonos.

—¿Estás bien? —le pregunto.

—Perfectamente —responde—. Me gusta que me des la mano en público. —Ni siquiera baja la voz cuando añade—: Y me gusta que me dejes hacerte de todo en privado.

Le doy un cachete en el pecho riéndome.

—Pervertido.

—¿Con respecto a ti? Ya lo creo. No sabes la cantidad de cosas sucias que tengo pensado hacerte. —Mantiene la puerta abierta para mí, convirtiéndose en un perfecto caballero—. Tú primero, mujercita.

Pero luego ese caballero me da un azote en el culo para que entre.

—¡Aquí detrás! —grita alguien.

Isaiah me conduce hacia la parte de atrás de la casa, donde hay una segunda sala de estar contigua a la cocina.

—¡Hola, chicos! —dice Indy desde el sofá. Tiene los pies en alto y se pasa la mano por su embarazada barriga—. ¡Kennedy, cómo me alegro de que hayas venido!

—Hola. —Mientras la saludo con la mano, noto que sus ojos se dirigen hacia nuestras manos unidas—. Gracias por invitarme.

—Ken, este es Zanders —dice Isaiah, señalando hacia la cocina.

Es tan alto como los chicos Rhodes, lleva una gargantilla de oro y va cubierto de tatuajes.

—Es el marido de Stevie y juega como defensa con los Raptors de Chicago.

—Además en ese orden exactamente —dice Zanders, dejando el cuchillo que estaba usando para cortar tomates antes de secarse las manos con un trapo y rodear la isla de la cocina para saludarme. Estrecho su mano tendida y noto la cantidad de anillos de oro que decoran sus dedos—. Puedes llamarme Zee.

—Kennedy.

Isaiah interviene:

—Y tú puedes llamarla señora Rhodes.

Zanders suelta una carcajada.

—Sigo sin creerme que lo hayas conseguido. Kennedy, este hombre lleva hablando de ti sin parar desde hace meses.

—Años —le corrige Indy.

—Años. —Zanders se muestra conforme—. Por un lado, creía que no existías y, por otro, me da la impresión de que ya sé todo lo que hay que saber de ti.

Miro de reojo a Isaiah y veo que se ha sonrojado. Es estúpidamente adorable cuando este hombre tan engreído se queda sin palabras.

Max llega desde el patio de atrás, andando sobre sus tambaleantes piernecitas, y se dirige hacia mí, pero Isaiah lo atrapa antes y el niño se deja abrazar por él.

—Este es mi favorito de los hombres Rhodes.

Paso una mano por la espalda de Max.

—Y el mío también.

El pequeño se ríe y hace un gorgorito, pero Isaiah me mira con el ceño fruncido.

—Ken —dice Max, hundiendo su dedito en mi mejilla.

—Eh, ¿y yo qué?

—Saya —le dice a su tío.

Repite unas cuantas veces nuestros nombres tocándonos alternativamente las mejillas.

—¿Dónde está Stevie? —le pregunta Isaiah a Zanders mientas se acopla a su sobrino en la cadera.

—Está preparando a Taylor para acostarlo.

—¿Qué es exactamente lo que vamos a hacer nosotros? —pregunta Kai, que viene del patio de atrás—. Hola, Ken. Me alegro de que hayas podido venir.

Se agacha para abrazarme y yo no me estremezco ni dudo en devolverle el abrazo. Se me hace raro, pero la verdad es que me siento muy bien.

—Bueno, Maxie. Hora de irse a la cama. —Kai coge a su hijo de la cadera de Isaiah.

Max mira a su alrededor por toda la casa.

—Mamá.

—Ya viene, Bicho. Mills —la llama—. ¿Vienes?

Miller entra en casa por la puerta de atrás con una bandeja vacía. Desde aquí puedo oír y oler la parrilla encendida del patio trasero.

—Voy —dice—. ¡Kennedy! ¡Hola! ¡Cómo me alegro de que hayas venido!

—¿En serio? —Isaiah abre las manos—. ¿Nadie de mi propia familia me va a saludar a mí?

—No —contesta enseguida Kai.

—Francamente, a ti te veo con mucha frecuencia —dice Miller por encima del hombro, mientras sigue a Kai y a Max hacia las escaleras—. Me emociona mucho más ver a mi amiga.

Desde el patio de atrás entran otras dos personas. Rio y un hombre que, si yo no supiera que era Ryan Shay, sería facilísimo adivinar quién es porque se parece un montón a su hermana gemela. Pero, bueno, es imposible no saber quién es Ryan Shay, especialmente en Chicago.

—Hola, Kennedy. Me alegro de verte otra vez, supongo —dice Rio sin la menor inflexión en la voz.

Zanders se parte de risa desde la cocina.

—¡Arréglalo, Rio! —le dice Indy.

—Me alegro de que hayas podido venir —se corrige Rio, lanzándole una mirada inexpresiva a Indy.

—¿Qué pasa? —pregunto.

—El muchacho está un poco sensible por ser el único de nosotros que no tiene pareja últimamente. —Ryan me estrecha la mano—. Hola, soy Ryan.

—Kennedy.

—He oído ese nombre un mogollón de veces —dice Ryan riéndose.

—Joder, ya está bien —murmura Isaiah.

Ryan le da una palmada en la espalda antes de añadir otra bandeja sucia al fregadero. A juzgar por los ingredientes que Zanders está troceando, esta noche toca hamburguesas en casa de los Shay.

—¿Necesitáis ayuda en la parrilla? —pregunta Isaiah.

—¡Yo puedo ayudar! —exclama Indy.

—Tú no —salta Ryan de inmediato—. Quédate dentro, Blue. Pon los pies en alto y no hagas nada.

Ella pone los ojos en blanco.

—Ya voy yo —dice Isaiah. Luego se vuelve hacia mí y me pregunta—: ¿Estás bien?

Cuando le digo que sí, se inclina para besarme en la sien antes de seguir a Ryan hacia fuera. Zanders y Rio también salen con ellos.

Me acerco a Indy en la sala de estar y cojo una de las sillas que parecen más cómodas para sentarme frente a ella. Justo en ese momento Stevie y Miller bajan las escaleras y se unen a nosotras. Stevie se sienta al lado de su cuñada y mi cuñada toma asiento a mi lado.

—Estás guapísima, Kennedy. Me encanta esa chaqueta.

—Tú también, Stevie. Qué alegría volver a verte.

Sinceramente, todas tienen un aspecto estupendo, cada una con su estilo propio.

Stevie lleva unos tejanos holgados y una blusa de franela atada a la cintura. Indy va con un vestido camisero de color lavanda y unas Converse con tacón alto. Miller se ha puesto su típico mono, lleva las gafas en lo alto de la cabeza y va descalza.

—Bueno, Ryan es un poco…

—Demasiado protector —termina Indy la frase por mí, señalando su tripa—. La verdad es que me costó bastante quedarme embarazada, así que no me importa que lo sea.

—Creo que es muy tierno. Se preocupa por ti.

Con el rabillo del ojo veo a los chicos rodeando la parrilla, charlando y riéndose. Isaiah se quita la gorra para pasarse la mano por el pelo y escucha lo que le está diciendo uno de ellos, pero le pillo mirándome a través de la ventana. Sonríe y se sonroja por haber sido pillado in fraganti. No debe de ser la primera vez que me busca con la mirada desde que ha salido al patio.

Eso para mí es otra novedad. Que alguien me busque desde el otro lado de la habitación, que se interese por cómo me va. Parece una tontería, pero es algo que siempre he deseado y que no esperaba tener nunca.

Independientemente de si éramos dos mil personas o si estábamos los dos solos, Connor nunca me buscaba con la mirada, ni yo a él. En cierto sentido, nuestras familias habían conseguido que fuéramos una especie de socios empresariales.

En cambio, mi relación con Isaiah es muy diferente. No sé exactamente lo que somos, pero hace que me sienta bien y a gusto.

—Pareces feliz. —Miller da un golpecito con su pie en el mío para llamar mi atención.

Sonrío.

—Es que lo soy.

—Entonces ¿cuándo empezasteis a follar tu marido y tú? —suelta Indy.

Me quedo boquiabierta mirando a Miller, que levanta las manos como para defenderse.

—Yo no he dicho una palabra.

—No hacía falta —interviene Stevie—. Cualquiera que tenga dos ojos ha podido verlo.

—¿Qué tal está tu vagina? —dice Indy dirigiéndose a Miller—. Tú estás con su hermano. Probablemente sea algo comparable. ¿Cómo la tienes?

Miller menea la cabeza a un lado y a otro.

—Dolorida.

—Dios mío, después de tanto tiempo… —Indy se ríe—. Todos los domingos que aparecía por aquí Isaiah tenía algo que decir sobre ti: o bien que habías hecho algo impresionante en el trabajo o bien nos describía cómo llevabas el pelo ese día.

—Tú eres la única chica de la que nos ha hablado —añade Stevie—. Y ahora miraos los dos. Accidentalmente casados y deliberadamente enamorados.

Estoy a punto de decir que no estamos enamorados, que tan solo estamos jugando a un juego, pero en el fondo sé que eso ya no es así. No sé con exactitud lo que es, pero al mismo tiempo soy consciente de que nunca me he sentido tan bien como en estos dos últimos meses.

De pronto, sorprendo a Isaiah enseñando a sus amigos el anillo de boda. Sacando pecho. Todo tieso.

Nunca he visto a un hombre más orgulloso de una joya que a Isaiah de su alianza. Desde que se la puso por primera vez, no se la ha quitado. El único momento en que no lleva nada en el dedo es cuando se está cambiando el anillo de metal por el de silicona, antes de entrenar o de jugar un partido.

Pero ahí es donde empieza el lío. ¿Qué estamos haciendo?

Salir juntos es una cosa. Incluso formar una pareja. Pero ¿el matrimonio? ¿Un matrimonio real? Ninguno de los dos pensábamos en ello cuando nos casamos en Las Vegas con demasiados chupitos de tequila en el cuerpo ni cuando acordamos fingir para salvar mi empleo.

El hecho de que ahora estemos durmiendo juntos y pasando todo el tiempo en compañía del otro no quiere decir que nuestro falso matrimonio se haya convertido de repente en real.

—Bueno, cuéntanos cómo te fue la entrevista —dice Miller.

Luego está lo del potencial empleo que tengo esperándome a más de tres mil kilómetros de distancia.

Miller sabe lo esencial. Que fue bien. Que Dean intentó que ligara con un tío que trabaja allí. Que la ciudad y el estadio son maravillosos, pero quiere que les dé más detalles.

—Fue mejor de lo que esperaba. Todo el mundo fue amable y cordial y me recibieron muy bien. Conocí a mucha gente que trabajaba para el equipo y todos me dijeron que les encantaba su trabajo.

—Qué raro —dice Stevie.

—Pues aún es más raro que hay un montón de mujeres que trabajan para la franquicia y se sienten felices y respetadas. Dos mujeres forman parte del equipo médico. Me parece increíble. Y el estadio es una pasada. Todo el equipamiento está novísimo. Además, la entrevista no parecía una entrevista, daba la impresión de que ya me habían concedido el empleo y estaban deseando que empezara lo antes posible.

—Resulta asombroso —dice Indy con una sonrisa.

Miller guarda silencio, de modo que la miro para ver si añade algo, pero no lo hace.

—¿Qué pasa? —le pregunto.

Niega con la cabeza.

—Sé que estoy siendo egoísta, pero no quiero que te vayas.

—Miller…

—Lo sé, lo sé. —Levanta las manos—. Isaiah y tú habéis tenido una época rarísima, pero últimamente las cosas parece que os van muy bien. Se os ve felices y quiero que te quedes. Me pregunto si merece la pena renunciar a todo eso por un movimiento lateral en la carrera. Entiendo que trabajarás para un médico jefe nuevo, pero…

Miller, como todos los demás en Chicago, no tiene ni idea de que no se trata de un movimiento lateral. Me voy a convertir en la primera doctora jefa de la MLB. Voy a obtener independencia económica, mi economía por primera vez no irá asociada al apellido Kay. Voy a estar al frente de un departamento en una gran ciudad.

Pero afortunadamente la puerta de atrás se abre antes de que me vea obligada a responder.

—Caramba. —Isaiah suelta un silbido mientras deja algo en el fregadero—. Qué guapas estáis las cuatro.

—Eso se llama ligar —murmura Miller.

—Soy un hombre casado, Montgomery. Yo no ligo. —Se inclina sobre el respaldo de mi silla y yo tuerzo el cuello para mirarle—. Excepto contigo. Me encanta ligar contigo. ¿Quieres queso en tu hamburguesa?

—Sí, por favor.

—Pues ya lo tienes. —Me da un besito en los labios y sale otra vez al patio trasero.

Dirijo de nuevo la atención a Miller, sentada a mi lado. No hace falta que diga nada. Tácitamente está añadiendo a gritos que también tendría que renunciar a Isaiah.

Como si no fuera eso lo único en lo que llevo pensando toda la semana.

29

Isaiah

Cuando las hamburguesas se terminan de hacer en la parrilla del patio, veo que las chicas se levantan de sus asientos dentro de la casa. Puedo verlas, pero no oigo cómo se ríen, sobre todo la más bajita con el pelo de color caoba.

Echa la cabeza hacia atrás exponiendo su precioso cuello.

No puedo evitar sonreír mientras la observo.

Con la espátula todavía en la mano, me detengo a ver cómo mi mujer abre los brazos y toma la iniciativa de abrazar primero a Stevie y luego a Indy. Cuando esta se abalanza sobre ella, eso les hace reír más aún a todas.

—¿Estás bien? —me pregunta Kai cuando sale al patio. Viene de acostar a Max.

—¿Has visto eso? ¿Has visto a Kennedy abrazándolas?

Mi hermano frunce el ceño y me lanza una mirada.

—Pues sí. ¿Qué tiene de particular?

Lo particular es que Kennedy, que se autoproclama incómoda con los gestos afectuosos, acaba de abrazar a dos mujeres a las que solo está empezando a conocer. Y yo aquí contemplándola como el marido más orgulloso del mundo solo porque ha dado un par de abrazos.

Las cuatro vienen ahora hacia aquí. Hemos colocado una mesa para cenar en el patio. El sol ya casi se ha puesto del todo, pero las lucecitas colgadas encima de la mesa iluminan perfectamente cómo Miller echa el brazo por el hombro de mi mujer como si fuera su hermana pequeña, aunque en realidad Kennedy es la mayor de las dos.

Kennedy coge a Miller por la cintura mientras eligen sillas para sentarse juntas. Mi cuñada pilla una cerveza del refrigerador y le enseña a Kennedy una Corona para ver si ella también quiere otra.

Kennedy asiente y, de repente, Miller se acerca a la mesa con cuatro botellas de cerveza.

—¿Qué te apuestas a que esas cervezas no son para nosotros? —le pregunto a mi hermano mientras los dos las observamos con los brazos cruzados a la altura del pecho.

—No hay la menor posibilidad de que esa segunda ronda sea para nosotros.

—Pues esa es tu prometida —le recuerdo.

—Y esa tu mujer.

No puedo remediar que los labios se me iluminen con una sonrisita porque me encanta que me digan eso, es mi frase favorita.

Zanders y Ryan dejan los acompañamientos y los condimentos de las hamburguesas en la mesa, y Kai y yo, los panecillos y las hamburguesas, incluida una vegetariana para Indy. Rio viene detrás con las patatas fritas y una botella de tequila.

—¿Quién quiere uno? —pregunta mientras yo ocupo el asiento vacío al lado de Kennedy—. Es un tequila para mezclar, porque ya sois todos demasiado viejos para darle a los chupitos a palo seco.

—Lástima que ya no tengamos veinticinco años —dice Zanders.

Stevie levanta una mano.

—Yo no puedo. El tequila me da sueño.

—¿Lo dices en serio? —pregunta Miller—. A mí el tequila me pone cachonda.

—Miller, por favor… —Kai menea la cabeza—. Que eres madre.

—Sí, ¿y qué?

—Pues a mí con el tequila me entran ganas de casarme. —Kennedy levanta la mano y choca los cinco conmigo.

—Es verdad que te da por ahí —le digo.

—Sois una monada de pareja. —Miller nos sonríe desde el otro lado de Kennedy—. Ken, eres mi cuñada favorita.

—Es tu única cuñada —puntualiza Kai.

—Voy un segundo al baño. —Kennedy se levanta cuando todos los demás empiezan a prepararse sus hamburguesas.

—¿Te acuerdas de dónde está? —le pregunta Indy.

—Sí, sí. Vuelvo enseguida.

En cuanto se va, cojo su plato y empiezo a llenárselo de comida para que pueda comérsela cuando vuelva. Ya tengo un tomate pinchado en el tenedor, pero me detengo antes de llegar al plato de Kennedy porque se ha hecho demasiado silencio a mi alrededor. Alzo la vista y me encuentro a todos mis amigos mirándome.

—¿Qué pasa?

—A ver cuándo coño le dices que no quieres que se vaya —dice Zanders, recostándose en la silla.

—Eso no va a ocurrir.

—¿Por qué no? —pregunta Stevie.

—Por el mismo motivo por el que hemos seguido casados esta temporada: para que cuando le hicieran la entrevista para su nuevo puesto no tuviera un despido en su expediente de trabajo.

—Pero las cosas han cambiado —interviene Indy—. Eso era antes... de esto —añade señalándome a mí y el asiento vacío de Kennedy.

—¿Te irías con ella? —pregunta Ryan.

Mi atención recae inmediatamente en Kai, que me sostiene la mirada un momento antes de dirigirla a su regazo.

—Mi vida está aquí.

Las palabras no tienen buen sabor cuando salen de mi lengua, porque si Kennedy se marcha, gran parte de mi vida se irá con ella. Pero aquí están Kai, Miller y Max. Y mis amigos. Y mis compañeros de equipo. Y el equipo con el que juego.

—¿Tú qué piensas, Rio? —le pregunta Miller—. Llevas un rato bastante callado.

—Yo solo sé que no entiendo por qué soy el único sin pareja. No es justo.

La mesa estalla en una carcajada.

—Lo digo en serio. ¿Sabéis cuánto tiempo llevo buscando?

—Tienes veinticinco años. —Zanders se ríe—. No puede hacer tanto.

Indy interviene:

—Creo que lo más duro para ti será encontrar a una mujer que sepa comprender que siempre estarás más enamorado de mi marido que de ella.

Ryan menea la cabeza.

—Muy cierto. —Rio le señala.

—Sinceramente, Rio —dice Stevie—. ¿Hay alguna mujer que no te guste? Pareces abierto a cualquiera.

—Sediento, Vee —interviene Zanders—. Lo que está es sediento de cualquiera.

—Eso no es verdad —dice Rio—. Hay una persona a la que no le daría ni la hora. —Deja flotar la frase en el aire—. Y no es que yo quiera una novia solo por tener novia. Estoy buscando algo serio; en cambio, Isaiah solo tuvo que emborracharse en Las Vegas para conseguir una esposa. Yo lo he intentado, pero no funcionó.

Kennedy vuelve a unirse a nosotros en la mesa. Dejo su plato delante de su sitio y empiezo a servirme mi hamburguesa.

Toma asiento, pero la comida ni la toca; se limita a mirarla.

—¿Qué pasa? —le pregunto en voz baja. El resto está demasiado ocupado charlando como para oírme.

—Has añadido patatas fritas a mi hamburguesa.

—Pues sí. Así es como te gustan las hamburguesas.

Alza sus ojos marrones hacia mí.

—¿Cómo te acuerdas de eso? Solo he comido hamburguesa contigo una vez.

Me da la risa.

—Recuerdo cualquier detalle relacionado contigo, Kenny. Por si no te has dado cuenta todavía, tú eres mi tema de estudio favorito.

Alarga una mano y la posa sobre mi antebrazo. Su voz es suave cuando se apoya en mi hombro y dice:

—Gracias.

—De nada, nena.

Se endereza en el asiento y utiliza las dos manos para coger la hamburguesa… con sus patatas fritas metidas dentro del bollo y todo.

Hace una pausa entre un bocado y otro.

—Oye, Isaiah.

—¿Sí?

—Me encanta que estés tan pendiente de mí.

30

Isaiah

—Creo que mi polla se ha desplomado oficialmente. —A Cody le castañetean los dientes por el baño de agua helada que se está dando—. Kennedy, ¿ya puedo salir?

Ni siquiera levanta la vista del ordenador.

—Seis minutos más.

—Venga, Ken —lloriquea—. Quiero poder tener hijos algún día. Esto no puede ser bueno para los espermatozoides.

Sentada con las piernas cruzadas sobre la tabla de ejercicios, sigue atenta a la pantalla del portátil que tiene sobre su regazo.

—Rhodes —dice Cody—, dile a tu mujer que deje de ser tan malvada conmigo.

Yo estoy estirando los flexores de la cadera sobre un rodillo de espuma y no tengo ningún inconveniente en mirarle.

—Lo siento, tío. A mí me gusta que sea malvada.

Observo cómo los labios de Kennedy esbozan una leve sonrisa al mirarme. Sosteniéndome sobre los antebrazos, hago unos movimientos que se parecen muchísimo a cómo la follé anoche en la cama después de una larga tanda de juegos preliminares. Le digo en un tono de total cachondeo:

—¿Estás a gusto ahí arriba, doctora?

Su mirada es criminal.

—Te odio.

—Esas no son las palabras que has usado esta mañana mientras cabalgabas sobre mi cara.

—Joder —gruñe Travis—. Estamos trabajando. A ver cuándo dejáis de follaros con la mirada.

Estamos solos en la sala de entrenamiento mis dos mejores amigos, mi mujer y yo, haciendo sesión extra después de haber jugado. No hay nadie alrededor.

—No lo puede remediar, Trav —interviene Kennedy—. ¿Has visto lo bueno que está el tío?

Con las cejas alzadas, clavo en él la mirada.

Travis gruñe.

—Lo único que le mantenía a raya su ego era que a ti no te gustaba, Kennedy. ¿Qué vamos a hacer ahora con él?

—¿Cuánto me falta? —reclama Cody.

—Cuatro minutos.

La puerta de la sala de entrenamiento se abre y en el umbral aparece el doctor Fredrick.

—¿Qué hacéis aquí?

—Tomando un baño de hielo —dice Cody con determinación.

Yo no le respeto lo suficiente como para mirarle cuando digo:

—Unos estiramientos.

Desvía la atención hacia Kennedy.

—¿Por qué no me has informado de que que todavía quedaban jugadores aquí? Se suponía que ibas a dejar la sala vacía y bien limpia hace una hora.

Ella abre la boca para responder, pero Travis se le adelanta:

—Le hemos pedido a Kennedy que se quedara y mantuviera la sala abierta. Es culpa nuestra, no suya.

La mandíbula del doctor Fredrick se tensa. Cuando habla, solo mira a Kennedy:

—Pues si tanto os gusta estar aquí, podéis quedaros y pasar luego la fregona por el suelo y dejar bien limpio el equipamiento. Los utensilios están en el armario.

Kennedy da su conformidad con la cabeza, sin decir una palabra.

Fredrick nos mira a los tres chicos y, sin dignarse a dedicarle una segunda mirada a Kennedy, gira sobre sus talones y se va.

En cuanto se marcha, noto cómo se le relajan los hombros a mi mujer. Pensando en ella, ardo en deseos de que llegue el día en que no tenga que volver a ver a ese imbécil nunca más.

—Perdona, Ken —se disculpa Cody.

—Te ayudaremos —dice Trav.

Ella no contesta, tan solo menea la cabeza y sigue navegando por el ordenador.

Me levanto del suelo, me pongo detrás de ella, le paso un brazo por delante de los hombros y le doy un beso en la coronilla.

—¿Estás bien?

—Es un puto gilipollas.

—Lo sé —digo suspirando—. Afortunadamente, pronto no tendrás que aguantarlo más.

Una vez más, no contesta.

—¿Qué estás investigando hoy?

Cierra el ordenador y se vuelve hacia mí colocando una pierna a cada lado de mi cuerpo.

Su sonrisa es precavida y habla en voz muy baja, solo audible para nosotros.

—Pues estaba chateando con una antigua amiga mía de pregrado. Ahora es psicóloga.

Kennedy deja la palabra «psicóloga» flotando en el aire y tomo asiento a su lado en la tabla de ejercicios, de espaldas a nuestros amigos.

—¿Hablando con ella sobre qué?

Sus ojos recorren mi cara y dice en tono un poco aprensivo:

—Confiaba en que supiera cómo ayudarte cuando…

Cuando no puedo pensar con claridad porque mi ansiedad me hace imaginar los peores escenarios posibles.

Trago saliva.

—¿Qué ha dicho?

—Me ha enviado algunos artículos sobre investigaciones que han demostrado que la terapia cognitivo conductual puede ayudar a personas que experimentan episodios de ansiedad, y ahora los estaba resumiendo para ti, para que su lectura te resulte más fácil.

Me entra la risa.

—O sea, has hecho un resumen para tontos.

—No. —Sonríe—. Pero lo último que quiero es que te pongas a buscar artículos sobre investigación médica cuando la mente te esté jugando malas pasadas.

Joder, cómo amo a esta chica.

—Te puede servir de ayuda. Como decías que querías buscar ayuda, he pensado que podía utilizar a mis contactos. —Se siente tan insegura que da más explicaciones de las necesarias—. Pero tampoco quiero agobiarte. Tienes esta información en mi ordenador, por si alguna vez quieres echarle un vistazo, pero, en serio, no te sientas presionado. Yo solo…

—Kenny…

Con el ceño fruncido por la preocupación, alza la vista hacia mí.

—Gracias. —Le paso una mano por el pelo—. Eso significa tanto para mí… He pensado que lo de mi ansiedad es algo que he de intentar resolver de forma prioritaria, tal vez incluso haciendo terapia. Miraré esos resúmenes de artículos. Gracias por simplificarme la lectura. Sé que a ti te encanta la medicina, pero desde luego no es lo mío.

Me agacho para besarla.

—Si finalmente te decides, mi amiga me ha dicho que ella podría hacer terapia contigo por videollamada o recomendarte a alguien de aquí de Chicago si prefieres que las sesiones sean presenciales.

—Te amo.

Las palabras me salen de la boca antes de pensar demasiado en ellas, pero, joder, ya llevan mucho tiempo siendo verdad.

Abre mucho los ojos, que me disparan una mirada, y se dispone a responderme algo.

—Sabes que te quiero, Kenny.

—¡Kennedy Kay Rhodes o como coño te llames últimamente! —protesta Cody desde el baño helado—. ¿Ya se ha cumplido mi tiempo?

—¡Joder, Cody! Estamos teniendo una conversación importante.

—Mierda. —Kennedy mira la hora en su móvil—. Sí, ya puedes salir.

Justo entonces, cuando estamos mirando la pantalla de su teléfono, todavía afectados por mi declaración, recibe una llamada.

Con un código del área 415.

De San Francisco.

—Contesta —la animo.

Salta de la mesa de ejercicios dejando el ordenador atrás y va derecha hacia la salida. Nada más empujar la puerta, responde al teléfono y se lo lleva a la oreja.

—¿Dígame?

Después de eso, no hay nada. No puedo oír la conversación. No puedo escuchar cómo reacciona cuando le ofrecen el trabajo. Lo único que puedo hacer es mirar a través del ventanuco de cristal. La veo recorriendo el pasillo con el móvil pegado al oído. Veo que sonríe mientras está hablando con quien la haya llamado. Su mirada se cruza con la mía, que la miro desde donde le acabo de decir que la quiero. Luego se aleja de la puerta y deja de estar al alcance de mi vista.

—¿Estás bien, tío? —pregunta Travis.

A través del castañeteo de sus dientes, Cody responde:

—Con un frío de cojones y no me encuentro los testículos, pero ya se me pasará.

—Tú no, tonto del culo. Se lo preguntaba a Isaiah.

—No —respondo sencillamente.

—¿Esa llamada era sobre la oferta de trabajo? —dice Cody, cayendo en la cuenta.

Los dos cruzan la sala para ponerse frente a mí. Noto que me miran con preocupación, pero toda mi atención se centra en el pasillo que hay fuera de esta sala.

Me río sin ganas, como burlándome de mí mismo.

—No sé por qué pensaba que todavía me quedaba bastante tiempo para estar con ella.

—A lo mejor no han tomado todavía una decisión y sola la llaman para decírselo. Puede que esperen hasta que haya terminado la temporada.

—No creo. —Ni siquiera intento convencerme a mí mismo. En mi fuero interno sé para qué es esta llamada.

Trav me da una palmada en el hombro y Cody se limita a mirarme durante lo que me parecen los cinco minutos más largos de mi vida.

Mientras ella estará calculando una fecha para dejar su apartamento y volar hacia la Costa Oeste, yo no me muevo de mi sitio a la espera de que vuelva y me diga que se acabó.

Con mis amigos todavía en alguna parte de la sala, por fin se abre la puerta y veo de nuevo ese bonito pelo de color caoba y esas pecas que tanto voy a echar de menos. Kennedy se detiene en el umbral de la puerta y me mira solo a mí cuando dice:

—No me han dado el trabajo.

31

Isaiah

No le han dado el trabajo.

¿En qué mierda de mundo vivimos?

Es la única pregunta que llevo haciéndome durante las últimas veinticuatro horas.

¿Cómo es posible que, cuando la conocieron, no se dieran cuenta de lo inteligente y trabajadora que es? Ha estado tan cerca de conseguir todo lo que quería… y de repente su sueño se ha esfumado.

Las últimas veinticuatro horas han sido, digamos, extrañas: hemos tenido un partido diurno, he visto a Kennedy fingiendo que no está disgustada durante el trabajo, y he de procesar las consecuencias de esa llamada telefónica, lo que puede significar para nosotros en el futuro.

Apenas he dormido.

Ella, en cambio, anoche durmió como un bebé, con la cabeza apoyada en mi pecho. Intuyo que sencillamente ha aceptado su destino antes que yo. También puede ser que nunca le han permitido mostrarse decepcionada, y ahora no sabe cómo hacerlo.

Yo me siento un poco perdido. En ningún momento me había planteado la posibilidad de que a Kennedy no le fueran a dar ese trabajo. Lo único que me preguntaba era si yo sobreviviría cuando se fuera.

Todo lo que hemos hecho ha sido pensando en esa oportunidad: fingir que somos una feliz pareja de recién casados, aunque por mi parte no lo fingiera; compartir la misma habitación de hotel durante todos estos meses en los viajes mientras esperábamos que le hicieran esa entrevista; el tiempo que hemos pasado juntos, que me ha permitido conocerla y enamorarme de ella.

La amo, joder. Ya lo creo que amo a esa mujer.

Y ahora ella, una vez más, tiene que seguir soportando a ese médico jefe machista sin ver la luz al final del túnel.

Luego está la parte egoísta. Por más que me haya dolido su desilusión, también he sentido un alivio increíble.

Kennedy se queda en Chicago, que es donde estoy yo. Nada tiene por qué cambiar entre nosotros. Podemos seguir haciendo exactamente lo mismo que hemos estado haciendo hasta ahora. Si ella quiere, claro. Creo que sí, que ella quiere seguir conmigo.

Es verdad que se quedó callada cuando le dije que la amaba. Pero Kennedy siempre ha ido unos pocos pasos detrás de mí en nuestra relación. Yo llevo tres años enamorado de ella. No tengo el menor inconveniente en esperar a que se ponga a mi altura.

Pero solo porque no vaya a tener esas nuevas experiencias vitales en una ciudad distinta, no significa que yo no pueda seguir ofreciéndoselas aquí. Y aunque ella no lo admita, sé que tiene que estar disgustada, y mi especialidad es hacer que la gente sonría. Especialmente ella.

Llamo a su habitación con los nudillos y me quedo esperando a que conteste. Supongo que la señora de la recepción le habrá avisado que voy de camino, puesto que figuro en la lista de Kennedy de visitas consentidas.

Su edificio es ostentoso que te cagas. Suelo de mármol blanco. Música de cuerda sonando por los altavoces del vestíbulo. Un empleado me acompaña hasta su planta.

—¿Quién es? —dice desde el otro lado de la puerta de su apartamento.

—Soy yo, Ken.

Cara de desconcierto es lo primero que veo cuando me abre.

—¿Qué estás haciendo aquí? Justo estaba preparando una bolsa para llevarla a tu casa para esta noche.

—¿Puedo pasar?

Sus ojos escudriñan mi cara y noto cómo traga saliva por su fina garganta cuando abre y me permite pasar al pequeño vestíbulo de su apartamento.

Está impoluto, excepto por unos cuantos crucigramas sin terminar que ha dejado abandonados en el mueble de la entrada. Como si los hubiera dejado para más tarde al darse cuenta de que estaba demasiado preocupada como para hacerlos, y nunca los hubiera vuelto a mirar.

—¿Va todo bien? —pregunta.

—Sí, pero ¿tú estás bien?

—Perfectamente. —Una vez más, no me hace caso—. No quiero hablar de eso.

Nunca ha querido hablar del tema.

—Vale.

—Entonces ¿no puedo ir a tu casa esta noche?

—Por supuesto que puedes venir a mi casa esta noche. ¿Crees que puedo dormir sin ti a estas alturas? Probablemente no, pero tampoco tengo ganas de poner a prueba la teoría.

Sonríe aliviada.

—He pensado que a lo mejor querías distraerte esta noche. ¿Has tenido alguna vez la oportunidad de ver los fuegos artificiales del Cuatro de Julio en el Muelle de la Armada con tu marido?

Pese a tener los labios apretados, veo que su sonrisa va en aumento.

—No puedo decir que haya tenido el placer de disfrutar de esa experiencia.

Me acerco a ella, deslizo mis dedos por su pelo echándole la cabeza ligeramente hacia atrás.

—¿Te apetece? —Paso el pulgar por su sonrisa—. Aunque te advierto de que asistirá todo el equipo.

No duda cuando asiente y dice:

—Me encantaría.

El edificio del apartamento de Kennedy da al Muelle de la Armada, de modo que solo se tarda unos minutos en llegar allí. De hecho, a juzgar por la vista que contemplo desde sus ventanas mientras se está cambiando, Kennedy podría ver los fuegos artificiales desde su casa igual que desde abajo.

Pero después de haber perdido el empleo que tan desesperadamente deseaba, quiero que se divierta un poco con todos mis amigos, que se van a emocionar cuando se enteren de que se queda en Chicago.

Se ha puesto la gorra con la que la «facturé» a California, una sencilla camiseta gris, unos shorts tejanos recortados y las Vans de plataforma. El sol está empezando a ponerse, pero ya hay mucha humedad. Una perfecta noche de verano en la ciudad que adoro, con la chica que adoro y con el equipo que adoro.

Feliz. Me siento inmensamente feliz de que se haya quedado.

Mientras zigzagueamos entre la multitud, mi hermano es el primero al que diviso, ya que por su altura destaca por encima de los demás. Está apoyado en una valla metálica y levanta la mano para llamar nuestra atención.

—Ahí están.

—Yo no veo nada —dice Kennedy poniéndose de puntillas, intentando encontrar a nuestros amigos entre el gentío.

Procuro por todos los medios que no note mi sonrisa de cachondeo.

No funciona. Me da un golpe en el pecho.

—Cállate.

—Eh, chicos —dice Miller en cuanto nos acercamos a ellos. Sostiene a Max en brazos.

—Saya.

—Hola, Bichito.

—Los chicos están en la noria. —Kai señala la dirección para llegar a la atracción.

Le doy un besito a Max en la mejilla cuando Miller lo deja en el suelo, antes de coger a Kennedy de la mano para que no se me pierda entre la muchedumbre.

Mi sobrino parece tener la misma idea cuando se agarra de la otra mano de mi mujer y también de la de su madre, y ahí se queda tan contento y orgulloso entre las dos.

Kai se ríe cuando echa un brazo alrededor de Miller y los cinco nos disponemos a buscar al equipo como una gran familia feliz.

—¡Maxie! —exclama Cody, agachándose para ponerse a su nivel.

Mi sobrino sale corriendo —si se le puede llamar así— hacia él y Cody lo aúpa en el aire. Algunos del equipo vienen acompañados de chicas y otros han venido solos. No importa; Max acapara la atención de todos, que chocan los cinco con el niño o intentan hacerle reír.

Es algo que me encanta de estos tíos: cómo se encariñaron de Max cuando este entró en nuestras vidas. Este último año no se ha quejado nadie de que haya viajado con el equipo. Todos le han prestado a mi hermano la ayuda necesaria para que se sienta respaldado.

Son buenos chicos; es una suerte tenerlos como compañeros de equipo.

Miller coge del brazo a Kennedy para llevarla a uno de los tenderetes y me deja con Kai.

—Parece que lo lleva bien.

—Sí —asiento, mirándola desde lejos—. Mejor de lo que creía.

—¿Tú cómo te encuentras?

—Feliz —respondo sin dudarlo—. Estoy encantado de que se quede.

—¿Y a largo plazo? Porque creíais que lo vuestro solo era provisional. ¿Habéis hablado de ello?

—Pues, joder, ahora que lo dices…

Kai se ríe y me echa el brazo por el hombro para unirnos al resto del equipo.

—Un consejo, hermanito. Probablemente deberías plantearte preguntarle a tu falsa mujer qué le parece convertirse en tu novia de verdad ahora que se va a quedar.

Afortunadamente, esa conversación termina cuando alguien me abraza la cintura por detrás.

—Hay un sitio en el que tienen camisetas pintadas a mano —dice Kennedy apoyando la mejilla en mi espalda.

—¿Estás pensando lo mismo que yo?

—Podríamos comprarle una a Max con su nombre.

—Ah, yo estaba pensando en comprar camisetas de parejas. Tú llevas mi nombre y yo el tuyo.

—¿Por qué me da la impresión de que ya las has encargado?

—Nos toca subir a la noria —dice Travis desde la primera fila—. Podemos llevar a Max en nuestra góndola. Hay sitio.

—¿Estás seguro? —pregunta Miller—. ¿No te importa?

—¿Quieres ir con los chicos, Bicho? —le pregunta Kai a su hijo.

Max se emociona tanto que va aplaudiendo cuando Cody lo lleva a la góndola con ellos. El resto del equipo se reparte entre las otras muchas góndolas. Kai y Miller cogen la suya, y nosotros la nuestra.

En cuanto se cierra la puerta, Kennedy toma la iniciativa de sentarse en mi regazo.

—Nunca he estado en una noria.

—¿Qué? —digo riéndome—. Alguna vez te habrás montado.

Dice que no con la cabeza mientras contempla cómo vamos alzándonos por encima del *skyline* de Chicago. Tardo un momento en procesar con quién estoy hablando. A veces me olvido de que Kennedy no ha tenido una infancia normal. Olvido que su pretenciosa madre ni de coña la llevó a la feria local o a un parque de atracciones.

—Pero una vez estuve a punto.

—Ah, ¿sí?

—Un verano que yo estaba en casa, mi madre organizó una gran fiesta en una casa que nuestra familia tenía en los Hamptons. Yo tendría unos once o doce años y no quería pasarme horas y horas entre viejos que fingían caerse bien unos a otros. Así que, mientras cargaban el coche para ir a los Hamptons el fin de semana, me escapé y me metí en el metro decidida a pasar el sábado y el domingo en Coney Island. Allí había una noria que parecía divertida y tenía ganas de montarme porque nunca había montado en ninguna.

—¿En serio te escapaste?

Suelta una carcajada.

—Lo hice.

—Vale, chica rebelde. ¿Y conseguiste llegar a la noria?

—Pues no. Solo llegué a Brooklyn. Me encontró uno de los chóferes de la familia y me llevó directamente a los Hamptons. Mi madre no me riñó cuando llegué. Ni siquiera le importó que me hubiese escapado. —Se recuesta en mi pecho—. A mucha gente le impresiona mi apellido, pero no fue muy divertido pasar la infancia como una Kay.

Le paso el brazo por la cintura y la yema del pulgar por su anillo.

—A mí no me importa tu anterior apellido, Kenny. Solo me importa el que tienes ahora.

Se ríe.

—Sabes que mi apellido no es Rhodes, ¿verdad? Que estemos casados no significa que adopte automáticamente tu apellido.

—Bueno, quizá deberíamos hacer algo al respecto.

No contesta. Como tampoco contestó cuando le dije que la amaba.

Pero no pasa nada.

—¿Cuánto tiempo hace que no hablas con tu madre? —le pregunto.

Se encoge de hombros.

—Desde aquella cena en Atlanta.

—¿En serio?

De nuevo se recuesta en mí.

—Bueno, contactó conmigo para decirme que «mi asistencia era obligatoria» en la boda de Connor y Mallory, pero Dean y yo hemos decidido no ir. Desde entonces no he hablado con ella ni tengo pensado hacerlo. Estoy harta de intentar ser la hija perfecta para mis padres. Como de todos modos les doy igual, estoy procurando centrarme en lo que me hace feliz.

Joder, eso me encanta.

—Estoy orgulloso de ti, Ken.

Una leve sonrisa ilumina sus labios.

—Yo también.

—Hablando de Dean, te diré que me sienta fatal que se quede contigo en tu casa cuando venga a la ciudad con motivo de la próxima serie.

—Solo son tres noches. Ni siquiera notarás mi ausencia.

Eso es una puta mentira y ella lo sabe.

La noria nos sube hasta lo alto de mi ciudad favorita. El sol se está poniendo en el horizonte y proporciona un cálido tono dorado al lago Michigan. Los edificios se reflejan en el agua con una nítida claridad.

—Me encanta Chicago —le digo en voz baja.

Ella se limita a asentir en silencio.

—¿Y a ti? —le pregunto, porque eso es lo que realmente necesito saber. ¿Puede ser feliz aquí, aunque en principio no pensara quedarse?

—Últimamente le estoy cogiendo cariño.

—¿Estás hablando de mí o de la ciudad?

—Las dos cosas van de la mano. Es como si vinieran en el mismo paquete.

32
Kennedy

Esta noche lo he pasado bien.

Me he divertido con el equipo; estoy a gusto con ellos tanto en el trabajo como cuando salimos por ahí. Antes tenía miedo de meterme en problemas e intentaba ser la empleada modelo. Pero ahora ya no me importa. Si el doctor Fredrick quisiera echarme, ya lo habría hecho hace tiempo, pero sabe que no puede despedirme porque en ningún momento he incumplido las normas.

Bueno, excepto cuando me casé con uno de sus jugadores.

Y al mamársela al susodicho jugador en los lavabos en horario de trabajo.

¡Dios, aquello fue genial!

—¡Ken! —grita Max señalándome desde los hombros de su padre, donde está sentado. No se da cuenta de que está chillando mucho porque le han puesto unas orejeras enormes para protegerle los oídos del ruido de los fuegos artificiales, que están a punto de empezar.

—¿Estás contento, Bicho?

Se limita a sonreírme porque no oye nada, y yo le devuelvo la sonrisa.

Un beso va a parar a mi hombro cuando Isaiah agarra con dos manos la valla metálica que tengo delante, donde me arrincona.

—Hola.

—Me gusta cuando sonríes, Ken.

—A mí también.

—Para que las cosas queden claras, te diré que estás siempre guapísima, pero la felicidad te sienta de maravilla.

Apoyo la nuca en su pecho mientras esperamos a que empiecen los fuegos artificiales.

«Posiblemente, nadie ha hecho que te sientas segura y por eso no eres cariñosa». Recuerdo esas palabras con toda claridad. Las dijo la noche que fuimos a cenar, cuando le pedí que me enseñara a tolerar mejor la cercanía física.

Yo no había caído en eso, pero él tenía razón.

Deslizo las manos por sus bíceps y tiro de sus brazos para que los cruce sobre mí justo cuando el primer cohete sale volando por el aire. Se produce una ovación colectiva de asombro en el momento en que la luz roja ilumina el oscuro cielo de Chicago.

—Eres feliz, ¿no? —me pregunta en voz baja al oído cuando empieza el espectáculo.

Noto una evidente preocupación en su semblante.

Claro que soy feliz, pero él se refiere a cómo me siento por no poder ir a San Francisco y ahora mismo no quiero hablar de eso.

No quiero hablar de nada.

—Ven conmigo —le digo cogiéndole de la mano y tirando de él para que me siga por el muelle.

—¿Adónde vamos?

—Se me ha ocurrido otro sitio desde el que podemos ver los fuegos artificiales. Un sitio en el que puedo demostrarte lo feliz que me haces.

Nada más entrar por la puerta de mi apartamento, con esta todavía abierta, tiro la gorra que llevo al suelo y me quito la camiseta.

—Joder —dice.

—Eso es exactamente lo que quiero que hagas. Joderme. —Cruzo la sala de estar y descorro las cortinas, que quedan como marco del espectáculo de fuegos artificiales que aún continúa ahí abajo—. Justo aquí.

Me quito los zapatos, me bajo los shorts y me quedo en bragas y sujetador, justo enfrente de la ventana, luciendo mi aspecto de «necesitada». Lo deseo tan desesperadamente que sería embarazoso si no estuviera segura de lo que siente por mí.

Al otro lado de la habitación, Isaiah cierra la puerta sin apartar la vista de mí y pasándose la lengua por el labio inferior mientras me mira. Despacito, deliberadamente despacio, me desabrocho el sujetador.

—Corre la cortina.

—No.

Aprieta la mandíbula.

—Kenny, me importa un comino la vista de ahí fuera, pero estoy segurísimo de no querer compartir la vista de tu cuerpo con nadie más. Corre la puta cortina.

En mi cara se dibuja una sonrisa rebelde cuando permito que el sujetador caiga de mis hombros.

—Kennedy…

—Es un espejo unidireccional, cavernícola. Nosotros vemos lo de fuera, pero nadie puede ver lo de dentro.

Pasa un rato hasta que se ríe, pero es una risa seca y sin humor. Cruza la sala de estar y va derecho al bar, donde hay un whisky demasiado caro en una licorera. Se sirve una copa, se apoya en la barra y, lentamente, se lleva el vaso a los labios.

—¿Quieres que te folle?

Me estrujo un poco los pechos con las palmas de las manos.

—Creía que era algo obvio.

Clava la mirada en mis dedos cuando me pellizco los pezones. Da otro trago con parsimonia.

—Enséñame.

—¿Qué quieres que te enseñe?

—Enséñame dónde quieres que te folle.

Me ruborizo cuando se sienta para disfrutar de su propio espectáculo personal, con los fuegos artificiales explotando a mi espalda.

Sigo acariciándome los pechos.

—Tus magníficas tetas… —dice—. Me las voy a follar esta noche. ¿Alguna otra cosa?

Bajo una mano por la tripa, deslizo el dedo corazón bajo mis braguitas, accedo al coño y me acaricio levemente el clítoris.

—No puedo ver lo que te estás tocando, Ken.

—Me estoy tocando esto. —Me subo bien las bragas, de modo que la tela se remete por el coño, pero todavía no le enseño nada.

—Qué provocativa.

Mi cuerpo agradece su piropo y empieza a moverse y balancearse a su propio ritmo. Tiene la mirada clavada en mí, no presta la menor atención al espectáculo de fuera.

Nadie me ha mirado nunca como me mira él. Nunca he sido venerada como él me venera. Nunca he dudado de sus firmes sentimientos hacia mí.

Conservo las bragas puestas, pero las entreabro por un lado.

—Quítatelas —dice antes de dar otro sorbito.

Obedezco, allí enfrente de la ventana, les doy un puntapié y me quedo completamente desnuda, mientras Isaiah sigue vestido al otro lado de la sala.

Mis dedos encuentran de nuevo el clítoris, y la mirada de sus ojos alterna entre los míos y mi entrepierna, una y otra vez. Me sonríe como quien conoce un secreto. Como quien está orgulloso de mí por estar desnuda tocándome para él.

—Te encanta hacer lo que yo te diga que hagas cuando estás así de excitada, ¿eh? Cuando estás tan necesitada y desesperada.

Asiento frenéticamente.

—Entonces métete ese dedo dentro de ese perfecto coño tuyo y enséñame dónde quieres exactamente que te folle.

Me meto el dedo como me ha dicho. Al principio, un poco, solo hasta el primer nudillo.

Menea la cabeza.

—Más.

El segundo nudillo ya me provoca un gemido quejumbroso. La otra mano me la llevo a la teta y la aprieto.

—Joder. —Apura el resto de la copa, tira el vaso vacío al sofá, cruza la habitación y, en tres pasos de depredador, me arrincona contra la ventana.

Con las nalgas pegadas al cristal, meto y saco el dedo de mi coño, notándome cada vez más húmeda.

Isaiah utiliza el pie para abrirme de piernas. Desliza el dedo índice por el interior de mi muslo y comprueba mi excitación.

—Precioso —murmura elogiosamente, y cuando yo creía que se iba a meter el dedo en la boca, lo acerca a la mía.

—Ábrela.

Obedezco.

—Tienes que probar tu propio sabor. Así tal vez comprendas por qué me vuelves loco. Tu sabor es jodidamente celestial.

Acerca el dedo a mi boca y no dudo en lamerlo un poco hasta succionarlo del todo.

Cuando saca el dedo de mi boca, mis manos se deslizan inmediatamente hacia su cinturón.

—No te he dicho que dejes de follarte con el dedo, Kenny.

Tras una breve vacilación, vuelvo a meterlo en mi coño y enseguida añado un segundo dedo.

—Maldita sea, qué bien se te da. —Rápidamente se quita los zapatos y los pantalones y se queda solo con la camisa—. Qué lista eres, y qué dulce cuando quieres. Y además eres solo mía.

—Sí —es todo cuanto puedo decir, con la cabeza echada hacia atrás, contra la ventana. Oigo los estallidos de los fuegos artificiales amortiguados por mi inminente orgasmo, que ya empieza a liberarse. Mis dos dedos no son suficientes.

Clavo la vista en su polla, que ya está dura por el manoseo de su dueño.

Isaiah me da la vuelta y me deja con las tetas empotradas en el cristal.

—Mira el espectáculo, nena. Eso es lo que querías hacer.

Suelto un gemido al apoyarme con una mano en la ventana mientras me toco con la otra.

Luego saca mis dedos del coño y, en su lugar, los desliza por mi clítoris.

—No dejes de tocarte, ¿eh, Ken?

Me ayuda a trazar círculos sobre mi clítoris utilizando las yemas de sus dedos para apretarme los míos.

Exhalo un aire tan caliente que dejo empañada la ventana.

—Pon el culo en pompa para mí, nena.

No dudo en hacerlo, y cuando más fuegos artificiales iluminan el cielo de Chicago, Isaiah acerca el glande de su polla a mi entrada y, cuando retumba el eco de los estallidos, embiste y me penetra.

—Joder —grito.

Entra y sale una y otra vez con mucha facilidad. Estoy muy húmeda, a punto de correrme.

Ni siquiera me doy cuenta de cuándo dejan de moverse mis dedos. Estoy centrada en cómo la polla de Isaiah se me clava robándome la respiración.

—¿Qué te he dicho? Sigue frotándote el clítoris.

Le obedezco trazando diminutos círculos porque estoy ya muy próxima al orgasmo.

—¿Sabes lo afortunado que soy, Kennedy?

Jadeo contra el cristal.

—¿Sabes todo el talento que tienes y lo especial que eres?

Sé lo que está haciendo. Está intentando subirme el ego después de esa llamada telefónica.

Y funciona.

—He esperado muchísimo tiempo este momento. Tú eres la respuesta a mis plegarias. ¿Sabías eso?

Muevo frenéticamente los dedos mientras me folla desde detrás.

—¿Sabías que mi parte favorita de estos dos últimos meses es follarte este coño que ha sido hecho para mí? —Sigue embistiéndome justo donde más lo necesito—. No sabes cuánto me gusta tu sonrisa, tu risa; podría correrme solo de pensarlo.

Sus nudillos se ponen blancos cuando flexiona la mano convirtiéndola en un puño contra el cristal; con la otra mano me aprieta tanto la cadera, que mañana seguro que tengo cardenales.

Inclinándose sobre mí, su boca alcanza el pliegue de mi cuello.

—Dios, te quiero...

—Isaiah... —jadeo.

Nadie me había dicho nunca que me quería. Ni una sola persona.

Esas son las palabras que me permiten alcanzar el mejor orgasmo que he tenido en mi vida. Los fuegos artificiales de fuera parecen intrascendentes, una nimiedad, en comparación con el ardor que abrasa mi cuerpo.

—Joder, estás vibrando —dice, todavía enterrado en lo más profundo de mí.

Una vez que me he corrido, va saliendo lentamente de mi interior.

—Cuánta belleza —susurra, enredando sus dedos en mi cabello y girándome para que le mire.

Allí mismo, recién follada y estampada contra la ventana, me besa.

A duras penas noto cuando me ayuda a ponerme de rodillas. Todavía sigo demasiado pendiente de los últimos temblores de mi orgasmo. En esta postura, no puedo evitar clavar la mirada en su brillante polla.

Pone un gesto malicioso cuando me mira desde arriba.

—Ya iba siendo hora de que te arrodillaras delante de mí, yo me he pasado los tres últimos años reverenciándote.

Alzo la cabeza.

—Me encanta ponerme de rodillas delante de ti.

—Mmm... —murmura, levantándome la barbilla con los dedos para que le preste atención—. Y qué guapa estás ahí abajo.

Me sostiene la mirada mientras se quita la camisa y la tira por ahí.

—Recuérdame otra vez lo que no te gustaba de estas tetas. —Comprueba el peso y rodea mi duro pezón con el pulgar.

—Que son pequeñas.

—Ya... —Se agacha un momento, mete dos dedos en mi sensible coño y recoge mi flujo—. ¿Y por qué crees son pequeñas?

«Porque es lo que me dijo siempre...», pienso, pero no me atrevo a decir el nombre de mi ex mientras estoy arrodillada delante del hombre con el que me casé.

—¿No me lo vas a decir? —me pregunta desde arriba, utilizando mi flujo para pintarme el pecho, que contempla admirado como si hubiera creado una obra maestra—. Está bien. No tengo ningún inconveniente en demostrarte lo muy equivocada que estás. Júntate esas bonitas tetas con las manos.

Una vez más, hago lo que me dice. Entonces mete la polla entre mis pechos y empuja hacia el apretado canalillo.

«¡Santo cielo!».

Cada vez que su glande queda a la altura de mi boca, no puedo evitar lamerlo, es una tentación demasiado grande.

—Joder, esto va a ir muy rápido.

Nunca había visto nada parecido. Es la primera vez que lo veo tan trastornado y salvajemente desesperado. No deja de contemplar cómo su polla se desliza entre mis tetas.

—¿Quieres que te dé la vuelta? —me pregunta sin apenas aliento—. Te estás perdiendo el espectáculo de los fuegos.

Dándole la espalda al muelle, miro hacia arriba y digo:

—Este es el único espectáculo que quiero ver ahora mismo.

—Dios —exhala, pasándome la palma de la mano por la cabeza—. Eres la mejor chica.

—Tu única chica —le corrijo.

—Por supuesto que lo eres.

Dejo que me siga follando.

Esto es tan excitante que es imposible que me vuelva a sentir insegura por mis tetas. Cada vez que me entren las dudas, recordaré cómo su polla se frotaba contra ellas y cómo le rechinaban los dientes justo antes de correrse. No olvidaré cómo jadeaba mi nombre cuando unos cálidos churretones blancos decoraban mi cuello y mi barbilla.

Las espasmódicas embestidas de su polla cuando se corre, y el sonido que brota de su boca, ese grave gemido gutural, jamás los olvidaré.

—¡Joder! ¡Qué pasada! —dice mirándome, aún arrodillada, y con la respiración entrecortada.

Sosteniéndole la mirada, recojo el esperma de mi cuello y trazo con él círculos por mis pezones, frotándomelo mientras me contempla con sus sedientos ojos acastañados.

—Dios mío, Kenny. Te juro que, si no estuviéramos ya casados, me casaría contigo ahora mismo.

Me muerdo el labio y sonrío con picardía.

—Pues ya somos dos.

33

Isaiah

—Si te sigue doliendo esta noche, te lo puedo masajear más tarde.

Alzo las cejas con un súbito interés, mientras me siento en la tabla de ejercicios.

—No seas malpensado, Rhodes. —Kennedy está de pie entre mis piernas abiertas, cruzándome el torso con un envoltorio plástico para asegurar y evitar que se desprenda la bolsa de hielo—. Si te sigue molestando el hombro cuando llegues a casa, puedo ir a darte un masaje antes de que te acuestes.

—¿Y qué pasa si la polla me sigue doliendo cuando llegue a casa?

—Tienes dos manos.

Boquiabierto, la agarro por la parte de atrás del muslo y la acerco a mí.

—Vale, lo hemos pillado —refunfuña Monty—. Está claro que os gustáis mutuamente. ¿No quedamos en que teníais que ser profesionales durante el trabajo?

—No parece que sean grandes seguidores de esa regla. —Reese, con sus taconazos y su falda de tubo, entra en la sala de entrenamiento—. Emmett, necesito hablar contigo en tu despacho, por favor.

Se dirige hacia el despacho con el pelo rubio balanceándose a cada paso. Monty se queda quieto con los brazos cruzados, como si tuviera la opción de no seguirla. Respira profundamente por la nariz antes de recordar que quiere conservar su empleo; entonces la sigue hacia su oficina y cierra la puerta tras él.

—¿Qué pasa? —pregunta Kennedy.

—No estoy seguro, pero él está de un humor de perros últimamente. Dice que Reese no hace más que recordarle que el año que viene se le renueva el contrato.

—¿No irán a prescindir de Monty? Vuestro historial desde que se convirtió en el mánager es bueno. Incluso excelente. Y todo el mundo le quiere.

—Todos, menos ella, y a principios del año que viene su opinión será la única que importe.

Kennedy guarda el rodillo del plástico con una sonrisa iluminando sus labios.

—¿Y tú qué piensas al respecto?

—No me gusta que a Reese no le caiga bien Monty, pero ya tengo ganas de que ella tome el mando. Si miramos la parte positiva, voy a trabajar para la primera propietaria femenina de un equipo en la MLB.

«Y Kennedy estaba destinada a ser la primera mujer con el cargo de jefa de un equipo de médicos». De nuevo me veo atrapado por sentimientos contradictorios. Por un lado, Kennedy se queda aquí y podemos seguir estando juntos. Pero, por otro lado, la persona a la que amo ha perdido la oportunidad que llevaba toda la vida esperando.

—Rhodes —dice Sanderson, el otro entrenador de atletismo—. Hay alguien en el pasillo que quiere verte.

Miro desconcertado a Kennedy.

—¿Quién es? —pregunta ella por mí.

—Pues… —Sanderson duda un momento—. Dean Cartwright.

—Vaya por Dios. Dile que no estoy.

—Isaiah…

—Kenny, no estás durmiendo en mi cama porque él está aquí. ¿Qué más quieres de mí?

—Quiero que hables con él.

Me sostiene firmemente la mirada.

Ya estoy bastante cabreado por el hecho de que anoche Kennedy se quedara en su casa para estar con él, ¿y ahora el tío quiere hablar conmigo? Me aguanto las ganas de gritar que no pienso ir a hablar con él, que por mí se puede ir a la mierda, pero la verdad es que no sé decirle que no a esta chica. Nunca lo he hecho.

—Bueno… —resoplo—. Pero solo acepto favores sexuales como agradecimiento por tu parte.

Me sonríe un poco y se va para seguir trabajando con uno de mis compañeros de equipo.

Ataviado solo con la bolsa de hielo y unos pantalones cortos, salgo de la sala de entrenamiento y me encuentro con Dean apoyado en el pasillo, esperándome.

—¿Qué hay? —digo quedándome en el lado del pasillo más cercano a la puerta, para poder marcharme en cuanto diga alguna gilipollez.

Carraspea.

—Necesito disculparme.

Al oírle, levanto una ceja.

—Kennedy me ha regañado. Averiguó los detalles de nuestra pequeña rivalidad de la infancia.

«¿En serio? ¿Cómo habrá sido?».

Intento hacerme el indiferente.

—Pues yo no le he contado nada.

—No te culparía si lo hubieras hecho. —Se produce una pausa durante la que Dean clava la vista en la alfombra que hay bajo sus pies; se le nota claramente incómodo—. La verdad es que por aquel entonces yo era un poco gilipollas.

—Lo sigues siendo.

Sus ojos me disparan una mirada de advertencia.

—Puede que a veces lo sea, pero de niño estaba furioso… y la tomé contigo. Lo siento.

—¿Cómo te sentarían a ti esas palabras?

—Fatal.

—Vale, ya no me importa un carajo, así que vamos a dejarlo.

—Te hice putadas porque eso hacía que me sintiera mejor, más fuerte, pues el resto de mi vida era una puta mierda.

Desde el otro lado del pasillo, lo observo con atención, tratando de captar algún signo que me permita saber si está mintiendo o diciendo cualquier chorrada, que es lo único que sale de la boca de Dean Cartwright, para contentar a su hermana.

Pero parece sincero.

—¡Madre mía! —digo riéndome—. ¿Qué coño te habrá dicho Kennedy?

—Se cabreó muchísimo. Me dijo que estaba más que dispuesta a cortar nuestra relación si no me disculpaba, y aquí estoy, disculpándome.

—Vale, tío. Le diré que te has disculpado.

Me vuelvo hacia la sala de entrenamiento, pero Dean me detiene.

—Sé que probablemente no me vas a creer, pero ya no soy como era antes. Bueno…, a no ser que esté con mi padre, que tiende a sacar lo peor que hay en mí.

—Pues sí, tu familia apesta.

—A mí me lo vas a decir. Aparte de Kennedy, son todos espantosos. Yo no entendía por qué mi vida era una mierda y la tuya no. Tenías todo lo que yo quería y por eso te odiaba.

—¿Yo? —pregunto sin dar crédito a mis oídos—. Yo no tenía nada. Tú eras el que poseía el mejor equipo de béisbol. Coches nuevos. Joder, y me quitabas a todas las chicas que me gustaban. Yo llegaba a los partidos en autobús. Compartía la ropa de béisbol con mi hermano y la mitad de las veces no me sentaba bien.

—Tú tenías un hermano que te cuidaba, que estaba dispuesto a hacer cualquier cosa por ti, y tú por él. La gente te quería.

Podría intentar rebatírselo, pero no va desencaminado. Kai y yo haríamos cualquier cosa el uno por el otro, y yo siempre he tenido la desesperada necesidad de divertir a la gente. Desde la perspectiva de Dean, yo era un tío espontáneamente gracioso, pero él no sabe que me he pasado toda la vida procurando ser fácil de digerir, bromeando y haciendo reír a todo el mundo aunque no me apeteciera.

—Mi padre tiraba de tarjeta de crédito conmigo para compensar su ausencia —continúa—. El único partido al que vino a verme jugábamos contra vosotros, y cuando acabó, no me dijo ni una palabra sobre cómo había jugado, en cambio, habló maravillas de ti. Por eso te odiaba. La tomé contigo durante mucho tiempo y ahora lo siento.

Desde el otro lado del pasillo, Dean tiende la mano para estrechármela.

—Joder, Kennedy te ha leído bien la cartilla, ¿eh?

—Nunca la había visto tan enfadada.

Quiero perdonarle por ella, pero más aún por mí. La verdad es que lo sucedido entre nosotros ahora mismo me importa un rábano, sobre todo porque al fin tengo todo lo que siempre he querido.

De modo que le estrecho la mano.

—Oye, ¿te cabreaste mucho cuando te enteraste de lo nuestro? —le pregunto con cierto regocijo.

—No me busques las cosquillas. Por fin tenía a alguien en esta puñetera familia con quien me sentía a gusto, y va y se casa contigo. —Suelta una carcajada y menea la cabeza porque todavía no se lo puede creer—. Me enfurecí muchísimo, sí. Y no solo porque se hubiera casado contigo, sino porque Kennedy lo había pasado muy mal, y pensé que había acabado casándose con otro hombre con el que tampoco quería estar.

—Lo entiendo.

—No sé qué te habrá contado ella sobre cómo la criaron, pero yo sé que, cuando nuestros padres decidieron casarla con Connor, Kennedy no paraba de llorar por las noches hasta que se quedaba dormida. Yo la oía a través de la pared de mi dormitorio; luego, por las mañanas, hacía como que no había pasado nada. Cuando ya nos hicimos amigos, por fin admitió lo desdichada que era, pero al mismo tiempo también solía decirme que no sabía lo que era la felicidad. ¿Cómo puede haber algo tan jodido?

«Ahora es feliz», intento recordarme a mí mismo.

Es verdad que no ha obtenido el empleo con el que siempre había soñado. No ha conseguido empezar de cero como deseaba. Tampoco ha logrado arreglárselas sola para ligar. Pero me tiene a mí y parece feliz. ¿De acuerdo?

—Un día —continúa Dean— se armó de valor y le pidió a su madre que la librara de ese acuerdo o apaño al que habían llegado las dos familias. Fue algo que le resultó muy difícil de hacer, ya sabes lo perfeccionista que es Kennedy. Había estado años intentando ser la hija perfecta. Nuestros padres fueron muy duros con ella. La llamaron egoísta, ingrata y un montón de cosas más. Y, por supuesto, yo me sentí culpable, porque la única razón por la que la obligaban a casarse con Connor era porque yo no quise hacerme cargo de los negocios familiares y decidieron que Kennedy se casara con alguien que sí quisiera tomar las riendas de la empresa.

Me da un vuelco el estómago solo de pensar en esa desdichada chica de cabello color caoba.

«Ahora es feliz», me repito.

—No puedo explicar lo aliviado que me sentí cuando él la dejó —dice Dean—. Por fin tenía un poco de libertad para hacer lo que quisiera, lo que la hiciera feliz. Por primera vez en su vida le estaba permitido tomar sus propias decisiones. Así que ya te puedes imaginar lo furioso que me puse cuando me enteré de que os habíais casado; solo pensé que Kennedy se había visto atrapada en otra relación que no era de su agrado.

Sus palabras me sientan como una patada en el estómago.

Fui yo quien hizo eso. Yo la atrapé en una relación que no era de su agrado. No le concedí la anulación que ella quería. Me inventé la historia de salvar su empleo. ¿Y para qué? Al final no le han dado el trabajo de sus sueños y tiene que seguir trabajando con ese médico tan hijo de puta que tiene como jefe.

Los últimos días he sido un poco egoísta, solo me he centrado en mí, pensando en que lo tengo todo: a ella, a mi familia y esta ciudad.

¿Y ella qué tiene?

—Kennedy me había dicho que quería empezar de cero en una ciudad nueva, obtener el trabajo que siempre ha soñado y algún día, con suerte, conocer a alguien. Por eso me cabreé tanto al enterarme de que, una vez más, se lo habían arrebatado todo. Pero estaba equivocado. Es evidente que no se siente atrapada. Es obvio que quiere estar contigo.

—No sé… —digo en el tono más neutro posible, mirando al suelo. Me siento como un zombi rodeado de demasiadas realidades que no quiero ver—. Puede que simplemente no tenga otra opción.

—Pero ¿qué dices? Mi hermana rechazó esa oferta de trabajo en San Francisco para estar contigo. Tuvo otra opción, pero no quiso aprovecharla.

Vuelvo a centrar la atención en la vida real.

—¿En serio?

—La llamaron la semana pasada y le ofrecieron el puesto. Querían que empezara a trabajar con el actual médico del equipo, pero ella rechazó la oferta.

No puede ser verdad.

—¿Qué día fue eso? ¿El martes?

Se para a reflexionar.

—Sí, creo que sí. Me ha dicho que estaba en la sala de entrenamiento contigo cuando la llamaron.

«¡Pero qué cojones!».

¿Cómo puede ser que haya rechazado una oportunidad como esa por mí? Siempre me ha dicho que lo único que quería era llegar a ser jefa de un equipo médico o, al menos, la segunda de a bordo. Cualquier cosa con tal de dejar su actual trabajo, para el que está sobrecualificada, y perder de vista al doctor Fredrick.

No puede haber tomado de repente una decisión precipitada. El impulsivo soy yo. Ella es la planificadora. Lleva planeando ese movimiento todo el año.

¿Y se ha quedado por mí?

Virgen santa. Le dije que la amaba justo antes de que respondiera a esa llamada telefónica.

Siempre me ha preocupado que la gente no quiera estar conmigo una vez que conocen al verdadero Isaiah. ¿Cuántas veces se lo he dicho?

Se va a quedar por mí.

—Mierda —despotrica Dean—. No lo sabías.

Sin mirarle, le digo que no meneando lentamente la cabeza.

—Ahora ya lo sé.

34

Kennedy

—Buenas tardes, señorita Kay. Bienvenida a casa —me saluda la mujer que trabaja en la recepción de mi carísimo edificio de apartamentos—. ¿Se va a quedar esta noche también en casa? ¿Quiere que le encargue la cena?

Con las llaves tintineando en mi mano, no me detengo para hablar mientras cruzo el vestíbulo hacia el ascensor.

—No, esta noche no, pero ¡gracias! Solo voy a coger unas cosas y enseguida me voy.

Me brinda su mejor sonrisa de servicio al cliente.

—De acuerdo. Por favor, si necesita ayuda para recoger sus cosas, no dude en hacérnoslo saber.

—¡Gracias! —grito justo antes de que se cierren las puertas del ascensor.

Toda la plantilla del vestíbulo es amable y servicial, lo cual es lógico si se tiene en cuenta que es uno de los edificios más caros de la ciudad. Pero no puedo remediar preguntarme qué pensarán de mí, que vengo todos los días a recoger ropa para llevármela a casa de Isaiah.

Aparte de las pocas noches que se ha alojado aquí Dean, no me acuerdo de la última vez que dormí en mi apartamento. Esta casa ya no me parece muy acogedora. Nunca lo ha sido, la verdad, y menos ahora, cuando Isaiah y su apartamento me resultan lo más parecido a un hogar que he conocido en mi vida.

Tengo casi todas mis cosas allí, pero no hemos hablado de convertir esta situación en algo permanente. Es más, hasta la semana pasada ni siquiera iba a vivir en Chicago, y menos con él.

Pero ahora las cosas han cambiado. Ahora me voy a quedar y ninguno de los dos ha tenido el valor de sacar ese tema. Ahora que nuestro jueguecito ha terminado, ¿qué vamos a hacer?

Y luego hemos de tener también una conversación de más enjundia. Necesito contarle que, en realidad, sí me ofrecieron el puesto de médica jefa en San Francisco, pero que decidí no aceptarlo.

Llevaba días dándole vueltas a la opción. Esa oferta era todo lo que yo siempre había querido, todo lo que creía estar buscando. Una ciudad distinta y la oportunidad de conocer a gente nueva y de experimentar qué tipo de felicidad podía descubrir con mi libertad recién encontrada.

Pero no necesitaba ir a otra ciudad para encontrar lo que estaba buscando porque, durante todos esos años, lo había tenido delante.

Cuando Isaiah me dijo que me amaba, supe que lo había encontrado. No lo dijo esperando que yo le contestara lo mismo. No lo dijo con la esperanza de que eso cambiara mi decisión cuando se produjera esa llamada.

Pero la cambió.

Por primera vez en mi vida, no me costó trabajo creer que alguien pudiera quererme, porque había pasado meses demostrándomelo. Sus palabras fueron un simple recordatorio de lo que yo ya sabía.

Isaiah me quiere.

Me quiere tanto que, si le hubiera contado que había conseguido el empleo y lo había rechazado, no me habría dejado quedarme. Así que no le di esa opción.

Antes de que él apareciera en mi vida, la soledad me resultaba cómoda. Era lo único que conocía. Sabía entretenerme de cualquier manera. Intentaba convencerme de que me encontraba estupendamente yendo así por la vida. Pero ahora tengo la oportunidad de hacerme con un futuro en el que quizá no esté tan sola, y no quiero desperdiciarla.

Por eso rechacé el empleo.

Por él. Pero también por mí.

Estos últimos días no le he visto tanto como yo quisiera. El equipo de Atlanta ha estado en la ciudad para jugar la serie contra los Warriors, y Dean se ha alojado en mi apartamento, pero esta noche vuelvo a casa de Isaiah.

Sin cerrar la puerta de mi apartamento, tiro las llaves a la mesa de la entrada y me voy derecha a mi habitación. Con una bolsa de lona abierta encima de la cama, voy metiendo ropa interior, calcetines y todo lo que pueda necesitar, lo bastante como para no tener que volver por aquí en una temporada.

Esto es un ático enorme con grandes ventanales que dan a la ciudad y un suelo de mármol en el que rebota el silencio.

Lo odio.

Prefiero el calorcito de la cama de Isaiah, o estar con Miller en la cena familiar, o escuchar a los chicos del equipo lanzarse pullas en la sala de entrenamiento.

Quiero estar donde me sienta bien, y desde luego eso no ocurre en este apartamento del que es propietaria mi familia.

Mientras sigo llenando la bolsa, pongo la tele para que haya ruido de fondo, con la esperanza de que se trague el silencio hasta que me vaya. Sale el mismo canal que puse la última noche, que es una cadena de la MLB que, durante todo el día, solo da resúmenes de partidos acompañados de comentarios de los analistas del béisbol.

Cuatro tíos sentados alrededor de una mesa ovalada están hablando de los posibles resultados de la inminente fecha límite de la liga.

De repente, dicen un nombre que en ningún momento esperaba oír.

«Noticia de última hora —dice uno de ellos—. No se sabe si será verdad, pero circulan rumores de que Isaiah Rhodes, de los Windy City Warriors, está interesado en fichar por otro equipo».

Me quedo helada, con un par de calcetines en una mano y unos *leggins* en la otra.

«Es imposible que eso sea verdad —dice otro—. Los Warriors no le dejarían marcharse ni de coña. Este año ha obtenido un magnífico promedio de bateo y actualmente tienen la postemporada asegurada».

«Y está jugando con su hermano».

«Exacto. Pero Kai Rhodes se jubila en otoño, e Isaiah tiene una *player option* la temporada que viene. Puede que esté pensando en fichar por diferentes clubs si quiere irse de Chicago. En cualquier caso, dudo que se vaya en plena temporada, aunque sí existe la posibilidad de que el año que viene se marche a otro sitio si se presenta la oferta adecuada».

«Insisto en que no hay nada confirmado, pero durante las últimas veinticuatro horas corren rumores en la liga y normalmente, cuando el río suena, agua lleva».

Me he quedado de piedra.

¿Qué demonios está pasando?

Siguen hablando en la televisión, pero ya no escucho. Lo único que oigo es un zumbido en mis oídos por las dudas que me asaltan.

No quiere marcharse. Ni de coña.

Y si esos rumores son ciertos, ¿por qué querrá marcharse?

Todos sus amigos están aquí. Su familia. Su hermano. Le encanta jugar para Monty.

Y yo.

Yo me he quedado aquí por él.

«Mierda».

Me he quedado aquí por él, pero durante toda la temporada los dos creíamos que yo me marcharía. Durante todo ese tiempo sabíamos que nuestro matrimonio era provisional y que un día nuestro juego terminaría.

Pero yo me he quedado y ahora él está intentando marcharse.

Ya sé que Isaiah me quiere, pero no firmó nada conmigo para siempre. Firmó un para ahora.

Demasiados pensamientos intrusos se están colando en mi cerebro, y en lugar de intentar creérmelos, caigo en la cama y cojo el teléfono para llamarle.

No contesta.

Lo intento de nuevo…, pero los mensajes empiezan a bombardearme.

Miller: *¿Qué demonios está pasando?*

Kai: *¿Dónde está Isaiah? No contesta.*

Cody: *¿Son ciertos esos rumores?*

Miller: *Kai está flipando.*

Travis: *¿Os habéis enterado de lo que está pasando?*

Kai: *Ken, necesito que le digas a mi hermano que me llame inmediatamente. No contesta al móvil.*

Me tiembla la mano mientras leo los mensajes. Está claro que hay algo de verdad en los rumores cuando hasta Kai está preocupado.

Me entran ganas de vomitar. ¿Y por qué demonios no contestará al teléfono?

Cuando me dispongo a llamarle otra vez, llaman a la puerta con los nudillos. Salto de la cama y voy corriendo a abrir, sabiendo exactamente a quién me voy a encontrar al otro lado de la puerta.

35

Isaiah

La puerta se abre con brusquedad.

Kennedy me mira con los ojos muy abiertos y respira con dificultad.

—¿Qué pasa? —pregunto enseguida. Doy un paso para entrar en su apartamento y ella retrocede al instante, manteniendo la distancia—. ¿Qué es lo que está pasando?

—¿Es cierto?

—¿Si es cierto qué?

—¿Estás pensando dejar los Warriors? ¿Vas a fichar por otro equipo?

«Joder».

Mis ojos se quedan tan abiertos como los suyos; abro la boca, pero no me salen las palabras.

—Oh, Dios mío. —Se tapa la boca con una sola mano temblorosa—. Es cierto.

—¿Dónde has oído eso? —Saco el móvil del bolsillo de atrás y me encuentro con un montón de llamadas perdidas y de mensajes. De ella, de mi hermano y de los compañeros del equipo—. Mierda.

—Lo han dicho por la tele. Han dicho que corren rumores sobre que vas a fichar por otro equipo.

Cierro los ojos y exhalo un largo suspiro.

—Mi puto agente no sabe mantener la maldita boca cerrada.

Ayer lo llamé para comentarle la posibilidad de convertirme en lo que se denomina agente libre la próxima temporada, cuando venza el contrato con mi equipo, si se presentara la oferta apropiada. Pero como el contrato que yo firme le reportará también a él un buen dinerito, no ha podido guardar el secreto ni siquiera veinticuatro putas horas.

Dejo caer el sobre de papel manila que he traído en la mesita de la entrada e intento acercarme otra vez a ella.

—Ken…

Se estremece.

—No me toques.

Mi estómago se encoge al oír estas palabras, al ver cómo reacciona. Me quedo clavado en el suelo.

Esto va a ser mucho más duro de lo que imaginaba. Ella es la que mintió sobre la oferta de trabajo y ahora, de repente, cree que no puede fiarse de mí.

—Quería ser yo quien te lo contara, quien te lo explicara.

—¿Vas a romper conmigo?

«¡¿Qué coño?!».

—¿Qué acabas de decir?

—¿Vas a marcharte de Chicago por mí? Sé que lo nuestro era supuestamente provisional y que yo al final no me voy a marchar, así que solo se me ocurre que estás haciendo esto porque no quieres estar conmigo…

—¿Cómo que no quiero estar contigo? No es eso ni de coña.

—Es que yo…

—Ni se te ocurra pensar que huyo de ti. No quiero oírte decir eso. Te amo. Sabes que te quiero. Te seguiré queriendo si estás en San Francisco o en cualquier otra ciudad. Eso no va a cambiar, pero desde luego tú no te vas a quedar en Chicago, Kennedy.

Se queda sin habla. Con sus besables labios abiertos.

—No me voy a San Francisco. No me dieron el… ¿De qué estás hablando?

—¡Sí te dieron el trabajo! —Levanto las manos—. Sé que cuando te llamaron, te ofrecieron el empleo y tú lo rechazaste. Pero te vas a marchar. No puedo dejar que te quedes aquí por mí.

Me mira nerviosa.

—¿Cómo… cómo te has enterado?

Mis hombros se relajan cuando lo admite; recobro el aliento.

De manera que es verdad.

—Dean.

—Maldito Dean. —La frustración la lleva a cerrar los ojos y recorrer la habitación arriba y abajo—. Creí que esa conversación contigo iba a durar dos minutos y que enseguida ibais a volver a odiaros. De haber sabido que te lo iba a contar, no le habría dicho nada.

—¡Y menos mal que me lo contó! ¿Qué estás pensando, Kennedy?

—¡Estoy pensando que no me quiero marchar! ¿Vale? No te lo conté porque sabía que reaccionarías así.

—¿Cómo quieres que reaccione? No voy a permitir que tires por la borda todo aquello por lo que has trabajado durante tanto tiempo. —Me acerco a ella y le cojo la cara con las dos manos sin darle la oportunidad de que rehúya mi roce—. Kenny, siempre has querido ese trabajo, lo sé desde el día en que te conocí. En aquella primera conversación que tuvimos, me pediste consejo sobre si debías quedarte o no en Chicago, en el equipo médico de los Warriors. Pues bien, ahora te doy el mismo consejo: acepta el puto trabajo de San Francisco.

Su expresión se suaviza, como si mis palabras por fin le entraran en la cabeza y le recordaran quién es y por qué razón ha estado trabajando todos estos años.

Le paso el pulgar por el pómulo.

—No puedes quedarte aquí, nena.

—¿Y por qué no?

—Porque tú vales mucho y no puedes seguir aceptando el trato que tu puto jefe te ha dado estos tres últimos años, y te quiero lo bastante como para asegurarme de que lo sepas. Te quiero lo suficiente como para asegurarme de que empiezas a vivir a la altura de todo tu potencial.

Por su mirada perdida en el infinito, me doy cuenta de que está repasando cada putada que le ha hecho el doctor Fredrick.

Veo que empieza a darse cuenta de todo.

Observo cómo lo va aceptando.

Me da pena y me alivia a la vez.

—Tienes que aceptar ese trabajo, Kenny. No creo que pudiera vivir conmigo mismo si no lo hicieras.

Doy un paso atrás y le dejo espacio para que pueda pensar.

—Todo ha cambiado tan deprisa entre nosotros… —«Para ti, no para mí. Yo siempre he sabido lo que sentía por ti», quiero añadir—. Tú eres una planificadora, pero esto no lo habías planeado. Y necesito que te tomes un momento para pensar en ello. Pensarlo de verdad. Pensar en nosotros.

Los ojos se le empiezan a empañar a mi chica, a veces tan fría, pero tan tremendamente apasionada conmigo.

Pero puedo garantizar que lo que voy a decir es mil veces más doloroso para mí decirlo que para ella oírlo. Son palabras que nunca imaginé que las iba a pronunciar.

—Cuando empezamos con este juego, su final era exactamente este. El juego ha terminado. Pero yo llevo mucho tiempo sin jugar. Esto para mí es real. Yo te amo. Eres la persona con la que quiero pasar el resto de mi vida, pero sé que aquella noche en Las Vegas no me elegiste en serio. —Se me seca la garganta—. Luego el juego cambió y te sentiste preparada para lo que viniera después. Pero no pensabas en mí, Ken. Nunca quisiste que lo siguiente fuera yo, y no pasa nada.

—Eso ya no es verdad. —La primera lágrima cae por su pecosa mejilla, y yo la imito con otra mía.

—No quiero que te sientas atrapada por mi culpa —continúo.

—¡No me siento atrapada contigo!

—Kennedy, nunca has podido elegir con quién estar. No lo pudiste hacer con Connor y tampoco conmigo. Y necesito que tengas una oportunidad —le digo con calma.

Cojo el sobre de la mesita.

Sus ojos siguen el movimiento y por fin pregunta:

—¿Qué es eso?

—Ya sabes lo que es.

—Isaiah…

Le ofrezco el sobre de papel manila, pero se niega a cogerlo.

—Necesito que tengas una escapatoria. Este ha sido siempre el plan. Deberías firmar estos papeles. Para empezar, nunca has querido estar casada conmigo. Necesito que entiendas que a partir de ahora eres tú la que eliges qué quieres que pase en tu vida. Si quieres ir a San Francisco sola y comenzar la vida que siempre has deseado, fírmalos. Si vas a San Francisco y quieres que sigamos juntos, estupendo. Yo me encargaré de que la distancia no sea un impedimento entre nosotros. Y si vas y quieres que yo vaya contigo, haré todo cuanto esté en mi mano para que así sea. Por eso están circulando esos rumores de que voy a fichar por otro equipo. Llamé a mi agente para decirle que, para la próxima temporada, estoy abierto a una oferta procedente de San Francisco, si eso es lo que tú quieres. Pero yo solo iré allí donde estés tú, y únicamente si tú quieres que vaya.

Ahora las lágrimas caen a raudales por sus mejillas.

—Nunca has tenido voz ni voto en tu propia vida, Kenny, y lo último que voy a hacer es arrebatarte eso de nuevo. Cualquier opción está en tus manos. Hagas lo que hagas, yo te apoyaré. Pero no podría vivir conmigo mismo si no te concediera el espacio necesario para que pudieras realizar tus sueños después de todo lo que te has esforzado.

Le tiembla el labio inferior entre lágrimas, y cuando doy de nuevo un paso hacia ella, me tira de la camisa para que baje y me ponga a su altura.

Me besa. Quiero decir que me besa profunda y apasionadamente. No sé si en señal de agradecimiento o como despedida, pero me aterroriza la idea de que sea por esto último, de modo que en este momento me siento incapaz de oír su decisión.

—Tómate el fin de semana —le susurro en sus labios.

Dice que no con la cabeza.

—Por favor, Ken —le suplico—. Sígueme una vez más el juego. Tómate el fin de semana.

—No quiero.

—Lo sé, pero tienes que hacerlo.

Duda un momento mientras se limpia la cara con el dorso de la mano, antes de asentir levemente con la cabeza.

Estoy deseando recordarle una vez más que la quiero, pero la última vez que se lo dije antes de que tuviera que tomar una decisión importante, basó esa decisión en mí.

Esta vez necesito que elija por sí misma.

Una vez más, la beso antes de dejar los papeles del divorcio encima de la mesita y de cerrar la puerta tras de mí al marcharme.

36

Isaiah

Llamo con los nudillos y espero con las manos en los bordes del marco de la puerta, porque siento que mi cuerpo pesa demasiado como para sostenerse por sí solo. He intentado ir a casa, pero en cuanto me he metido en mi garaje, he dado marcha atrás y he venido aquí. No quería estar solo.

He hecho lo correcto con Kennedy. Sé que lo he hecho, pero eso no facilita las cosas, sabiendo que le he dado la opción de no estar conmigo.

Como es habitual, oculto los malos momentos, me encierro en mi apartamento para que nadie los vea. A decir verdad, esconderme en los lavabos de señoras mientras tenía un mal día fue lo que me trajo hasta donde estoy.

Pero ya me he cansado de eso. Estoy harto de intentar convencer a los demás de que soy inquebrantable. De que soy el gracioso que pasa un poco de todo y no se toma nada demasiado en serio.

Soy quebrantable y actualmente me encuentro al límite, en el puto punto de ruptura.

Así que he venido aquí en lugar de esconderme.

—Espera. Alguien llama a la puerta —le oigo decir antes de que abra la puerta con el móvil pegado a la oreja. Monty se toma un momento para escudriñarme de arriba abajo antes de exhalar un suspiro de alivio—. Está aquí. Luego te llamo. —Cuelga el teléfono para prestarme toda su atención.

—¿Qué demonios está pasando, Isaiah?

—¿Puedo entrar?

Vuelve a mirarme; seguramente ha notado que estoy destrozado. Finalmente, abre la puerta del todo para dejarme pasar. En cuanto entro, me da un abrazo.

—¿Estás bien? —me pregunta.

—No precisamente. —Le doy un par de palmadas en la espalda y le devuelvo el abrazo antes de apartarme un poco.

Él mantiene una mano sobre mi hombro; está intentando interpretarme para averiguar qué ha pasado.

—Vamos —me dice, señalando con la cabeza el sofá.

Me desplomo en él, descargando el peso de mi cuerpo entre los cojines. Monty se dirige a la cocina para traerme agua antes de sentarse en una silla frente a mí.

—¿Te importaría explicarme por qué ha estado sonando mi móvil toda la noche por los rumores de que vas a fichar por otro equipo?

—Lo siento. —Esa es mi respuesta automática cuando noto que le estoy poniendo a alguien la vida más difícil de lo necesario.

—No hace falta que te disculpes, Isaiah. Solo quiero que seas tú, uno de mis jugadores, al que considero parte de mi familia, y no un analista de la tele, que posiblemente vas a cambiar de equipo.

Doy un trago largo de agua para que se me enfríe la garganta, que a estas alturas ya me quema.

—Se suponía que las cosas no iban a ser así. Iba a hablar contigo y también con Kennedy, pero el idiota de mi agente abrió la bocaza. Querrá que corra la voz.

La expresión de dolor es más que evidente en el rostro de Monty. Para ser el tipo duro que parece, a no ser que le conozcas, se le ve consternado.

—Así que es verdad —afirma—. Estás intentando marcharte.

—No —digo con la mirada clavada en mi regazo—. No necesariamente.

Se hace el silencio, lo que indica que Monty quiere que siga hablando.

—Solo me marcharé si Kennedy quiere que me vaya con ella. No voy a comprar ofertas ni nada por el estilo. Solo quiero jugar con dos equipos: o el de Chicago o el equipo donde Kenny esté trabajando, que parece que será el de San Francisco.

Frunce el ceño confuso y menea la cabeza intentando comprender.

—He oído que no le ofrecieron el empleo.

—Sí se lo ofrecieron, pero dijo que no se lo habían dado porque estaba intentando quedarse aquí por mí.

—¿Y tú no quieres que se quede?

—No es eso, Monty. Fredrick la ha tratado fatal. Estoy harto de eso. Llevo años viendo que la trata de puta pena, y ahora tiene la oportunidad de librarse de él y obtener el puesto por el que ha trabajado tan duro. Yo no quiero ser la razón por la que no acepte ese trabajo.

Monty no dice nada, de modo que alzo la vista y me lo encuentro observándome.

—¿Qué pasa? —le pregunto.

—Me gustaría que hubieras dicho alguna cosa antes. Yo también me había fijado en cómo Fredrick trataba a Kennedy, pero no sabía que fuera como para llevar el asunto a dirección. No obstante, si realmente el trato ha sido tan inadecuado, tendrías que presentar una denuncia oficial.

No puedo hacer eso, y ella tampoco querrá hacerlo. Hace años le prometí que no diría nada, e independientemente de que el doctor Fredrick sea amonestado o no por como trata a Kennedy, lo que verdaderamente importa es su oferta de trabajo.

—¿Cuándo tiene que decidirse? —me pregunta.

—No lo sé. Hace ya más de una semana que rechazó el puesto... Espero que, cuando les diga que ha cambiado de opinión, en San Francisco sigan contando con ella. Querían que se incorporara lo antes posible para que pudiera trabajar un tiempo con la actual plantilla médica.

—¿Y no dejan que se quede hasta que termine la temporada? Es muy raro que exijan tanto compromiso para un puesto menor.

Joder.

Odio tener que mentir a Monty, pero he guardado el secreto de Kennedy mucho tiempo y no voy a revelarlo ahora. Además, cuando se vaya, todo el mundo se enterará.

Me inclino hacia delante, apoyo los codos en las rodillas y cruzo las manos.

—No quiero que te disgustes conmigo si exploro posibles ofertas de otros equipos. Lo último que deseo es decepcionarte, Monty. Sé que tu relación con Kai es diferente a la que tienes conmigo, pero quiero que sepas que desde que viniste a Chicago formas parte de mi vida y no quiero que creas que tienes algo que ver con mi marcha.

—Isaiah —suspira—. Nuestra relación no es como la que tengo con Kai porque tú no eres como tu hermano. Él deja siempre bien claro cuándo necesita mi ayuda, aunque no lo exprese con palabras, mientras que tú…, tú la mitad de las veces vas de chulito, porque quieres que los tíos del equipo crean que eres un tipo duro. Pero yo sé que ese no eres tú. Yo veo quién eres realmente y, te guste o no, te vayas o no te vayas, siempre serás parte de mi familia. Tú y tu hermano, los dos. Me siento afortunado porque me habéis dejado rellenar un hueco que había dejado otra persona, no sé si me entiendes.

Joder, adoro a este tío.

—Y no me decepcionas, no. Nada más lejos de la realidad. Estoy orgulloso de ti. Hace falta ser un hombre muy generoso para renunciar a lo que tú estás dispuesto a renunciar para asegurarte de que la persona a la que amas encuentre lo que la hace feliz.

Prefiero no pensar demasiado en todas las cosas a las que tendría que renunciar. Mi hermano está aquí. Mi sobrino. Mis compañeros de equipo. Mi entrenador. Y la lista continúa.

Pasaré la temporada baja en Chicago para poder verlos a todos. Pero la única persona a la que no puedo renunciar es Kennedy; solo espero que ella no esté planeando renunciar a mí.

Estoy pensando en todas esas cosas cuando se abre la puerta de Monty y entra Kai irrumpiendo en la habitación.

—¿Qué coño está pasando, Isaiah?

—Siéntate. Relájate. —El tono de Monty no admite discusión—. Deja que tu hermano se explique.

Y eso hago. Le cuento a Kai todo lo que le he contado a Kennedy. Todo lo que le he explicado a Monty. Veo cómo va desapareciendo la frustración de su rostro y es reemplazada por un poco de tristeza, pero también de comprensión. Observo que el disgusto se va convirtiendo en simpatía por mi situación.

—Bueno, joder —dice, hundiéndose en el sofá a mi lado.

—No te cabrees conmigo.

Menea la cabeza.

—No estoy cabreado, Isaiah. Todo lo que he querido durante toda mi vida es que seas feliz. Y sé que por eso simulas a veces esa ridícula sonrisa, porque no quieres que me preocupe por ti. —Hace una pausa suspirando—. Pero que esta situación no me haga especialmente feliz no significa que no me alegre por ti.

—Es que yo… Has hecho tanto por mí… Has renunciado a muchas cosas por mí, y no quiero que pienses que te abandono.

—Yo tomé una decisión con respecto a mi carrera que es la mejor para mi familia. No puedo reprocharte que tú hagas lo mismo. —Me da una palmada en la pierna—. Y ¡qué coño! Además, yo me voy a jubilar. ¿Sabes con cuánto tiempo voy a contar para ir a verte? Ya nos las arreglaremos. Eso no tiene por qué preocuparte en absoluto.

Le expreso mi conformidad asintiendo con la cabeza.

—¿Vais a quedaros aquí un rato? —pregunta Monty.

—Si te parece bien…

—Claro que sí. Encargaré la cena para los tres.

Monty se levanta del sofá con el móvil en la mano y nos deja solos a mi hermano y a mí. Tras un momento de denso silencio, Kai toma de nuevo la palabra.

—Mamá estaría orgullosa de ti.

Asiento de inmediato y carraspeo para que no se note el nudo que tengo en la garganta por la emoción.

—Y yo también lo estoy.

Monty encarga tanta comida china que la mesa de su comedor queda completamente cubierta de platos. Los tres pasamos la noche charlando, cenando y viendo los resúmenes de los partidos de toda la liga. No hablamos de la posibilidad de mi marcha. No hablamos de Kennedy, pero por primera vez en la vida tampoco me siento obligado a fingir que estoy bien.

Paso toda la velada sin sonreír y, en cierto modo, permitirme no estar bien del todo me resulta liberador.

No obstante, a pesar de la buena compañía, no hago más que preguntarme qué va a ser de mí si Kennedy no quiere que vaya con ella.

Esta noche no llueve.

Todo es puro retumbar de truenos y fogonazos de relámpagos.

Es una tormenta seca, y si no fuera porque me vuelve completamente loco, sería capaz hasta de apreciar la belleza que hay en ella. Los rayos semejan vetas de color púrpura pintadas en el cielo. Tras los icónicos edificios del *skyline* de Chicago, destaca el brillo de los haces de luz que surcan el firmamento.

Pero nada de eso atenúa mi angustia. Como si fuera un interruptor, la ansiedad acelera mi frecuencia cardíaca y me altera los nervios.

Por más que me guste esta ciudad, tal vez abandonar el Medio Oeste no sea tan malo después de todo. Dudo que California del Norte tenga tormentas de verano como estas.

A ello se debe, en parte, que esta noche no haya ido a la cena familiar. Sabía que se desataría la tormenta, pero sobre todo sabía que no iba a ser capaz de ignorar la ausencia de Kennedy. Bastante duro es ya acostarme cada noche sabiendo que ella no está en mi cama.

Hace dos noches que no la veo. Dos noches que tampoco sé nada de ella.

Ayer tuvo el día libre, así que no pude pasarme a verla por la sala de entrenamiento. Y hoy se ha ausentado por enfermedad de los ejercicios de bateo del domingo por la mañana.

Nunca, ni una sola vez, se había ausentado del trabajo por enfermedad.

Y eso me asusta muchísimo porque sé que no está enferma.

Estará en su apartamento haciendo las maletas, y yo esperando para averiguar si yo también me voy a marchar.

Sé que le dije que se tomara el fin de semana, pero en el fondo no creía que fuera a estar dos días sin saber nada de ella. Y cuanto más tiempo pasa, más miedo tengo de que la decisión que tome no me incluya a mí.

Me sentí fatal cuando hubo que redactar esos papeles del divorcio, pero eso no será nada en comparación con cómo me sentiré si acaba firmándolos. Quiero que tome su decisión sin estar influida por mí, pero eso no significa que no desee desesperadamente que elija estar conmigo.

Otra tanda de truenos sacude mis ventanas y me cuesta un esfuerzo tremendo no coger el móvil para llamar a Kai y a todos y cada uno de mis amigos.

Pero le he dicho a mi hermano que esta noche no me llame. Necesito desafiarme a mí mismo, ponerme a prueba y no dar pábulo a que se activen mis pensamientos angustiosos; de lo contrario, no voy a mejorar nunca.

Pero, joder, cuesta trabajo quedarse tan tranquilo confiando en que Kennedy no haya salido ni esté conduciendo esta noche.

Echo mano del teléfono, pero no para llamar a nadie, sino para mirar fotos esperando que eso me distraiga. Hay algunas de Max y otras de las estupideces que hacen mis compañeros de equipo en el vestuario, así como una cantidad enfermiza de ella.

Le gusta llamarme acosador, y, joder, creo que lo soy.

La primera es reciente: ella tumbada sobre mi pecho en la cama sonriendo a la cámara mientras yo sacaba la foto de los dos. En otra está tomando un cuenco de pasta hecha por mí y tiene un espagueti colgándole de los labios. Una de mis favoritas es la que ella y Miller se están abrazando con Max entre ellas, los tres con radiantes sonrisas. Y, por último, hay un vídeo de ella usando un periódico doblado por la página del crucigrama para taparse la cara y esconderse de mí en el que se puede oír su risa tan clara como el día.

Sigo pasando fotos y llego a otras más antiguas. Fotos de la última temporada. Ella aparece al fondo de alguna tomada en el campo de juego. Tengo una fotografía de Cody vacilándome mientras toma su baño helado. Ella está a un lado, con el polo del equipo y el ceño fruncido. Hay otra de Max sentado en el banco del *dugout* y mirándome muy sonriente. Ella está al fondo mirando hacia el campo con ojos tristes. Otra de Miller y ella del año pasado, cuando se conocieron. Kennedy tiene los brazos cruzados a la altura del pecho y el cuerpo rígido e inclinado lo más cerca posible de Miller para entrar en la foto. Pero su lenguaje corporal y la mirada desesperada dicen a gritos que se siente incómoda y deseando no estar ahí.

Cuántas cosas han cambiado estos dos últimos meses. Durante este tiempo que hemos estado juntos ha aprendido a sentirse cómoda en su piel. Ha aprendido que hay gente que la quiere. Y ha aprendido que yo soy uno de ellos.

Vuelvo a las fotos más recientes y al pantallazo que saqué de la portada de la sección deportiva del *Chicago Tribune*.

Es la mañana en la que nos casamos; ninguno de los dos teníamos ni puta idea de lo que nos esperaba. Ella con su vestido blanco y la cazadora tejana y yo con sus deportivas con plataforma encima de mi cabeza.

Sí, por entonces ya me gustaba mucho, pero aquello no era nada en comparación con el amor que siento ahora por esa chica.

Suena estrepitosamente el fragor de un trueno y cierro los ojos intentando amortiguar el ruido, cuando el móvil tintinea en mi mano.

Con un texto de Kennedy.

La señora: *Hola.*

Me tranquilizo.

Yo: *Hola.*

La señora: *¿Estás bien?*

La señora: *Sé que dijiste que me tomara el fin de semana, pero si necesitas que vaya a verte, iré.*

Me cuesta un esfuerzo sobrehumano no decirle que venga inmediatamente, aunque solo sea para oír su voz, pero no lo hago porque le dije que se tomara ese tiempo para pensar.

No la llamo porque los dos necesitamos saber si puedo controlar mi ansiedad sin su ayuda, estemos o no estemos juntos.

Yo: *Voy a pasar por esto yo solo, pero te echo de menos un huevo.*

Hay una larga espera antes del siguiente texto. Puntos grises bailan por la pantalla antes de desaparecer y reaparecer.

La señora: *Estoy orgullosa de ti.*

La señora: *Y te echo de menos.*

Yo: *¿Has comido?*

La señora: *No hagas como si no hubieras encargado que me trajeran comida al apartamento tres veces hoy. Sí, he comido.*

La señora: *Y gracias.*

Yo: *No estabas enferma, ¿verdad?*

La señora: *Es que necesitaba estar un tiempo lejos de allí.*

«¿Lejos de mí?», me gustaría preguntarle, pero me contengo porque me está enviando otro texto.

La señora: *Mi portátil está en tu casa. En tu armario.*

Su portátil con la versión simplificada de la investigación que le envió su antigua compañera. Técnicas de un tipo de terapia reescritas por Kenny para que yo las pueda entender.

La señora: *Llámame si me necesitas e iré para allá, pero Isaiah, eres mucho más fuerte de lo que te permites a ti mismo creer.*

Paso la noche sin comprobar si están en casa todas las personas a las que quiero y sin llamar a Kennedy para pedirle ayuda, porque me ha parecido que necesitaba saber que puedo hacerlo yo solo.

37
Kennedy

Cuando dejo el coche en el aparcamiento de los empleados, soy pura determinación. Voy con un poco de retraso. La charla de ánimo que me he dado a mí misma hoy frente al espejo me ha llevado más tiempo del que tenía previsto.

Pero ya he llegado y estoy preparada.

Llevo sin venir por el estadio desde el viernes, y aunque solo sea lunes, no sabría decirte cuándo fue la última vez que pasé dos días lejos del equipo durante la temporada regular, aparte del viaje que hice a San Francisco para la entrevista.

Ayer me ausenté por enfermedad porque me niego a trabajar ni un día más para el doctor Fredrick, y Reese, a quien se lo quiero contar, no volvía al trabajo hasta hoy. El sábado por la noche le mandé un correo electrónico pidiéndole una reunión, y el lunes por la tarde era el primer hueco que ella tenía disponible.

Cierro el coche y, con el dichoso sobre de papel manila metido bajo el brazo, voy derecha al vestuario.

Isaiah es un amor, pero si intentara dejar de hacerse el mártir, sería estupendo. Me he tirado dos días sentada con esos putos papeles en la encimera de mi cocina. Dos días enteros dándole vueltas a las cosas.

No necesitaba tanto tiempo, pero bueno; para lo único que me ha servido este fin de semana que he pasado en soledad ha sido para decidir que nunca más volveré a trabajar para el doctor Fredrick. Me hacía falta alejarme de los jugadores con los que me encanta trabajar. Me hacía falta alejarme de la persona a la que más echaré de menos a la hora de trabajar, compartir habitaciones de hotel y formar parte de su juego aquí en Chicago.

Las salas están abarrotadas de beisbolistas y personal de la plantilla preparándose para jugar esta noche, y por primera vez en tres años, cuando se haga el primer lanzamiento, yo no estaré con ellos. Estaré fuera, en las gradas, mirando el partido como una aficionada más.

Sin la menor vacilación, abro la puerta de la entrada principal a los vestuarios. No voy a empezar ahora a llamar con los nudillos cuando no lo he hecho nunca.

—Kenny. —No tardo mucho en encontrarle frente a su taquilla. Isaiah parece agotado; la falta de sueño se le nota en las ojeras y en los hombros caídos.

El tierno, detallista, idiota y gracioso de mi marido mandó redactar los papeles del divorcio. Comprendo que quisiera darme una oportunidad, pero yo ya había tomado una decisión. Esos papeles han estado en la encimera de mi cocina todo el fin de semana, de manera que ahora le toca examinarlos a él.

Al cruzar el vestuario, noto que todo el equipo nos está mirando, pero yo sobre todo me fijo en la mirada de Isaiah al darse cuenta de que no llevo el uniforme del equipo. Porque esta noche no voy a trabajar durante el partido y ya no trabajaré nunca más. Al menos, no aquí.

—Los he firmado —le digo, tendiéndole el sobre.

Se queda boquiabierto y no le salen las palabras cuando me mira sin dar crédito a lo que oye.

Se los doy.

—Échales un vistazo.

Menea levemente la cabeza como si así pudiera desterrar la imagen de mí dándole los papeles del divorcio, hasta que por fin los coge. Pero sigue sin abrir el sobre.

En su lugar, dirige la atención hacia mi mano izquierda para ver si todavía llevo el anillo de su madre.

—Échales una ojeada, ¿vale? —Miro al reloj de la pared—. Me tengo que ir. He quedado con Reese. Más tarde hablaremos.

En su tono hay una mezcla de derrota y admiración cuando pregunta:

—¿Has quedado con Reese?

—Sí. Justo ahora. Me tengo que marchar.

Doy media vuelta y me dirijo hacia la puerta. Otra vez noto todas las miradas puestas en mi espalda mientras me voy.

—Ken —me llama Isaiah.

Con una mano en la puerta, miro hacia atrás por encima del hombro.

Me ofrece una sonrisa. No la falsa sonrisa forzada que esboza aun cuando está disgustado, sino una genuina.

—Estoy orgulloso de ti.

Eso parece que últimamente se ha convertido en el piropo favorito que nos echamos el uno al otro.

Le devuelvo la sonrisa.

—Yo también.

No desvío la mirada hacia la sala de entrenamiento cuando paso por ella; no compruebo si el doctor Fredrick está sentado como siempre detrás de su escritorio. Con la cabeza alta, voy derecha al despacho de Reese. Bueno, al despacho de Arthur Remington, pero últimamente es raro verle por aquí, y el año que viene la oficina será oficialmente de ella.

—Hola, Denise —le digo a la secretaria de Arthur, la misma que me llamó al día siguiente de volver de Las Vegas—. Tengo una reunión con Reese.

Me ofrece una amplia sonrisa.

—Puntualísima. La están esperando.

—Ah, ¿el señor Remington también está hoy aquí?

—¿Por qué no entra? Buena suerte, señora Rhodes.

Mi cuerpo no retrocede como la última vez que me llamó así. No, esta vez tengo que aguantarme una risita al oír ese apellido.

Mi sonrisa desaparece cuando abro la puerta del despacho y encuentro a Reese y a Monty esperándome.

—Pasa —dice ella desde el otro lado del escritorio.

Monty está sentado frente a ella en una de las sillas, la misma en la que se sentó Isaiah cuando nos enteramos de que las decisiones que habíamos tomado borrachos iban a hacerse públicas. Ocupo la silla de al lado de Monty.

—¿Estás aquí por Isaiah? Te prometo que yo no le he pedido que se plantee dejar el equipo. Jamás se lo sugeriría.

Él niega con la cabeza.

—Esto no tiene nada que ver con Isaiah.

Me parece extraño entonces que Monty esté en esta reunión cuando se suponía que solo iba a estar Reese, pero lo que más me extraña es que los dos estén en la misma habitación y no estén discutiendo.

—Querías que nos viéramos —dice Reese con las manos cruzadas encima del escritorio—. ¿En qué puedo ayudarte?

Intento recordar todo lo que he ensayado hoy en el espejo y en lo que llevo pensando todo el fin de semana.

Me cruzo de piernas, me siento toda recta y empiezo.

—Sé que tú y yo no llevamos mucho tiempo trabajando juntas —le digo—. Pero me ha encantado trabajar para esta organización las últimas tres temporadas y media. Os estoy muy agradecida al equipo, a ti y a Monty, pero hoy he decidido no trabajar más para los Warriors.

Reese lanza una breve mirada a Monty, pero ninguno de los dos cambia de expresión. Está claro que Isaiah ya les ha puesto al corriente.

—¿Hay alguna razón especial que te haya llevado a tomar esa decisión? —me pregunta Reese.

Aquí viene lo bueno.

—Sí. —Me aclaro la garganta para intentar tragarme los nervios—. Cuando vine aquí hace tres años, daba por descontado que iba a ser la segunda doctora del equipo. Porque ese era precisamente el puesto para el que estaba cualificada.

Una vez más, a ninguno le cambia la cara, pero esta vez es más sorprendente. La verdad es que no creía que Isaiah se lo fuera a contar a nadie. Ha guardado el secreto durante tanto tiempo…

—Estoy doctorada en Medicina Deportiva —continúo—. Y el doctor Fredrick me contrató para ocupar el puesto de segundo médico, pero cuando nos conocimos en persona y vio que yo era una mujer, cambió de idea y me ofreció ser entrenadora de atletismo.

Esto provoca por fin una pequeña reacción: la mandíbula de Reese se contrae como si estuviera apretando los molares.

—Y no me malinterpretéis. Me ha encantado mi trabajo, pero no puedo seguir consintiendo ser tratada como lo ha hecho el doctor Fredrick todos estos años. Creo que en parte me quedé porque tenía la esperanza de que él apreciara mis capacidades, pero eso no ha ocurrido. Le importan bastante poco mis capacidades. Cuando fui a San Francisco hace un par de semanas, me hicieron una entrevista porque estaban buscando una nueva jefa de Salud y Bienestar y me ofrecieron el puesto.

—¿Has aceptado? —pregunta Monty.

—No. —Vuelvo la cabeza hacia él—. No tienes por qué preocuparte. Isaiah no va a marcharse de Chicago porque yo tampoco me voy de Chicago. Buscaré trabajo en las universidades locales mientras espero a que quede vacante el puesto de médico de algún equipo profesional de la ciudad. Pero mi vida está aquí. No puedo abandonarla.

Monty esboza una sonrisa de complicidad.

—Kennedy, ahora no se trata de Isaiah. Se trata de ti. Entendí perfectamente que se ofreciera a marcharse por ti.

Eso suena muy bien. Tenía mucho miedo de que Kai y Monty se enfadaran conmigo, aunque yo no le hubiera sugerido a Isaiah que explorara la libre agencia el año que viene.

—Gracias por decirme eso. —Me vuelvo hacia Reese—. Y gracias a ti también. Ha sido un placer trabajar para tu familia y ya tengo ganas de que tomes tú las riendas la próxima temporada. Creo que lo vas a hacer estupendamente.

Con las manos en los reposabrazos, me dispongo a levantarme del asiento para irme, cuando Reese me pasa una carpeta por encima del escritorio.

—¿Qué es esto?

—Tu expediente.

—De acuerdo. ¿Es para que me lo lleve?

—No, es solo para uso interno. Está todo tu historial laboral, incluidas tu formación y tu experiencia previa. Me lo dieron los de Recursos Humanos el viernes por la noche.

Me quedo boquiabierta, mirando alternativamente a Monty y a Reese.

—¿Ya lo sabíais? ¿Os lo dijo Isaiah?

—No.

—Emmett sospechaba que algo estaba pasando. Me llamó el viernes después de que Isaiah le dijera que tú te marchabas, y entonces hice algunas indagaciones. Ojalá hubieras dicho algo antes. Mi abuelo, Dios le bendiga, es un hombre encantador, pero a veces no se da cuenta de las cosas. Yo he notado cómo te ha tratado Fredrick esta temporada. Estaba en mi radar. He estado vigilando y yo te habría creído si me hubieras contado lo que te estaba pasando.

«Vaya por Dios».

—Debí haberme dado cuenta antes —se inmiscuye Monty—, pero estaba demasiado ocupado con todo el equipo... Resulta difícil ver los pormenores de todo lo que pasa en los vestuarios.

—Lo he mantenido en secreto a propósito, y tampoco he dejado que Isaiah se lo contara a nadie.

—Pues bien, muchos de los demás jugadores se han pronunciado en tu nombre —dice Reese—. Corrió la voz de que estábamos haciendo indagaciones, y anoche cada uno de los jugadores presentó una denuncia oficial en tu nombre, dando testimonios de primera mano de las cosas que han oído que te decía Fredrick. Esta mañana, Fredrick ha sido despedido.

Retrocedo como si las palabras me abofetearan en la cara. Y en cierto sentido lo han hecho.

¿Qué?

Reese se ríe de la cara que pongo. Me he quedado con los ojos como platos y sin pestañear, boquiabierta y repitiendo para mis adentros sus palabras para asegurarme de haberlas oído bien.

—¿De verdad? —grazno.

—De verdad.

—Bueno... —balbuceo, intentando encontrar palabras, pero no me salen.

«¿Qué demonios está pasando?».

Reese habla al ver que a mí me está resultando difícil.

—Parece ser que estoy buscando un nuevo jefe de Salud y Bienestar.

Esto no puede estar ocurriendo. He venido aquí con la intención de no volver a pisar estas salas y ahora... Oh, Dios mío.

—Yo no puedo —digo negando con la cabeza—. Will. Este trabajo debería corresponderle a Will. Él es el segundo doctor y llegó aquí antes que yo. Le toca a él.

—No. Tú llegaste antes que Will. Que es exactamente lo que me ha dicho él cuando he hablado con él esta mañana. Está de acuerdo conmigo en que el puesto debería ser tuyo.

—¿Ha dicho eso?

—Y no se ha sorprendido lo más mínimo cuando le he hablado de tu formación y tu experiencia.

—A ninguno de nosotros nos extraña —dice Monty—. Kennedy, eres impresionantemente buena en tu trabajo.

Me arden los ojos.

—Gracias.

Reese se adelanta en el asiento.

—Bueno, entonces ¿qué dices? Como la primera propietaria del equipo, sería para mí un honor tener a la primera doctora del equipo.

No puedo creer que esto esté pasando, pero antes de contestar, vuelvo a mirar a Monty y, como si supiera leer mi mente, de nuevo disipa mi preocupación.

—Esto no es por Isaiah —repite—. No es para que se quede aquí, es para que te quedes tú. Si necesitas pruebas, le puedo cambiar de equipo.

Suelto una carcajada.

—No, por favor, no lo hagas.

—Entonces… ¿qué me dices? —insiste Reese.

—Con una condición.

—Vaya, ya empieza con exigencias —dice ella en tono de broma—. Adelante.

—Quiero un jefe de oficina. No quiero pasarme todo el rato haciendo papeleos. Quiero estar disponible tanto en la sala de entrenamiento como en el campo.

—Hecho.

«Vaya, qué fácil ha sido».

—Una cosa más.

Reese me anima a continuar, aguantándose la risa.

—Alguien tendrá que ocupar mi puesto anterior. Quiero ser la que contrate a mi sustituto.

—Bueno, eso forma parte de las competencias de tu nuevo trabajo.

Santo cielo, es verdad.

—¿Eso es un sí? —presiona.

Esbozo una sonrisa tan amplia que hasta me duelen las mejillas.

—Es un sí.

—Perfecto. Mandaré que redacten tu nuevo contrato. Y, Kennedy, sé que mi abuelo puso unas normas un poco arcaicas cuando dijo que, si Isaiah y tú terminabais vuestra relación, uno de vosotros tendría que irse. —Menea la cabeza—. A mí eso no me importa. Si no quieres seguir con él, no vas a perder tu empleo por ello.

—Te lo agradezco, Reese, pero eso no va a suponer ningún problema.

Me ofrece una sonrisa cómplice, como si a estas alturas ya conociera ciertos detalles.

—De acuerdo. Me alegro de saberlo, pero… —Sus ojos recorren mi vestimenta—. ¿Hay alguna posibilidad de que puedas trabajar para el partido de esta noche? Me falta un médico.

—Creo que podré hacerlo.

Monty se levanta de su silla.

—Voy a prepararme para esta noche. Kennedy, todos nos alegramos de que te quedes.

—Gracias, Monty…, por todo.

—No me des las gracias. Todo ha sido cosa tuya. Pero esta noche necesito que ganemos, así que no estaría mal que fueras a decirle a tu marido que te vas a quedar por aquí.

38
Kennedy

Cuando salgo de la oficina de Reese, me siento aturdida, como en una nube. Veo todo borroso y no acabo de centrar la vista cuando cierro la puerta tras de mí.

¿Qué demonios acaba de pasar?

¿Cómo ha podido ocurrir algo así?

Bueno, supongo que conozco la respuesta, de modo que la pregunta apropiada sería: ¿cómo habré tenido tanta suerte?

—Kenny.

La voz me devuelve a la realidad. Isaiah viene corriendo hacia mí.

«Hablando de suerte…».

Lleva puestos los pantalones de béisbol…, solo los pantalones de béisbol. Por su pelo perfectamente alborotado da la impresión de que lleva toda la mañana pasándose las manos por él.

En la mano lleva el sobre de color manila; cuando se detiene frente a mí, me lo da con unos implorantes ojos de desesperación.

—Mira —empieza—, sé que te di la oportunidad de que tomaras tu propia decisión, pero si he de ser sincero, esto no me gusta una pizca.

Mi cara adopta una suave sonrisa.

¿Cómo pudo haber un solo día en el que yo no estuviera total y absolutamente colada por este tío?

Hay muchas cosas que he aprendido durante el tiempo que hemos pasado juntos, pero la principal lección que me ha dado mi marido es cómo se siente uno cuando es amado por primera vez en la vida.

Nunca podré agradecerle lo suficiente por haber sido inquebrantable en sus sentimientos hacia mí, pero voy a pasar el resto de mi vida asegurándome de que se sienta tan seguro conmigo como me siento yo con él.

—Quizá si quitáramos esta parte… —continúa—. No sé si es necesario que presentemos esto ahora mismo en…

—Isaiah —le corto, regocijándome—, ¿los has mirado?

Se hace una pausa mientras su garganta intenta tragar saliva.

—No he podido hacerlo, Ken.

Mi tierno y sensible marido. Son palabras que nunca creí que utilizaría para describirlo, pero las debilidades de Isaiah son una de mis cosas favoritas de él. Solo permite a determinadas personas que vean ese lado suyo, y yo solo soy una de las personas afortunadas que él ha elegido para permitirse desahogarse, pero la única elegida por él como alguien a quien amar.

Miembros de la plantilla abarrotan las salas yendo de acá para allá mientras los dos seguimos paralizados frente al despacho de Reese. Estamos a la vista de todo el mundo; cualquiera puede ver a Isaiah con nuestros papeles del divorcio en la mano.

—Ven conmigo —le digo cogiéndole de la mano y tirando de él.

Fuera del vestuario, nos metemos en los mismos lavabos en los que nos conocimos.

—Ábrelo —le ordeno.

Niega con la cabeza.

—No me hagas hacer esto precisamente aquí.

—Isaiah —digo entre risas—, confía en mí. Abre el sobre.

El desconcierto que expresa su bello rostro es claro como la luz del día. Me mira como si intentara torturarlo precisamente donde hemos pasado momentos tan importantes en nuestra vida.

Aquí nos conocimos. Aquí intercambiamos los anillos. Aquí hemos discutido y nos hemos reconciliado.

Apoyado en el lavabo, abre con sumo cuidado el sobre y saca un fajo de papeles.

Sus ojos recorren la primera página antes de pasar a la segunda, buscando cuál pueda ser el párrafo por el que me muestro tan inflexible. No le meto prisa. Le dejo el tiempo que necesite para leerlo todo.

Por fin llega a la última página, donde deberían estar nuestras firmas.

Isaiah no los firmó cuando los dejó en mi apartamento; debió de sentirse incapaz de hacerlo a no ser que yo los firmara primero.

Su mirada se suaviza cuando llega a las palabras que he escrito en el renglón de la firma.

—Kennedy, ¿es cierto eso?

—Lo es.

—¿De verdad?

—Sí, muy cierto, Isaiah.

Por fin aparta la mirada de la página para dirigirla hacia mí.

—Te amo —le digo, utilizando las mismas palabras que se ha encontrado escritas en el renglón de la firma de nuestros papeles del divorcio—. Puede que me haya costado un pelín demasiado abrir los ojos y darme cuenta, pero ya no tengo la menor duda de que te amo. Me gusta el lado que muestras a todo el mundo y el lado que solo muestras conmigo.

Se queda boquiabierto contemplándome; no le salen las palabras. Está clarísimo que no se lo acaba de creer.

De manera que repito:

—Te amo, Isaiah.

Al fin recupera su pícara sonrisa.

—Dilo otra vez, Kenny; por favor, hazlo por mí. No creas que lo he pillado todavía.

Le quito los papeles de la mano y los dejo en el lavabo, a su espalda, para poder colocarme entre sus piernas y rodearle el cuello con mis manos, tan necesitadas de tocarle.

—Te quiero.

—Dios, después de tanto tiempo, me parece irreal oírtelo decir.

Su frente cae sobre la mía.

—Te quiero, Kenny.

Qué bien sienta que te lo digan.

Siempre he querido estar preparada para el amor cuando llegara el momento. Pero enamorarme de Isaiah, pese a lo planificadora que soy, no entraba en mis planes. Todo empezó comprando cepillos de dientes y trayéndome comida cuando yo estaba demasiado ocupada para comer. Luego vino el anillo de su madre y la noche que cenamos en una cabina del Chili's.

Todo ha sido gracias a su paciencia y su compromiso inquebrantable para demostrarme lo importante que soy en su vida.

Qué suerte tengo de amar y ser amada con tanta naturalidad.

Mis pulgares acarician sus pómulos cuando empiezo con el otro discurso que he ensayado este fin de semana.

—Llevo toda la vida esperando que me presten atención, que reconozcan siquiera que existo, y tú... Tú entraste en mi vida y nunca me has dejado sola.

—Gracias.

Me acaricia los riñones animándome a que continúe.

—Nunca he tenido que rogarte que me prestes atención, y no estoy segura de si alguna vez entenderás la seguridad que me ha dado saber que lo hacías por tu propia voluntad. Nunca he tenido que pedirte que me veas, que me entiendas, y siento no haberte permitido poder decir lo mismo. Pero te prometo, Isaiah, que ahora que al fin mis ojos se han abierto, ya no los apartaré de ti.

Su sonrisa demoledora ilumina todo el espacio.

Así es él. La luz que irradia lo impregna todo, es contagiosa. Esa luz ha alumbrado partes de mí que nadie se había tomado la molestia de descubrir. Me ha dado tanta confianza y seguridad que nunca he tenido que poner en duda su sinceridad.

—Siento como si... —Me aclaro la voz—. Como si no me mereciera ser tan feliz como tú me haces.

—Oh, Kennedy.

—Me siento realmente afortunada.

—No es una cuestión de suerte, nena. Las cosas buenas que hay en tu vida te las has ganado tú. Eres inteligente, tienes talento y te mereces eso y más, Kenny. Llevo años sabiendo esas cosas, pero creo que por primera vez en la vida al fin eres capaz de verlas tú también.

Se inclina y me besa tan lenta y pacientemente como si tuviéramos todo el tiempo del mundo.

Y lo tenemos. Solo que él todavía no lo sabe.

—¿Cuándo te marchas? —susurra en mis labios—. ¿De cuánto tiempo disponemos?

Deslizo las manos por su torso.

—No me voy.

—Pero, Kennedy…

—Dijiste que escogiera. Y he escogido quedarme. Te he elegido a ti y te seguiré eligiendo hoy y todos los días venideros. Ha sido la decisión más fácil que he tomado en mi vida.

Me coge las mejillas como si me fuera a escurrir.

—Kenny, no puedes hacer eso.

—Han despedido al doctor Fredrick esta mañana.

Isaiah retrocede ante esta noticia.

—Este fin de semana, todo el equipo ha presentado denuncias contra él en mi nombre.

Echa la cabeza hacia atrás mostrando la nuez mientras mira al techo.

—Joder, adoro a esos tíos.

—Y Reese acaba de ofrecerme su puesto.

—¡No me digas!

Esbozo una amplia sonrisa.

—Más te vale haberle dicho que sí.

—Por supuesto que le he dicho que sí. Iba con la idea de dejarlo todo y buscar trabajo en algunas facultades locales mientras esperaba a que alguno de los equipos profesionales de la ciudad tuviera una vacante. Ahora, en cambio, ya no tengo necesidad de hacer eso.

Veo cómo, poco a poco, va dando crédito a lo que oye.

—Entonces te quedas aquí.

—Eso es.

—Trabajaremos juntos. Viajaremos juntos.

—Exactamente.

—Y además me quieres.

—Muchísimo.

Ahora la sonrisa le ocupa toda la cara.

—Pero te juro, Isaiah, que como vuelvas a traerme unos papeles de divorcio probablemente los firme con algo opuesto a «Te amo».

Los dos sabemos que eso nunca ocurrirá. Aunque se suponía que este matrimonio era provisional y yo quise separarme en cuanto me desperté esa mañana en Las Vegas, ahora no podría ni imaginar esa idea.

Su sonrisa se vuelve vergonzosa.

—¿De verdad que quieres seguir casada? Podemos empezar desde el principio, reescribir nuestra historia. Podemos seguir juntos sin estar casados. Puedo llamarte «mi novia» si no estás preparada para ser mi mujer.

—¿Y qué tal las dos cosas a la vez?

—¿Qué? —pregunta riéndose.

—Yo no quiero reescribir nada. Quiero salir contigo sabiendo ya que te amo. Quiero aprender cosas sobre ti sabiendo ya que eres el único. Sé que nos hemos saltado algunas etapas de nuestra relación, pero no hay ninguna regla que impida estar casados mientras retrocedemos en nuestra relación y vamos tachando de la lista las etapas que nos hayamos saltado.

—Pues sí. Me gusta esa idea. —Me pasa los brazos por los hombros—. Últimamente me viene a la cabeza algo importante que no hemos hecho. Estamos casados y, sin embargo, todavía no vives conmigo.

—Esa es una de las cosas importantes, sí.

Se le enternecen los ojos con una sonrisa.

—¿Qué dices, mujercita? ¿Quieres venir a vivir conmigo?

Ni siquiera nos planteamos dónde vamos a vivir, si en su casa o en la mía, porque la suya se convirtió en un hogar desde la primera vez que entré en ella.

—Sí —le digo—. Claro que sí.

Me besa la frente mientras dice:

—Gracias por casarte conmigo, nena.

—Es la mejor equivocación que he cometido en mi vida.

Se abre la puerta del cuarto de baño, entra Reese mirando fijamente el móvil y va derecha hacia uno de los retretes.

Nos miramos sin saber qué hacer, antes de que Isaiah carraspee para llamarle la atención.

—Oh —se sobresalta Reese, alternando la mirada entre Isaiah y yo—. Lo siento. Creo que estoy claramente interrumpiendo algo.

—Ya nos vamos —sugiero, mientras tiro de Isaiah hacia la puerta.

Cuando ella está a medio camino de uno de los cubículos, se detiene y se vuelve a mirarnos.

—Lo siento, pero es tan raro encontrarse con alguien aquí... Normalmente, vengo a estos lavabos por privacidad. Como todos estos meses lo he encontrado vacío, empezaba a considerarlo algo mío.

Isaiah y yo compartimos una mirada cómplice, acompañada de una estúpida sonrisa picarona.

—Por cierto, Kennedy —continúa Reese—. Ahora iba a buscarte. He pedido que cambien el nombre de la puerta de tu nuevo despacho. Para finales de la semana ya pondrá DOCTORA RHODES.

—Doctora Kay —le corrige Isaiah—. Debería poner Doctora Kay. Lo ha hecho todo ella sola, mucho antes de que me conociera a mí.

Le aprieto la mano.

—En realidad, Doctora Rhodes me parece perfecto.

Reese me brinda una dulce sonrisa antes de meterse en el cubículo.

Cuando salimos de los lavabos, Isaiah me pregunta:

—¿Estás segura?

—Afirmativo. —Atraigo su atención—. Como tú muy bien me dijiste una vez, no me importa cuál haya sido mi apellido anterior, solo me importa el de ahora.

Epílogo
Isaiah

Dos años después

Es el peor día del año.

Al menos, solía serlo.

Esta fecha la asociaba antes con la pérdida, pero ahora no puedo evitar pensar en todo lo que he obtenido un día como hoy a lo largo de los años.

Mi sobrino nació hoy hace cuatro años. Conocí a mi mujer hace cinco años y hoy tengo el privilegio de volver a casarme con ella en nuestro segundo aniversario.

Es cierto que perdí a mi madre en esta fecha, pero lleva los veinte últimos años enviando a sus hijos los mejores regalos en su ausencia, y ahora me resulta imposible no pensar en este día con una gratitud y un cariño desbordantes.

—¿Cómo te encuentras? —me pregunta Kai mientras me ayuda a ponerme la chaqueta del traje.

—Emocionado. Tengo ganas de poder recordarlo todo esta vez. Cuando recorra el pasillo. Cuando me dé el «sí, quiero». Coherentemente, debería añadir.

Se ríe.

Kennedy no quería desviarse demasiado de los detalles de nuestra primera boda, pero la principal diferencia, aparte de la falta de tequila en nuestros organismos, es la intención que hay detrás.

Vamos a casarnos porque nos queremos, porque tenemos confianza el uno en el otro y porque consideramos al otro como nuestro mejor amigo. Hemos pasado los dos últimos años conociéndonos, quedando para salir y apoyándonos. Y aunque estoy deseando crear algunos recuerdos esta vez, no puedo remediar sentirme agradecido por aquella noche de borrachera en esta misma ciudad hace dos años.

No sé si habríamos celebrado esta boda sin aquella otra. La primera nos dio la oportunidad de conocernos, y desde entonces no hemos sido capaces de apartar la mirada el uno del otro.

En el reflejo del espejo veo cómo Kai sonríe al alisar la tela de mi chaqueta.

—Quién lo hubiera pensado, ¿eh? Éramos tan solo un par de críos intentando salir adelante por nuestros propios medios, y míranos ahora. ¿Quién hubiera dicho que íbamos a ser tan dichosos como lo somos?

—Qué locura pensar que hemos pasado todos estos años los dos solos, y ahora fíjate cuántos Rhodes somos.

—Bueno, podríamos llegar a ser siete Rhodes si Ken y tú os decidierais a dar algún día un primo a Max y a Emmy.

Estallo en una carcajada.

—Te juro que Miller y tú habéis intentado colar eso en cada conversación que hemos tenido desde que nació Emmy.

—Pues no tengo intención de dejar de hacerlo.

La verdad es que Kennedy y yo no hemos pensado demasiado en tener hijos. Nos encanta ser la tía y el tío de los niños de mi hermano, pero también lo pasamos en grande los dos solos, trabajando y viajando juntos.

Algún día, cuando me retire del béisbol profesional, puede que los tengamos o puede que no los tengamos. Pero creo que la vida es cojonuda de las dos maneras.

Llaman a la puerta del dormitorio en el que nos estamos preparando.

—Somos nosotros —dice Miller desde el otro lado.

—Pasad.

Está abierta solo una rendija de la puerta antes de que mi sobrino entre a todo correr luciendo su mejor traje.

—¡Aquí está el chico del cumpleaños! —Le aúpo hasta la altura de mis ojos—. ¿Cuántos años cumples hoy, que ya no me acuerdo?

Estira cuatro deditos con sumo cuidado.

—¿Cómo? No puede ser. Yo creía que todavía eras un pequeño bebé.

—No. Tengo cuatro años —dice soltando un gorgorito—. La bebé es Emmy.

Me vuelvo para ver a mi sobrina dormida en los brazos de Miller, la niñita con los ojos verdes de su madre y el pelo oscuro que comparten sus padres. Se llama Emmy Mae, en honor del padre de Miller y de nuestra madre. Nació poco después de que mi hermano dejara el béisbol, y toda duda que yo albergara sobre cómo se encontraría una vez retirado del juego se me disipó en el momento en que vi lo a gusto que estaba con su mujer y sus dos hijos en casa.

Ha sido una temporada entera jugando sin que él estuviera a mi lado —la segunda empieza la semana que viene—, pero la combinación de tener a Kennedy conmigo y saber que el trabajo preferido de Kai está lejos del campo ha hecho que la transición fuera más fácil.

No obstante, eso no significa que no se haya implicado en el deporte. El año pasado, en cuanto terminamos con el entrenamiento de primavera, Monty contrató a Kai como uno de sus entrenadores de lanzamiento. No va a todos los partidos ni a todos los entrenamientos, ni mucho menos, pero ahí sigue, y es una gozada.

—Gracias, Bichito, por compartir tu gran día con la tía Ken y conmigo —le digo a mi sobrino—. Esta noche habrá una tarta de cumpleaños enorme, ya verás.

—La tía Ken está muy guapa.

—¿Has conseguido verla?

Se le agrandan los ojos mientras asiente con entusiasmo.

—Qué suerte tienes, tío. Yo estoy impaciente por verla. Cuéntamelo todo. ¿Cómo lleva el pelo? ¿Cómo es su vestido?

—¡Eh! —interviene Miller—. No intentes utilizar a mi hijo para obtener información. La vas a ver muy pronto.

—No puedo esperar más. Esto es una tortura.

—Por Dios, Isaiah —se ríe Kai—. Hace solo unas horas que la has visto.

—Mira quién habla —le replico—. Tú estabas mucho peor el día de tu boda.

—Era distinto. Miller estaba embarazada. Tenía que saber cómo se encontraba antes de la ceremonia.

A ella le da la risa.

—Estaba perfectamente, y lo sabías.

Kai se ríe antes de inclinarse a besarla, primero a ella y luego a su hija en la cabecita.

—Mis chicas. —Se vuelve hacia mí y me quita a Max—. Y mis chicos. Hoy tienes un trabajo importante que hacer, Max. ¿Estás preparado?

Asiente entusiasmado.

—Voy a llevar el anillo de la tía Ken.

—Sí, señor —le animo—. ¿Sabes a quién pertenecía ese anillo antes de ser de Kennedy?

Su sonrisa se ensancha.

—A la abuela Mae.

En la habitación se hace el silencio. Llevamos un par de años hablándole a Max de nuestra madre, pero hoy, el día de su fallecimiento, el día que nació él y el día que me voy a casar con el amor de mi vida, decir su nombre en voz alta es importante.

—Pues sí —digo—. Le habría encantado estar aquí.

Kai pone una mano sobre mi hombro.

—Ella está aquí.

Por un momento, mi hermano y yo nos miramos y tácitamente nos lo decimos todo.

—Bueno, os ofrecería un chupito —dice Miller—, pero todos sabemos las consecuencias que eso acarreó la última vez.

Estallamos en una carcajada. Miller es especialista en provocarlas.

—Gracias por eso, Mills.

—Ven aquí —dice abriendo los brazos, y yo abro los míos alrededor de ella y Emmy.

—¿Está bien Kennedy? —le pregunto en voz baja.

—Está estupendamente. Deseando verte.

—Gracias por ser tan buena amiga suya.

—Gracias por casarte con ella. Qué suerte tengo de poder envejecer con una de mis mejores amigas.

—Voy un momento al baño antes de irnos. —Señalo la puerta con el pulgar por encima del hombro—. Vuelvo enseguida.

Con mi traje de boda, cierro la puerta del dormitorio tras de mí y entro en la sala de estar de la enorme casa de alquiler en la que vamos a pasar el fin de semana. Se halla cerca del Strip de Las Vegas y es lo suficientemente grande como para alojar a todos nuestros amigos y a sus hijos. Estos días han sido una gozada. De día en la piscina y de noche cenando juntos, jugando a juegos de mesa y permaneciendo despiertos cuando ya todos los niños estaban dormidos. Y al día siguiente, más de lo mismo.

—¡Míralo! —dice Cody desde el sofá con una cerveza en la mano y vestido ya para la ceremonia.

Como todos me ovacionan, me doy la vuelta para que vean mi traje de novio.

Zanders y Stevie, Ryan e Indy, Rio, Cody y Travis…, todos ellos me suben el ego mientras cruzo la sala de estar en dirección a uno de los cuartos de baño para invitados. Solo que cuando llego a la puerta, me llama la atención el cuarto en el que hemos estado durmiendo Kennedy y yo. La habitación en la que está ahora arreglándose para nuestra boda.

Mirando por encima del hombro para asegurarme de que nadie me está viendo, me acerco silenciosamente a la puerta y llamo con los nudillos.

—¿Quién es? —pregunta Kennedy, y ya solo con oír su voz se me relajan los hombros y esbozo una sonrisa de oreja a oreja.

—Soy yo, Kenny.

—¿Isaiah? Tú no puedes verme.

—Por favor —le ruego—. Joder, cómo te echo de menos.

Suelta una de sus dulces risas que me enloquecen.

—Solo hace unas pocas horas que nos hemos visto —me recuerda—. Se suponía que anoche no teníamos que haber dormido en la misma cama, y lo hicimos. Y se suponía que esta mañana no teníamos que habernos visto, y tú has hecho el desayuno para tomarlo juntos.

—Bueno, es que, si yo no me aseguro de que comes, ¿quién lo va a hacer entonces?

Se ríe con ligereza.

—Por favor, nena. Te echo de menos. Déjame que te vea.

Abre un poquito la puerta, permitiendo tan solo que su pecosa mano asome por la rendija: su mano izquierda con el dedo anular desnudo porque, por primera vez en dos años, se ha quitado la alianza para que pueda yo hoy volver a ponérsela dentro de un rato.

Ofrecí regalarle algo nuevo, algo que fuera estrictamente suyo, pero ella solo quería la alianza de mi madre. Y esta vez, cuando la deslice por su dedo, no será una estratagema para que conserve su empleo, sino una promesa de amarla durante el resto de mi vida.

—Toma mi mano —dice desde el otro lado de la barrera de madera.

Entrelazo mis dedos con los suyos, nuestras palmas se unen y, al instante, me siento vinculado a ella.

—Se supone que no tienes que ver a la novia antes de la boda.

—Pero…

—Vamos, nene. Sígueme el juego.

Me entra la risa.

—No puedes seguir diciéndome eso.

—¿Y por qué no? A mí me ha funcionado durante años.

—Exactamente. Ese es el puto problema, Ken. Nunca he sido capaz de decirte que no. Ni antes de que adoptaras mi apellido ni mucho menos ahora.

—Está bien. Dejémoslo.

Le aprieto la mano.

—Estoy impaciente por casarme contigo… otra vez.

Me devuelve el apretón.

—Te quiero.

—Te quiero. ¿Te veré allí?

—Seré la de blanco.

—Guau... De acuerdo, la próxima vez mándame una alerta de espóiler.

Se ríe.

—No habrá una próxima vez. Esta boda es para siempre.

Dirigirnos a la pequeña capilla en la que nos casamos la primera vez da una sensación de lo más surrealista.

No tengo muchos recuerdos claros de aquella noche, y estoy deseando que esta vez sea distinto, pero la fachada la tengo grabada con nitidez en la mente. Puede que sea por aquella foto que salió publicada en el *Chicago Tribune* o tal vez sea un recuerdo verdadero de la noche en que mi vida cambió para siempre; no estoy seguro.

Ha venido todo mi equipo; unos se quedan en nuestra casa alquilada y otros en la suya. Este viaje de pretemporada para estrechar lazos parece un poco distinto de los que hacemos normalmente, pero estoy agradecido de tenerlos a todos aquí para nuestra repetición de la boda.

Kai lleva a Emmy en su sillita del coche y Max enlaza su mano con la mía cuando nos disponemos a hacer la entrada.

Los tiradores de la puerta son dos mitades de un corazón que se unen cuando se cierra. La entrada tiene un letrero de neón con el nombre de la capilla, y un imitador de Elvis nos saluda desde el mostrador de recepción.

Todo perfecto.

Monty ya nos está esperando dentro mientras revisa unas anotaciones de algo que está planeando decir mientras oficia la ceremonia. El resto de mis amigos y compañeros del equipo ocupan sus asientos en los diminutos bancos de madera que flanquean el pasillo central.

No puedo evitar que me dé la risa haber elegido casarnos aquí no solo una vez, sino dos. Pero se está la mar de a gusto. Estoy seguro de que Kennedy, de niña, daba por hecho que tendría una ceremonia por todo lo alto en algún sitio como el Hotel Plaza de Nueva York, con su compromiso anunciado públicamente en el *Times*.

En cambio, nosotros nos vamos a casar aquí, en esta pequeña capilla cochambrosa con unas flores de plástico decorando el púlpito. La iluminación es horrorosa y la alfombra roja que cubre el pasillo resulta de lo más hortera.

Pero yo no cambiaría nada, especialmente ahora que están aquí nuestra familia y nuestros amigos para poder dar esta vez testimonio de nuestra boda. Hablando de la familia, Dean es el último en llegar; entra por la puerta unos minutos antes de que aparezca Kennedy.

Todos mis compañeros de equipo se vuelven para mirarlo.

—Lo siento. El vuelo ha salido con retraso. —Me señala con la cabeza—. Hola, tío.

Le estrecho la mano y le doy unas cuantas palmadas en la espalda.

—Me alegro de que hayas podido venir, gilipollas.

—Gracias por la invitación, capullo. Siento llegar tarde.

—Has calculado perfectamente. Kenny está de camino. ¿Sabes algo de tu familia?

Menea la cabeza con una expresión de indiferencia en la cara.

—Qué va. Ellos están demasiado ocupados intentando encontrar un marido para Mallory como para celebrar que Kennedy sea feliz. Ya sabes cómo son.

Sé cómo son, aunque ni mi mujer ni yo hemos tenido que aguantar sus chorradas durante casi dos años. Su madre rara vez intenta hablar con ella, y Kennedy no la ha llamado desde la noche en que yo los conocí.

Es lo mejor que puede pasar. Esta gente solo hacía que Kennedy pusiera en duda su valía, y yo llevo dos años procurando que nunca más vuelva a infravalorarse.

Realmente tiene su ironía que la única razón por la que Kennedy y yo nos casamos la primera vez es porque se sentía insignificante y dolida porque su exnovio iba a casarse con su hermanastra. Pero el tiempo acaba siempre por poner a cada uno en su sitio. Connor y Mallory nunca llegaron hasta el altar porque, según Dean, no paraban de pelearse por su falta de confianza mutua.

Supongo que eso es lo que ocurre cuando te enrollas con alguien engañando a otro. Siempre vas a estar preocupado de que eso mismo pueda pasarte a ti.

—Hasta luego —dice Dean, y va a sentarse en la primera fila, en el lado más cercano al sitio que ocupará Kennedy.

—Aquí están —dice Kai, sosteniendo en brazos a su hija todavía dormida.

Monty ocupa el centro, de cara a la multitud, y yo me pongo justo a su izquierda con mi hermano detrás de mí.

Monty me pone la mano encima del hombro.

—¿Estás preparado?

Estoy balanceándome de puntillas por los nervios.

—Sí.

—Max —le dice a mi sobrino, que se encuentra a mi lado dándome la mano—, ¿estás preparado? ¿Sabes lo que tienes que hacer cuando llegue tu madre?

Mira a su abuelo con unos ojos azules que lanzan destellos y asiente con entusiasmo.

Elvis levanta el pulgar a Monty desde el fondo de la sala, y las puertas se abren.

La primera que aparece es Miller, con un ramo de flores en la mano. Se alinea al final del pasillo mientras sonríe a su padre, a su hijo, a su marido y finalmente a mí.

Max va corriendo hacia ella, chocando los cinco con los compañeros de mi equipo que se encuentra por el camino, antes de que Miller le entregue nuestros anillos y lo envíe de nuevo a recorrer el pasillo hacia nosotros. Los chicos le ovacionan, y no me extraña porque tiene unos mofletes sonrosados y una sonrisa de oreja a oreja que da gusto verlos. A estos tíos se les dan bien muchas cosas, pero son excelentes en asegurarle a Max lo importante que es.

Cuando regresa, hace entrega de los anillos a su padre y Miller comienza su recorrido.

No hace tanto tiempo que los papeles estaban invertidos. Yo era el padrino de boda, y Kennedy, la dama de honor de Miller. Monty también ofició aquella ceremonia y Max pasó todo el tiempo delante con nosotros, como estará hoy.

Miller no aparta la mirada de mi hermano y, cuando se pone frente a él, le guiña el ojo.

—Estoy obsesionado con esta chica —susurra Kai, de modo que solo lo oímos Monty y yo.

—Lo sabemos —decimos los dos a la vez.

Hablando de obsesionado…

La puerta se abre de nuevo y lo primero que veo es ese color de pelo que me llamó la atención el día que nos conocimos, el de Kennedy Rhodes Caoba.

El viento de la puerta al cerrarse le alborota el cabello y, cuando deja de soplar, juro por Dios que parece auténticamente un ángel.

Sus manos sostienen un ramo de flores. Amarillas, creo. Seguro que las ha elegido porque es mi color favorito. Un vestido de tono blanco crudo se ciñe a su cuerpo. A diferencia del anterior, este roza el suelo y la tela se amolda a todas sus curvas. Su sencillez y su discreción la convierten en la reina de la fiesta. Es tan clásico y elegante como ella misma.

Y esa sonrisa… Esa sonrisa que me lanza y hace temblar la tierra me deja sin respiración. Es como si supiera, igual que yo, que hemos hecho bien en elegir este sitio.

Vocaliza un «hola» desde el fondo de la sala, con la alfombra roja desplegada ante ella. Le respondo vocalizando otro «hola» mientras meneo la cabeza a un lado y a otro porque no me termino de creer que tenga el privilegio de ser la persona elegida por ella para ir al altar.

Si lo pensara más a fondo, posiblemente podría enumerar cientos de razones por las que no me merezco este momento tan especial, pero como soy un hombre egoísta, me limito a sostenerle la mirada y a hacer recuento de mis méritos.

La música no es la canción original con la que ella fue la otra vez al altar, sino algo un poco más clásico. La multitud se pone de pie, y es entonces cuando ella da el primer paso hacia mí.

Se la ve deslumbrante, llena de confianza en sí misma, sin la menor vacilación en sus movimientos, y sé que esta vez no voy a ser capaz de olvidar esa imagen.

Sobre todo cuando le asoma la punta del calzado por el dobladillo de su vestido. No lleva zapatos de tacón, sino las Vans negras que le compré para que estuviera lo suficientemente cómoda como para querer quedarse otro rato conmigo. No puedo evitar reírme, y cuando vuelvo a mirar esa preciosa cara pecosa, veo que se está riendo también, sin perder en ningún momento el paso.

Joder, cómo la quiero.

Qué ganas tengo de volver a casarme con ella.

El patio de atrás de la casa alquilada está petado de familia y amigos. Todas las mesas se hallan cubiertas de comida, bebida y dulces. Hay una pista de baile improvisada en medio del patio y unas luces intensas iluminan el cielo nocturno de Nevada.

Lo hemos pasado en grande en el banquete de bodas.

Hemos charlado, hemos comido y Kennedy se ha cambiado de ropa, lo que ha sido una sorpresa sobre todo para mí.

Se ha puesto aquel minivestido blanco, las Vans con plataforma y la cazadora vaquera de nuestra primera boda. Solo que Indy le ha hecho uno de sus bordados en la espalda de la cazadora, y ahora pone: SEÑORA RHODES. Me cuesta trabajo apartar la mirada de ese bordado con hilo blanco mientras la veo bailar con Max en la pista.

Subido en lo alto del calzado de ella, le da las dos manos y le sonríe como si fuera la chica más guapa que ha visto en su vida.

Y no le falta razón.

La verdad es que quiero un huevo a mi familia.

—El hombre del día. —Detrás de mi silla, Travis apoya las manos en mis hombros, y luego Cody y él se me sientan uno a cada lado. Los tres nos quedamos mirando la pista de baile.

—Has conseguido lo imposible: que esa chica se enamore de ti —dice Cody, chocando su botella de cerveza con la mía—. ¿Cómo te sientes?

Doy un trago largo.

—De puta madre.

—Deséame suerte para que me pase lo mismo —añade Travis.

Cody y yo estallamos en una risotada.

—Ni lo sueñes —dice Cody—. Natalie nunca caerá en la trampa.

Me encojo de hombros.

—Nunca se sabe. Igual sí.

Natalie es la nueva entrenadora de atletismo que Kennedy contrató en la última temporada para que la sustituyera. Desde el primer día, Trav se quedó prendado de ella. No puedo decir que le envidie, pues el pobre es rechazado una y otra vez, pero me siento identificado con él.

—La última vez que la vi me dijo que tenía los glúteos apretados. Ya sabéis lo que eso significa.

Cody le lanza una mirada displicente.

—No lo que tú te imaginas. Solo significa que eres un receptor y tienes la parte inferior de tu cuerpo bien fornida.

—Significa que me estaba mirando el culo.

—Dios mío, pareces Rhodes.

Con la botella de cerveza señalo hacia la pista.

—Y mira adónde me ha llevado eso.

Natalie todavía es novata en el campo de la medicina deportiva; Kennedy en parte la contrató por eso. Quería ayudarla para que tuviera una experiencia positiva desde el primer momento. Está encantada con tener a otra mujer en la plantilla y, a semejanza de lo que le ocurrió a ella, los chicos tratan a Natalie igual que a los médicos varones.

Bueno, salvo cuando Travis intenta ligar con ella.

Se ha producido un cambio desde que Reese se ha convertido en la propietaria del equipo y Kennedy en la jefa de Salud y Bienestar. Lo único que quería Kennedy era demostrar que en el deporte había sitio para las mujeres, y desde luego lo ha conseguido.

Reese ha contratado también a otras mujeres en distintos departamentos, y Kennedy ha conseguido la paridad en la plantilla médica: dos chicos y dos chicas.

Ha sido un cambio a mejor, y me enorgullece saber que ella lo ha iniciado.

La canción que Kennedy está bailando con mi sobrino se está terminando, así que me levanto y dejo la cerveza en la mesa.

—Voy a encargarme de una cosa —les digo antes de irme.

Me detengo en la cabina del DJ, le pido una canción y luego cruzo la pista para recuperar a mi esposa. Mientras lo hago, ella me mira con una sonrisa en los labios sin soltar a mi sobrino.

—Perdona, Bicho, pero tengo que robarte a mi mujer.

El chaval me mira como si me hubiera vuelto loco por intentar quitarle a esa chica tan guapa del vestido blanco.

—No.

—Max, es el día de mi boda —le digo.

—Y mi cumpleaños —dice señalándose el pecho.

«Vaya por Dios. Ahí me ha pillado».

—Eh, Bichito —dice Miller atravesando la pista hacia nosotros—. ¿Qué tal si bailas conmigo para celebrar que es tu cumple?

Rápidamente evalúa a su madre, se muestra conforme y cambia las manos y los pies de Kennedy por los de Miller.

Casi suspiro de alivio cuando agarro a Kennedy por la espalda y la atraigo hacia mí. Apoya la mejilla en mi pecho, me rodea la cintura con una mano y con la otra coge la mía.

—Te echaba de menos.

Se ríe.

—Solo han sido dos canciones.

—¿Te parece poco?

Hubo un tiempo en que Kennedy se preguntaba cómo se sentiría si alguien la echara de menos, pero ahora ya no se lo pregunta nunca. No hay un día en que no la eche de menos. Si va a otra habitación, la echo de menos. Si se marcha a trabajar antes que yo, la echo de menos.

Y me aseguro de decírselo todas y cada una de las veces.

Veo que el DJ me está mirando. Le hago un gesto de asentimiento con la cabeza y entonces empieza a sonar la canción con la que Kennedy recorrió por vez primera el pasillo para pasar por el altar.

Cuando «Obsessed», de Mariah Carey, suena por los altavoces, a Kennedy le entra tanta risa que echa la cabeza hacia atrás.

—¿No habrás sido capaz de…?

—Por supuesto que sí. La sigo considerando nuestra canción de la boda.

Los invitados que nos rodean aclaman la melodía que todos conocen por ser mi canción de *walk-up*. Llevo dos temporadas sin cambiarla y no pienso cambiarla en el futuro.

—Sigo sin poder creerme que eligieras esta canción aquella noche.

Se encoge de hombros con su dulce sonrisa cómplice en los labios.

—Continúo igual de obsesionado ahora que entonces.

Mi mano se desliza hacia su culo y me resulta extraño pensar que hubo un tiempo en que rechazaba mi roce. O no abrazaba a sus amigas. O se sentía incómoda ante la perspectiva de darme la mano.

Ahora Kennedy inicia el contacto físico tanto como yo, ya sea un beso rápido en el trabajo o cogerme de la mano cuando vamos andando. Y no pasa un día sin que le dé un abrazo a Miller, a Indy o a Stevie cuando las ve.

—¿Eres feliz? —pregunta mirándome.

—¿Acaso tienes que preguntármelo?

—No —dice con una suave sonrisa—. Se te nota en la cara, como siempre se te ha notado.

—A ti también, Ken. Nunca has irradiado tanta felicidad como durante los dos últimos años.

—Creo que es porque he sido desdichada durante demasiado tiempo, ¿sabes? Antes de conocerte.

Me agacho a besar a mi esposa el día de nuestra boda mientras bailamos la canción con la que recorrió el pasillo hacia el altar la primera vez, llevando la misma ropa que lleva ahora.

—Te lo dije.

—Cállate —se ríe.

—¡Pero si es verdad! Yo sabía que podía conseguir que te enamoraras de mí.

—Eres un pesado. —Me besa otra vez—. Pero me alegro de que fueras tan insistente por el bien de los dos.

Entre nosotros no han cambiado mucho las cosas en estos dos años desde que nos dimos el «sí, quiero». Nos hemos enamorado aún más. Nos fuimos a vivir juntos y recientemente hemos comprado una casa cerca de la de Miller y mi hermano, con los que quedamos continuamente.

Empecé una terapia bimensual para tratarme el trauma que me quedó por el accidente de mi madre. El objetivo es llegar a controlar mis pensamientos y no depender de que Kennedy me tranquilice. Ahora, cuando hay una tormenta, recorro racionalmente los pasos que he aprendido en lugar de coger al instante el teléfono y marcar el número de mis seres más queridos.

Nos quedamos bailando la canción entera; la bailamos lentamente, aunque ese no sea exactamente el ritmo de la melodía, pero a ninguno de los dos nos importa recorrer despacio la pista de baile bajo las luces estridentes de la ciudad.

—Te quiero —susurra cuando la canción va terminando.

Nunca me cansaré de oírle decir esas dos palabras.

—Te quiero, nena. —Señalo con la cabeza hacia el bar—. ¿Quieres tomar un chupito para celebrarlo conmigo?

Le da la risa y se le forman arruguillas en los ojos.

—¿De tequila?

—Naturalmente.

Cogidos de la mano, nos acercamos al bar improvisado en un rincón de la entrada.

—Enhorabuena a los dos. ¿Qué os pongo? —pregunta el camarero.

—Dos chupitos de tequila, por favor.

Vierte el licor de color claro y coloca una rodaja de lima en cada vasito.

Kennedy lo alza para brindar conmigo.

—Por la primera vez, aunque fuera un accidente.

Entrechoco mi vaso con el suyo.

—Para siempre.

—Para siempre.

Me agacho a besarla antes de que los dos nos bebamos el chupito de un trago.

—Ven conmigo —dice Kennedy, entrelazando sus dedos con los míos. Tira de mí hacia el interior de la casa.

—¿Un polvo rapidito? —pregunto—. Creo que me está gustando esto de casarme.

Le da la risa y entramos en la habitación en la que estamos durmiendo. Una vez dentro, cierra la puerta a nuestra espalda y enciende la luz.

—¿Y con las luces encendidas? —Empiezo a desabotonarme la camisa—. ¡Vamos allá!

—Tengo un regalo de bodas para ti.

—Ah, ¿sí?

No me deja desabrocharme los últimos botones de la camisa.

—Un regalo de bodas diferente. No te preocupes. La noche de bodas ya la celebraremos más tarde.

Saca de su maletín una caja pequeña y se muerde el labio inferior cuando me la da.

—No funcionan en todos los casos, de modo que puede ser un fiasco, pero he pensado que merecía la pena intentarlo.

—¿Qué es?

—Ábrelo y verás.

Observándola con recelo, abro la tapa de la cajita de cartón y veo que dentro hay una funda de gafas.

—¿Unas gafas? —Dentro encuentro unas lentes enmarcadas por una gruesa montura negra—. Unas gafas de sol —me corrijo.

—Póntelas para mí —dice con una voz llena de ternura.

Hago lo que me dice, y mientras me las ajusto bien, ella no deja de mirarme con mucha atención.

—Son muy bonitas, nena. Gracias.

—A veces, los ojos tardan unos minutos en ajustarse a ellas. Son para usarlas fuera, a la luz del sol, o sea que quizá aquí dentro no funcionen. O puede que no funcionen en ningún sitio. Cada persona reacciona de una manera distinta.

—Sí funcionan. —Recorro la habitación con la mirada—. Se ve todo más sombreado.

Mi mirada recae ahora en ella, que parece más decepcionada que otra cosa.

A lo mejor es que no se lo he agradecido lo suficiente, de manera que me agacho a besarla.

—Gracias. Son preciosas.

Me aparto con las gafas todavía puestas y, al pestañear, noto que los ojos se están adaptando de una manera que no sé explicar del todo. Es como si vibraran.

Pestañeo de nuevo. Más color. Más saturación.

—¡Madre mía! —Me quito las gafas y pestañeo muy deprisa para ajustar la mirada. Cuando vuelvo a enfocar la vista en Kennedy, con las gafas todavía en la mano, la curiosidad ha reemplazado a su anterior sonrisa decepcionada.

—¿Funcionan? —Esperanza. Hay mucha esperanza en su tono de voz.

Me las vuelvo a poner con cuidado sobre el puente de la nariz.

Caoba. Ese debe de ser el color. El ondulado cabello de color caoba enmarca la cara de Kennedy Rhodes. Lo que antes era un tono soso e inclasificable ahora es el color más bonito que he visto en mi vida enmarcando el rostro de la mujer más bella que conozco.

—¿Qué está pasando? —pregunto.

Esboza una sonrisa suave, pero cargada de emoción.

Estiro la mano y paso los dedos por su pelo observando cómo las diferentes tonalidades danzan con el movimiento.

—¡Oh! —exclamo emocionado. ¡No tenía ni idea de que esto fuera así!

Mientras me sonríe, una lágrima se desliza por su mejilla y yo me apresuro a limpiársela con el pulgar.

Parece ser que nunca entendía la verdadera complejidad del color que antes tenía que memorizar. Lo que aprendía que era rojo y naranja y lo que mi imaginación asociaba a ello ni siquiera se parecía a sus verdaderos matices.

Se me hace un nudo en la garganta cuando intento hablar.

—¿Cómo puedes ser tan guapa, Kenny? Ya eras la mujer más impresionante que había visto en mi vida, pero ahora… —Meneo la cabeza, sin dar crédito a mis ojos—. Guauuu…

Las pecas contrastan con su bonita piel clara. Los ojos le brillan con una viveza que yo no había visto hasta ese momento, pero sobre todo su pelo…

—Dios, tenía razón cuando decía que nunca había visto nada que fuera de ese color.

Deslizando su cabello por mis dedos, sigo contemplando cómo la luz que se refleja en sus mechones cambia las tonalidades. Me quedo prendado estudiando y reaprendiendo lo que antes creía conocer.

—¿Tú ves esto todos los días?

Me sonríe.

—Aún funcionarán mejor a la luz del día. Mañana podemos ir a contemplar la puesta del sol juntos. Quiero que la veas. Y cuando las hojas cambien de color este otoño. Los colores de los árboles son preciosos en esa época del año.

—No imagino qué vista puede ser mejor que la que tengo delante.

Luego, cuando rodea mi antebrazo con la mano izquierda, las vistas aún mejoran más, pues consigo ver el anillo de mi madre, ahora de Kennedy, en todo su esplendor.

Tenía una ligera idea de cómo podría ser el color púrpura. Siempre daba por descontado que en esencia era azul, pero, una vez más, es mejor de lo que imaginaba. Kennedy tenía razón cuando decía que era el tono más bonito de púrpura que había visto jamás.

Cuando paso el pulgar por la piedra central, las lágrimas empañan mis ojos al ver los destellos que lanza la amatista a la luz. Tenía mi propia versión sobre cómo le quedaba a mi madre, y ahora, después de todos estos años, soy capaz de encajar las piezas del pasado y del presente para obtener una imagen precisa y completa.

Kennedy me ha hecho este regalo para que sepa exactamente cómo lucía este anillo en mis dos mujeres favoritas.

—Gracias. —La atraigo hacia mí con una mano en la nuca y le doy un fuerte beso en la boca—. Muchas gracias.

Dejo mi frente apoyada en la suya mientras habla.

—Entonces la gran pregunta es la siguiente: ¿sigue siendo el caoba tu color favorito ahora que lo has visto?

Le sonrío.

—No tiene comparación con nada.

Zanders, Stevie, Ryan, Indy, Kai, Miller y Rio están sentados alrededor de una mesa justo al lado de la pista de baile. Nos unimos a ellos tomando el último asiento libre y Kennedy se sienta sobre mi regazo.

—Felicidades a los dos. —Indy pone los codos encima de la mesa, apoya la barbilla en las manos y se queda contemplándonos como la romántica que es.

—Gracias, Indy —dice Kennedy rodeándome la nuca con un brazo—. Nos alegramos mucho de que hayáis podido venir todos para recrear nuestra primera boda.

Zanders nos mira a los dos.

—No me la habría perdido por nada en el mundo.

—Me gustaría saber una cosa —dice Ryan—. ¿Estaba también el doble de Elvis la primera vez?

—No sabría decirte —contestamos Kennedy y yo al mismo tiempo.

—Chicos, mirad eso. —Stevie señala la pista de baile.

Todos nos giramos a mirar. No hay nadie más que los cuatro niños bailando en corro. Max es el mayor y el que mejor lo hace: con una mano coge la de Taylor Zanders y con la otra la de Iverson Shay, quien, además de dar la mano a su primo, tiene cogida de la mano a su hermana Navy. Están monísimos con sus trajecitos y sus vestiditos.

—Tú también serás así algún día, nenita —le dice Kai a Emmy, que sigue dormida en su pecho.

—Son una monada estos pequeños humanos vuestros —dice Rio—. En cambio, yo…

Puedo sentir la risa silenciosa de Kennedy en mi pecho mientras sigue sentada en mi regazo con la cabeza apoyada en mi hombro, cuando la fiesta de la boda empieza a languidecer.

—En serio, ¿cuándo me va a tocar a mí? Fijaos en vosotros, tíos. —Rio recorre la mesa con la mirada—. Todos estáis casados. Sin embargo, yo, a mis veintisiete años, aquí estoy…

—Cuatro de cinco —añade Kai—. Pronto será tu turno, Rio.

—Pues espero que me toque alguna guapísima después de todo el tiempo que se ha hecho esperar.

—¿Y si es alguna a la que ya conoces y no tienes ni idea? —pregunta Ryan.

—Qué va —dice—. No se me ocurre ni una sola que ya conozca por la que pueda estar remotamente interesado.

Zanders menea la cabeza.

—Eres el tío más quisquilloso que conozco y, al mismo tiempo, el más ansioso. Una combinación rarísima. No me extraña que sigas soltero.

—Este será mi año. Espero que Cody y Travis sigan solteros porque juro por Dios que si tengo que asistir a otra boda sin novia… —Rio menea la cabeza—. Soy capaz de no ir.

—¡Vaya! —se ríe Indy—. Suena a una amenaza.

—Deberíais sentiros amenazados. Sin mí os aburriríais mucho.

La conversación sigue, pero yo ya no escucho. Solo presto atención a mi chica de pelo color caoba, que ahora mismo está hecha un ovillo en mi regazo.

La beso justo debajo de la oreja y noto su escalofrío.

Luego mis ojos se encuentran con los de Kai, que en un brazo sostiene a su hija y en la otra mano tiene una cerveza apoyada en el muslo de Miller. Desde el otro lado de la mesa, hace una especie de brindis conmigo levantando el botellín mientras me mira.

Asiento con la cabeza; los dos mantenemos una conversación en silencio, pues tácitamente estamos reconociendo el giro que han dado nuestras vidas. Éramos solo nosotros dos, pero ahora nos hemos convertido en una familia numerosa, unos consanguíneos y otros no.

Para mí la persona más importante es la que tengo en mi regazo con el anillo de mi madre.

Apoyo mi cabeza en la suya y le susurro:

—Gracias por casarte conmigo, Kenny.

Se vuelve para mirarme, antes de pasar la punta del dedo por el lunar que tengo al lado del ojo.

—¿A qué boda te refieres?

La beso en la boca.

—A las dos.

FIN

Agradecimientos

En primer lugar, quiero daros las gracias a vosotros, los lectores. Si no fuera por vosotros, que sacáis tiempo para leer y compartir vuestro amor por el mundo de la ficción, no podría dedicarme a pasar la vida contando estas historias. De manera que gracias desde lo más hondo de mi corazón por brindarme la oportunidad de hacer lo que más me gusta. Todo esto se debe a vuestro apoyo incondicional.

Os estoy más agradecida de lo que podría expresar con palabras.

Allyson: Creo que mi parte favorita de este trabajo es poder hacerlo contigo. No solo eres una de mis mejores amigas, sino que además te conviertes en una caja de resonancia magnífica cuando necesito ayuda con la trama y con las historias. Me siento muy agradecida por tu amistad y tu disponibilidad para escuchar mis notas de voz durante una hora, para enderezar el final de un libro o para decirme cuándo me pongo demasiado dramática en esas noches en que estoy convencida de que todo cuanto escribo no es más que basura. Espero con impaciencia saber cómo será nuestro siguiente capítulo. ¡Te quiero!

Sierra: ¡Qué agradecida te estoy! Eres una ayuda indescriptible a la hora de abordar unos temas para los que no me siento capacitada. Gracias por tu ayuda y por haberte incorporado con tan buenos resultados al equipo de lectura de los primeros borradores.

Megan: ¡Juntas hemos hecho el tercer libro! Muchas gracias, como siempre, por tu gran ayuda con la lectura de los textos iniciales de la novela. Isaiah, mi chico golden retriever, es todo tuyo. Te lo mereces.

Erica: ¡Juntas hemos hecho el cuarto libro! Estoy muy agradecida de poder contar contigo no solo como mi editora, sino también como mi amiga. Gracias por tu paciencia conmigo en este libro.

Jess: ¡Gracias por ser mi maravillosa agente! Aprecio mucho el duro trabajo que habéis hecho por mí tú y todos los de SDLA.

SJ: Mi mejor amiga escritora. No estoy segura de si este libro habría llegado a fructificar de no haber sido por nuestras continuas sesiones a medianoche y nuestras charlas sobre la trama. Cuando más difícil me resultaba sacar tiempo para escribir, tú comprensión fue para mí un punto de inflexión en mi vida. Como por otra parte soy la principal fan de tus libros, estamos en paz.

Samantha: ¡Mi maravillosa asistente personal! Muchas gracias por encargarte de las cosas para las que yo no tengo capacidad. ¡Te aprecio muchísimo!

Marc: Otro libro. Otra *playlist*. Te felicito por hacer de esta todo un éxito, aunque sea accidentalmente.

Todavía nos queda por hacer otro viaje a la Ciudad de los Vientos. Ahora le toca el turno a Rio. ¡Permaneced atentos al quinto y último libro de la serie!